탐라의 여명 6

탐라의 여명
6

이성준 지음

學古房

필연보다는 우연으로 이어지고
실수로 꾸며지는 게 삶일지라도
가볍게 살 수 없는 것은
삶의 무게 때문이 아니다
제로의 무게로 떠다니다
어딘지도 모르는 곳에 내려앉았을 때
자신의 삶을 후회하지 않기 위해
하루를 감당하는 것이다
역사 앞에 부끄럽지 않기 위해
우주의 질량보다 더 무거운
삶을 고스란히 감당하는 것이다
하여 인간의 삶이란
우주의 질량을 감당하기 위하여
굳건히 서 있는 일인지도 모른다

2023년 봄
횡성호수 옆 만취재에서

李成俊

▌차례

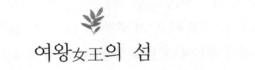

여왕女王의 섬

①

　조선반도는 섬으로 이루어진 땅이라 해도 과언이 아니었다.

　어느 바다엔들 섬들이 없으랴마는 조선반도엔 유난스레 많았다. 그것도 반도와 멀리 떨어져 있는 게 아니라 반도를 따라 길게 이어져 있었다. 마치 강아지나 개호주들이 어미젖을 먹기 위해 꼬리를 흔들며 배에 붙어 있는 젖꼭지를 향해 주둥이를 쳐들고 있는 것 같았다.

　특히 백제 땅에서부터 영주까지 가는 길엔 섬의 바다(다도해)라 불릴 만큼 섬들이 많았다. 그런데 이 섬들은 항해에 대단히 많은 영향을 미친다고 했다.

　먼저, 섬이 많다는 것은 항해에 긍정적인 요소로 작용한단다. 뚜렷한 좌표를 알려주어 길잡이나 이정표 역할을 하기 때문이다. 또한 위급 상황에는 대피할 공간을 제공해주기도 해서 항해를 하려면 섬부터 알아야 할 정도라 했다.

그러나 섬이 장점으로만 작용하지는 않는단다. 섬은 풍향과 물살을 뒤바꿔놓기도 하고, 섬 주변의 크고 작은 암초들과 여嶼들을 숨기고 있기 때문에. 또한 무성한 해초들이 항해를 방해하기도 한단다. 하여 섬을 지날 때는 긴장의 끈을 늦춰서는 안 된다고 잠시라도 방심했다간 물살에 쓸려 엉뚱한 곳으로 가기도 하고, 생고생을 하기도 하고, 좌초의 위험성도 있다고.

맨주먹이 그런 걸 알려주지 않았다 해도 광석은 이미 그 정도는 알고 있었다. 비록 강배를 몰고 깔짝거리기는 했어도, 배를 모는 일에는 이골이 난 그가 아닌가. 바위 하나, 암초 하나가 물길을 바꾸기도 하고 소용돌이를 만들어 배를 전복시키기도 하지 않았던가. 심지어는 큰비에 쓸려온 자갈과 모래들이 뱃길을 완전히 뒤바꿔놓기도 했었다. 그러나 섬의 영향력은 광석이 예상하고 상상했던 것 이상이었다.

또한 섬을 지날 때는 섬사람들—일반적으로는 해적海賊 내지는 수적水賊이라 부르지만, 맨주먹은 그들을 섬사람들이라고 좋게 표현했다.—을 조심해야 한다고 했다.

"강화도를 지나믄 마한馬韓 영토라 과짝(바짝) 긴장해사 헐 거우다."

월곶에서 출항하기에 앞서 맨주먹은 강화도를 벗어나면 긴장해야 한다고 했었다.

"와 기렇습네까? 무슨 문제라도……?"

광석이 궁금해서 묻자 맨주먹은 목소리를 낮추며 말했다.

"그, 그것이…… 백제 해역을 벗어나믄 요디저디서 섬사람들이 나타날 수 있습네다. 섬사람들은 자기들 마음에 안 들면 행패를 부리기도 하고, 자기네 섬으로 끌고 가기도 하고, 가끔썩은 죽이기도 합네다. 우리 배엔 무장한 군사들이 있어서 큰 문제가 없갔지만, 경해도(그래도) 조심해사 헙네다."

"도사공도 기런 사람들을 만난 덕이 있습네까?"

"만나보고말고. 그 사람들하고 장사도 하고, 날 궂일 땐 피항하기도 해봤쥬. 사람에 따라, 섬에 따라 달르긴 해도 심성이 나쁜 사람들은 아니우다. 태자도도 그런 섬 중에 하나랜 할 수 있갔지요. 알고 보면 사연들이 거의 비슷들 하지요."

태자도와 해적 집단의 거주지를 동일시하는 게 마음에 들지는 않았지만, 섬사람들도 나름대로 사연이 있다는 말에는 공감이 갔다. 그러나 배를 나포하기도 하고 뱃사람들을 죽이기도 한다니 바짝 긴장하게 되었다.

특히 난행량(難行梁. 안흥량安興梁으로 충청남도 태안군 근흥면 앞에 있는 해협)은 해저에 암초가 많아 위험하다고 했다. 얼마나 항해하기 어려웠으면 난행량이란 이름을 붙였겠느냐고. 또한 수로가 좁아 그 사이를 흐르는 조류의 유속이 빠를 뿐 아니라, 간만의 차도 심해 사리 때는 간만의 차가 두 장(丈. 한 장은 열 자이므로 6m쯤)에 이르고, 조금 때에도 열두어 척에 이른다고 했다. 한 마디로 백제에서 삼한, 삼한에서 백제로 들어서는 문턱이 그만큼 높고 위험하니 그 문턱을 무사히 넘는데 신경을 바짝 써야 한다고 했다.

항해란 긴장의 연속이라 할 만했다. 한바다에선 한바다대로, 연안에선 연안대로, 단 한 순간도 방심할 수 없는 게 항해였다. 바람과 파도, 해류와 조류, 암초며 여, 그리고 해초, 길이 없는 길과 사람……. 이 모든 것들이 긴장감을 돋우고 있었다. 하여 뱃사람들은 일반인들보다 빨리 늙고 빨리 죽는다는 말이 무슨 말인지 알 것 같았다. 해풍과 뙤약볕, 모진 추위와 더위, 이런 것들과 마주하며 잠시도 긴장감을 늦출 수 없는 항해를 하자면 빨리 늙을 수밖에 없고 빨리 죽을 수밖에 없을 것이란 생각이 들었다. 50대로 보이는 맨주먹도 어쩌면 생각하는 것만큼 나이가 들지 않았을지도 모른다는 생각까지 들었다.

　월곶에서 배를 띄워 항해를 계속했다. 낮에는 항해하고 밤에는 가까운 포구나 섬에 배를 대어 정박했다. 연안항해를 할 때는 결코 밤에 항해해서는 안 된다고 했다. 아무리 바닷길을 잘 안다 해도 물속에 숨어있는 암초뿐만 아니라 곶이나 여기저기 흩뿌려져 있는 크고 작은 섬에 부딪칠 수 있고, 간만조차가 심한 황해에선 밀썰물 시 수심이 서른 자 가까이 나는 곳도 있어 뻘밭에 올라앉을 가능성도 높기 때문이라 했다. 하여 황해에서 야간 항해는 금기 중의 금기라 했다. 야간항해는 곧 죽음이라 인식하는 게 좋을 거라고. 하여 날이 밝으면 배를 띄우고 날이 저물 때면 가까운 곳으로 뱃머리를 돌려 정박을 했다.

　그렇다고 아무 데나 정박할 수 있는 것도 아니었다. 위험요소가 있는 곳은 피해야 했고, 익숙지 않은 곳을 피하다 보니 하루에 네 시진 이상 항해하기가 힘들었다. 원양항해가 기다림과 인내의 시간이라면 연안항해는 과욕을 버리고 자연에 순응하는 일이라 할 수 있었다.

　어떤 날은 한 나절 만에 기항지로 들어가야 하는 경우도 있었다. 욕심내서 더 항해했다간 정박할 곳이 마땅치 않을뿐더러 모르는 포구에 잘못 들어섰다간 화물을 뺏기고 목숨마저 위태로울 수 있다고 했다. 하여 광석은 맨주먹에게서 들은 내용을 그 위치와 함께 자세히 적어 두었다. 특히 피해야 할 포구에 대해선 들은 내용을 빠트림 없이 기억했다가 세세히 기록해 뒀다. 맨주먹 없이 자신들 힘으로 태자도로 돌아갈 때를 대비해야 했고, 앞으로 계속 이용할지도 모르는 항로였기에 심혈을 기울이지 않을 수 없었다.

낮이라고 계속 항해할 수 있는 것도 아니었다. 여름이라 바람이 없을 때는 바다 한가운데 닻을 내리고 바람을 기다릴 때도 있었다. 그나마 정조 때는 배가 크게 움직이지 않았지만 밀썰물 때는 배가 크게 요동치기도 했고, 조수의 힘을 견디다 못해 배가 끌려가기도 했다. 사정이 그렇다 보니 사공은 배를 세울 때도 조수의 영향이 적은 곳에 배를 세워두어야 하는데 그걸 잘못 했다간 배가 끌리고 쓸려 위험에 처할 수도 있다고 했다. 또한 해류를 거스르며 항해해야 하는 영주로 가는 뱃길은 잠시도 한눈을 팔 수 없는 긴장의 길이라 했다.

특히 섬과 섬 사이는 피해야 하는데 소용돌이가 일 수도 있었고 울돌목(밀썰물 때 소용돌이가 일며 웅웅 거리는 소리가 나는 곳)에 배를 세워뒀다가 배가 전복되거나 침몰하는 경우도 종종 있다고 했다. 하여 배를 운항하기 위해선 그러저런 사정을 꿰고 있어야 하고, 수많은 경험과 총기를 가져야만 한다는 것이었다. 한마디로 물길을 알고 물길에 맞게 적응해 가는 과정이 곧 항해라고 하여 도사공이 되어 선단을 이끌려면 최소 20년 이상의 항해 경험이 필요하다고.

안전 항해를 위해서는 해상을 장악하고 있는 나라와 그 나라 상황, 해역의 경계까지도 알고 있어야 한다고.

백제 수역은 한수에서부터 조금 전에 본 엄뫼(어금니 모양의 산. 현재의 아산)까지라 했다. 엄뫼부터는 목지국目支國 영역인데, 목지국은 조선반도의 배꼽에 있어 삼한을 다스린다고 했다. 그러나 목지국은 접근하기도 쉽지 않고 나라도 별로 크지 않아 교역할 물품도 많지 않을 뿐 아니라 육로를 주로 이용하고 있어 이번 항차에는 그냥 통과했다고 했다.

"이제 삼한 해역에 들어섰으니 조심해사 헙네다."

맨주먹은 '조심'이란 단어에 강세를 두며 새롭게 주의를 환기시켰다.

백제 인근해역은 백제 수군이 강력한 힘을 바탕으로 바다를 통제하고 제어하지만 이제 백제 수군의 힘이 미치지 않는 곳에 진입했다고. 섬나라가 많아 섬사람들의 출몰이나 공격이 있을지도 모른다고. 단순히 교역을 위해 나타나기도 하지만 무력을 사용해 수탈과 약탈을 하기도 한다고. 다행히 맨주먹은 그들에게 알려져 있어 큰 문제는 없겠지만, 섬 상황에 따라 언제든 얼굴을 바꾸는 게 섬사람들이라 주의해야 한다고 세세히 알려주었다.

광석은 맨주먹의 말과 자신이 몸소 체험한 해류와 조수의 힘을 떠올리면서 그에 대한 대처 방법을 기록해 나갔다. 머리가 띵하다 못해 아플 정도로 기억했다가 그걸 기록해뒀다. 알면 알수록 자기 형제가 영주까지의 대항해에 동행한 게 얼마나 무모한 일인지를 깨닫게 되었다. 맨주먹 없이, 자신들만 무사히 태자도로 돌아갈 수 있을지 걱정스럽기까지 했다. 까짓 거하고 만만히 생각했었는데 알면 알수록 두려워졌다. 식자우환識字憂患이란 이런 경우를 두고 하는 말일지도 모르지만, 정반대로 알면 알수록 겸손해지는 걸 느낄 수 있었다. 자연 앞에서 겸손해지지 않으면 단 일각도 존재할 수 없는 게 인간이란 생각이 들자 겸손해지지 않으려야 않을 수 없었다. 하여 형의 배가 바로 옆에 붙어서 항해하고 있었지만 형에게 농담을 걸거나 장난치지도 않았다.

모르긴 해도 형은 지금 광석보다 훨씬 두려움을 느끼고 있을 터였다. 자신이야 맨주먹이 말해줘서 이유라도 알고, 배를 제어하는 방법을 들을 수 있었지만 형은 처음 당하는 일을 몸으로 떼우고 있을 테니 자신보다 몇 배나 걱정스럽고 두려울 것이었다. 그런 그에게 농을 하고 장난칠 엄두가 나지 않았다. 형이 느끼는 두려움을 완화시켜 주기 위해 맨주먹이 알려주는 정보들을 자기 언어로 바꿔 형에게 전달하기에 바빴다. 형도 그걸 느꼈는지 광석이 하는 말을 새겨들었고, 일체의 토를 달지 않았다. 기래, 알갔다고 하거나 댤들었다 댤 덕어두라는 말만 할 뿐이었다.

그렇게 월곶을 출발한 지 이레 동안 새로운 상황에 대처하며 남하를 계속했다. 맨주먹의 말로는 팔백 리쯤 항해했지만 월곶에서 오백 리쯤 남하했다고 했다. 그리고 이제 마한을 벗어나 섬들이 밀집되어 있는 섬의 바다에 접어들고 있어 이제부터 더 긴장해야 하고 무력대응을 최대한 자제한다고 했다.

월곶에서 출항하기 전에 이미 다 들은 얘기였지만 광석은 형에게 다시 한 번 무력대응을 자제하라고 알렸다.

"기래, 알갔다. 기러니 도사공이래 시키는 대로 하갔다고 전하라. 기러고 너도 절대 먼녀 나서디 말고. 알갔디?"

"또 댠소리. 내가 바보요, 어린애요?"

"또 기 소리. 아무튼 됴심해서 나쁠 거 없으니낀 됴심에 또 됴심하라. 우린 지끔 태자 전하의 명을……."

"알갔소. 이데 디겹디도 않소? 나라믄 입 아파서라도 기만 하갔소."

"기래. 기 얘긴 기만 할 테니낀 됴심에 또 됴심하라."

"형이나 됴심하기요. 난 형이 더 걱졍스럽수다."

"기래. 나도 됴심할테니낀……."

"됐소. 내가 말을 하디 말아야디. 말만 했다 하믄 뎌노무 댠소리에 귀가 아파 못 살갔네."

그러며 광석이 웃자 형도 쑥스러운지 씨익 웃으며 손을 흔들었다. 그러자 광석도 손을 흔들어주었다.

2

조선반도를 왼쪽에 두고 남하를 계속하고 있자니 오른쪽에 섬들이 보였다. 멀리서 봤을 때는 야트막한 산봉우리들로 이루어진 하나의 섬인가 했는데 가까이서 보니 여러 섬들이 모여 있는 군도(群島. 현재의 고군산군도)였다.

섬이 또렷이 보이기 시작하자 맨주먹이 왼쪽, 조선반도 쪽으로 바짝 붙여 항해하라고 소리를 질렀다. 그러면서 자신도 키를 오른쪽으로 바짝 밀었다. 줄곧 육지와 십 리쯤 떨어져서 항해하더니 안쪽으로 바짝 붙여 항해하기 시작한 것.

갑작스러운 항로 변경에 광석이 맨주먹에게 물었다.

"와 기럽네까? 무슨 일이라도 있시요?"

"예, 있지요. 저 섬나라 사람덜 조심해사 헙네다. 여왕의 섬인 다…… 잡아가기도 헙네다. 기러니 광석 대장도 여길 지날 땐 멩심[銘心]해사 헙네다."

"기럼 도사공도 닯혀갔더랬시요?"

"예. 벌써 15년이 다 뒈였지만 흠마(하마터면) 죽을 뻔해나수다."

"여왕의 섬이라믄서요? 기 여왕이란 여자가 기릏게 독합네까?"

"여왕이 문제가 아니라 여왕 호위무사인 충국忠國이란 자가 있는데, 그자 한 마디믄 사람 목숨이 아니라 파리 목숨이 뒙쥬."

"기런데 도사공이래 어케 살아났습네까? 여왕이래 살래둔 겁네까?"

"그, 그건…….."

"……?"

맨주먹의 머뭇거리자 광석은 의아한 눈으로 쳐다봤다. 무언가 사연이 있는 듯싶었다. 얼굴이 붉어지는 것 같았고 광석의 눈길과 마주치자 눈길을 피해 버렸다. 전에 없던, 맨주먹을 만난 후 처음 보는 모습이었다. 광석에게 지지 않을 만큼 뻔뻔하면서도 능글맞은 그가 아닌가. 그런 그가 수줍어하는 정도가 아니라 부끄러워하는 게 예삿일은 아닌 것 같았다.

'뭔가 말 못할 사연이 있구만 기래.'

광석은 직감적으로 느낄 수 있었다. 패수를 오가며 온갖 사람들을 상대하다 보니 다른 건 몰라도 그런 촉은 남에게 지지 않았다. 더군다나 자신과 비슷한, 성질만으로 치면 형인 광건보다도 더 형 같은 맨주먹의 행동 양식을 간파하지 못할 리 없었다.

그러나 광석은 서두르지 않았다. 서두를수록 그는 조개보다도 굳게 입을 닫아버릴 것이고, 그리되면 그의 말을 들을 수 없을 것이었다. 아무렇지도 않은 척, 관심 없는 척해야 자기 얘기가 궁금하지 않느냐고 먼저 접근해올 것이었다.

하여 광석은 그를 바라보던 눈길을 거두고 왼쪽에 보이는 육지에 눈을 주어버렸다. 야트막한 산이 하나 있었고 그 밑에 집들이 모여 있는 게 포구가 있는, 포구에 기대어 사는 사람들의 마을인 것 같았다. 만조 때라 해안선에 바짝 붙여 항해를 하고 있어서 해안과의 거리는 오 리도 채 되지 않을 것 같았다. 그러거나 말거나, 해안선에 바짝 붙여 항해하는 이유가 궁금했으나 광석은 그에 대해서도 묻지 않았다. 조금 있으면 맨주먹이 먼저 그 이유를 설명해줄 테니 그때까진 기다리는 게 최고였다.

그렇게 아무 말 없이 두 시진쯤 지났을까. 예상대로 맨주먹이 먼저 말을 걸었다.

"이제 섬하고 30리 이상 떨어졌으니 무슨 일은 없겠쥬. 요기만 지날 때믄 손에서 땀이 나니 그것도 병이쥬. 15년이 다 됐는데도 지금도 그날을 생각하믄 첨……."

맨주먹은 이제 말할 테니 들어보겠냐고 묻고 있었다. 그러나 광석은 조용히 듣기만 했다. 무관심한 척, 얘기하면 들어주기는 하겠다는 태도로. 그러나 모든 신경을 그의 입에 맞춘 채.

"그때도 이맘 때였지, 아마. 아니, 이보다 좀 이른 때였나?"

그러면서 슬쩍 오른쪽으로 돌아봤다. 바다를 보는 게 아니라 바다에 떠 있는 그 섬을 바라보는 것 같았다.

"그땐 저 섬을 모를 때라, 나중에야 사방팔방 뱃사람들에게 다 알려졌지만 그때까지만 해도 저 섬사람들을 모를 때라, 아무 대비도 없이 여길 지나고 있었지요. 백제와 삼한이 땅을 놓고 서로 다투느라 두 나라 모두 바다엔 신경 쓰지 않고 있었고, 그때가 우리 뱃사람들에겐 그야말로 태평성대였지요. 그날도 산동반도와 요동반도를 돌아, 서안평과 위례성까지 들러 쌀이며 피륙, 토기 등속을 가득 싣고 여길 지나고 있었지요."

맨주먹의 목소리가 그윽해지고 있었다. 치를 떨거나 두려움이 묻어있는 목소리가 아니었다. 담담한 목소리를 가장하려 했지만 아련한 그리움 같은 게 묻어있는 것 같았다. 아무튼 광석의 예상과는 전혀 다른, 예상외의 목소리였다. 그에 따라 광석도 바짝 긴장하지 않을 수 없었다. 가슴속 깊이 묻어두었던 사연인 모양이었다.

"그런데 무슨 일인지 조금 전에 지나온 그 해안마을이 불타고 있었어요. 멀리서 그 불을 보는 순간, 우린 해안선에서 멀리 떨어져 항핼 하려고 뱃머리를 바다 쪽으로 돌렸지요. 전쟁터만은 피해보려고. 건디(그런데)…… 그게 고래 아가리로 들어가는 줄 누가 알았갔습네까?"

3

뱃머리를 돌려 바다 쪽으로 나가고 있으려니 섬 쪽에서 작은 배 세 척이 급히 맨주먹네를 향해 달려왔다. 전마선보다 조금 큰 배였는데, 외돛을 단 채 노까지 저으며, 소리를 질렀다.

맨주먹은 잠시 갈등했다. 바다에서 모르는 배를 만나는 일은 반가운 일이긴 했지만, 마냥 반가울 수만은 없었다. 가끔은 모진 놈들을 만나기도 했으니까. 하여 피할 수 있으면 피하고 있었다. 모르는 사람은 일단 피하고 보는 게 상책이었다. 그러나 그들을 피할 수가 없을 것 같았다. 그들이 타고 있는 배는 전마선 정도 크기였지만 여간 빠르지 않았다. 또한 맨주먹네 배에는 화물들이 잔뜩 실려 있어 그 배들을 따돌릴 수가 없을 것 같았다. 그렇다면 그들의 말을 들어볼 수밖에 없었다.

마음을 정한 맨주먹은 상대 배 안을 살폈다. 배에 타고 있는 사람은 사공 둘뿐이라 얼마간 마음이 놓였다. 사람이 많다면 의심하겠지만 두 사람이 무슨 일을 벌이랴 싶었고, 급한 일이 있거나 뭔가 구하는 게 있나 싶어 돛을 접어 속도를 줄였다. 그러자 상대 배가 가까이 다가오더니 물었다.

"도사공은 어디 있소?"

말투로 보아 삼한 사람은 아닌 것 같았다. 백제나 한수 유역 사람 같았다. 맨주먹도 잘은 모르지만 억양이 백제 말에 가까워 보였다. 그렇다면 큰 문제는 없을 듯했다. 백제가 뱃사람들을 보호한다는 말을 들었기 때문이었다.

"여기 있시요."

맨주먹이 나서며 대답하자 배 세 척이 방향을 틀어 맨주먹네 배로 다가 왔다.

"당신이 도사공이요?"

사공 중 키가 크고 몸집이 있는 사공이 능숙하게 배를 몰아 맨주먹네 배로 다가오며 물었다.

"그렇소. 내가 도사공인데 무슨 일이요?"

그러면서

"어디로 가는 어디 배요?"

"영주로 가는 영주 뱁네다."

"영주라믄? 남쪽 바다 한 가운데 떠있는 섬 말이요?"

"그렇소. 그런데 무슨 일이요?"

그러면서 맨주먹은 상대가 잘 보이는 자리로 나섰다. 그러자 상대편에서 다시 물어왔다.

"그건 알 필요 없고…… 산동과 요동, 그리고 고구려와 백제를 들렀다 돌아가는 길이요?"

"그, 그렇습니다만…… 그건 왜 묻는 거요?"

사공은 점점 알 수 없는 질문을 해대고 있었다. 해서 맨주먹은 그 의도를 알고 싶어 물었다.

"그럼 우리와 잠시 같이 갑세다."

"우리가 왜……?"

그러나 맨주먹은 말을 마칠 수가 없었다. 맨주먹이 말을 하려는데 배 밑창을 덮고 있던 가마니를 제치고 숨어 있던 사람들이 칼을 들고 일어섰기 때문이었다. 그 서슬에 배가 잠시 휘청거리는가 싶더니 재빠르게 맨주먹네 배에 오르는 게 아닌가.

"무, 무슨 일이요?"

맨주먹은 깜짝 놀라지 않을 수 없었다. 대여섯 명이 순식간에 배에 오르는 것도 그렇지만, 그들은 모두 칼을 들고 있었다. 맨주먹네 배에 사람이라곤 여섯뿐이었다. 자신과 웃동무 셋, 돛잡이와 화장이 각 한 명. 무기를 가진 사람은 없었다. 더군다나 사내들은 다부진, 전사의 냄새가 물씬 풍기는 사람들이었다.

"우리가 시키는 대로 하면 살려주겠지만 그렇지 않으면 한 사람도 살려두지 않겠다. 그러니 알아서들 하라. 저기 불타는 게 보이지?"

사내는 건너편 불타는 해안마을을 턱으로 가리키며 으르렁거렸다. 맨주먹은 황당스러웠으나 그들의 말을 따를 수밖에 없음을 깨달았다.

맨주먹은 사공들에게 거부하거나 반항하지 말고 시키는 대로 따르라고 지시했다. 섣불리 반항을 했다간 목숨을 부지하기 힘들 것 같았다. 능숙하게 배를 모는 것이나 배에 접근하는 솜씨가 예사내기들이 아니었다. 또한 뭍에 있는 해안가 마을을 불태울 정도라면 담력이나 무력도 보통은 아닐 것이었다. 그리고 무엇보다 전사들의 풍채나 위엄이 결코 만만해 보이지 않았고, 사공들을 공격하거나 함부로 대하지 않는 게 죽일 것 같지는 않았다. 호랑이에게 물려가도 정신만 차리면 살 길이 열린다고 했으니 정신줄을 놓지 않고 때를 기다려야 할 것 같았다.

그들이 유도하는 대로 배를 끌고 갔다. 오른섬(현재의 신시도)과 가운뎃섬(현재의 무녀도)을 끼고 섬 안쪽으로 들어서자 ㄴ자 형태의 가운뎃섬이 한눈에 들어왔다. 그리고 그들은 그 섬으로 나포되었다.

섬들을 돌아보니 일당들이 가운뎃섬에 자리 잡은 이유를 알 것 같았다. 크기는 오른섬이 커 보였으나 가운뎃섬에 터를 잡은 건 아무래도 방어를 위한 조치인 것 같았다. 좌우 양쪽 섬으로 외적의 침입을 막기 위해서. 그러나 가운뎃섬을 살펴보니 바람과 파도를 막기 위해 자리잡은 것만은 아닌 것 같았다. 서남쪽의 언덕처럼 보이는 야트막한 산 말고는 모두 평지였다. 좌우 섬에는 크고 작은 산봉우리가 있었지만 가운뎃섬에는 산이 없어 농사를 짓기에도 알맞아 보였다.

맨주먹은 불안 초조했지만 지형과 지세를 자세히 살폈다. 만약의 사태를 대비해 두기 위해서였다. 정신 똑바로 차리고 섬 상황을 제대로 살펴 도주로를 확보해 둬야 자신만 믿고 있을 뱃사람들의 목숨을 구할 수 있을 것 같았다.

"다들 내리시오."

자신들이 인도하는 대로 배를 대자 두목인 듯한 사내가 말했다.

"어디로 가는 거우꽈? 필요한 거 있으믄 가지고 우린 돌려보내주시오."

맨주먹의 말에 두목이 대답했다.

"그건 우리 맘대로 할 수 없는 일이오. 일단 가서 잘 말해보시오."

"누겔 만나래 가는 거우꽈?"

"가 보믄 알 거요. 그러니 조용히 따라오시오."

말이 억세거나 위압적이지는 않았지만 위엄이 있었다. 조금 전 배에 올라 얘기할 때와는 다른 느낌이 들었다. 어쩌면 배에서 내리자마자 자신들을 포위한 전사들 때문인지도 몰랐다. 그만큼 그의 말에 무게가 실리게 되었던 것이었다.

맨주먹 일행은 두목을 따라갔다. 바닷가에 서 있는 야트막한 산과 산 사이로 난 좁은 길을 따라 이백여 보를 가니 분지가 나타났다. 북쪽 포구를 둘러싼 산 뒤쪽이었다. 산으로 가려져 있었지만, 포구와 연결되어 있는 분지에는 배산임수로 마을이 앉아 있었다. 그 마을로부터 좀 떨어진 산기슭에는 목책으로 단단히 둘러놓았는데, 그 목책 한가운데는 주변 집들과는 다른 집이 한 채가 있었다. 움막 형태로 지은 집들 사이에 흙벽으로 만든, 제법 번듯한 초가집이었다. 주변 집들과 모양과 크기가 다른 게 거기에 이 섬의 두목이 사는 모양이었다.

그런데······

그 집 앞에 서 있는 사람은 남자가 아니라 여자였다. 얇고 흰 삼베옷에 머리를 단정히 빗어 꽃을 꽂은 것이 제법 높은 지위의 여자인 것 같았다.

"영주로 가는 뱃사람들인데 필요할 것 같아서 끌고 왔습니다."

"알겠습네다. 안으로 들어갑시다."

여자가 나지막하게 말하곤 돌아섰다.

스물 중반쯤 되어 보였다. 햇볕에 그을리지 않은 얼굴이며 뚜렷한 이목구비는 미인상이었다. 섬에서 볼 수 있는 여자라기보다 도성 안에서나 볼 수 있는 여자였다. 걸음 또한 예사롭지가 않았다. 여러 정황으로 보아 그녀는 지체가 높은 여자임이 분명해 보였다.

4

두목의 안내를 받으며 집 안으로 들어서던 맨주먹은 깜짝 놀라지 않을 수 없었다. 집 안이 겉에서 보는 것과 딴판이었기 때문이었다.

나무를 곱게 다듬고 갈아내 기름까지 칠한 바닥이며, 진흙 벽을 가리려는 듯 곱게 갈아낸 판자로 덧댄 벽이며, 그 벽에 장식처럼 늘어놓은 화려한 색깔의 천들이며, 사방 벽과 마루 중간중간에 놓인 꽃들은 천상세계에 들어선 듯한 느낌을 주었다. 서천꽃밭이 있다면 이런 모습이 아닐까 싶을 정도였다.

뿐만이 아니었다. 사방으로 뚫린 창에서는 햇빛이 쏟아져 들어오고 있어 집안에 들어왔는데도 햇빛 찬란한 들판에라도 서 있는 느낌을 주었다. 그에 따라 여자의 걸음걸이는 사람의 걸음이 아니라 선녀의 걸음처럼 느껴졌다.

안으로 들어서다 말고 넋을 잃은 채 맨주먹이 두리번거리자니 두목이 옆구리를 쿡 찔렀다. 어서 들어가자는 뜻인지, 정신 차리란 뜻인지 명확하지 않았지만 맨주먹은 멈췄던 발을 옮기기 시작했다.

그 사이에 여자는 어느새 집 한가운데 놓여 있는 의자에 가 앉았다. 소리가 날 것도 같은데 소리 없이, 사르락 거리는 옷자락 소리가 들릴 만큼 조용히 자리에 앉더니 옷매무시를 가다듬었다. 그녀 옆에는 두 명의 시녀가 다소곳이 서 있었고.

"여기 와 앉으시지요."

여자는 깍듯하게, 부드럽기 그지없는 목소리로 자기 앞 자리를 가리키며 말했다. 그 말에 홀린 듯 맨주먹은 여자 앞에 가서 앉았다. 무엇을 하려는지 알 수 없었기에 여자가 시키는 대로 할 수밖에 없었다. 아니, 여자가 부르지 않아도 스르륵 끌려가 거기에 앉을 만큼 여자는 맨주먹을 끌어당기고 있었다. 홀린다는 것이 어떤 것인지 알 것 같았다.

맨주먹이 여자 앞에 앉자 여자가 고개를 가볍게 끄덕였다. 그러자 시중들던 두 여자가 소리도 없이 사라졌다. 해무海霧가 소리 없이 언제 걷히는지도 모르게 걷히듯. 여자들이 소리없이 사라지자 두목이 맨주먹 옆에 서더니 보고하기 시작했다.

"산동과 요동, 고구려와 백제까지 들렀다 영주로 돌아가는 도사공이랍니다."

그 말에 여자가 고개를 들어 두목을 쳐다보자 두목이 아차 싶은지 재빠르게 말을 이었다.

"아, 영주는 남해 바다 한가운데 떠있는 섬으로, 조선반도 끝에서 천리나 떨어져 있는 섬이라 합니다. 일찍부터 마·변한과 교역을 해왔고, 최근엔 백제, 고구려뿐만 아니라 요동, 산동, 진한, 왜, 그리고 남쪽에 있는 나라와도 교역하는 것으로 알려져 있습니다. 그리고 도사공의 나이나 말하는 것으로 볼 때 그런 곳을 두루 다녔을 것 같아 데려온 것이고요."

두목이 보고를 마치자 여자가 조용히 고개를 끄덕였다. 그러자 두목이 고개를 숙여 인사를 하더니 조용히 물러갔다. 조금 전 시중들던 시녀들이 소리 없이 사라지던 것과는 달리 마룻바닥을 울리며 멀어져갔다.

여자와 단둘이 마주앉게 되자 맨주먹은 숨이 막힐 것 같았다. 시원한 산들바람이 창을 통해 들어오고 있어 숨이 막힐 일이 없는데도 숨쉬기가 힘들었다. 이유를 생각해보니 집안 곳곳에 꽂아놓은 꽃향기 때문인 것 같았다. 꽃향기에 취한 것이었다. 숨이 막힐 것 같이 진한 꽃내음을 맡아보는 건 처음이었다. 하여 숨을 크게 쉬지도 못하고 얕은 숨만 소리 없이 쉬고 있었다. 여자 앞에서 숨소리를 크게 내고 싶지 않았고, 내서도 안 될 것 같았기에 어쩔 수가 없었다. 그러고 있노라니 시녀들이 차를 가지고 와 따라주었다.

"자, 드시지요. 긴장 안 하셔도 됩니다. 너무 긴장하시는 것 같아 묻고 싶은 걸 묻지도 못하겠습니다. 그러니 차 한 잔 마시면서 긴장을 푸세요.”

여자가 차를 권했으나 맨주먹은 마시지 않았다. 차 맛도 잘 모를 뿐더러 시원한 냉수나 한사발 줬으면 싶었기 때문이었다. 창졸간에 잡혀 여기까지 끌려오는 동안 속이 탔는지 목이 바짝 말랐다. 아니, 여자가 자신들을 해칠 것 같지 않았기에 긴장이 얼마간 풀렸고, 긴장이 풀어지자 갈증을 느꼈는지도 몰랐다.

“왜 독이라도 탔을까봐 그러세요? 그럼 나 먼저 마시지요.”

그러더니 자기 앞에 놓인 잔을 들었다. 그러자 맨주먹이 말했다.

“난 시원한 물이나 한 대접 마시고 싶으우다.”

“아 참. 졸지에 일을 당했을 테니 목이 타겠군요. 죄송합니다. 손님 대접은 저나 시중드는 애들이나 다 서툴러서요.”

그러더니 자기 옆에 서 있는 시녀를 보며 고개를 끄덕였다. 그러자 왼쪽에 서 있던 시녀가 조금 전처럼 소리 없이 스르륵 사라졌다. 그리고 잠시 후. 나갔던 시녀가 다시 소리 없이 다가오더니 작은 물동이와 대접 하나를 내놓았다. 그리고 대접에 물을 따라주었다.

맨주먹은 목울대가 쓰릴 정도로 물을 벌컥벌컥 마셨다. 무슨 물인지 몰라도 달고도 시원했다. 맨주먹이 그렇게 물을 마시고 있자니 여자가 엷게 웃었다. 하여 맨주먹은 소리 없이 조심조심 물을 넘겼다.

“괜찮습니다. 물을 달게 마시는 모습이 무술 수련을 마치고 물을 마시던 내 오라비와 닮아 그런 것이지, 다른 뜻으로 웃은 게 아닙니다. 그러니 신경 쓰실 거 없습니다.”

그러면서 다시 웃었다. 하여 맨주먹도 따라 웃었다. 그녀의 하얀 웃음에 답해주지 않으면 안 될 것 같았다.

"그게 시작이었는지, 그 작은 행동 하나가 긴장을 풀어주었는지 둘은 쉽게 대활 이어갈 수 있었지요. 여자는 주로 북방의 소식과 정세에 대해 물었고 난 여기저기 장사하면서 들은 소식들을 전했지요. 그러다 밥 시간이 되자 밥을 같이 먹었고, 중간중간 차도 마셨지요. 차 맛을 잘 몰랐었는데 그날 차 맛을 알았을 정도로 차 맛도 좋았지요."

"여자한테 반했기만요."

광석이 불쑥 끼어들며 던졌다. 그러자 맨주먹이 정색을 하며 받았다.

"언감생심. 나 같은 놈이 어찌 그런 여잘 넘보갔수. 그리고 그때 난 이미 처자식이 있었소. 오라비 얘기가 나오자 오라비처럼 편히 대해주겠구나 싶어 마음을 겨우 놓았을 뿐인데."

"기런데 어띠 차 맛이 똫았을까요? 기 차가 보통 차가 아니었나?"

"그거야 모르지요. 분명한 건 차 맛을 느낄 만큼 마음의 여유를 찾았다는 거고, 그걸 잊지 않고 기억할 만큼 가슴속 깊이 파고들었다는 거지요."

"탉, 이해가 안 됩네다. 뭐가 기렇게 가슴속 깊이 파고들었다는 겐디."

"그러니 좀 더 들어보세요. 그러면 그 이율 알게 될 거난."

맨주먹이 쑥스럽게 웃으며 뒷얘기를 시작했다. 아련한 추억을 되새기듯, 잊을 수 없는 황홀했던 시간을 더듬듯 그 얘기는 듣는 사람의 가슴마저 뛰게 하는, 누구나 가질 수 없는, 용기 있는 자만이 가질 수 있는 인생의 가장 아름답고 황홀했던 시간의 한 자락이었다.

밤이 깊어가고 있었다.

그러나 여왕—나중에 안 사실이지만 그녀는 그 섬나라의 여왕이
었다.—은 애기를 정리하려 하지 않았다. 여왕은 맨주먹의 이야기를
더 듣고 싶어 했고, 맨주먹은 여왕과 조금이라도 시간을 더 갖고
싶었다. 어느 순간이었는지 모르지만 맨주먹은 여왕에게 빠져 있었
다. 지금 생각해도 어떻게 그런 감정을 가질 수 있었는지 이해가
안 되지만, 자신도 모르는 새에 그녀에게 빠져 있었다. 어쩌면 그녀
의 눈을 바라보는 순간, 그 눈 속으로 풍덩 빠져 버렸는지도 모르고
그녀의 눈은 사람을 빠져들게 할 만큼 맑고도 깊었다.

처음에 맨주먹은 여왕에게 잘 보여 무사히 돌아갈 수 있게 도와
달라고 할 계획이었다. 자신들을 나포해온 두목이나 다른 사람들의
행동을 볼 때, 여왕 한 마디면 자신들은 풀려날 수 있을 것 같았기
때문이었다. 만약 그게 여의치 않을 때는 여왕을 이용하여 도망이
라도 칠 생각이었다. 여왕만 잘 이용하면, 여왕의 눈에만 들면 탈출
기회를 잡을 수 있을 것 같았기에 여왕이 묻는 말에 최선을 다해
대답했다. 자신이 아는 바를 최대한 정중하면서도 조리 있게 들려
주었다.

그런데 시간이 갈수록 여왕을 이용하겠다는 생각이 스러져 갔다.
여왕을 이용할 생각을 했던 게 부끄러워지기 시작했고, 죄악처럼
느껴지기까지 했다. 여왕은 상대를 무장해제 시키는 힘을 가진 사
람인지 여왕에게 빠져들고 있었다. 그걸 홀렸다고 한다면 홀린 것
이고, 취했다고 한다면 취한 게 분명했다. 꽃향기에 취했는지도 모

르고, 어쩌면 여왕의 향기에 취했는지도 몰랐다.

여왕이 움직일 때마다 코끝을 자극하는 냄새가 났다. 아니, 그 냄새가 맨주먹을 자극하고 있었다. 그 냄새가 여왕에게서 나는 냄새인지, 여왕이 움직일 때마다 실내에 퍼져있던 꽃향기가 은은히 퍼지는지는 모르지만, 여왕과 꽃향기는 하나처럼 느껴졌다. 그 향기는 빠져들지 않고는 못 배기게 하는 향기였다. 그 향기에 취해 맨주먹은 자신의 처지도 잊은 채 여왕에게 빠져들고 있었다.

밤이 늦어지자 시녀들이 잠자리에 들 것을 권했다. 여왕은 그때마다 알았다고 대답은 하면서도 일어서질 않았다. 맨주먹의 얘기를 계속 듣고 싶어하는 것 같았다. 그리고 세 번째 고했을 때야 겨우 자리에서 일어섰다. 마지못해 일어서는 것 같았다.

여왕이 일어서자 맨주먹도 일어설 수밖에 없었다. 그러나 맨주먹은 일어서기 싫었다. 이야기를 핑계로 여왕과 밤새 같이 있고 싶었다. 처음 느껴보는 감정이었다. 밤샘 항해는 해봤지만 밤을 새워 얘기해본 적이 없었고, 더군다나 여자와 밤을 새고 싶다는 생각을 할 줄은 꿈에도 상상해본 적이 없었다.

"잘 주무시고 내일 뵙지요. 편히 주무세요."

여왕도 헤어지기 아쉬운 얼굴과 목소리로 이별을 고했다. 여왕의 그 말을 듣는 순간, 맨주먹의 목울대에서 뭔가가 울컥 치밀어 올랐다. 그와 동시에 말을 할 수가 없었다. 무슨 말이든 하고 싶은데 말이 나오질 않았다. 하여 안타깝고 떨리는 목소리로 이 소리밖에 낼 수 없었다.

"예——."

그리고 시녀들과 함께 멀어지는 여왕을 바라봤다. 여왕도 두 번이나 돌아보는 게 아쉬운 모양이었다.

여왕이 방에서 나가자 낮에 맨주먹을 나포했던 두목이 들어왔다. 낮에 입었던 허름한 옷을 벗고 말쑥하게 무복을 갖추고 있었다. 밖에서 두 사람의 얘기가 끝날 때까지 기다리고 있었는지 다소 화가 나 있는 것 같았다. 어쩌면 시녀들에게 잠자리에 들어야 한다고 알린 건 시녀들의 판단이 아니라 두목이 시킨 일일지도 모른다는 생각이 들었다. 맨주먹을 경계하는 듯한 느낌 때문이었다. 그러나 맨주먹이 할 수 있는 일은 없었다. 그는 포로 신세나 다름없었기에 두목이 시키는 대로 할 수밖에 없는 처지였다.

두목을 따라 여왕의 집에서 조금 떨어진 집으로 갔다. 밖엔 무사인 듯한 이들이 지키고 있었고, 안으로 들어가니 뱃사람들이 기다리고 있었다. 맨주먹이 올 때까지 기다리고 있었는지 맨주먹을 보자 다행이라며 눈물을 보이기까지 했다.

여기저기서 중구난방으로 질문이 쏟아졌으나 맨주먹은 말을 아꼈다. 여왕과의 얘기를 다할 수도 없었고, 해서도 안 될 것 같았기에 별문제가 없으면 무사히 풀려날 수 있을 것 같다는 말로 그들을 안심시키고 잠자리에 들게 했다. 그들에게 여왕과의 향기로웠던 시간을 얘기하고 싶지 않았고, 그들에게 얘기함으로써 향기로웠던 시간을 깨고 싶지도 않았다. 일각이라도 빨리 그들에게서 벗어나 향기로웠던 시간을 되새김질하고 싶었다.

동료들과 한 자리에 누운 채 맨주먹은 여왕과의 시간을 되새김질하기 시작했다. 북방의 얘기보다는 백제 얘기를 집중적으로 묻는 것으로 보아 백제에 관심이 많은 듯했다. 어쩌면 백제와 연결되어 있는 여자일지도 모른다는 생각이 들기도 했다. 왜 그런 생각이 드는지는 확실치 않았으나 그런 생각이 들었다. 그러나 그건 중요하지 않았다. 여자가 어느 나라 사람인지, 왜 여기 살고 있는지는 중요한 일이 아니었다. 주체할 수 없는 감정을 어떻게 처리해야 할지 알 수가 없었기에 맨주먹은 잠을 이룰 수가 없었다.

뜬눈으로 밤을 새우다시피한 맨주먹은 여왕이 찾는다는 말에 부리나케 달려갔다.

아침을 준비해놓고 맨주먹을 기다리던 여왕은 맨주먹을 보자 엷게 웃었다. 그 모습을 보자 맨주먹은 여왕도 밤잠을 설쳤음을 알 수 있었다. 하룻밤 새에 얼굴이 핼쑥해 보였기 때문이었다. 자기와 같은 감정으로 밤잠을 못 이루지는 않았을 텐데 무슨 일인지 궁금했다. 그러나 그걸 물을 수는 없었다. 말이란 자신의 마음을 전달하기도 하지만, 잘못 전달하여 오해를 사는 경우가 얼마나 많던가. 그러니 말을 하지 않는 게 좋을 듯했다.

"오늘을 밖에서 얘기할까요? 안에만 있었더니 답답하기도 하고 도사공의 말씀은 안에서보다 밖에서 듣는 게 좋을 것 같아서요."

아침을 먹고 나자 여왕이 밖으로 나가자고 했다. 그 말에 맨주먹이 여왕을 바라보자 여왕은 부끄러운 낯빛을 보였다. 아니, 눈길이 마주치자 급히 눈길을 내려 버렸다. 자신의 마음이 들킬 게 겁이라도 나는 사람처럼. 그러는 여왕의 행동을 보고 있자니 이상한 생각이 들었다.

'여왕도 나처럼 마음이 흔들리고 있는 건가?'

그러나 그건 있을 수 없는 일이었다. 여왕이 그럴 이유가 없었다. 맨주먹이 잘못 짚는 게 분명했다. 여왕이 자신에게 그런 마음을 가질 이유가 없었다. 맨주먹은 헛다리 짚고 있는 자신을 나무랐다.

잘못 판단했다간 자신과 동료들 모두 위태로울 수 있는 만큼 주의해야 했기에 정신 똑바로 차려야 했다.

가슴을 휘젓는 헛된 생각들을 침과 함께 삼키며 여왕과 함께 마을 뒷산에 올랐다. 야트막한 산이었지만 5월 녹음이 짙게 드리워져 있었고, 무성한 숲은 그늘을 만들어 두 사람을 가려주었다. 나무 사이를 비집고 들어오는 햇발이 꿈속인 듯 아련했다. 그럴수록 맨주먹은 정신을 차려야 한다고 주문을 걸고 또 걸었다.

"여깁니다. 여기가 이 섬에서 세상을 보기에 가장 좋은 곳이랍니다."

여왕의 말에 앞을 바라보자 탁 트인 바다와 좌우에 떠 있는 섬들이 보였다. 두 섬은 두 손바닥을 오므려 여왕의 섬을 감싸 안은 형국이었다. 어쩌면 넓고 넓은 바닷물을 뜨기 위해 바다 속에 두 손을 담근 것 같았다. 그리고 오른쪽엔 조선반도가 길게 다리를 뻗은 채 누워있었다. 여왕의 말처럼 세상이 한눈에 보이는 곳이었다. 여왕이 멈춰선 곳에는 풀이 가지런히 정리되어 있는 게 평소에도 여기에 자주 오는 모양이었다.

"이곳에서 바라보는 시간만큼은 세상이 다 내 것인데, 여기서 내려가면 세상은 여전히 남의 것이죠."

여왕은 그러면서 조선반도 쪽을 쳐다보았다. 그 눈길은 맨주먹이 과거 흐린내와 건들개에서 바다 건너 세상을 바라보던 눈길과 닮아 있었다. 하여 맨주먹은 자신도 모르는 새에 불쑥 이 말을 던지고 말았다.

"뜻이 있으믄 길도 있는 법이우다."

그 말에 여왕이 맨주먹을 바라보았다. 다소 당황스러운 얼굴이었다. 그러나 맨주먹은 말을 멈추지 않았다. 어떻게든 여왕에게 힘이 될 얘기를 해주고 싶었다. 어쩌면 여왕은 그걸 바라고 맨주먹을 여기까지 데리고 왔는지도 몰랐다.

"일곱 살이었지요, 어머니까지 다 잃은 게."

맨주먹은 자신의 과거사를 풀어놓고야 말았다. 안 해야 좋을 말인지 모르지만, 자신의 과거를 통해 여왕이 힘을 얻었으면 싶었다. 하찮기 그지없는 자신의 과거사가 여왕에게 힘을 줄 수 있을지는 미지수였지만 자신의 과거사로 여왕을 위로해주고 싶었다. 그 누구에게도 위로받지 못했던 자신의 어린 시절을 위로해주고 싶었는지도 몰랐다. 하여 한 번 얘기를 시작하자 멈출 수가 없었다.

"힘들다고 얘기하고 싶은데 그럴 수가 없음이 더 가슴 아팠습니다. 하여 그 감정과 눈물을 혼자 버리기 위해 그곳엘 가곤 했었지요. 남에게 드러낼 수 없는 감정을 그곳에 버리고 나면 다시 살아갈 힘이 생겼으니까요."

맨주먹은 멀리 있는 조선반도에 눈을 준 채 얘기를 계속했다. 그리고 자신의 얘기가 배를 타고 삼한 땅을 오갈 때에 들어서자 맨주먹은 여왕을 바라보았다. 자신의 얘기를 여왕이 어떻게 듣는지 궁금했기 때문이었다. 그런데 언제부터였는지 여왕이 울고 있었다. 아니, 울었었는지 볼에 두 줄기 눈물 자국이 남아 있었다. 어느 순간, 무슨 얘기에 눈물을 흘렸는지 알 수는 없었지만 여왕은 눈물을 흘렸던 게 분명했다.

맨주먹은 이해할 수가 없었다. 자신의 이야기에 눈물을 흘릴 이유가 없었다. 지금까지 그 누구에게도 해본 적은 없었지만, 자신의 이야기에 눈물 흘리는 사람이 있을 거라곤 생각조차 해본 적이 없었다. 그런데 자신의 이야기를 듣고 눈물을 흘리는 사람이 있다니 이해할 수 없었다. 자신의 이야기는 상대를 울릴 만한 이야기가 아니었다. 그런 자신의 이야기에 눈물을 흘리는 사람 또한 예사 사람은 아닐 것이었다.

그래서 그랬을까. 아무 생각도 없이, 자신도 모르는 새에, 맨주먹은 여왕의 눈물을 닦아주기 위해 손을 뻗어 버렸다. 왜 그런지 그 눈물을 닦아주고 싶었다. 그 눈물을 그냥 두고 보는 건 죄악처럼 느껴졌다. 그래서는 안 된다는 걸 깨달은 것은 그 후였지, 그때는 아무 생각도 없었다. 마음보다 손이 먼저 움직인 것이었다.

그런데 문제는 그 다음이었다. 손을 뻗다 말고 멈칫 하자 여왕이 맨주먹을 바라보며 쓰게 웃었다. 놀란 것 같지는 않았다. 거부하거나 경계하는 표정도 아니었다. 오히려 고맙다는 표정이었다. 그러더니 조용히, 잠긴 목소리로 입을 열었다.

"아픔도 이렇게 나눌 수 있는 거네요. 난 지금껏 아픔이나 슬픔들은 혼자 감당해야 하는 것인 줄 알아왔는데……. 하여 혼자 가슴속에 묻어두기만 했었는데. 그런 감정도 나눌 수 있는 것이었군요. 그런 감정을 남에게 드러내는 게 부끄러운 일인 줄만 알았는데, 그게 아니었군요."

그게 계기였는지 여왕이 자신의 사연을 꺼내놓기 시작했다. 가슴 깊숙이 묻어둔 사연이라 그런지, 떠올리기가 힘든지 그 소리는 느리고 무겁게 솟아오르고 있었다.

6

"난 버려진, 버림받은 궁줍니다."

자세한 사연은 숨겼지만 오라비를 찾아 떠돌다 이 섬에 왔다고 말해주었다. 바다로 나가 돌아오지 않은 부모를 기다리다 바다로 떠난 오라비를 찾아 나섰다가 바람과 파도에 떠밀려 여기에 왔노라고. 바람과 파도는 잤지만 배가 없어서, 배를 구하거나 만들 때까지 여기에 있기로 하고 머문 게 오늘까지 5년이 지났다고. 이제 자신이 살았던 곳에는 돌아갈 수도 없게 됐다고.

도사공을 처음 봤을 때의 놀람도 얘기했다.

"바다로 떠난 오라비가 살아 돌아온 줄 알고 얼마나 놀랐던지 지금도 가슴이 쿵쾅거립니다. 여섯 살 윈데 오라비는 내게 아버지이자 단 하나의 보금자리였지요. 그런 오라비가 바다로 나간 후 돌아오지 않자 혼자 궁에서 버틸 수가 없었어요. 신하들도 날 멀리했고, 결국엔 날 없애려 했지요."

신하들이 두려워 자신을 따르는, 아버지와 오라비에게 충성을 바치려는 신하들을 모아 새벽에 탈출을 했다고. 그랬다가 풍랑을 만나 많은 사람들을 잃었고, 바다를 헤매다 이 섬에 들어왔다고. 어제 도사공네 배를 나포하고 자신에게 인도했던 충국(忠國. 두목의 이름)은 자신을 호위하던 호위무사로, 지금은 이 섬의 방어대장이요, 군사 책임자요, 일인자라고. 실질적인 이 섬의 주인이라고.

"혼인은?"

"……?"

"그 호위무산 혼인했습네까?"

"처자식까지 버리고 날 위해 목숨을 내건 사람이지요."

그 말에 도사공이 가만히 고개를 끄덕였다. 무언가를 생각하는 눈치였다.

"그래서 그랬나?"

"뭐가요?"

"아, 아니우다. 혼잣말이우다."

도사공이 황급히 입을 닫으려 하자 현의顯義는 목소리를 낮추며 물었다.

"눈치 채셨나요?"

"뭐, 뭘 말이우꽈?"

도사공은 괜한 소리로 일을 키우고 싶지 않은지 딴청을 부리려 했다. 그러자 현의는 목소리를 더 낮춰 속삭이듯 말했다.

"그래서 말씀인데, 절 좀 구해주세요. 이 섬에서 도망칠 수 있게 좀 도와주세요."

부모와 오라비를 찾기 위해, 자신의 명에 따라 충국이 조선반도를 다 돌아다니며 찾아봤지만 찾을 수 없었다. 찾는 건 고사하고 그 어떤 소식도 들을 수 없었다고 그간 사정을 말했다. 왜로 갔다는 말이 나오더니 유구인가 하는 섬나라로 갔다는 말도 있었지만 확인된 건 없었고, 확인할 수도 없었다는 말도 전했다.

"거기까지 가볼 엄두가 나지 않았고, 갈 수도 없었습니다."

배를 만들 수 없었고, 가는 방법도 알지 못했고, 여기 남은 사람으로 거기까지 항해할 수 없어 포기했다고 말했다. 그러다 지나가는 배가 보이면 지나가는 배에 다가가 부모와 오라비 소식을 들으려 했지만 들을 수가 없었다는 안타까움도 전했다.

"그러던 중, 충국이 부모와 오라비가 죽었다는 말을 하더군요. 그 말을 듣자 믿을 수가 없었어요. 믿고 싶지 않았어요. 그런데 그날 이후 충국의 행동이 이상했어요. 그날 이후 충국은 날 위로하기 위해 온갖 정성을 다 쏟았는데, 난 그게 이상했어요. 충국이 딴마음을 먹는 게 아닐까 하는 의심이 들었지요."

충국은 부모와 오라비 사망 소식을 어디서 들었는지 말하지 않았다. 자신을 믿으라고, 자신이 설마 거짓을 고하겠냐고, 나중에 자세한 내막을 알려주겠다고 했다.

"모든 소식을 충국의 입을 통해 들어야 했지요. 충국이 모든 사람들의 입을 통제하는지 다른 사람을 통해 얘길 들을 수가 없었기에. 그러다 난 이 섬에서 벗어날 수 없고, 충국에 의해 사육당하고 있다는 생각을 갖게 됐지요."

현의는 한숨과 함께 말을 마쳤다. 도사공에게 그런 말을 해도 되는지는 생각하지 않기로 했다. 지금 도움을 청할 사람은 도사공밖에 없었다. 엊저녁 도사공의 말을 들어보니 항해에 대해서만큼은 그 누구보다 빼어나고 안 다녀본 곳이 없는 것 같았다. 하여 그에게 도움을 청하는 수밖에 없다는 생각이 들었기에, 자신의 사정을 숨김없이 알려야 할 것 같았기에, 묻어두었던 속마음을 털어놓았다. 오라비 같은, 오라비처럼 느껴지는 그에게 모든 걸 걸어보는 수밖에 없었다.

말을 하면서 현의는 놀라지 않을 수 없었다. 뭣 때문에, 뭘 믿고 도사공에게 자신의 속말을 하고 있는지 자신도 이해되지 않았다.

오라비와 닮았기 때문만은 아닌 듯했다. 객관적으로 볼 때 그는 오라비와 크게 닮지도 않았다. 그런데도 분위기나 인상이 오라비처럼 보였다. 처음 보는 순간에 그냥 그랬다. 자신을 구하러 온 구원자처럼 느껴졌다. 왜 그런지 그러면 자신을 이 섬에서 데려가 줄 것처럼 느껴졌다. 그런 느낌이 그를 오라비로 착각하게 했고, 속엣말을 하게 하는 것 같았다. 말귀가 빠르고, 입도 무거울 것 같았다.

그런 판단이 잘못 되지 않았음을 오늘 다시 느꼈다. 충국의 혼인을 묻는 순간이었다. 현의는 도사공이 자신의 혼인을 묻는 줄 알고 가슴이 쿵 내려앉았다. 설렘을 넘어 몸까지 떨렸다. 그런 자신의 반응을 읽었는지 도사공은 재빨리 초점을 충국에게로 돌렸지만, 도사공은 그녀의 혼인을 물었던 게 분명했다. 그 말을 듣는 순간 현의는 결단을 내렸다. 더이상 충국에게 사육당할 수는 없었다.

"나, 난 그럴 능력이 없습네다. 힘과 능력이 있었다믄 여기 이렇게 잡혀왔갔습네까?"

도사공은 현의의 부탁을 거절하는 게 아니라, 돕고 싶긴 한데 자기 능력 밖이라고 한탄하고 있었다.

"그건 걱정하지 않으셔도 될 듯합니다. 비록 허울뿐인 여왕이긴 하지만 내가 충국을 따돌릴 방법을 찾아보겠습니다. 그러니 도사공께서는 여기 좀 머물러 주십시오. 충국 몰래 여길 빠져나가려면 여러 방도를 강구해야 하지 않겠습니까? 시간을 좀 내주십시오. 아니, 준비할 시간을 주십시오. 기회는 한 번밖에 없을 테니 철저히 준비해야 하지 않겠습니까? 부탁합니다."

현의의 말에 도사공은 심각하게 고민하는 듯했다. 말없이 앉은 채 현의의 얼굴을 빤히 쳐다보는 게 그걸 말해주고 있었다. 놀라거나 피하려고 하지 않았다. 그러더니 현의를 똑바로 쳐다보며 차분하게 말했다.

"여왕을 처음 보는 순간, 피할 수 없다는 느낌이 들었는데 이것이었나 봅니다. 도망칠 수 없는, 도망치고 싶지 않은 느낌말입네다. 피할 수 없는 운명이라믄 받아들여야지요."

그 말에 현의는 자신도 모르게 그의 품으로 파고들고 말았다.

"고맙습니다. 나도 같은 느낌이었어요. 그래서 이런, 그 누구에게도 말할 수 없었고 말하지 못하는 말을 하는 것이구요."

도사공의 심장 뛰는 소리가 현의의 귀를 울리더니, 그 박동이 전염됐는지 현의의 심장도 세차게 뛰기 시작했다.

7

"그렇게 해서 둘은 목숨을 건 모험을 감행하기로 작심했지요."

맨주먹은 거기까지 얘기해놓고는 웃동무를 불렀다.

"으레 왕 치 잡으라. 여왕 섬 벗어나시난 느가 ᄒ끔 몰라."[1]

그러면서 자리를 뜨려 했다. 그러자 광석이 급히 따졌다.

"뭔 얘길 할래믄 끝까디 해야디 지끔 뭐하는 겁네까?"

"한꺼번에 다 들으믄 재미 없습네다. 기러니 다음 얘긴 나중에 들려주지요."

"뭐, 뭐라는 겁네까? 지끔부터가 딘딴데, 옷 다 벗어놓고 안 듀는 여자도 아니고?"

"그래야 애간장이 녹고, 하는 맛도 있지 뭘?"

---

1) 여기 와서 키 잡아라. 여왕 섬 벗어났으니 네가 좀 몰아라.

맨주먹이 고소한 참깨라도 씹는 얼굴로 웃었다. 그러자 광석이 소리를 질렀다.

"아니, 기래도 기렇디. 이런 법이 어딨습네까? 칼을 뽑았으믄 무라도 베야디 휘둘러보기만 하고 딥어놓는 법이 어딨냐고?"

그러거나 말거나 맨주먹은 웃동무한테 키를 넘겨주더니 자리를 떠 버렸다. 광석이 급히 뒤쫓으며 졸라댔으나 맨주먹은 입을 봉한 채 딴청만 부렸다.

'간나, 장사 솜씨래 쥐새끼 뺨치더니 말하는 솜씨도 기 윗길이구만 기래.'

더 졸라봐야 소용없음을 깨달은 광석은 결국 포기하는 수밖에 없었다. 맨주먹은 자신의 얘기를 쉽게 들려주지 않을 것 같았다. 뒷얘기를 광석에게 팔려고 하는 것 같았다. 값을 얼마나 요구할지는 모르지만 광석은 그 값을 치러야 그의 얘기를 들을 수 있을 것 같았다. 하여, 너무 비싸게 살 수는 없었기에 광석도 물러섰던 것이었다. 흥정에선 덤비는 쪽에 항상 불리한 게 아닌가. 그러니 덤비지 말고, 느긋하게 때를 기다리기로 했다. 그 때란 것이 너무 늦어서도 안 되지만 너무 빨라서는 더욱 안 되는 것이기에 적당한 때를 찾아보기로 했다.

날이 설핏해지자 변산(卞山. 현재의 변산반도邊山半島 주변)에 배를 대었다. 물도 실어야 하고, 먹을거리도 좀 구해야 하니 일찍 들어가 바닷가 마을에서 장사나 좀 하고 그 돈으로 양식을 구하자고 했다.

그래서 변산 격포(格浦. 현재의 격포항 주변)에 배를 대어 장사를 시작했다. 배가 들어가는 곳에 장이 선다는 말이 거짓이 아님을 증

명이라도 하듯, 포구에 배를 대기도 전에 사람들이 몰려 있었다. 배가 들어오는 것을 미리 알고 있었던 모양이었다.

영주로 가져갈 물품들은 밑칸에 실었고, 가면서 교역할 물품들은 위쪽에 실어뒀으니 위에 있는 물품들을 덜어 장사를 시작했다. 포구 주변이 산으로 둘러싸여 있는데도 주변에 사람들이 많이 사는지 포구는 잠깐 사이에 사람들로 들끓었다. 거간들이 덤비기도 했지만 맨주먹의 충고를 받아들여 도매는 접고 소매만 했다.

영주로 싣고 갈 물목이 대부분인 맨주먹네보다 광석네가 훨씬 많이 팔았고 이문도 많이 남겼다. 위례성에서 싣고 온 물품들이 주로 팔렸다. 특히 옷감과 질그릇, 생필품은 없어서 못 팔 지경이었다. 위례성과 거리가 그리 멀지도 않은데 위례성에서 실은 물목들이 세 배 이상의 이문을 남겼다.

"메틸 안 내려왔는데 이문이 이 정도믄 장사할 만하구만 기래. 이거이 땅 딮고 헤엄티기디."

이문을 많이 남겨 기분이 좋아진 광석이 말하자 맨주먹이 피식 웃으며 대꾸했다.

"죽은대장은 그게 그렇게 좋우꽈? 바람과 물때가 안 맞이믄 열흘이 될 수도 있고, 바람이나 파돌 만나믄 다 바당에 던져버리기도 하고, 재수 없으믄 생목심까지 버려사 하는데, 그 값으로 치믄 싸도 한참 싼 거쥬."

맨주먹의 말을 듣고 보니 과히 틀린 말은 아니었지만 광석은 기뻤다. 며칠 새에 세 배를 남겼으니 장사치고는 최고의 장사가 아닌가. 목숨을 걸어야 하고 하늘이 도와줘야 가능한 일이긴 하지만 바닷장사는 해볼 만한 장사였다. 어떤 장사가 이만한 이문을 남겨줄 수 있단 말인가. 교역품의 선별, 구매자의 구미에 맞는 물목 선택, 시기에 맞춘 적절한 공급만 가능하다면 태자도 정도가 아니라 한 나라를 먹여 살리기에도 부족함이 없을 것 같았다.

그런데도 다른 나라나 다른 사람들은 뭍장사에만 집중하여 바닷장사에는 별다른 신경을 쓰고 있지 않으니 자기가 그걸 해보고 싶었다. 원행遠行 장사야 뭍에서 하건 바다에서 하건 목숨을 걸어야 하니 바닷장사로 돈을 벌고 싶었다. 더군다나 자신들은 지금 섬에 살고 있어 바닷장사를 하는 수밖에 없지 않은가. 영주 사람들이 바닷장사로 먹고 살 듯, 자신들도 바닷장사로 태자도를 먹여 살리고 싶었다.

그런 생각을 하노라니 상도 방어사가 새삼 고마웠다. 삼한에 필요한 물품들을 그가 선별해줬으니 이만큼의 이문이 남는 것이지 그렇지 않았다면 어림도 없었을 것이었다. 그러니 모든 공은 그에게 있다 해도 과언이 아니었다.

장사를 마치고 포구 앞에 있는 주막에 들었다. 주머니도 두둑했고, 오랜만에 술도 한 잔 하고 싶었지만 광석은 맨주먹의 뒷얘기를 듣고 싶었다. 얘길 하다 말고 피조개가 입을 다물 듯이 닫은 이유는 입에 기름칠을 하라는 뜻이었기에, 술로 기름칠을 할 생각이었다. 술을 좋아하니 술만한 기름칠은 없을 것이었다. 하여 사양하는 척 버티는 맨주먹을 끌고 주막을 찾았다. 형은 술 마실 돈이 어딨냐며 말리느라 같이 따라왔고.

"여기 술상 거하게 내슈."

광석이 주막으로 들어서며 소리를 질렀다.

"젤 돟은 술과 가댱 비싼 안주로 내오쇼."

그 말에 부엌에서 주모가 뛰어나오며 반갑게 맞았다.

"오늘 온 사공들이 아니시오? 안 그래도 왜 안 오시나 기다렸는데 이제야 오셨어라?"

주모가 자신들을 기다렸다는 말에 광석이 거 보란 듯이 두 사람을 쳐다보며 웃었다. 주모의 말은, 배가 들어오면 으레 이 주막에서 술추렴을 한다는 뜻이 아닌가.

"너래 무슨 일 있네?"

"일은? 기분이 동아서 기러디. 이런 날 아니믄 언제 목구멍에 기름틸하갔소?"

"기렇디만 이거이……."

형이 또 잔소리를 시작할 것 같아 광석은 얼른 형의 말을 자르며 말했다.

"오늘은 내래 하당은 대로 하슈. 언제 내 말 들어 손해본 덕 있수?"

"퍽이나. 손핸 안 보고 발해만 봤디. 너래 하는 일이……."

"됐수. 입만 열었다 하믄 기노무 단소리……. 입도 안 아프슈? 주문은 도사공이래 하슈. 주몬 여기 도사공이래 시키는 거 가뎌오고. 없으믄 만들어서라도."

광석이 맨주먹과 주모를 번갈아 쳐다보며 말했다. 그 말에 맨주먹이 음흉하게 웃었다. 광석의 의도를 알겠다는 뜻인 듯했다. 그러자 주모는 맨주먹에게 찰싹 다가서며 아양을 떨며 말했다.

"예, 예. 인육 말고는 다 있으니 시키기만 하씨요."

"좋수다. 이 집에서 젤 좋은 술과 젤 비싼 안주로 주슈."

그러자 형이 또 나서려는 걸 광석이 재빨리 눌렀다.

"형은 가만히 있다 공따 이삭이나 주으슈. 괜히 나서서 방해하디 말고."

"기래도……."

"됐수. 오늘은 내 주머이(주머니)에서 낼 테니낀."

광석은 형을 겨우 누르고 주모에게 고개를 끄덕였다. 그러자 주모가 치맛자락에서 불이 나게 달려갔다. 형은 그러는 광석이 못마땅한지 광석을 노려봤으나 광석은 그러거나 말거나 맨주먹의 얼굴만 쳐다봤다. 이제 시작해야 할 게 아니냐고. 이런 걸 바라 얘기를 중도에 자른 것 아니냐고. 그걸 모를 리 없는 맨주먹이 잠시 버티는가 싶더니 툭 던졌다.

"아, 입에 술이라도 들어가야 말이 나오지. 그런 얘길 어케 맹숭한 정신에 하겠소."

"알갔소. 주모 여기 술 먼뎌 듀시라요. 딥어먹을 거 한두 개 하고."

광석이 부엌을 향해 소리를 질렀다. 그러자 안 그래도 준비하고 있었던지 주모가 부엌에서 나오며 대답했다.

"옷도 다 안 벗기고 제 양물 박으려는 사람들이시요. 안 그래도 챙겨간께 염려마씨요."

주모가 비위짱 좋게 대꾸하며 다가오자 셋은 웃을 수밖에 없었다.

"어디까지 했더라?"

술이 몇 순배 돌자 맨주먹이 드디어 입을 열었다.

"어디까디긴 어디까디요, 다 알믄서. 아, 두 사람이 도망티랠고 작정한 데까디 하디 않았시요."

광석은 뻔히 알면서 음흉하게 뜸을 들이는 맨주먹이 못마땅해 소리를 질렀다.

"어? 그디까지 했구나."

광석은 다시 소리를 지르려다 말았다. 맨주먹이 뜸을 들이는 데는 그만한 사연이 있을 것 같았기 때문이었다. 그 전의 얘기가 상황 설명이라면 진짜 얘기는 지금부터였다. 감추고 싶은 얘기가 있을지도 몰랐다. 그러니 광석이 너무 재촉하면 진짜 알맹이는 빼버리고 껍데기만 늘어놓을 수도 있었다. 하여, 광석은 화가 치밀었으나 꾹 눌러 참았다. 어쩌면 맨주먹은 그런 광석의 심리까지 알아채고 말을 아끼고 있을지도 모르는 일 아닌가.

화인火印 새기기

8

맨주먹은 후회스러웠다. 어쩌다 그런 약속을 하고 말았는지 생각할수록 경솔했던 것 같았다. 그 일은 그렇게 쉽게 결정할 수 있는 일이 아니었고 마음 내키는 대로 대답할 성질의 것은 더더욱 아니었다. 자기 혼자만의 일이라면 모를까, 동료들의 목숨까지 걸려 있는 일이 아닌가.

그러나 어쩔 수 없는 선택이기도 했다. 그때로 다시 돌아간다 해도 같은 결정을 내릴 것이고 같은 대답을 할 것이었다. 그만큼 여왕의 부탁은 거절할 수 없는, 절실·절박한 것이었다. 그런 여왕의 부탁을 거절하는 건 사람의 도리가 아닐 것 같았다. 부탁을 들어주지 않으면 은은한 꽃향기의 여왕의 체취가 금방이라도 시체 썩는 악취로 바뀔 것 같아, 맑고 투명한 눈에서 썩은 진물이 줄줄 흐를 것 같아, 앉은 자리에서 금방 말라 죽어 버릴 것 같아, 순식간에 자취도 없이 사라져 버릴 것 같아 그녀에게 대답할 말은 하나뿐이었다. 어떻게든 구해줄 테니, 자신의 목숨을 바쳐서라도 구해줄 테니 살아만 있으라고, 살아만 있어 달라고, 간청할 수밖에 없었다. 그만큼 절박해 보였고, 목숨을 내걸고 얘기하고 있었다. 다른 생각을 일체 못하게, 다른 생각을 하는 순간 눈앞에서 순식간에 흩어져 버릴 것 같아 두려울 정도였다.

그러나 여왕과 헤어져 사공들의 숙소로 돌아오자 드디어 현실이 보였다. 걱정스러운 얼굴로 맨주먹을 기다리고 있는 사공들을 보자 울컥했고, 어떻게 됐냐고 걱정과 궁금함을 동시에 표출하는 그들이 가여웠고, 어떻게든 살아 돌아갈 수 있을 테니 너무 서두르거나 걱정하지 말라고 도리어 맨주먹을 위로하는 그들에게 죄스러웠다. 그들을 잊은 채 여자에게 홀려 목숨을 버릴 생각을 했고 결정을 내려버린 자신이 한심스럽고 역겨워 견딜 수가 없었다.

그러나 이제 되돌릴 수 없었고 방법은 하나뿐이었다. 여왕과 사공들을 동시에 구하는 것.

맨주먹은 고민하지 않기로 했다. 엎질러진 물을 다시 주워 담을 수는 없었다. 지금껏 포기하는 삶을 살아와서 그런지 포기만은 누구보다 빨랐다. 어쩌면 그 습성 때문에 지금까지 존재하고 있는지도 몰랐다. 하나를 얻기 위해서는 열 개 이상을 포기해야 함을 맨주먹은 너무나 잘 알고 있었다. 포기해서는 안 될 것을 포기하지 않기 위해, 자잘한 것들은 빨리 포기해야 하는 게 결국 삶이 아니던가. 하나를 지키거나 얻기 위해서는 열 개 이상을 포기해야 하는 게 인생이 아닌가.

결단을 내린 맨주먹은 다음날부터 여왕과 함께 탈출 계획을 세우기 시작했다. 그러나 쉽지 않았다. 섬의 지리도 제대로 알지 못했고,

물때나 조류의 방향도 몰랐고, 충국의 습성이나 섬에 있는 사람들에 대해서도 몰랐기 때문이었다. 더 큰 문제는 여왕도 그런 것에 대해 전혀 모른다는 점이었다. 여왕은 충국에게 철저히 사육당하고 있는 만큼 아는 것이 하나도 없었다.

맨주먹은 먼저 섬의 지형과 섬에 대한 정보들을 파악할 수 있게, 충국이 용납한다면, 가능한 한 밖에서 만나자고 했다. 장소도 한 곳이 아닌 여러 곳을 옮겨 다니며 섬과 섬 주변을 살피자고, 모르는 곳에 갈 때는 지형을 아는 자를 대동해 정보를 빼내자고. 그리고 그것을 기반으로 탈출 계획을 세우자고. 마침 여름이라 밖에서 만나는 게 오히려 자연스러울 수 있고 충국의 감시도 피할 수 있으니 그리하자고.

맨주먹은 7월 중순을 탈출 시점으로 잡고 있었다. 지금은 여름이라 바람이 없을 때고, 탈출을 하려면 바람이 필수적이었다. 조수야 맞추면 되지만 바람이 없으면 돛과 노를 동시에 사용하는 충국과 그 수하들에게 붙잡힐 확률이 높을 것이기에 바람이 일 때까지 기다리기로 했다. 입추에서 처서를 전후해 바람이 일 것이고, 남풍이 아니라 북풍이라 영주로 내려가는 데도 큰 어려움이 없을 것이었다.

기본 골격을 세운 맨주먹은, 충국을 제어한 여왕과 함께 밖으로 나갔다. 그리고 다양한 정보들을 주고받으며 탈출 계획을 세웠다. 낮에는 여왕과 함께, 밤에는 사공들과 함께 탈출 계획을 다듬어갔다. 그렇게 스무날쯤 지나자 섬에 대해서 대충 파악할 수 있었고, 탈출 계획도 얼마간 다듬을 수 있었다.

그런데 알 수 없는 게 있었다. 바로 충국의 마음이었다. 충국은 여왕이 무슨 일을 하든 관여하지 않았다. 관여하지 않는 정도가 아니라 여왕의 눈치를 보는 듯했다. 여왕이 원하는 바는 무조건 해주려 했고, 여왕과 맨주먹의 행동을 의혹의 눈초리로 보거나 감시하지도 않았다. 여왕이 하고자 하는 대로 내버려 두었다. 여왕의 뜻에 조금도 어긋남이 없이 해주었다. 그게 너무 이상해 맨주먹은 그 사연을 안 물어볼 수가 없었다.

"이런 질문하는 게 어쩔지 모르지만…… 충국이란 자의 행동이 아멩(아무리) 생각해도 이해가 안 됩네다. 무신 사연이라도 이수꽈(있습니까)?"

어느 날, 여왕과 얘기하기에 앞서 맨주먹이 물었다.

"무슨?"

"그 자가 여왕을 대허는 태도 말이우다. 아무리 생각해도 이해가 안 뒈서……."

"충국이 그 잔 딴 데 관심이 없을 겁니다. 오로지 내가 여기에 있기만 바랄 뿐."

"그러니까, 그게 무슨 말인지 몰르겠다는 말이우다. 왜?"

"내가 없으면 안 되는 자니까요. 내가 없어지면 그도 몰락할 테니깐."

그러면서 여왕은 길게 한숨을 내쉬었다. 맨주먹은 여왕과 충국이 어떤 관계며 무슨 사연을 가지고 있기에 그런 말을 하는지 이해할 수가 없었다. 그렇지만 꼬치꼬치 캐물을 수도 없었기에 가만히 기다렸다. 일단 자신의 궁금증을 여왕에게 알렸으니, 지금이 아니더라도 언젠가는 그 이유를 알려줄 것이기에 기다리기로 했다. 그런 맨주먹의 마음을 읽었는지 여왕이 혼잣말을 하듯 입을 열었다.

"그 자도 알고 보면 불쌍한 사람이지요. 내가 뭐라고 그런 몹쓸

짓을 했고 이러는지……. 아무리 생각해도 이해할 수가 없어요."

여왕이 그윽한 눈길로 구름 한 점 없는 하늘을 쳐다봤다. 그러는 여왕의 눈이 촉촉이 젖어있음을 맨주먹은 놓치지 않고 훔쳐봤고.

9

충국은 원래 현의賢義의 호위무사가 아니었다. 오라비의 호위무사였다. 그런 그가 현의의 호위무사로 온 것은 궁에서 자취를 감춘 지 두 계절이 지난 후였다. 핼쑥해진 정도가 아니라 병자처럼 파리한 몰골로 현의의 호위무사로 왔다.

"오라비가 지금 너에게 해줄 건 이뿐인 것 같다. 곁에 두면 든든하고, 안전할 게다."

충국을 현의의 호위무사로 배치하며 오라비는 말했었다. 현의가 안전하지 못하면 그 어떤 일도 할 수 없을 것 같아 그러니 충국을 곁에 두라고.

누이의 안전을 위해 오라비는 자신의 호위무사까지 내준 셈이었다. 현의는 그런 오라비가 눈물 나게 고마웠다. 하여 오라비가 시키는 대로 했다. 현의가 거절이라도 할까봐 오라비는 그 말만 해놓고 서둘러 자리를 피해 버렸다.

그래서였을까? 그러려고 그랬을까? 충국이 현의 곁으로 온 지 석 달 만에 오라비는 배를 타고 떠났고, 돌아오지 않았다.

별의별 말이 다 떠돌았으나 믿을 게 없었고, 믿을 수도 없었다. 부모를 찾아오겠다고 떠나기 직전 현의에게 했던 오라비의 말만 믿었다.

그런데 오라비가 떠나고 얼마 없어 또 하나의 이상한 소문이 돌기 시작했다. 충국이 현의를 사모하자 오라비가 충국의 양물을 잘라버렸다는 말이 돌더니, 충국 자신이 사모하는 현의 곁에 머물기 위해 스스로 양물을 자른 후 오라비에게 현의 곁에 있게 해달라고 간청했다는 소문도 들려왔다. 그러나 현의는 못 들은 체했다. 본인한테 물어도 사실대로 대답하지 않을 게 뻔했고, 사실을 확인한다해도 바뀔 것도 없었고 도움이 될 것도 없었다. 충국만 자극할 수 있었기에 모른 체하는 수밖에 없었다.

그런데 곁에 있는 충국을 지켜보니 소문이 영 근거 없는 말이 아님을 느낄 수 있었다. 충국이 일반적인 호위무사의 범주에서 벗어난 행동양상을 보였기 때문이었다. 현의를 위해서라면 물불을 안 가렸고, 목숨마저도 돌보지 않는 것 같았다. 궁주를 지키는 호위무사가 아니라 자기 여자를 지키는 남자처럼 행동하고 있었다. 현의의 마음에 들기 위해, 현의의 마음을 잡기 위해 안간힘을 쓰는 것처럼 보였다. 현의는 그런 충국과 일정한 거리를 두려했다. 부담스러웠고 답답했기 때문이었다. 거리를 좁혀주면 안 될 것 같았다.

사람들은 충국의 양물이 진짜 없는지, 누가 잘랐는지 궁금해 했으나 현의는 그런 것에 관심이 없었다. 충국이 왜 그런 짓을 했는지가 궁금했다. 자신이 뭐라고, 왜 그런 무모한 짓까지 했는지 도대체 이해할 수가 없었다.

시간이 갈수록 현의는 충국이 두려웠다. 정말 자신의 양물을 자르면서까지 현의 곁에 있으려 했다면, 그건 사랑이 아니라 집착이라 생각했기 때문이었다. 그와 함께, 죽기 전까지는 충국을 벗어날 수 없을 것 같았고, 죽기 전에는 충국이 자신 곁을 떠나지 않을 것 같아 무서웠다. 그리고 현의의 그런 걱정과 두려움은 기우가 아니었다.

우여곡절 끝에 이 섬에 닿은 후에도 충국은 현의 곁을 잠시도 떠나려 하지 않았다. 외따로 떨어진 섬이고, 위험 요소가 없어 호위무사가 필요 없는 데도 말이다. 오히려 현의에게 더 바짝 붙어 있는 게 현의에 대한 집착이 더 심해지고 있는 듯했다. 그럴수록 현의는 충국을 멀리하려 했고.

그렇다고 충국이 현의를 넘보지도 않았다. 신분상 자신은 그녀를 넘볼 수 없는 걸 아는지, 양물이 없어 그녀를 넘볼 수 없는지, 충국이 그녀를 넘보는 순간 그녀가 사라져버릴 것이 두려운지, 그런 티도 내지 않았다. 여왕이라 부르며 그녀를 더욱 높였고, 자신은 호위무사에서 한 발자국도 벗어나려 하지 않았다. 그러면서도 그녀를 가만두지는 않았다. 꽃처럼, 꽃으로 다루려 했다.

집안 가득 꽃을 심어놓는 것도 모자라 실내까지 철철이 그 계절에 나는 꽃을 갖다 놓았고 꽃아놓았다. 겨울엔 말린 꽃들을 걸어놓기도 했다. 현의가 꽃향기 때문에 머리가 어지럽고 잠도 제대로 못 자겠다고, 숨쉬기도 힘들다고 해도 못 들은 체했다. 소유하지 못하는 대신 현의를 자신의 뜻대로 다루려 하는 것 같았다. 어쩌면 죽은 후에도 꽃으로 장식해서 자기 곁에 둘 것 같아 현의는 두려웠다. 그렇다고 현의가 충국을 죽이거나 없앨 수는 없었다. 현의에게는 그럴 힘이 없었고, 충국을 없애고 자기 혼자 살 자신도 없었다. 믿을 사람이라곤 아무도 없는 현의에게 지금 가장 필요한 사람은 충국이었기 때문이었다. 그 이율배반적인 상황이 너무나 괴로웠다.

그러다 현의는 탈출을 계획하기 시작했다. 충국이 없는 곳으로 도망치고 싶었다. 하여 충국에게 부모와 오라비의 소식을 알고 싶으니, 여러 곳을 다니는 사공들을 자신에게 데려다 달라고 했다. 근거리 항해하는 사공보다 원거리 항해하는 사공들을. 그래야 충국에게서 더 멀리 도망칠 수 있을 것이기 때문이었다. 그런 현의의 마음을 알 리 없는 충국은 두 말 없이 따랐다. 현의의 마음에 들기 위해 노력과 수고를 아끼지 않았다.

삼 년 동안 열 번 넘게 배와 사공들을 데려왔다. 그러나 아무 소용이 없었다. 현의의 탈출을 도와줄 만한 인물을 찾을 수가 없었다. 하여 며칠 잡아두면서 주변국 상황과 정세를 들은 후 그냥 돌려보냈다. 그런 후 그 내용을 반드시 충국에게 알렸다. 현의가 다른 마음이 있어서가 아니라 부모와 오라비 소식을 듣기 위해 그러는 것으로 위장하기 위해. 충국이 마음을 놓고 더 많은 사공들을 데려오게 하려고.

그랬는데 이번 사공은 달랐다. 처음 보는 순간, 오라비를 보는 듯싶은 게 여느 때와 달랐다. 그리고 그의 얘기를 들어보니 현의가 찾던 바로 그 사람이었다. 말귀가 빨랐고, 상대의 마음을 읽는 능력도 빼어났다. 거기다 한나라로부터 고구려, 백제, 삼한, 왜뿐만 아니라 들어본 적도 없는 나라까지 두루 안 다녀본 곳이 없는 사람이었다. 더군다나 조선반도에서 천리나 떨어진 영주란 섬에 산다는 점도 더할 나위 없이 좋은 조건이었다.

하여 자신의 상황을 어떻게 알릴까, 속엣말을 언제 꺼낼까, 고민하고 있었는데 충국의 이상 행동을 먼저 알아채고 묻자 현의는 말을 하지 않을 수 없었다. 죽음마저 불사하고 현의를 돕겠다는 사람을 다시는 만날 수 없을 것이기에 모든 것을 걸어보기로 했다.

⑩

여왕은 알면 알수록 알 수 없는 여자였다.

그녀의 나라가 어디였고, 부모인 왕과 왕비가 왜 나라와 자식들을 버리고(?) 바다로 갔고, 오라비는 왜 부모를 따라 바다로 갔는지 말하지 않았다. 그냥 그런 사실이 있었다는 것만 잠깐 언급하고는 말을 아꼈다. 일부러 피하는 것 같았다. 그렇다고 맨주먹이 물어볼 수도 없었다. 물어봤자 피하거나 말을 돌릴 게 뻔해 보였다. 그러다 보니 모든 게 의문투성이였고, 여자는 의혹과 베일 속에 가려져 있었다. 어쩌면 맨주먹을 믿지 못해 그러는지도 몰랐기에 맨주먹도 묻지 않았다. 맨주먹이 묻지도 않았는데 충국의 얘기를 들려주었듯이, 때가 되면 자연스레 얘기할 것이라고 믿었기에 기다리기로 했다.

그런데 의혹은 여왕에게만 있는 게 아니었다. 더 이상하고 이해할 수 없는 사람은 바로 충국이었다. 맨주먹과 여왕이 매일 같이 밖으로 싸도는 데도 어떤 제재를 가하거나 의혹의 눈길을 보내지도 않았다. 오히려 맨주먹이 온 후에 여왕이 마음의 안정을 찾고 편안히 지내는 걸 다행이라 생각하는지 여왕과 맨주먹의 만남을 권장하는 눈치였다. 여왕이 가겠다고 하면 사람을 시켜 길을 닦아주기도 했고, 여왕이 머물 장소를 마련해주기도 했다. 심지어는 다른 섬으로 가겠다고 해도 두 말 없이 배를 내주기까지 했다. 오로지 여왕의 환심을 사기 위해 구걸하는 사람처럼 굴었다. 그런 모습이 역겹기도 했으나 한편으론 짠하기도 했다. 정말로 양물이 없다면, 그 결핍과 불완전을 여왕의 환심으로 채우려 하는 것 같았다. 남자가 어떻게 그럴 수 있는지, 너무 비굴한 것 같아, 같은 남자로서 자존심이 상하기까지 했다.

그러다 일이 터지고 말았다.

그날은 우도(右島. 본섬 오른쪽에 있는 섬이란 뜻. 현재의 신시도)를 돌아보기 위해 아침에 배를 타고 건너갔다.

좌도(左島. 현재의 선유도) 앞쪽에 솟아있는 산(남악산)에 올랐을 때 우도를 살펴보니, 우도는 본섬보다도 컸으나 산으로 이루어져 있었고, 산도 삐죽삐죽한 돌산이었다. 그래서 그런지 망을 보는 군사들 외에는 사람들이 많지 않다고 했다. 그렇지만 좌도에선 보지 못한 것을 볼 수 있을지도 모른다는 생각에 우도에 가보기로 했다. 안전한 탈출을 위해서는 지형을 철저히 파악해두는 게 좋을 것 같았기 때문이었다.

눈으로 볼 때 우도는 본섬과 지척이었지만 나룻배를 타고 다녀야 했기에 멀 수밖에 없었다. 밀썰물과 상관없이 배를 댈 수 있는 곳이 많지 않았기에, 본섬과 우도를 이어주는 포구는 실제 거리보다 몇 배 이상이나 떨어져 있었다.

우도에 도착하여 마을을 둘러봤다. 삐죽삐죽한 바위산으로 뒤덮여 있어 마을은 갯가 주변에만 자그맣게 형성되어 있었다. 보리 수확 철이라 보리를 타작하고 갈무리하느라 바빠 보였다. 가끔은 보리 수확을 마치고 가을농사 준비를 하는 집들도 있었다. 모두들 농사일은 익숙하지 않은지 어설퍼 보였으나 여왕이 왔다고 일손을 멈추고 부복하는 일만큼은 너무나 익숙해 보였다. 여왕이 보이지 않을 때까지 엎드린 채 꼼짝도 하지 않았다. 여왕은 그런 게 부담스러운지, 일손을 방해하는 게 미안한지 발걸음을 재촉했다.

"아무래도 산으로 올라가 버려야 할까 봅니다. 괜히 일만 방해하는 것 같아서요."

"그러시지요. 그러는 게 좋을 거 닮수다(같습니다)."

맨주먹도 마을 상황을 대충 파악했기에 쉽게 동의했다. 농사일하는 사람들이 대부분인 마을을 돌아보기보다 산 위에 배치되어 있는 군사들의 수며 상황을 파악하는 게 낫겠다 싶었기 때문이었다.

마을 뒤쪽에 있는 돌산(현재의 대각산)을 오르기 시작했다. 그 산은 우도 중앙에 있는 산으로, 군도群島에 있는 산 중에 가장 높은 산이라 망을 보는 군사들이 배치되어 있다고 했다. 그러나 돌산이고 가팔라서 오르기가 쉽지 않아 보였다. 군사들도 오르내리기 벅차서 한 번 오르면, 양식이 다 떨어지기 전까지는 좀처럼 내려오지 않는다고 했다. 하여 맨주먹은 혼자 올라갔다 올 생각이었다. 그런데 여왕이 같이 가겠다고 했다.

좌도에서 대충 살펴봤으니 자기만 올라갔다 오겠다고 맨주먹이 말렸으나 여왕은 꼭 올라가겠다고 했다. 마을에 있어봐야 일하는 사람들이나 방해할 테고, 답답하게 혼자 시간 때우기 싫다고 하며 부득불 따라 나섰다.

산을 오르는 일은 생각했던 것보다 힘들었다. 돌산에다 길다운 길이 없어서 여간 힘들지 않았다. 나무들과 풀들이 무성해 미끄러운 곳도 많았다. 군사들이 오르내리던 오솔길을 따라 올랐으나 그 길은 여름이라 풀로 뒤덮여 있어서 없는 것이나 다름없었다.

산이 험할수록 사람과 사람 사이의 간격은 좁아지는 법. 맨주먹

혼자 오르려 해도 힘든 산을, 등산 경험이 없는 맨주먹이 여왕까지 데리고 오르자니 둘 사이 간격이 좁아질 수밖에 없었다. 가끔은 손을 잡아 끌어주기도 해야 했고, 가끔은 여왕을 밀어올리기도 했다.

시녀 둘은 진작에 포기하고 마을로 돌아갔다. 맨주먹 혼자서 셋을 끌고 가기는 너무 힘들었고, 시녀들은 가봤자 할일이 따로 없었기 때문이었다. 올라갔다 바로 내려오겠다고 하고 여왕이 돌려보낸 것이었다.

땀을 흘리며, 손을 잡고 끌어올리기도 미끄러울 정도로 손에도 땀이 흥건할 때쯤 7부 능선에 닿았다. 이제 올라가기보다 능선을 따라 산을 한 바퀴 돌며 정찰하는 게 좋을 것 같았다.

"이젠 더 올라가지 말고 반대쪽으로 돌아가보시지요. 그래도 봐야 할 건 다 볼 수 있을 겁니다."

"아닙니다. 바로 저 위가 정상인데 여기서 멈출 순 없지요. 가시지요."

말을 마친 여왕이 앞장섰다. 맨주먹은 정말 미치고 팔짝 뛰겠네란 말이 치솟았으나 꾹 눌러 참으며 앞서가는 여왕을 쳐다보았다. 주변을 돌아보기 위해 산에 오르는 게 아니라 정상 정복을 하기 위해 산을 오르는 것처럼, 맨주먹의 체력을 시험하는 것처럼, 아니면 맨주먹을 녹초로 만들겠다는 듯 정상 정복을 고집하고 있었다. 정상에 가봐야 따로 할 일이 없는데도 말이다.

다시 여왕의 손을 잡아끌며 정상을 향해 오르기 시작했다. 처음엔 맨주먹이 손을 내밀어도 피하고, 좁한 곳은 자기 혼자서 오르더니 이젠 아예 조금만 가파르거나 미끄러워 보이면 대놓고 끌어달라고 손을 내밀곤 했다. 그럴수록 맨주먹은 진이 빠졌다.

그러나 맨주먹도 그러는 여왕이 싫지 않았다. 이런 기회가 아니면 언감생심 언제 여왕의 손을 잡아보며, 끌어올려 보며, 중심이 흐트러져 두 사람의 몸과 몸을 밀착시켜보며, 여왕과 얼굴을 맞대보겠는가. 여왕의 몸에서 은은하게 풍겨오는 꽃냄새에 실컷 취해보겠는가. 몸이 녹초가 되어갈수록 맨주먹의 의욕은 꼿꼿이 일어서고 있었다. 감히, 여왕 앞에서, 피랍인이나 포로가 아닌, 남자가 되어가고 있었다.

그러다 방심했는지, 정상에 거의 다달았을 때였다. 바위 위에서 여왕을 끌어올리다 중심을 잃고 뒤로 넘어지고 말았다. 여왕도 덩달아 맨주먹의 가슴 위에 엎어졌고. 그러자 맨주먹이 황망해 하며, 죄송하다고 안 다쳤냐고 급히 몸을 일으키려 했으나 정작 여왕은 맨주먹의 가슴 위에 그냥 엎드려 있는 게 아닌가. 그냥 엎드려 있는 게 아니라 손으로 맨주먹의 맨가슴을 쓰다듬는 게 아닌가.

"서두르지 마세요. 넘어진 김에 쉬어간다고 잠시 이렇게 쉬어요. 나도 힘들지만 도사공은 더 힘들 게 아니에요?"

여왕은 어느 사이에 여왕이 아닌 여자가 되어 있었다. 가쁘게 숨을 몰아쉬며 뜨겁게 달구어진 얼굴을 맨주먹의 가슴에 묻었다.

여왕의 얼굴이 가슴에 닿는 순간의 뜨거움이란, 뻘겋게 달구어진 쇳덩이가 가슴에 얹히는 느낌이었다. 하여 맨주먹은 자신도 모르는 새에 여왕을 껴안고 말았다. 그러자 여왕도 맨주먹의 가슴을 감싸안았다. 그에 따라 맨주먹은 더욱 힘을 주어 여왕을 껴안았다. 여왕이 헉! 소리와 함께 몸에서 힘을 다 뺄 만큼.

영원과 같은 찰나의 시간이 흘렀다. 그냥 꽃냄새에 취해, 여왕을 안은 채 죽고 싶었다. 그러나 심장 고동소리가 두 사람의 현실감을 일깨우고 있었다. 더이상 있다간 심장이 터질 것만 같았다. 여왕도 그걸 느꼈는지 슬며시 몸을 떼려 했다. 그러자 맨주먹은 여왕이 으스러질 정도로 꽉 안은 후 몸을 일으켜 세웠다. 여왕도 순순히 맨주먹의 뜻에 따라주었다.

"이제 그만 가시지요."

맨주먹은 자신도 모르는 새에 여왕의 얼굴에 흘러내린 머리를 정리해주며 말했다. 그러자 맨주먹의 손을 잡아다 자신의 입술에 갖다대면서 여왕이 대답했다.

"알겠어요. 그래야죠."

말은 그러면서도 아직 미진한 게 있는지 다시 맨주먹의 가슴으로 파고들었다. 맨주먹은 그런 그녀를 여왕이 아닌, 한 여자로 다시 꼭 껴안아 주었다.

11

"기걸로 끝입네까? 기까딘 거 가디고 이 많은 술과 음식을 시켰단 말입네까?"

광석이 금방이라도 물어뜯을 듯이 덤볐다.

"게믄(그러면) 뭘 기대했는데?"

맨주먹이 어깃장을 놓으며 광석이 어떻게 나오는지 보려고 시비조로 던졌다. 광석은 분명 그 다음 얘기를 짐작하고 있을 터였다. 광건이야 그런 것에 대해 쑥맥이라 할 수 있었지만 광석은 그 분야에 대해서만큼은 빠꼼이가 아닌가. 그러니 기다려 줄 만도 한데 참지 못하고 덤비자, 어쩌는가 보려고 어깃장을 놓자 광석이 눈에 불을 켜고 맨주먹을 노려보았다.

그러나……

역시 광석은 보통내기가 아니었다. 자기도 모르게 불뚝성질은 냈지만 아차 싶었는지 말투를 바꾸며 다소곳이 말했다.

"기럴 게 아니라…… 술이든 안주든 더 낼 테니 기 다음은 어띠 됐는디 얘기해 듀시구래. 얘기 값은 두둑이 텨듈 테니 입 붙인 김에 얘기해 달라요. 기 여왕이래 보통내기가 아니구만요."

"보통이 아니라니?"

"아, 뭐, 기런 애미나이들 있디 않아요. 얌뎐한 꿩이가 부뚜막에 먼뎌 오른다고, 겉보기완 다른, 뭐랄까 내숭이 이만뎌만이 아닌데요, 뭘."

"여왕은 그런 여자가 아니요. 사람을 어떻게 보고 그런 막말을……. 그렇게 함부로 말하믄 이 자리는 없었던 걸로 하고 뒷얘긴 하지 않겠소."

맨주먹은 광석이 당연히 덤빌 거라 생각하고 얘기 중단을 선언했다. 그런데 광석의 반응은 맨주먹이 생각했던 것과는 정반대였다.

"뭐, 기러던디……. 기런 여잘 안 만나본 것도 아니고……. 기런 여잔 배꼽 맞튜고 나면 뻔하디. 한 마디로 좃 물라고 기거디, 좃만 물었다 하믄 본성을 드러내디."

광석이 자신의 경험을 바탕으로, 여왕을 얕보는 정도가 아니라 몸을 함부로 굴리거나 몸을 파는 여자쯤으로 몰아붙였다. 그녀가 어떤 여자인지, 그녀의 마력도 모르면서. 하여 맨주먹은 자신도 모르게 소리치고 말았다. 감히 여왕을 자기가 상대했던 여자들과 비교한다는 게 여왕에 대한 모독이란 생각이 들었다.

"먹어보지 않은 놈이 다금바리를 깔본다고, 모르믄 입 다물고 있지."

그러자 광석이 자리에서 일어섰다. 더이상 얘기 안 하겠으면 자리를 파하자는 것 같았다.

"어디 가젠(가려고)? 말 다 안 끝났는데……."

맨주먹이 오히려 조바심이 일었다. 지금 상태로 이야기를 중단할 수는 없었다. 그리 되면 여왕은 쉬운, 몸을 함부로 놀리는 여자로 굳어져 버릴 것이었다.

"소피 보러 갑네다. 위로 담았으니 아래로 퍼야디요. 딴 방법이 있수?"

그러고 보니 술도 제법 마셨고, 아랫배가 묵직한 게 오줌도 누어야 할 것 같았다.

"게믄(그러면) 같이 갑세."

그러자 지금껏 꿰다 놓은 보릿자루처럼 앉아 있던 광건이 나도! 하며 자리에서 일어섰다.

셋은 주막 뒤에 있는 측간 근처에 오줌을 갈긴 후 돌아와 다시 앉았다.

"이거만 먹고 방에 들어갑세다. 너무 취하믄 낼 아침에 일어나기 힘들 거 아닙네까? 낼은 떠나야디요."

광석이 상 위에 있는 술병을 들어 흔들어 보며 말했다. 이젠 아예 맨주먹의 이야기는 안중에도 없는 듯했다. 지가 언제부터 내일을 걱정하며 살았다는 건지 어이가 없을 정도였다.

"기래도 기왕에 시작한 거인디…… 다 들언 봐야디."

오히려 광건이 뒷얘기가 궁금한지 광석을 말렸다.

"들어봐야 뻔하디 뭘 듣갔다는 거네? 고져, 기렇고 기런 여잔 듈 모르갔네? 난 안 들어도 딱 알갔는데 뭐."

"뭘 알갔다는 거요?"

맨주먹이 가만히 있을 수 없어 퉁명스럽게 물었다.

"됐수. 기렇고 기런 얘기 들으믄서 시간 듁일 일 있이유? 이데 들어갑세다. 말하라믄 또 변죽만 울려놓고 말 거고, 기런 여잔 뒷얘기 들어보나 마나요. 좆 물고 늘어뎠갔디 뭐가 있갔소?"

"뭐? 참는 것도 한도가 있지, 보자보자 하니깐 못하는 말이 없네, 진짜. 여왕은 그런 여자가 아니여. 터진 입이라고 함부로 말하지 말라고. 여왕이 어떤 여잔질 알면 절대 그런 소리 못해!"

술기운 때문이었을까. 광석의 염장 지르는 소리 때문이었을까. 맨주먹은 자신도 모르는 새에 반말로 소리를 높여 버리고 말았다. 여왕이 어떤 여잔데 감히…… 여왕을 모욕하는 소리를 한 마디만 더하면 광석의 주둥이를 박살내 버리리라 다짐을 하며. 자신을 업신여기고 얕보고 욕하는 건 참을 수 있어도 그녀를 그렇게 하찮게 취급하는 정도가 아니라 비하하는 건 참기 힘들었다. 그건 맨주먹이 죽을 때까지 가슴에 묻어둘 소중한, 다시없을, 황홀했던 인연을 부정하고 빼앗아 버리는 거나 다름없었기 때문이었다. 해서 바로 화가 난 목소리로 소리라도 지르듯 말했다.

"그날도 바람이 불어서 그렇게 됐지, 바람이 우릴 그렇게 만들었지, 바람만 안 불었다면 아무 일도 없었을 거요. 그리고…… 여왕은 처녀였소. 그 누구의 손도 전혀 닿아보지 않은…… 그런 여잘 어떻게 그리 함부로……."

화가 난 맨주먹은 말하지 않으려 했던 말을 내뱉고 말았다. 그러지 않으면 광석이 관심을 갖지 않을 것 같았고, 여왕에 대한 인식을 바꾸지 않을 것 같았기에 어쩔 수가 없었다.

겨우겨우 산 정상에 올랐다. 힘든 산행이었지만 결코 의미 없는 산행은 아니었다. 힘든 산행이 두 사람에게 감히 엄두도 낼 수 없는 소중한 인연을 맺어줬으니 말이다.

정상에 오르자 가슴이 확 트이는 것 같았다. 발아래 펼쳐진 풍광도 아름다웠지만 여왕과 함께 올라선지 세상 모든 게 황홀하게 느껴졌다. 그건 여왕도 마찬가진지 다른 곳에서보다 더 감탄했고 환호했다. 속에 억눌러왔던 감정들을 다 쏟아내는 듯했다.

경계를 서던 군사들이 두 사람에게 달려왔다. 달려온 군사들이 두 사람이 누군지 확인하더니 자기네가 모시겠다고, 안내하겠다고 했으나 여왕은 사양했다. 산 위에 배치되어 있는 군사들의 수와 바다를 감시하는 방법을 묻고는 산 여기저기를 돌아보다 내려갈 테니 걱정 말고 할 일 하라고 돌려보냈다.

맨주먹은 여왕과 단둘이 산을 돌며 이모저모 살피고 탈출 계획도 점검했다. 아무래도 북쪽으로는 탈출이 어려울 것 같았다. 좌도와 우도가 본섬을 감싸고 있어서 두 섬에서 발진한 배가 진로를 막아버리면 옴짝달싹 못할 것 같았다. 그러니 탈출은 본섬 포구에서 남쪽으로 하는 수밖에 없을 것 같았다. 그에 대한 세부적인 계획은 다시 본섬 포구를 찬찬히 돌아본 후에 다시 세우기로 했다.

그런 후 나무그늘에서 땀을 식히고 있으려니 여름 바람답지 않게 바람이 불어왔다. 산 정상이라 그런가 해서 대수롭지 않게 여겼는데 그 때문만은 아닌 듯했다.

나뭇잎을 간질이던 바람이 나뭇가지를 흔들기 시작하더니 어느 순간 숲을 흔들기 시작했다. 하늘은 맑고 쨍하기만 한데 바람엔 힘이 실려 있었다. 여름 바람이 이 정도라면 심상치 않은 징조였다. 아무래도 이상하다 싶어 맨주먹은 몸을 돌려 남쪽 하늘을 쳐다보았다. 눈을 가느다랗게 뜨고 물마루까지 살폈다. 별다른 조짐은 없어 보였다. 구름이 몰려 있는 곳도 없었고, 먹구름도 보이지 않았다.

그런데……

물마루를 가만히 들여다보고 있으려니 심상치 않은 낌새가 눈에 띄었다. 분명하지는 않았지만 파도가 이는지 물마루가 희끗희끗해 보였다. 햇빛이 눈부셔 잘 분간 되지는 않았지만, 고래떼가 지나가는 것처럼 물마루에 흰 빛이 보이는 것 같았다. 그리고 하늘 끝 멀리에 거뭇거뭇한 점 같은 것들도 보였다. 그걸 확인한 맨주먹이 여왕에게 말했다.

"아무래도 이제 내려가야 할 것 같습네다."

"벌써요? 올라온 지 얼마나 됐다고 벌써요?"

"아무래도 날씨가 심상치 않습네다. 비바람이 몰려오는 것 같습네다."

"어디요? 날이 좋기만 한데."

"그렇지 않습네다. 저 멀리에 검은 구름이 언뜻 거리고 파도가 보이는 게 비바람이 몰려오는 것 같습네다."

"정말요? 내 눈엔 아무것도 안 보이는데요?"

"그렇더라도 만약을 대비해 이제 내려가는 게 좋을 것 같습네다. 폭풍이 안 오면 다행이지만, 미리 대비 안 했다간 위험할 수 있으니 내려가시지요. 이 산은 돌산이라 비라도 온다면 미끄러워서 내려가기 힘들 겁네다.”

맨주먹은 아쉬워하는 여왕을 달랬다. 다음에 또 올 기회가 있을 테니 그때 다시 오자고. 그렇지만 여왕은 언제 이런 기회가 있겠냐며 조금만 더 있다 가자고 했다.

하는 수 없이 맨주먹은 한 식경만 있다 내려가자고 하여 여왕과 나란히 앉았다. 여왕은 조심스럽게 맨주먹에게 몸을 기대왔고, 맨주먹은 여왕의 손을 찾아 쥐었다.

“이게 꿈은 아니겠죠?”

“예, 꿈은 아닙네다. 그렇지만…… 꿈이라면…… 영원히 깨지 않았으면 좋겠습니다. 그 어떤 꿈을 다시 꾼다 해도 이보다 아름답고 황홀한 꿈은 다시 못 꿀 테니까요.”

“그건 나도 마찬가지에요. 그냥 이대로 여기에 돌이 되어버렸으면 좋겠어요.”

그러면서 맨주먹에게 몸을 더 바싹 붙여왔다. 그에 따라 여왕의 손을 쥐고 있던 맨주먹의 손바닥은 축축히 젖어가고 있었고.

그러는 중에도 맨주먹은 계속 바다를 살피고 있었다. 파도가 점점 높아지고 있었다. 먼바다에서 밀려오는 파도 같았다. 물마루엔 조금 전보다 많은 점들이 보이기 시작했고, 파도가 넘실거리는지 점점 어지러워지고 있었다. 숲을 흔드는 바람소리도 한층 소란스러워지고 있었고.

“자, 이제 내려가시지요. 아무래도 심상치 않습네다.”

한 식경이 한참 지난 후, 맨주먹이 몸은 그대로 둔 채 말하자 여왕은 그에 대한 대답은 하지 않고 몸을 더욱 밀착시켜왔다. 싫다고,

그냥 있자고 몸으로 말하고 있었다. 그러나 그럴 수는 없었다. 비바람이 몰려오는 걸 모른다면 모를까 뻔히 알면서 여왕을 그대로 둔다는 건 있을 수 없는 일이었다.

"서두르지 않으면 본섬으로 돌아갈 수 없을지도 모르고, 잘못했다간 산을 다 내려가기도 전에 비바람을 만날지도 모릅네다. 그러니 이제 내려가시지요."

그 말에 여왕이 맨주먹을 빤히 쳐다보았다. 맨주먹은 고개를 조용히 끄덕였다. 아쉽기는 마찬가지였기에 고갯짓이 가벼울 수가 없었다.

"알겠어요. 아쉽지만, 안타깝지만 어쩔 수 없죠, 뭐."

여왕이 어렵고 힘들게 맨주먹에게 기댔던 몸을 떼어 내었다. 그러자 맨주먹은 일어서서 여왕의 손을 잡고 일으켰다. 가볍기 그지없던 여왕의 몸이 너무나 무겁게 느껴졌다.

바위를 타고 내려오려니 올라갈 때만큼이나 힘들었다. 아니, 오히려 올라갈 때보다 더 위험했기에 조심해야 했다. 미끄러질 수도 다칠 수도 있었다.

맨주먹은 앞에 서서 여왕을 인도했다. 올라갈 때는 먼저 올라가 끌어당겨주었으나 내려올 때는 반대로 맨주먹이 먼저 내려와 여왕을 받아주어야 했다. 그러다 보니 올라갈 때보다 접촉면이 더 넓어질 수밖에 없었다. 손만 잡아주는 정도로 끝나지 않고 다리나 허리 등을 잡아주거나 안아줘야 했기 때문이었다. 그러나 여왕은 그런 것에 개의치 않고 자신의 몸을 맨주먹에게 맡겼다. 올라갈 때 머뭇거리던 것과는 달리 맨주먹이 하자는 대로 했다. 올라갈 때보다 더 무서운지, 무서운 척하는 건지 모르지만, 조금만 경사가 있거나 높이만 있어도 맨주먹에게 손을 내밀었다. 하다 보니 머리를 제외한 여왕의 몸 구석구석을 만지지 않을 수 없었다. 속살을 만지지는 않았지만 얇은 여름옷이라 속살을 만지는 것이나 다름없었다. 그에 따라 맨주먹의 가슴은 바람을 먹은 숲처럼 술렁였고 부산스러울 수밖에 없었다.

내려올수록 바람은 세지고 있었다. 정상에서 마을까지는 한 시진 정도밖에 안 걸렸는데 그 사이에 바람이 제법 세지고 있었다. 바람살로 보아 태풍이 오는 것 같았다. 아직 태풍이 불 때는 아닌데 때 이른 태풍이 몰려오고 있는 모양이었다.

산에서 내려오자마자 점심도 거른 채 바로 포구로 내려갔다.

바다는 하얗게 일렁이고 있었다. 태풍은 바람보다 파도로 먼저 온다고, 바다는 벌써 태풍의 영향을 받고 있는 모양이었다. 고요하던 가슴에 바람이 들자 흔들리고 뒤집히는 건 바다나 산이나 사람이나 마찬가진지 들썩이고 뒤집히고 있었다. 그러나 뭐니 뭐니 해도 가장 크게 들썩이고 뒤집히는 건 아무래도 맨주먹의 가슴일 것이었다. 맨주먹의 가슴에는 이미 태풍이 들어있지 않은가.

배를 띄울 수가 없었다. 썰물 때와는 달리 물이 찬 포구는 파도로 뒤덮여 있었다. 파도를 피해 모든 배들을 갯벌 안쪽 갯바위로 이동시켜 놓아서 본섬과의 거리도 그만큼 멀어져 있었다. 그리고 이 파도에 배를 띄울 수는 없었다.

"아무래도 밸 띄우기 힘들 것 같습네다. 비도 뿌리기 시작하는 게 빨리 피할 곳을 찾아보는 게 좋을 것 같습네다."

물마루와 바다를 둘러본 맨주먹은 걱정스러운 목소리로 말했다.

그러자 여왕이 대답했다. 조금의 망설임도 없었다.

"그럼 그래야지요. 바람과 파도가 길을 막는데 다른 방도가 없지 않습니까?"

너무나 선선한 대답에 맨주먹은 자신의 귀를 의심할 정도였다. 마치 그 말을 기다렸다는 듯이 대답하자 맨주먹은 여왕의 얼굴을 쳐다보지 않을 수 없었다.

"뭘 그렇게 봅니까? 비도 내리기 시작하는데 빨리 피해야 하지 않겠어요? 도사공이 뱃 띄운다 해도 나는 탈 수 없을 것 같습니다. 그러니 가까운 곳에 피할 곳을 찾아봐야지요."

"아, 예, 알겠습네다. 그럼 가시지요."

여왕의 대답에 힘을 얻은 맨주먹은 길을 비켜서며 말했다.

12

일행은 마을 뒤쪽에 있는 병사들의 임시막사에 들었다.

맨주먹이 마을에서 집을 구하려 하자 여왕이 막았다. 비바람이 몰아칠 텐데 집주인을 내모는 건 도리가 아니라 했다. 그러면서 사람이 살지 않는 집을 찾아보라고 했다. 하여 마을 사람들의 도움으로 찾아낸 집이 임시막사였다.

마을 사람들은 자신들이 막사에 가 있을 테니 자기 집에 머물라고 했지만 여왕은 한사코 거절했다. 잠시 비바람만 피하고 다시 본섬으로 돌아갈 텐데 그럴 필요가 없다고, 자길 편하게 해달라고 하며 막사에 들었다.

막사는 엉성했다. 돌로 쌓아 흙벽을 바르고 지붕을 얹어놓긴 했으나 창고나 마구간이라 해야 좋을 집이었다. 그나마 방이 두 개 있고 벽으로 막아 문을 낸 것이 사람 살았던 집이구나 싶을 정도였다. 처음 이 섬에 들어왔을 때 임시로 지은 집인데, 새 집을 지어 옮긴 후 사람이 살지 않자 산에서 내려온 병사들이 가끔 와 쉬는, 버려진 집이라 했다.

사람이 와서 자긴 하는지 방에는 짚이 깔려 있었지만 사람이 상주하지 않는 집이라 퀴퀴한 곰팡내가 났고 집안 곳곳이 거미줄로 뒤덮여 있었다.

맨주먹은 우선 마을에서 멍석 두 개를 빌어다 각 방에 하나씩 깔았다. 자기야 상관없었지만 여왕을 그런 데서 자게 할 수는 없었고, 시녀들도 한뎃잠에 익숙하지 않기는 마찬가지 일 것 같았기 때문이었다. 맨주먹이 멍석을 마련해 오는 동안 눈치 빠른 시녀들이 여왕이 잘 방을 정리했는지 거미줄이 걷혀 있었고, 방안도 얼마간 정리되어 있었다.

마을에서 점심을 준비해왔다. 여왕을 봉양할 거라고 준비한 음식이라 제법 넉넉했고 맛도 있었다. 여왕도 배가 고팠는지 차려온 음식을 맛있게 먹었고, 맨주먹과 시녀들도 넉넉한 점심을 먹었다.

점심을 먹은 맨주먹은 포구로 나가 바다 상황을 다시 점검했다. 그 사이 바람과 파도가 더 거세져 있었고 먹장구름과 함께 몰려오는 바람에 실려 휘날리는 비가 태풍이 몰려오고 있음을 말해주고 있었다. 태풍이 온다면 사나흘은 이 섬에 발이 묶일 테니 그에 대한 준비를 해둬야 할 것 같았다.

맨주먹은 우선 깔고 덮을 것, 약간의 땔감을 구해왔다. 여름이라 이불은 필요 없겠지만 홑옷을 입고 있는 여왕에게 덮을 걸 마련해 주고 싶었다. 또한 불을 피워 곰팡내와 습기를 제거해야 할 것 같았고, 물것이나 모기를 쫓기 위해서라도 불을 피워야 할 것 같았다.

준비를 마친 맨주먹은 방과 방 사이, 마루를 놓지 않은 공간에 불을 피웠다. 그리고 웃옷을 벗어 짜낸 후 불 옆에 널어두었다. 비를 맞으며 바삐 싸돌다보니 옷이 모두 젖었고 추웠다. 불 앞에 앉아 몸을 말리며 벽에 기대어 잠시 눈을 붙였다. 몸이 녹기 시작하자 졸음이 몰려들었다. 그리고 언제 잠이 들었는지도 모르게 꼴딱 떨어지고 말았다.

인기척에 눈을 떴다. 마을 사람들이 비바람이 불기 전에 저녁을 준비해온 것이었다. 맨주먹은 널어두었던 옷을 걸쳤다. 그리고 여왕에게 알렸다.

"비바람 치는 게 낼은 여왕 전하의 진지를 뫼시기 어려울 것 같아 미리 준비해왔습니다. 그러니 비바람이 멈출 때까지 이걸로 허기만 감추고 계십시오. 비바람이 멎으면 다시 진지를 지어 올리겠습니다."

낮에 왔던, 마을 원로쯤 되어 보이는 중늙은이가 말했다.

"안 그래도 그리 하려 했습니다. 끼니때마다 비바람 맞으며 음식을 나르는 게 미안해서요. 그러니 걱정 마세요. 하필 이럴 때 와서 폐만 끼치는 것 같습니다."

"아, 아닙니다. 별 말씀을요. 여왕 전하를 이렇게 뵙는 것만도 영광일 따름입니다."

"원 별 말씀을. 아무튼 고맙고…… 잘 먹겠습니다."

여왕이 진심을 담아 전하자 음식을 가져온 모든 이들이 머리를 조아리며 황송해했다.

저녁을 먹은 여왕은 시녀들을 방으로 들여보냈다. 둘만 할 얘기가 있다고. 그러더니 웃옷을 벗으라고, 벗어서 말리라고 했다. 옷이 다 젖었고 추워 보인다고. 그 말에 맨주먹은 여왕을 쳐다보지 않을 수 없었다. 여왕의 따뜻한 마음과 섬세한 배려가 혹 밀려들었기 때문이었다.

그런데 여왕의 눈길과 마주친 맨주먹은 다시 한 번 놀라고 말았다. 여왕의 눈길에는 맨주먹을 향한 애정이 잔뜩 묻어있었기 때문이었다. 그 눈길은 기억조차 할 수 없는, 꿈에서나 본 듯한, 늘 갈망했으나 한 번도 마주친 적이 없었던 눈길이었다. 가끔 외할머니 눈에서나 볼 수 있었던 눈길. 맨주먹을 염려하고 걱정하는, 따뜻한 체온으로 포근히 안아주려는 눈길. 바로 어머니의 눈길이었다.

그 눈길과 마주친 맨주먹은 자신도 모르는 새에 손을 뻗어 여왕의 얼굴을 어루만지고 말았다. 그 눈길은 모든 걸 빨아들이는 늪이었다.

맨주먹의 손이 볼에서 눈을 거쳐 입술에 이르자 여왕이 맨주먹의 손가락을 입술로 가만히 깨물었다. 순간, 전율이 흘렀다. 온몸이 떨리고 머리가 다 곤두서는 것 같았다.

"어떵ᄒ젠(어쩌려고)…… 어떵ᄒ랜(어쩌라고)……."

맨주먹은 자신도 몰래 영줏말로 중얼거리며 손을 빼지 않을 수 없었다. 손을 그대로 뒀다간 자신을 통제할 수 없을 것 같았다. 밖에서 들려오는 비바람소리보다 자신 안에서 터져나오는 비바람소리가 더 컸기 때문이었다. 방향도 없이 부는 미친바람을 막는 길은 그뿐일 것 같았다. 일시적인 욕정으로 자신과 여왕을 위태롭게 할 수는 없었다. 정말 참기 힘들었지만 참아야 했고, 참을 수밖에 없었다.

그러자 여왕도 맨주먹의 마음을 읽었는지 쑥스럽고 어색하게 웃었다. 그러더니 슬며시 자리에 일어나며 말했다.

"산엘 갔다 와서 그런지 피곤하네요. 도사공도 좀 쉬세요."

여왕은 이 말을 남기고 조용히 방으로 들어가 버렸다. 어쩌면 맨주먹의 얼굴에서 남자의 욕망을 보고 피해버렸는지도 몰랐다. 그런 생각이 들자 맨주먹은 부끄러움이 훅 밀려들었다. 아내 몰래 자위를 하다 들켰을 때가 이럴까? 알몸으로, 그것도 부풀대로 부풀어 오른 양물로 사람들 앞에 나섰을 때가 이럴까? 도저히 가릴 수도 수습할 수도 없는 부끄러움에 견딜 수가 없었다. 언감생심 넘볼 수 없는 여왕을 넘봤다는 자책감에 다시는 여왕과 얼굴을 마주할 수가 없을 것 같았다. 하여 다시는 여왕과 마주치지 않으리라 다짐을 했다.

여왕이 방으로 들어가자 맨주먹은 바닥에 깔려있는 지푸라기들을 한 쪽 끝에 긁어모았다. 불과 가까운 곳에 있고 싶었으나 부끄러움이 불에서 멀리 밀어내고 있었다. 부끄러운 낯짝을 그 누구에게도 보이고 싶지 않아 여왕의 방에서 멀리 떨어진 한 구석에 몸을 웅크렸다. 그래야만 할 것 같았다. 그러나 여왕의 방에서 멀리 떨어진 진짜 이유는 마음속에 휘몰아치는 광풍을 억누르기 위해서였다. 금방이라도 터져버릴 것 같은, 여왕의 방으로 뛰어들고픈 충동을 억누르지 않으면 안 될 것 같았기 때문이었다. 주책없이 나대는 심장을 누르며, 아래로 쏠리는 기운을 주문을 걸며 억눌렀다.

'감히 누굴 넘보는 거야? 여왕은 내가 지켜야 할 여자여. 내가 지키지 않으면 누구도 지켜주지 않을 내 누이여. 그런 누이한테 뭔

짓을 하려는 게야.'

여왕을 누이라 생각하자 마음이 가라앉기 시작했다.

'그래, 누이다. 여왕은 내가 지켜야 할 내 누이라고.'

그러면서 제발 광란의 시간이 빨리 흘러가기만을 빌었다.

부끄러움에 뒤척이다 설핏 잠이 들었었나 보았다. 바람소리에 눈을 뜨니 여왕이 맨주먹 곁에 앉아 있었다. 언제부터 거기에 앉아 있는지 모르지만 분명 여왕이었다.

"무, 무슨 일입네까? 무슨 일 있습네까?"

벌떡 몸을 일으키며 맨주먹이 놀란 목소리로 물었다. 그러나 여왕은 말없이 맨주먹을 바라보기만 했다.

그런데…… 여왕이 울고 있었던 것 같았다. 불빛이 흐려 명확하지는 않았지만 약한 불빛에도 볼을 타고 흘러내리는 눈물이 보이는 것 같았다. 순간, 덜컥 가슴이 내려 앉았다.

"왜 그러십네까?"

"아닙니다. 그냥요. 그냥 잠이 안 와서."

"……?"

맨주먹은 부끄러워서 다시 여왕의 얼굴을 쳐다볼 수가 없었다. 사공 나부랭이인 맨주먹에게 정조를 유린당했다고 생각하고, 죽일 것인가 살려둘 것인가를 고민하고 있는 모양이었다. 하여 아무 말도 못하고 고개를 숙인 채 가만히 있었다. 그런데 여왕의 입에서 흘러나온 말은 전혀 예상 밖이었다.

"도사공에게도 난 여왕인가요? 여왕일 뿐인가요?"

맨주먹은 여왕이 하는 말이 무슨 말인지 알 수가 없었다.

"그, 그게 무슨?"

"궁에 있을 때는 궁주라서, 여기서는 여왕이라서……. 나도 그냥 여자일 뿐이라고요."

그러더니 몸을 돌려 흐느끼기 시작했다. 맨주먹은 뻥했다. 여왕은 맨주먹과는 정반대의 생각을 하고 있는 모양이었다. 그냥 여자로 봐줄 수 없느냐고 하소연하고 있지 않은가. 순간 바람 소리가 들렸다. 방향 없이 불던 바깥바람이 이제 한 곳을 향해 불고 있듯, 맨주먹의 가슴속 바람도 마찬가지였다.

맨주먹은 여왕에게 다가가 뒤에서 살며시 껴안았다. 여왕은 가만히 있었다. 놀라거나 몸을 움츠리지도 않았다. 여왕의 가슴속 태풍 방향을 정확히 확인하는 순간이었다.

맨주먹은 여왕을 안았던 팔을 풀어 여왕의 등과 다리를 받혀 여왕을 들어올렸다. 그러자 여왕이 맨주먹의 목을 감싸 안더니 맨주먹의 목에 입술을 갖다 대었다.

13

"그렇게 방으로 들어간 우린 딴 생각을 할 수가 없었쥬. 몸이 시키는 대로 얼렀쥬. 옆방에 시녀들이 있다는 사실도 잊어버리고 그렇게 달아오른 열병熱病은 태풍이 끝나 본섬으로 돌아가는 날까지, 몸이 달아오를 때마다 그 열을 식히기 위해 몸부림을 쳤쥬. 휴우——, 지금 생각해도 어떻게 그랬는지, 그럴 수 있었는지 이해할 수가 없을 정도로."

맨주먹은 그쯤에서 이야기를 정리하려는 것 같았다. 더이상은 할 얘기가 없고, 더이상은 얘기하지 않겠다는 듯. 하지만 광석은 미흡했다. 진짜 중요한 얘기는 아직 시작조차 하지 않은 상태였다. 하여 맨주먹이 말을 정리하지 못하게 막고 싶었다. 그래야 이야기가 이어질 것이었다.

"아까 숫처녀였다고 하던데, 기건 어케 알았시오?"

광석이 물음이 어이없는지 맨주먹은 광석을 쳐다보며 피식 웃더니 자신있게 대답했다.

"딱 보믄 알지 그걸 몰라? 나가 열여섯부터 몸을 섞은 여자가 멧인데……. 여기저기 다니면서 벨 여잘 다 맛본(?) 놈이 그걸 몰라? 뱃놈은 배 대는 곳마다 각실 하나씩 묻어둔다고 하지 않았수?"

"기럼 기건 기렇다고 티고, 기 섬에선 어케 살아돌아왔수? 기 여왕인가 하는 여자가 목숨을 걸고 기 섬을 탈출하려 했는데 왜 두고 왔고, 어케 기 섬을 빠녀나왔나 말이우다."

"충국이란 자에게 쫓겨났수."

"기 자가 왜? 왜 듁이디 않고?"

"그건 나도 모르고, 지금도 이해할 수 없고……. 여왕과 무슨 거랠 했는지 모르지만 살려서, 배에 실은 물품들도 오고셍이(고스란히) 실어 보내더란 말이우다."

"기게 뎡말이요? 뎡말 기냥 보내더란 말이요?"

"그렇다니까. 그래서 그게 아직까지도 의문이란 것이요."

광석은 맨주먹의 말이 믿기지 않았다. 어떻게 그런 일이 있을 수 있는지 이해할 수가 없었다. 그 섬에서 탈출하려고 몸까지 바친 여자가 가만히 있었다는 것이 이해하기 힘들었다. 또한 충국이, 자기 여자라 할 수 있는 여왕을 범한 맨주먹을 살려 보냈다는 것도 이해하기 힘들기는 마찬가지였다. 맨주먹이 뭔가를 숨기고 있거나 거짓말을 하고 있는 것 같았다. 그러나 그런 의문들은 잠시 보류할 수밖에 없었다. 광석의 자극에 말을 정리하려던 맨주먹이 뒷얘기를 시작했기 때문이었다.

"태풍이 지나고 날이 개자, 본섬에서 눈이 시뻘개진 충국이 달려왔지 뭐요. 바람은 잤지만 파도는 아직 높아 배를 띄울 정도가 아니었는데도 위험을 무릅쓰고 달려온 거요. 여왕에게 뭔 일이 생겼을까 싶어서 달려온 거쥬."

여왕이 무사한 걸 확인한 충국은 맨주먹의 손을 묶어 배에 실었다. 물론 여왕과는 딴 배에. 충국은 여왕과 시녀들을 태우고 먼저 떠났고 맨주먹은 남은 군사들에게 포박당한 것.

본섬으로 돌아온 맨주먹은 동료들이 갇혀있는 집에 갇혔다. 동료들의 말에 의하면, 맨주먹이 돌아오지 않자 자신들을 감금하고 밥도 하루에 한 끼밖에 안 주더라고 했다. 만약 여왕에게 뭔 일이 있을 때는 살아남지 못할 줄 알라는 협박까지 하면서.

그런데, 맨주먹이 돌아온 그날 밤부터 삼시세끼가 제공되기 시작했다. 일이 어떻게 된 건지, 돌아가고 있는지 모르지만 맨주먹 일행에 대한 대우가 예전으로 회복된 것이었다. 그러나 집 밖으로 나가는 일은 막았다. 측간에 갈 때 외에는 방에서 나가지도 못하게 했다.

그렇게 사흘을 꼬박 방에 갇혀 있었다. 한치 앞도 내다볼 수 없는 불안감과 두려움에 맨주먹은 속이 탔다. 자기 때문에 모두가 위험에 처해 있었다. 그 때문인지 변의마저 느낄 수 없었다. 대변은 물론

소변마저도 말라버렸는지 오줌도 마렵지 않았다. 그러저런 사정을 알 리 없는 일행들은 측간에 들락거렸으나 맨주먹은 하루에 한두 번 오줌을 누기 위해 측간에 갔다왔을 뿐이었다. 그렇게 피를 말리는 하루하루가 지나가고 있었다.

만약 여왕이 충국을 이기지 못해 맨주먹과 뜨거웠던 사흘을 발설이라도 한다면 맨주먹은 살아남지 못할 것이었다. 맨주먹뿐만 아니라 죄 없는 동료들마저 목숨을 잃을 것이었다. 그런데 다행인 것은 아직까지 충국이 맨주먹을 부르지 않는다는 사실이었다. 여왕이 발설했다면, 여왕이 충국에게 졌다면, 어떤 형태로든 조치를 취했을 것이었다. 그런데 맨주먹을 부르지 않는다는 것은 여왕이 아직 충국에게 밀리지 않고 있다는 뜻이었다. 희망을 가져볼 만했다.

그렇게 피 마르는 시간이 흘러 사흘째 되는 한낮이었다. 발자국 소리가 들렸다. 점심을 가져 오는가 싶었는데 발자국소리가 유난스러웠다. 그러더니 악쓰는 충국의 목소리가 들렸다.

"도사공은 어딨나? 도사공을 불러라."

그 소리를 듣는 순간, 맨주먹은 머리끝이 다 서는 정도가 아니라 심장이 터지는 것 같았고, 한 순간에 몸속의 피가 다 마르는 것 같았다. 정신마저 빠져나갔는지 아무 생각도 할 수 없었다.

그러나 정신을 차려야 했다. 잘못은 자기 혼자 저질렀기에 모든 책임을 혼자 져야 했다. 아무 죄 없는 동료들은 살려야 했기에 정신을 가다듬으며, 심호흡을 하며 방 밖으로 나섰다.

"여, 여기, 여기 있습네다."

혀마저 굳어졌는지 말이 제대로 나오지 않았다. 충국이 그러는 맨주먹은 잠시 노려보는가 싶더니 다시 소리를 질렀다.

"당장 이 섬에서 떠나라."

"예?"

밑도 끝도 없이 뱉은 충국의 말에 맨주먹은 자신의 귀를 의심하지 않을 수 없었다. 잘못 들었다고 생각했다.

"예? 정, 정말 떠나도 됩네까?"

"그래, 지금 당장! 마음 바뀌기 전에 당장 꺼지라고."

충국은 당장이라도 칼을 휘두를 것처럼 다시 소리를 질렀다. 얼굴을 흉측하게 일그러트리며 소리를 질렀다. 그 서슬에 놀란 맨주먹은 어쩔 줄을 몰라 그 자리에 서 있었는데, 방 안에서 충국의 말을 들은 동료들이 벌컥 뛰어나왔다. 그리고 맨주먹의 팔을 잡아끌었다.

동료들 손에 이끌려 나온 맨주먹은 포구를 향해 달렸다. 조금이라도 늦으면 충국이 뒤쫓아 와 맨주먹 일행을 죽일 것 같아 조금도 속도를 늦출 수가 없었다.

어떻게 배까지 뛰었는지, 어떻게 배에 올랐는지 모르게 배에 오른 맨주먹은 정신을 차리고 사공들에게 서두르라고 고함을 질렀다. 감금됐던 집에서 포구까지는 삼백여 보밖에 되지 않았지만, 그 사이에 맨주먹은 정신을 가다듬었다. 정신없이 뛰다보니 포구가 보였고, 자신들의 배가 보였다. 배를 보는 순간 자신도 몰래 모든 정신이 돌아왔다. 뱃놈은 배를 보는 순간 새로운 힘과 정신을 얻는 것인지 지금 생각해도 이해할 수 없는 일이었다.

열사흘, 네물이라 서두르지 않으면 포구를 빠져나가기 힘들 것이었다. 아침을 먹은 게 벌써 두어 시진 지났고, 해를 보니 서둘러야 할 것 같았다. 오시가 지나면 밀물이 몰려들 것이었다. 그러니 그

전에 포구를 빠져나가야 했다.

배가 포구에서 벗어나자 돛을 올렸다. 태풍 뒤끝이라 그런지 여름답지 않게 바람이 살랑이고 있었다.

돛을 올리고 섬에서 멀어지기 시작하자 맨주먹은 키를 웃동무에게 넘겨주고 섬을 바라보았다. 혹시 여왕의 모습이 보일까 싶어 눈이 빠져라 쳐다보았으나 여왕의 모습은 끝내 보이지 않았다. 자신들을 살려 보낸 이가 여왕일 텐데 여왕의 모습이 보이지 않는다는 것은 여왕 신변에 이상이 있다는 뜻이었다. 그렇지만 지금은 그런 걸 생각할 때가 아니었다. 충국이 뒤따라올 수 없을 만큼 멀어지는 게 우선이었다. 지금이 아니면 섬을 빠져나갈 기회가 다시는 없을 것이었다.

"기 충국이란 자가 왜 풀어줬디? 아무리 생각해도 이해가 안 된단 말이야."

광석은 다시 궁금증을 참지 못해 혼자 중얼거리듯이 뱉었다.

"왜 풀어주긴 왜 풀어줘? 여왕이 목숨을 걸고 우릴 살렸갔지. 안 그랬으면 풀어주긴 고사하고, 우도에서 본섬으로 끌고 왔던 그날 우리 죽이고 말았갔지."

맨주먹이 그것도 짐작 못하겠냐는 듯 광석을 나무랬다. 그러자 광석이 말했다.

"기 충국이란 자가 여왕에게 마음이 있긴 있었구만 기래. 어케든 여왕의 마음을 얻어볼 거라고 기렇게 순순히 풀어줬디, 안 기랬다믄 연적戀敵을 어케 풀어둘 생각을 해. 탬, 기러고 보믄 여자란 요물 중에 요물이라니깐. 기러고, 세상을 움딕이는 건 남자 같디만 남잘 움딕이는 건 여자니깐, 결국 세상을 움딕이는 건 여자인 셈이고."

광석의 그 말에 맨주먹은 고개를 끄덕였다. 그건 맨주먹 옆에 조용히 앉아있는 광건도 마찬가지였고.

14

잠이 오지 않았다. 오랜만에 술을 마셔선지 두 형제는 머리가 베개에 닿자마자 잠에 떨어졌지만 맨주먹은 잠을 이룰 수가 없었다. 술도 마실 만큼 마셨으니 벌써 곯아떨어지고도 남을 시간인데도 말똥거리기만 했다.

여왕을 떠올리자 사무치게 그리웠고, 보고 싶었고, 다시 그녀를 품에 안고 싶었다. 그 태풍 속의 사흘을 평생 잊을 수 없을 것이고, 죽는 순간까지 그녀를 잊을 수 없을 것이었다. 하여 그녀를 잊기 위해, 그 섬에 가까이 가면 자신도 모르는 새에 그 섬으로 다시 갈 것 같아 그 섬을 피해 다녔었다. 그녀가 궁금하고 그녀가 보고 싶을수록 잊기 위해 발버둥을 치며 오늘까지 버텨왔다. 그런데 그녀와의 이야기를 하다 보니 그녀가 떠올랐고, 한 번 떠오른 그녀는 다시 가라앉지 않았다. 가슴속에 꼭꼭 숨어있다 불쑥 솟아올랐는지 한 번 떠오르자 좀처럼 가라앉힐 수가 없었다.

잊으려고 꼭꼭 눌러놓은 사연들이, 한 번 떠오른 그녀 생각은 점점 커져갔고 생생해지기만 했다. 잊으려고 꼭꼭 눌러놓았던 게 아니라 잊지 않기 위해, 들키지 않기 위해 꼭꼭 숨겨놓았던 것만 같았다.

그래도 다행인 건 광석이 더이상 물고 늘어지지 않았다는 점이었다. 취해서 그랬을까? 의심스러운 게 제법 있었을 것이고, 궁금한 것도 많았을 텐데도 광석은 용케 그냥 넘겨주었다. 하여 남에게 절대 알리지 않겠다고 다짐했던 그녀와의 황홀한 시간만은 감출 수 있었다.

만약 광석이 그녀와의 잠자리에 대해 집요하게 물고 늘어졌다면 자신은 어떤 대답을 했을까? 광석이 돌발적인 질문이나 도발적인 언행으로 자신을 자극했다면, 여왕을 또 몸 파는 여자쯤으로 깎아내렸다면, 그걸 해명한다고 맨주먹은 그녀의 신체적 비밀을 얘기했을지도 몰랐다. 그런데 남녀 사이의 은밀한 몸의 대화는 불문에 부치는 게 도리란 걸 아는지 광석은 묻지 않았고 그 덕에 비밀을 지킬 수 있었다.

맨주먹이 그녀를 잊지 못하는 이유는 참으로 많았다. 몸을 움직일 때마다 은은히 풍겨오는 꽃향기, 고요하고 차분한 가운데 사람을 잡아끄는 힘, 상대의 어려움을 그냥 보아 넘기지 못하는 인정스러움, 물애기(갓난아기) 살결 같이 부드럽고 매끄러운 살결……. 그리고, 그리고…… 그녀의 음부.

뭐랄까, 그녀는 아래에도 부드러우면서도 단단한 입술을 가지고 있는 여자였다. 이나 잇몸은 없고 입술만 가지고 있었다. 그 입술이 사람을 미치게 했다.

하여 그녀와의 교합은 쫄깃쫄깃한 회를 먹는 기분이었다. 어린애 손바닥만 한 전복을 한 이틀쯤 꾸득꾸득하게 말렸다 씹어 먹는 맛이랄까, 마직한 다금바리를 낚는 즉시 썰어서 장에 찍어먹는 맛이랄까, 날 꿩을 잡아 현장에서 따뜻한 가슴살을 도려내어 먹는 맛이랄까, 마직한 노루를 몽둥이로 때려잡아 뜨끈뜨끈한 지라를 씹어 먹을 때의 맛이랄까. 맨주먹이 먹어본 그 어떤 음식보다도 쫄깃했다. 그 맛에 빠져, 그 맛을 탐닉하느라 사흘 동안 다른 데 신경 쓸수가 없었다. 그 어떤 늪보다도 강한 힘으로 맨주먹을 빨아들였다. 그리고 그 기억은 그 어떤 기억보다도 생생히 오래 남아 있었다. 이젠 그녀의 얼굴마저 가물거렸지만 그 쫄깃함만큼은 지금도 생생하기만 했다. 그리고 지금껏 많은 여자를 만나봤지만 현의 같은 여자를 다시 만날 수가 없었고.

그런 생각을 하다 맨주먹은 고개를 저어버렸다. 그녀를 그렇게 기억하는 게 미안했다. 그녀와의 교합이 아무리 특이했고 색달랐다 해도 그녀의 다른 면들과 조화를 이루지 않았다면 그렇게 또렷하게 기억에 남을 리 없었다. 그런 그녀를 음부만 있는 여자처럼 떠올리는 자체가 그녀에 대한 모욕이자 모독이었다.

자신이 살아서 그 섬을 빠져나올 수 있었던 것은 그녀의 희생 때문이었다고 보는 게 맞을 것이었다. 충국에게 어떤 거절할 수 없는 제안을 했는지는 모르지만, 맨주먹을 살리기 위해 그녀는 자신을 버렸을 것이었다. 결국 자신이 충국의 마수에서 벗어날 수 있었던 것은 그녀의 희생 덕이라 할 수 있었다.

"내 목숨을 바치는 한이 있더라도 당신을 구할 테니 당신은 어떻게든 여길 빠져나가세요."

태풍이 불기 시작한지 사흘째 되는 날 새벽이었다. 태풍이 지나 갔는지 바람이 자기 시작하자 둘은 약속이나 한 듯 서로의 몸을 탐했다. 누가 먼저랄 것도 없었다. 그냥 몸이 시키는 대로 서로의 몸을 찾았다. 이제 다시는 기회가 없을 것이란 생각 때문이었는지 잠도 자지 않고 서로의 몸을 찾았다. 그리고 날이 밝아오기 시작하자 더 오래, 더 뜨겁게, 정을 나누었다. 그렇게 몸의 대화를 마치고 둘 다 젖은 땀을 말리느라 누워 있었는데 그녀가 무슨 생각 끝인지 조용히 말했다.

"그게 무슨 말이요? 당신과 함께 여길 벗어나려고, 도망치려고 이렇게 고생하는 건데, 왜 그런 말을 하시오?"

"아니에요. 우리 둘이 사랑을 나누기 시작했을 때 우리 운명은 이미 결정됐어요. 나는 당신을 따라갈 수도 없고, 여길 벗어날 수도 없어졌어요. 그래서, 어떻게든 이 섬에서 벗어나고파 당신과 사랑에 빠지지 않으려고 했는데 그게 맘대로 되지 않았어요. 여기서 늙어죽게 돼도, 죽는 한이 있더라도 당신을 포기할 수가 없었어요. 그래서…… 나머지 것을 다 포기하고 당신을 선택한 거예요."

"그런 말이 어딨소? 난 당신을 구하려고 모든 걸 걸었는데 나의 목숨뿐만 아니라 동료들의 목숨까지 다 걸었는데."

"알아요. 바로 그 때문에, 그런 당신의 진심을 알았기 때문에 당신을 선택한 거예요. 이제 다시는 당신과 같은 사람을 만나지 못할 것 같아서. 짧은 영원을 가슴과 몸에 새겨놓고 싶어서."

"안 되오. 난 그럴 수 없소. 당신이 안 가면 나도 안 갈 거요."

"아뇨, 당신은 가야 합니다. 그래야 이 일을 정리할 수 있어요. 당신이 여기 있으면 우리 둘 다 죽어요. 그러니 내 말을 들으세요. 당신이 내게 그랬듯 나 또한 당신을 위해서 그러는 거예요. 그러니 내 뜻에 따라 주세요. 부탁입니다. 당신을 향한 내 마음이 갈 곳 몰라 헤매지 않게 해주세요."

맨주먹은 어떻게든 그녀를 설득해 보려 했다. 그러나 허사였다. 그녀의 말마따나 사랑을 선택하는 순간, 모든 선택지는 사라져 버린 셈이었다. 너무나 비싼 기회비용을 지불한 것이었다. 결국 그녀가 시키는 대로 하지 않을 수 없음을 맨주먹은 깨닫게 되었다. 그리고 맨주먹은 그녀를 사랑해주는 일밖에 할 일이 없다는 걸 알았다. 하여 다시 그녀의 몸 구석구석을 애무해주고 마음껏, 그녀가 숨넘어갈 듯이 외칠 때까지 사랑해주었다. 그녀의 몸과 마음에 지워지지 않을 화인火印을 새겨주고 싶었고, 자신의 몸에도 그녀를 영원히 새겨두고 싶었다.

기원과 감사의 시간들

15

섬과 섬 사이를 돌고 돌아 진도珍島에 도착한 것은 7월 하순이었다.

남하할수록, 섬들의 바다(다도해多島海)라 불릴 만큼 섬들은 더욱 많아졌고 그에 따라 맨주먹의 신경도 고조되는 듯했다. 끊임없는 주의와 경계 없이는 섬들의 바다를 통과하기 어렵다고 말하며 잠시도 한눈을 팔지 않았다. 조류야 얼마간 짐작하고 있다 해도 바람이나 안개는 물론이려니와 암초와 여[嶼]2)·저수심低水深·뻘과 같이

---

2) 보통 바닷가 바위를 암초라 하지만 암과 초는 성격이 다르다. 암岩은 물 위로 솟아있는 바위고, 초礁는 물속에 잠겨있는 바위다. 그와는 달리 밀물 때는 물에 잠겼다가 썰물 때면 물 위로 솟아오르는 바위도 있는 이를 여[嶼]라 한다. 뱃사람들은 이를 명확히 구분한다. 그런데 조선조 문헌에 보면 이를 구분하지 않고 여를 뜻하는 서嶼로 표기해놓고 위치 추정에 어려움이 많다.

또한 도島와 섬의 쓰임이 다른데, 도島는 크기가 큰 섬이거나 주변의

보이지 않는 위험이 늘 도사리고 있기 때문에 연안항해는 근해항해나 원양항해보다 더 신경을 쓸 수밖에 없다며. 맨주먹이 한바다를 건널 때와는 결이 다른 긴장감을 곧추세웠기에 광석도 덩달아 긴장해야 했다.

배들도 횡대가 아닌 종대로 늘어세워 자신의 배를 따라오라고 했다. 특히 초행인 광석네 선단을 자신의 배 바로 뒤에 배치하여 병아리들이 어미 닭을 쫓아다니듯 하라고 했다. 자기 시야에서 벗어나는 순간 위험이 닥친다면서.

섬들의 바다로 들어서는 길목인 형제섬과 각씨섬 앞에서부터는 더 긴장하는 것 같았다. 섬과 섬 사이라 물길이 고르지 않고, 암초와 여들이 산재해 있기 때문이라 했다. 여기서부터는 긴장의 끈을 놓거나 한눈을 팔았다간 암초나 여에 좌초되거나 조류에 휩쓸릴 수 있다고. 심지어는 그냥 지나가도 될 것 같은데 밀썰물 때는 섬 사이로 들어서지 않고 밖에서 대기하기도 했고, 기항지가 바로 코앞인데도 기항지로 들어가지 않고 바다 가운데 닻을 내려 대기하거나 묘박錨泊하기도 했다. 조류에 휩쓸릴 위험이 있으니 차라리 물살이 세지 않는 곳에서 묘박했다가 물살이 잔 후에 입항하는 게 낫다는 거였다. 가끔은 물때를 맞추느라 배의 속도를 조절하기도 했다.

이렇듯 맨주먹은 익숙한 솜씨로 배를 몰면서 섬들의 바다를 항해할 때 알아두어야 할 다양한 정보들을 알려주었다. 알아두지 않으

섬 중에서 가장 큰 섬을 지칭할 때 주로 쓴다. 이와는 달리 규모가 작거나 주변에 도島라 부르는 큰 섬이 있는 경우는 섬으로 명명하는 경향이 있다. 뿐만 아니라 섬이라 하기엔 너무 작고, 바위이라 하기엔 좀 큰 경우는 섬이라 하지 않고 암이라 칭한다.

면 위험한 상황에 대해서뿐 아니라 육안으로 식별 가능한 물표物標를 자세히 설명해 주었다.

그러나 물표들은 구분하는 일은 쉽지 않았다. 점점이 떠있는 섬들이나 물표라고 알려주는 해안가의 산이나 언덕들이 비슷비슷했기 때문이었다. 가까이에서 보면 얼마간 구분됐으나 멀리서 보니 그 섬이 그 섬이요, 그 산이 그 산처럼 보였다. 그런데도 맨주먹의 설명을 듣다 보면 생김이 달라 보였고, 차이가 있어 보였기에 그 특징들을 기록해 두었다. 더욱이 섬이나 산과는 달리 쉽게 눈에 띄지 않는 암초나 여들은 미리 대비하지 않으면 안 되기 때문에 신경을 곤두세워야 했고 그것들에 대해서는 특히 관심을 가지고 기록해 두어야 했다. 물론 잘 구분되지 않은 것들은 맨주먹에게 물으며 그 특징을 적어 두었다.

한성에서 배를 띄워 강을 따라 백 리쯤 서진하면 강화 앞바다에 이른다. 여기서부터 오른쪽에 단군왕검의 참성단塹城壇이 있는 마루산(현재의 마니산)과 단군왕검의 세 아드님이 석성을 쌓았다는 정족산鼎足山이 자리잡고 있는 강화도江華島를 끼고 남쪽을 향해 내려가는데, 30리쯤 내려가면 울돌목(현재의 손돌목으로, 밀썰물 때 물이 돌면서 울음소리를 내는 해협이라 붙여진 명칭. 따라서 울돌목은 고유명사가 아니라 보통명사다.)에 이른다.

울돌목은 평소에도 물살이 거세지만 밀썰물 때는 물이 돌아 아주 위험하기 때문에 밀썰물 때는 가까이 접근하지 말아야 한다.

강화도를 반쯤 지나면 왼쪽으로 정면에 누룩섬(현재의 대황산도와 소황산도. 간척사업으로 육지가 됨)과 눈썹섬(현재의 대항산도)

와 똥섬(현재의 소항산도)·눈섬(현재의 세어도)이 보인다. 누룩섬과 눈썹섬·똥섬을 오른쪽에, 왼쪽에는 약산(藥山. 현재의 통진)을 끼고 남하한다. 강화도와 약산을 거의 빠져나오면 오른쪽에 갈대섬(현재의 동검도)이 있다. 갈대섬과 왼쪽에 있는 눈섬 사이를 통과해 나서면 너른 길이 열린다.

강화를 빠져나올 즈음에 중앙에 두 섬이 보이는데, 자연도(紫燕島. 현재의 영종도)와 용섬(현재의 용유도)이다. 왼쪽에 범섬·형제섬(현재의 운염도과 소운염도)·매섬(현재의 매도 또는 응도)이 보이고 오른쪽에 장봉도長峰島·띠섬(현재의 모도)·화살섬(현재의 시도)·소금섬(현재의 신도)도 보인다.

자연도와 범섬·형제섬·매섬을 오른쪽에 두고 넝쿨섬(현재의 청라도. 간척사업으로 육지가 됨)을 끼고 지난다. 그런 후, 거문섬(현재의 물치도勿淄島)을 지나 자연도와 반달섬(현재의 월미도와 소월미도)을 끼고 지나는데 자연도와 반달섬의 중앙부를 통과한다.

자연도를 지나면 오른쪽에 호룡산(虎龍山. 현재의 호룡곡산)과 국사봉國師峰이 있는 장군섬(현재의 무의도)과 왼쪽에 솔섬(현재의 송도)이 보이는데 솔섬 쪽으로 배를 붙인 후, 정면에 황금산黃金山이 솟아 있는 황금도(黃金島. 현재의 대부도)와 연흥도(延興島. 현재의 영흥도) 사이를 통과해야 하므로 두 섬을 바라보며 항해한다. 오른쪽에 소홀도(召忽島. 현재의 자월도)가 멀리 보인다. 여기를 지날 때는 두 섬 사이에 있는 신선섬(현재의 선재도)과 연흥도 사이를 지나는데, 두 섬 폭이 좁기 때문에 정중앙으로 통과해야 하는데 밀썰물 때는 통과하지 말아야 한다.

연흥도를 나서면 왼쪽에 쪽박섬·메추리섬·물넘이섬(현재의 제부도)·파도섬(현재의 입파도)이 보이고 오른쪽에는 해적섬(대이작도와 소이작도)·봉황섬(현재의 승봉도)이 보인다. 정면에는 풍도(楓島. 현재의 풍도豊島)와 육도六島·난지도蘭芝島가 있다. 풍도와 육도 사이도 10리밖에 안 되므로 섬 사이를 지날 때 주의해야 한다.

풍도와 육도 중앙을 통과하여 난지도를 왼쪽에 두고 남하한다. 풍도와 육도를 지나 50리쯤 항해한 후 난지도를 지나면 먹섬(현재의 흑어도), 또 다른 황금산(黃金山. 서산 독곶 해안가에 있는 산)과 독곶·비견도(非見島. 현재의 비경도)를 왼쪽에 두고, 선접도(先接島. 현재 선갑도)·문접도(文接島. 현재 문갑도)·배일도(倍日島. 현재 백야도)·울도鬱島를 오른쪽에 두는데 울도와의 거리는 50리쯤이다.

황금산과 독곶을 왼쪽에 두고 만대곶(현재의 태안군 이원면 내리 해안)과 숨은여(은서隱嶼. 만대곶 앞에 산재해 있는 여의 총칭)을 지나 울도를 바라보며 남서쪽으로 항해를 계속한다. 이때 뭍과의 거리는 30리를 유지한다.

만대곶에서 벗어나면 왼쪽에 민어섬(현재의 민어도), 눈섬(현재의 분점도)이 보이고, 오른쪽에는 대섬(현재의 연돌도·대방이·구도·연도의 총칭)이 보이는데 대섬과 눈섬의 중앙을 통과하여 남하한다.

대섬을 지나면 돌곶(현재의 태안군 원북면 황촌리 앞 해안가의 곶)이 바로 앞에 있는데, 돌곶은 암초와 여들이 많아 10리쯤 거리를 두고 지나야 한다.

돌곶을 벗어나면 왼쪽에 만灣 모양의 바다가 있고, 앞에 야트막한 봉우리 두 개(현재의 태백산과 가르미끝산)가 보이고 손바닥곶(현재의 태안군 소원면 의향리 앞쪽의 곶)이 보인다. 여기 또한 돌곶만큼이나 암초와 여들이 많으니 10리쯤 거리를 두고 지나야 한다.

돌곶과 손바닥곶을 지나 왼쪽으로 꺾을 즈음, 왼쪽에 뭍닭섬이 보이고 백사장과 바위로 이어진 해안가가 보인다. 이 백사장을 따라 30리쯤 남하하면 또 다른 곶((현재의 태안군 소원면 모항리 앞쪽의 곶)을 맞게 되는데, 이곳 또한 암초와 여들이 많아 10리 이상 떨어져서 지나야 한다.

연달아 이어지는 곶들을 지나면 앞에 곶섬 · 신선섬(현재의 가의도) · 말섬(현재의 마도) · 갈두도(葛頭島. 현재의 신진도)가 보이고, 가운데 알섬(현재의 난도) · 활섬(현재의 궁시도)이 보인다. 좌측 멀리엔 격비도(格飛島. 현재의 격렬비열도)도 보인다. 거리는 100리쯤이다.

신선섬과 말섬 · 갈두도 사이는 난행량으로 소문난 안흥량安興梁으로, 물살이 세고 암초와 여들이 산재해 있어 지날 때 다른 어떤 곳보다 바짝 신경을 써야 한다. 하여 뱃사람들은 이 해협을 건너기 전에는 꼭 해신과 풍신에게 제를 올린 후에 지난다.

안흥량을 무사히 통과하면 잔잔한 바다를 마주하게 되는데, 신선섬과 말섬 · 갈두도를 끼고 내려서면 왼쪽에 기다랗게, 뭍처럼 누워 있는 섬이 보이는데 바로 안도(현재의 안면도)다.

안도는 안흥량을 무사히 건넜다는데 안도한다는 뜻으로 붙였다고 하는데 과연 그런 이름에 걸맞게 길게 누워있다. 기다랗게 누워 있는 안도를 따라 내려가다 보면 오른쪽에 거울섬(경도鏡島. 현재의 거야도) · 물미섬(현재의 물미도) · 삼섬 · 치치섬 · 토끼섬이 왼쪽에 보인다. 그렇게 20여 리를 남하하면 외딴섬(현재의 외도)과 장구섬(현재의 장고도) 우측을 지난다.

장구섬을 지나면 오른쪽으로 방향을 틀어 당섬(堂島. 현재의 고대도)과 자그마한 산들이 서너 개 있는 고란도(현재의 원산도) 사이를 지난다.

당섬과 고란도를 지나면 앞에 화살섬(현재의 삽시도)이 있는데, 화살섬을 오른쪽에 끼고 고란도를 빠져나온다.

고란도에서 벗어나면 오른쪽으로 뱃머리를 돌려, 돌곶(현재의 서천군 서면 도둔리 앞쪽)을 물표 삼아 계속 남하한다. 그 거리가 60리쯤이다.

돌곶을 지나 뱃머리를 오른쪽으로 틀면 왼쪽에 흰섬(현재의 다보도)과 눈섬(현재의 석대도)3)이 보이고 그 거리는 40리다. 그리고 오른쪽에는 여우섬(현재의 호도)와 사슴섬(현재의 녹도) 그리고 빼섬(현재의 추도), 형제섬(현재의 대화사도와 소화사도)이 보이는데 그 거리가 40리다.

돌곶으로 갈 때는 흰섬(현재의 석대도)과 눈섬·닭벼슬섬을 왼쪽에 두고 지나가는데, 돌곶에 이르기 전에 10리 이상 거리를 둬야 하는데, 돌곶 앞에도 암초와 여들이 많아 뭍으로 배를 붙여서는 안 되고 10리 이상 거리를 두고 항해해야 한다.

눈섬을 왼쪽에 끼고 지나면 마량馬梁이 바로 앞인데 대섬(현재의 황죽도)을 옆에 끼고 마량을 향해 항해한다. 오른쪽 멀리에는 돌섬(현재의 질마도)과 크고 작은 섬들(현재의 외연열도. 외연도, 대청

---

3) '눈섬'이란 단어는 두 가지 뜻으로 쓰인다. '누운(누워 있는) 섬'이 하나고, 다른 하나는 '눈[目] 모양의 섬'이다. 세어도는 '누운 섬'이란 뜻이고 석대도는 '눈 모양의 섬'이라 할 수 있다.

도, 수도, 초망도, 횡견도, 오도, 무마도)이 보이는데 거리가 80리 정도다. 마량 또한 암초와 여가 많기로 이름 높은 곳인 만큼 뭍으로 접근하지 말고 멀리 떨어져 항해하는 것이 좋다.

마량을 지나면 정면에 연꽃섬(현재의 연도)과 이끼섬(현재의 개야도), 대섬(현재의 죽도)이 보이고 왼쪽에는 거문섬(현재의 묵도)과 형제섬(현재의 대죽도와 소죽도)[4], 그리고 눌섬(현재의 유부도)이 보이는데, 연꽃섬과 이끼섬, 형제섬을 오른쪽에 끼고 거문섬과 눌섬 사이를 지난다. 섬과는 5리쯤 떨어져 지난다.

눌섬을 지나면 정면에 보이는 게 말똥처럼 자그마하게 흩어져 있는 말똥섬(현재의 십이동파도)이다. 왼쪽에는 거문섬(현재의 묵어도. 간척사업으로 육지가 됨), 매섬(현재의 비응도飛鷹島로 간척사업으로 육지가 됨), 띠섬(내초도內草島. 간척사업으로 육지가 됨), 대섬(오식도筽簀島. 간척사업으로 육지가 됨)이 있다. 말똥섬과 대섬과의 거리가 100리인데 대섬 쪽과의 거리를 30리쯤 유지하며 지난다.

대섬을 지나면 바로 오른쪽에 막로군도(莫盧群島. 현재의 고군산열도古群山列島)[5]가 있는데 막로군도를 오른쪽에 두고 되섬(현재의 두리도)와 기럭섬(현재의 비안도) 사이를 통과해야 하는데 수심이

---

4) 크고 작은 두 섬이 가까이에 붙어 있는 경우, 형제섬이란 명칭을 주로 쓴다. 또한 크기가 비슷한 두 섬은 부부섬이란 명칭을, 크기가 비슷하면서 모양이나 속성이 비슷한 경우는 쌍둥이 섬이란 명칭을 쓰곤 한다. 따라서 곳곳에 형제섬, 부부섬, 쌍둥이섬이 존재할 수 있는데, 이들을 구분할 때는 섬 명칭 앞에 지역명을 붙여 구분하곤 한다.
5) 막로는 삼한의 소국 이름이다. 섬 이름을 소국의 이름으로 붙일 만큼 고군산열도와 막로군도는 밀접한 관계를 가지고 있었던 것 같다.

얕고 뭍 쪽에 여들이 많아 막로군도로 배를 바짝 붙여 통과해야한다. 군도로부터 거리가 10리밖에 안 된다.

군도를 지나면 정면에 크고 작은 섬들(달루도, 위도, 외치도, 거륜도, 왕등도 등)이 보이고 왼쪽에는 돌섬(현재의 석도)와 하섬과 변산곶(현재의 죽막동)이 보인다. 고슴도치섬(현재의 위도) 등 크고작은 섬들을 오른쪽에 두고 변산곶을 지나는데 좌우 20리 정도의거리를 유지하며 지난다.

변산곶 안쪽에 있는 갑산(甲山. 현재의 갑남산)과 투봉을 지나면가운데 형제섬(소형제도와 대형제도)과 왼쪽에 대죽도가 보이는데형제섬과 대섬(현재의 대죽도) 사이를 지난다. 대섬 가까이에는 쌍여(현재의 쌍여도)가 있어 형제섬 쪽으로 붙여 통과한다.

형제섬을 지나면 오른쪽에는 도솔산(현재의 선운산)이 있고 앞에는 말안장섬(현재의 안마도)을 비롯하여 대여섯 개의 섬(현재의 안마군도)이 보인다. 한편 왼쪽에는 솔섬(현재의 송이도)과 여섯섬(현재의 육산도) 등이 보이는데 여섯섬을 오른쪽에 끼고 남하한다. 이때 정면에 형제섬(현재의 상하낙월도)과 각씨섬(현재의 대각씨섬과소각씨섬)이 보이는데 형제섬과 각씨섬 사이를 통과해 남하한다.이 두 섬 사이도 폭이 좁아 물살이 셀 뿐만 아니라 수심도 깊지않으므로 이곳을 지날 때는 반드시 수심을 재어 깊은 쪽으로 통과해야 한다.

형제섬과 각씨섬을 지나면 섬바다(섬의 바다. 다도해多島海)가 진도까지 이어지므로 항해에 주의해야 하고, 야간항해를 해서는 안되는 바다다. 섬과 섬 사이의 물살이 셀 뿐만 아니라 암초와 여[嶼]들이 도사리고 있어 낮에 항해할 때도 섬과 섬 사이의 거리를 잘 유지하면서, 조심해서 통과해야 한다.

형제섬으로 접어들기 전에 눈앞에 커다란 섬들이 눈에 들어오니 임자로도(현재의 임자도)와 지도다. 느리섬(현재의 어의도), 애꾸눈 이섬(현재의 큰포작도와 작은포작도), 우도(宇島. 현재의 수도) 등이 있지만 임자로도와 지도가 워낙 커서 눈에 잘 띄지 않는다.

느리섬과 임자로도의 곶 사이를 지나 문어섬(현재의 만지도)과 삽날섬(현재의 작도)를 지나야 한다. 두 섬의 폭이 3리밖에 안 되기 때문에 중간부를 통과해야 하고 물살과 암초 등을 조심하여야 한다. 또한 바람이 셀 때는 돛을 접어 속도를 줄여야 한다. 그만큼 위험한 곳이다. 두 섬을 지나면 우도(宇島. 현재의 수도)가 눈앞에 있다.

임자로도와 우도 사이도 좁아 물살과 암초를 주의해야 한다. 여기도 폭이 2리 정도밖에 안 되므로 한가운데로 통과하는 게 중요하다. 암초나 여보다는 수심이 얕은 곳을 피해야 하기 때문에 섬 사이로 들어서기 전에 수심을 꼭 확인해야 한다.

좁은 길을 통과한 후 위아래로 길게 누워있는 두 섬(현재의 법고섬과 진대섬)을 통과해야 하는데 이때도 한가운데를 지나는 게 중요하다.

두 섬을 지나면 방향을 오른쪽으로 틀어 감섬과 매섬 사이를 통과해 남하한다.

감섬을 지나면 임자로도와 옥도(현재의 사옥도) 사이의 바다를 통과한다. 이때 사옥도 주변에 널려 있는 말똥섬(하탑섬, 원달섬, 안섬, 탑섬, 고동섬, 안다리섬, 밖다리섬, 월정섬, 진섬 등) 사이를 통과해야 하므로 임자로도 쪽으로 배를 붙여 통과하는 것이 중요하다. 옥도를 지나면 왼쪽으로 방향을 틀어 옥도와 시루섬(현재의 증도) 사이를 지난다. 여기도 섬과 섬 사이가 좁아 한가운데를 통과해야 한다. 이처럼 섬바다에서는 대부분 섬과 섬 사이의 좁은 길을 지나야 하므로 잠시도 긴장을 늦춰서는 안 되고, 경험이 많은 사공이 직접 배를 몰아야 한다.

오른쪽에 시루섬을 두고 왼쪽에는 말똥섬, 말안장섬(현재의 안마도), 손바닥섬(현재의 소복기섬), 해삼섬(현재의 몰암도)를 차례로 지나면 왼쪽으로 틀어 안쪽으로 매미섬(현재의 선도) 쪽으로 배를 붙인다. 그 후 오른쪽으로 틀어 남하하는데 병풍섬(현재의 병풍도), 소섬(현재의 대기점도), 범섬(현재의 소기점도), 자라섬(현재의 소악도), 나비섬을 오른쪽에 두고 말머리섬(현재의 마산도), 매화섬(현재의 매화도)를 지나면 드디어 섬과 섬 사이의 좁은 길을 벗어나게 된다.

좁은 수로를 벗어나면 오른쪽에 몰래섬(현재의 당사도), 병풍도(현재의 암태도), 거북섬(현재의 팔금도), 안도(安島. 현재의 안좌도), 소누운섬(현재의 휴암도), 자라섬(현재의 자라도)과 왼쪽에 낙지발섬(현재의 압해도), 밤섬(현재의 율도), 반달섬(현재의 달리도), 작은반달섬(현재의 외달도), 코기리섬(현재의 시하도), 말섬(현재의 임하도)를 끼고 100리를 남하한다. 이 구역에는 크고 작은 섬이며 바위섬이 너무 곳곳에 산재해 있으니 오른쪽으로 배를 위치시켜 많은 섬들을 지나야 한다. 작은 섬과 바위섬의 이름을 일일이 나열할 필요가 없는 것이 항해에 크게 방해되지 않고 물표로 삼을 큰 섬이 있어 물표로도 큰 의미가 없기 때문이다.

진도(珍島. 돌섬이라고 부르기도 함)에서는 특히 울돌목(현재의 명량해협(鳴梁海峽)을 조심해야 하는데, 특히 밀썰물 때는 접근해선 안 된다. 따라서 영주로 가기 위해서는 울돌목 쪽을 피하고 섬의 남쪽에 있는 남포(南浦. 현재의 진도항)에 기항하는 게 좋다. 남포로 가기 위해서도 진도와 여러 섬 사이를 지나야 하는데 대표적인 섬은 불가사리섬(현재의 가사도), 눈섬(현재의 성남도) 등이다. 진도 주변에 산재해 있는 섬들이 큰 의미가 없는 것이, 진도를 왼쪽에 두고 항해하기 때문이다. 진도 주변의 섬들은 방해물로도 물표로서도 큰 의미가 없다.

진도에서는 영주산(瀛洲山. 현재의 한라산)을 물표 삼아 배를 띄우는데, 물떼섬(현재의 하조도와 주변 섬들)와 모인섬(현재의 보길도와 주변 섬들), 사잇섬(현재의 추자도)를 물표로 삼아 사잇섬까지 항해한다.

사잇섬은 진도에서 약 350리쯤 떨어져 있다. 영주까지의 거리도 비슷해서 사잇섬은 영주에서 조선반도를 오가는데 중요한 필요한 물표이자 기항지이기도 하다. 조선반도와 영주의 이어주는 징검다리 섬이기도 하다.

사잇섬을 기점으로 바다가 완전히 달라지는데 사잇섬까지는 색깔이 혼탁하고 파도가 높지 않다. 그러나 사잇섬을 지나자마자 바다 색깔이 깊은 흑색으로 변하고 바람이 없어도 파도가 높기 때문에 신경을 바짝 써야 한다. 또한 사잇섬과 영주는 물때가 같기 때문에 사잇섬 물때로 영주의 물때를 판단할 수 있다.

사잇섬을 지나면 왼쪽에 대화탈도大火脫島와 소화탈도(小火脫島. 두 섬을 현재가 보인다. 암봉巖峰이 높이 솟아있는데, 나무가 없어 바위만 보인다. 비가 오려고 할 때 멀리서 보면 섬이 거대한 돛과

같다. 대·소화탈도와 나란히 있는데, 암봉에 해가 비치면 황적색이
된다.

화탈도를 왼쪽에 두고 남하하면 드디어 영주에 닿는데, 화탈도에
서 밀물을 이용하면 바람을 이용하는 것만큼이나 쉽고 빠르게 영주
에 닿을 수 있다.[6]

이와 같이 물표를 적어뒀지만 그것으로 끝이 아니었다. 물표를
좌우에 두고 배를 정확한 위치에 두고 항해하지 않으면 위험하니
물표들 사이에 배를 정확히 위치시키는 것이 중요하다고 했다. 섬
들로 둘러싸여 있는 다도해를 통과할 때는 그 어느 때보다 신경을
바짝 써야 무사히 통과할 수 있으니 속도보다 안전을 고려해야 한
다고 강조했다. 섬들은 물표 역할을 하기도 하지만 물길을 바꾸기
도 하고 조류가 센 곳이므로 조류를 자세히 알아두고 살피라고. 원
양항해 때는 해류를, 연안항해 때는 조류를 제대로 살피는 게 항해
를 제대로 할 수 있는 방법이라고도 했다.

또한 물때와 바람이 여의치 않을 때는 바다 가운데서 닻을 내려
조류와 바람을 기다려야 한다고 했다. 이때는 반드시 수심을 재봐
야 하는데, 최소한 다섯 장 이상은 되어야 한다고 했다. 밀썰물 차가
두 장 이상 나기 때문에 최소 수심이 다섯 장 이상은 유지되어야

---

6) 신경준, 류명환 역, 『여암 신경준과 역주 도로고』, 역사문화, 2014.를
참고했으나 연안항해에 맞춰 해로를 변경하기도 했고, 섬의 명칭을 우리
말로 바꾼 것도 있다. 섬의 이름은 섬의 유래를 참고하여 바꿨으나, 유래
가 없거나 불명확한 경우는 섬의 모양이나 특징을 반영하여 작가가 붙였
다. 따라서 당시 이름과는 다를 수 있다. 감안하여 읽었으면 한다.

한다고.

안개가 끼어 방향을 분간할 수 없을 때는 묘박을 해야 하고, 사물이 잘 보이지 않거나 선단이 흩어지는 사고가 발생했을 때는 나팔이나 꽹과리, 호각 등을 사용하여 위치와 거리를 확인하라고 알려주기도 했다. 또한 항해 중에 다른 배를 만났을 때는 우측통행하는 게 좋다고도 했다. 보통 오른손으로 키나 돛을 조작하는 경우가 많으니 왼쪽을 돌아보는 게 편하기 때문에 우측통행이 일반적이라고.

그렇게 크고 작은 섬과 섬을 지나며, 다양한 정보들을 듣고 알고 기록하며 다도해를 통과해 진도에 닿았다. 그렇다고 하루 만에 진도에 도착한 것은 아니었다. 서북풍이 불고 있었지만 이틀 밤을 다도해에 흩어져 있는 섬에 배를 대어 머물기도 했다. 물표가 보이지 않는 밤에 항해할 수 없었기 때문이었다. 낮에 항해를 해도 물때에 따라 달라지는 물길을 헤쳐 나가기 힘든데, 밤에 항해할 수는 없다고 했다. 다도해를 밤에 항해한다는 것은 죽으려고 발광하는 일이나 다름없으니 엄두도 내지 말라고 했다. 그러니 날이 저물기 시작하면 가까운 섬이나 포구에 배를 정박하는 게 상책이라고도 했다.

진도 남동쪽 포구에 배를 댄 일행은 제일 먼저 여신산(女神山. 현재의 여귀산女貴山)에 올랐다. 고사를 지내기 위해서였다. 진도까지 무사히 도착하게 해준 것에 대한 감사와 영주까지 무사히 도착할 수 있게 도와달라고 빌기 위해서였다.

맨주먹네가 제물을 챙겨 산에 오를 준비를 하자 광석네도 제물을 챙겼다. 맨주먹네는 기항지에 배를 댈 때마다 고사를 지냈으나 광석네는 월곶 이후 한 번도 고사를 지내지 않았었다. 기항지가 일정치 않다고 했고, 고사라 해봐야 포구 안쪽에 있는 큰 나무나 바위 아래 밥 한 그릇과 술 한 잔, 어포魚脯 하나가 전부인 요식행위였기 때문이었다. 가끔은 화장 혼자 보내 고사를 지내기도 했다. 하여 광석네는 따라 하지 않았었다. 강배를 몰았던 그들은 고사의 필요성을 크게 느끼지 못했고, 요식행위나 다름없는 고사를 드릴 필요가 없다고 생각했기 때문이다. 그런데 진도에서의 고사는 다르다고 했다.

먼저 제를 지내는 곳도 포구가 아니라 산 위라 했고, 제물도 밥과 술, 어포뿐만 아니라 육포에 채소, 과일까지 올리고 도사공인 맨주먹이 직접 고사를 드린다는 것이었다. 맨주먹네뿐 아니라 진도에 기항하는 모든 배들은 여신산에 올라 고사를 지낸다는 소리에 광석도 동참하기로 했다. 맨주먹은 자기네가 진설한 제물祭物에 절이나 하라고 했지만, 광석은 따로 제물을 준비하여 형 광건과 함께 산을 오르기 시작했다.

포구에서 난 오솔길을 따라 숲을 가로지르며 오르다 보니 밋밋한 분지가 나타났다. 정상을 올려다보니 한 7부 능선쯤 되는 곳(현재의 탑골)인데, 거기서 내려다보니 먼 바다와 섬들이 한눈에 들어왔다. 굳이 정상에 오르지 않더라도 모든 걸 조망할 수 있는 곳이었다.

그 분지 한가운데 여러 사람들이 오랜 세월을 두고 쌓아올렸음직한 돌무더기 서낭당이 보였고, 새끼들이며 울긋불긋한 천들이 걸려 있었다. 새끼에는 천 조각들이 꽂혀 있었고. 바다를 한눈에 내려다보며 고사를 지내기에 안성맞춤인 곳이었다. 맨주먹의 말이 거짓이 아님을 증명이라도 하듯 사람들의 발길에 풀들이 누워있어 길이 뚜렷이 나 있었고, 서낭당 주변엔 고수레를 했던 밥과 어포 대가리, 육포, 과일 등이 아직도 군데군데 흩어져 있었다.

"이 산이 여신산인데 포구에서 보면 여신 젖가슴 두 쪽이 다 보입쥬. 그래서 그런지 여기서 빌면 무사 항해할 수 있다고 해서, 이 섬에 밸 대는 모든 사공들은 제일 먼저 고살 지내곤 헙쥬."

다른 사공들이 서낭당을 향해 걸어가는 걸 바라보며 맨주먹이 누구에게랄 것 없이 말했다. 자기 옆에 광석과 형 광건이 서 있었으니 두 사람에게 하는 말이겠지만, 어찌 보면 혼잣소리인 것도 같았다. 진설하는 동안 마음을 경건히 갖기 위해 자신에게 하는 말일 수도 있었고, 광석과 광건에게 경건한 마음을 다지라는 말인 듯도 했기 때문이었다. 그런데 그 말에 대꾸를 한 사람은 형 광건이었다.

"기런 말 안 해도 알 것 같습네다. 바다와 섬들이 한눈에 보이는 거이, 정말 여신이 바달 향해 두 팔을 벌리고 있는 것 같으니 말입네다. 여기서 빌믄 온갖 신들이 안 들어듀곤 못 배길 것 같습네다. 어뗘믄 이 산엔 온갖 신들이 다 모여있는 디도 모르갔고……."

풍광에 놀랐는지, 맨주먹을 비롯하여 경건하게 치성을 드리는 뱃사공들의 정성이 갸륵한지, 나서기를 꺼리는 형이 광석에 앞서 맨주먹의 말을 받았다. 그러자 맨주먹이 형의 얼굴을 살피는가 싶더니 광석을 쳐다보았다. 놀랄 노 자가 새겨진 얼굴이었다.

그러나 광석은 형의 마음을 이해할 수 있을 것 같았다. 자신이야 맨주먹과 같은 배에 타고 있으면서 험난하기 그지없는 뱃길에 대한 얘기뿐만 아니라 다양한 정보를 들어서 알고 있었지만 형은 그러질 못했기에 모든 게 궁금했을 것이고, 궁금증을 넘어 두려움을 가졌을 것이었다. 그 두려움은 깜깜한 어둠 속을 헤매는 느낌과 크게 다르지 않았을 것이고, 두 눈이 가려진 채 낯선 곳으로 끌려가는 느낌을 갖게 했을 것이었다. 기대고 의지할 곳은 신뿐이었기에 형은 자신이 알고 있는 모든 신들에게 빌었을 수 있었다. 그런 감정들이 신을 찾게 했을 것이고, 신에게 빌게 했을 것이었다. 해서 무사히 여기에 닿게 되자 감사의 마음이 자신도 모르는 새에 일었을 것이고. 그러던 차에 맨주먹네가 고사를 지내기 위해 산에 오른다고 하자 먼저 나서서 우리도 고사를 지내자고, 자기네가 제물을 진설할 테니 절이라 하라는 맨주먹의 말에 아니라고 따로 고사를 지내겠다고 했을 것이었다. 그리고 드넓은 바다와 섬들이 내려다보이는 이곳에 닿자 감사의 마음은 배가됐을 것이고.

"가댜우. 남의 손 빌리디 말고 우리가 진설해야디. 기래야 정성이 들어가디."

형이 재촉하자 광석이 안 따를 수 없었고, 광석이 두 말 없이 형의 말을 따르자 맨주먹도 두 사람을 따라 움직였다.

사실, 맨주먹네가 고사를 지낸 것은 이번이 처음이 아니었다. 하도 많아서 셀 수가 없을 정도로 고사를 올렸다. 목적지인 영주까지 항해하기 위해 배를 모는 게 아니라 고사를 지내기 위해 배를 모는 것처럼 가는 곳마다 고사를 지냈다. 기항지 산 정상이나 해안 절벽에 올라 고사를 지내는 것을 잊지 않았다. 심지어는 바다 한가운데서도 고사를 지내기도 했다.

"무슨 고살 이렇게 자꾸 지내는 겁네까? 고사 지내다 볼장다보갔소."

"어허, 숭헌⋯⋯. 그런 소리 하는 게 아니우다. 뱃널 너머가 저승이라고, 안전허게 밸 몰려믄 가는 곳마다 치성을 드려사 헙네다. 여기서부턴 대천바당(한바다)이라 무사허게 지나게 해둘랜(해달라고) 치성을 드리는 거우다. 그리고 한치 앞도 못 보는 바당에선 모든 말과 행동을 조심해야 헙네다. 이승과 저승 구분이 없는 게 바당일이우다."

맨주먹은 평소와는 다르게 엄한 얼굴과 목소리로 광석을 나무랐다. 그리곤 뱃사람들이 치성 드리는 걸 조용히 지켜본 후 광석에게 말했다.

항해라는 것은 단순히 배를 움직이는 행위가 아니다. 배를 움직이기 위해서는 자신이 타고 있는 배 특성을 알아야 하고, 항해술을 알아야 한다. 돛을 이용해 바람의 압을 조정한다든지, 키를 사용하지 않고 돛대만으로 배를 움직인다든지, 옆바람과 앞바람인 경우 돛의 각도를 얼마 정도 조정해야 하는지, 밤에는 별을 보며 방향을 잡는 방법 등의 다양한 기술이 필요하다. 그와 함께 날씨, 바람, 조수, 해류 등을 알아야 함은 물론 각 지역에 도사리고 있는 위험물도 알아야 한다. 암초나 여, 돌출부, 모랫등(풀등), 뻘 등도 알아야 한다. 그래야만 안전하게 목적지까지 항해할 수 있다. 그래서 사공은 출항하기 전에 모든 위험요소를 살피고, 안전한 항해를 위해서 모든 노력을 다해야 함은 물론, 정신을 집중해서 항해해야 한다. 단 하나라도 놓치거나 방심했다가는 바로 저승길로 들어서기 때문이다. 그래서 사공이 되려면 최소한 10년 이상 뱃밥을 먹어야 하고 그런저런 상황들을 파악해서 안전하게 운항할 수 있는 지혜를 가져야 한다고.

그래서 처음 가는 섬이나 포구에는 바로 정박을 시도하지 않는 게 좋다고 했다. 배를 바다에 세워 전마선으로 육지에 내려 주변을 살핀 후, 바다 지형이나 배를 정박하기 좋은 곳을 찾아 배를 대야 한다고. 이는 혹시 모를 불상사를 미연에 방지함은 물론, 자연적인 위험과 인위적인 위험을 동시에 살피기 위해. 그런 일을 자주 하다 보면 안전하게 배를 댈 만한 곳, 즉 '석'을 알게 되는데, 유능한 사공은 배를 타고 가면서도 산세나 지세를 보아 그런 자리를 찾을 줄 안다. 아니, '석'을 잘 찾는 사공일수록 유능한 사공이라 할 수 있다. 배를 대고 쉴 만한 곳, 바람과 파도 같은 위험으로부터 안전한 곳, 만약의 사태에 대비해 퇴로가 확보된 곳을 찾아야 살아남을 수 있기 때문이다.

그러나 그것만으로는 부족하다고 했다. 항해에는 사람이 극복할 수 있는 일과 사람의 힘으로는 극복할 수 없는 일이 있는데, 사람이 아무리 노력을 한다 해도 하늘의 도움 없이는 불가능한 일이 항해라고 했다. 바람과 파도, 물살 등을 사람의 힘으로 어쩌겠냐고, 알맞은 바람과 잔잔한 파도, 때에 맞는 물살이 있어야만 가능한 일이기에 진인사대천명盡人事待天命의 자세를 갖추어야 한다고 했다. 하여 바다를 삶의 터전으로 삼고 사는 사람들은 신의 도움을 빌고 신에게 귀의하는 것이라고. 뱃고사·배서낭은 바로 그런 신의 도움을 빌고, 신에게 귀의하는 행위라 했다.

뱃고사는 수신水神, 선신船神 등에게 배의 안전과 뱃길의 수호, 뱃사람들의 무탈과 강령을 비는 제의라 했다. 마을 공동으로 행하는 고사도 있지만, 개인적으로 배의 안전을 비는 고사를 수시로 올리니 이는 배를 만들 때부터 이루어진다고 했다. 집을 지을 때와 마찬가지로 배를 지을 때도 고사를 드리는데, '밑'을 놓을 때, 멍에를 올릴 때, 배를 진수할 때마다 고사를 지낸다고 했다. 때에 맞춰 명절고사와 출항고사를 지내고, 모든 음식을 먹기 전에 고수레를 하는 것도 신에게 귀의하는 행위라 했다. 또한 항해 중에 특정 지역에 들어가기 전에 그 지역을 관장하는 신에게 고사를 지내기도 한다고 했다. 그것은 그 지역을 관장하는 해신께 고사를 드려 그 지역을 무사히 통과할 수 있게 비는 행위인데, 풍랑이 자주 이는 곳, 암초가 많은 곳, 물길이 험한 곳, 안개가 자주 끼는 곳 등을 지날 때는 고사를 지낸다고 했다. 그곳을 무사히 지날 수 있게 도와달라고.

뿐만 아니라 배에는 배서낭(선왕船王이라고도 함)을 모셔 끼니때마다 모시는데, 배서낭은 배와 뱃사람들의 안전을 수호해주는 존재로, 길흉의 전조를 알려주는 역할을 한다. 사고나 파선 등의 위험이 있을 때는 배서낭이 그 위험성을 알려주는데, 배에 있던 쥐나 뱀이 배에서 내린다든지, 바람소리나 귀뚜라미 소리 등을 내어 알려주기도 한다고. 그래서 그런 일이 일어나거나 소리를 듣게 되면 출항하지 않고, 항해 중에는 바로 가까운 포구로 피한다고.

또한 배에서는 지켜야 할 금기가 많은데, 배 안에서는 여자, 원숭이, 뱀, 닭 등을 언급해서는 안 된다고 했다. 아울러 휘파람은 바람을 부르는 소리이기 때문에 절대 피해야 한다고.

"배가 깨지거나 가라앉았을 때, 누가 살아남고 맨 마지막까지 사는 줄 아십네까?"

한참 이야기를 하던 맨주먹이 광석에게 불쑥 물었다.

"기거야…… 경험이 가장 많은 사공이디 누구갔습네까?"

잠시 생각한 끝에 광석이 대답했다. 배에서 가장 경험이 많을 뿐 아니라 바다의 속성이며 가장 가까이에 있는 피항처를 가장 잘 아는 사공이 살아날 확률이 제일 높을 것 같았기 때문이었다.

"아닙네다. 대부분 그렇게들 생각하지만…… 맨 마지막까지 살아

남는 사람은 화장입네다."

"명말입네까?"

"예. 정말입네다. 그 이윤 바로, 화장은 매끼마다 서낭을 모실 뿐 아니라 고시레도 제일 먼저 하고, 남은 음식을 바다에 던져주며 그 누구보다 치성을 많이 드리기 때문이지요."

"배나 바다를 제일 모르는 화장이 살아남는단 말입네까?"

"그렇다니까요. 그래서 치성이 결코 헛된 게 아니고 덕은 쌓은 대로 간다는 겁니다."

그 말을 듣는 순간 광석은 입을 다물 수밖에 없었다. 치성이 헛되지 않음을 알았기 때문이기도 했지만 경건하게 치성을 드리는 뱃사람들의 마음을 알 것 같았기 때문이었다. 강에서 깔짝대던 자신과 바다에서 잔뼈가 굵은 뱃사람들과는 비교도 할 수 없을 만큼 큰 차이를 가지고 있었다. 강배를 모는 일이 안방에서 노는 것이라면 바닷배를 운항하는 일은 전혀 모르는 곳에 내던져진 채 온갖 궂은 일을 다 당하며 사투를 벌이는 전쟁이었다. 그런 속에서도 굳건히 버티고 의연하게 견뎌내는 일이었기에 그들의 치성과 비념은 남의 일이 아니었다. 한 발 잘못 내딛으면 거기가 저승인 바다에서의 삶과 그에 따른 경건함과 진지성은 자신이 이미 느끼고 있지 않은가.

총천연색으로 하루를 마감하는 해를 배경으로 치성을 올리는 뱃사람들의 모습은 경건함 그 자체였다. 고사 드리는 모습을 처음 보는 건 아니었다. 눈에 익을 정도로 봐왔다. 그런데 배경이 그래서였을까. 고사를 지내는 뱃사람들이 눈에 시렸고, 불쑥 그들의 삶이 서럽게 느껴졌다. 목숨을 내걸고 바다를 떠돌 수밖에 없는 그들의 숙명이, 그 숙명을 담담히 받아들일 수밖에 없는 그들의 비애가, 그 비애로 꽁꽁 뭉쳐진 그들의 자그마한 몸뚱이가 사람의 마음을 한없이 아프게 했다. 그리고 자신마저도 그런 숙명을 지고 있다는 생각이 들자 가슴이 시렸다. 그건 어쩌면 형 광건이 그들과 함께 어울려 고사를 지내고 있기 때문인지도 몰랐다. 지금까지 뱃사람들과 자신들과는 다른 사람이라고 생각하고 있었는데, 자신들도 이미 그들과 전혀 다를 바 없는 존재임을 느꼈기 때문이었다.

"여 와서 절하라!"

절을 마친 형 광건이 광석을 돌아보며 말했다.

"낼 아침 일띡 밸 띄워야 해서, 출항고사까디 미리 드린다고 하니 낀 너도 치성을 드려야디. 기러고…… 영주까디 뱃길은 딕금까디완 사뭇 다르게 사납다고 하니낀 기래야 하디 않간?"

형 광건의 말에 광석은 발을 옮기기 시작했다. 형이 말하지 않았어도 형 다음에 자신이 치성을 드리려고 했었다. 보통 때 같으면 그러는 형을 나무라거나 거부반응이라도 보였겠지만 지금은 그런 말마저도 조심해야 할 것 같았다. 몸가짐과 마음가짐을 단정히 하고 고사를 지내는 게 자신뿐만 아니라 모든 뱃사람들을 위하는 길임을 이젠 알아 버렸으니까.

16

바닷길이 험한 것은 비단 바람과 파도, 곶과 암초, 조수나 해류 때문만은 아니었다. 자연적인 조건도 조건이지만 인간으로 인해 야기되는 문제들이 더 많았기 때문이었다. 특히 해상세력이나 해적들의 공격이나 나포에 신경을 써야 한다고 했다.

고구려나 백제처럼 수군이 해상권을 장악·통제하는 경우는 나라에서 발급한 통행권이나 깃발로 안전을 보장받을 수 있지만 그렇지 못한 바다에선 언제 어떤 집단의 공격을 받을지 알 수가 없었다. 맨주먹이 여왕섬에 나포되었다가 살아 돌아온 것은 그야말로 천운이 있었기 때문이었지, 보통의 경우는 목숨을 잃거나 그곳에 갇히는 경우가 다반사라 했다. 하여 바다에서 배를 만나는 일을 폭풍우를 만나는 것만큼이나 두려워한다고.

백제 이남의 삼한 지역은 소국들이 널려 있어 대응하기가 여간 어렵지 않다고 했다. 각각의 소국들과 관계를 맺을 수도 없을뿐더러 소국의 경우는 자신들의 정치적 상황에 따라 자기네 해역을 항해하는 배에 대한 대응 방식과 대응 수위가 달라지는데, 지금은 가장 평온한 때라 했다. 서로 갈등하던 목지국과 백제가 평화를 유지하고 있었고, 그에 따라 삼한의 소국들도 안정적인 상태를 유지하고 있다고. 그러나 바다에서의 절대 안정은 있을 수 없다고 했다. 소국들의 충돌이나 소국 내부의 작은 소요에도 해상에는 폭풍이 일기 때문에 늘 조심하고 경계해야 한다고. 섬 하나가 하나의 소국이라 섬의 상황에 따라 급변할 수 있다고도 했다. 특히 흉년이 들어 식량 수급을 자체 조달하지 못할 때나 세력 싸움에서 밀려난 집단이 해상으로 쫓겨났을 때는 물불 가리지 않게 되니 바짝 긴장해야 한다고. 그런 사람들과 만나는 것은 저승사자를 만나는 것이나 다름없기 때문에 멀리서 배가 보이면 재빠르게 도망치는 게 상책이라고. 그럴 때는 배에 싣고 있던 것들을 되는대로 바다에 던지기도 하고, 배의 무게 중심만 잡을 수 있을 만큼만 싣고 빈 배로 도망치는 경우도 있다고 했다.

"그런데 이번 항차엔 태자도 군사들이 타고 있는 걸 아는지, 풍년이 들었거나 변고가 없는지, 그런 배들이 없구만요. 하기사…… 상도 방어사 덕분에 보통 때보다 짐을 한참 덜 실었고, 가는 곳마다 밸 대서 장사하는 것도 반으로 줄였고, 하늘마저 도와 바람도 순풍이니 그럴 만도 하지만……."

맨주먹이 말을 하다 말고 광석의 옆구리를 찌르며 씽긋 웃더니 말을 이었다.

"이것이 다 태자 덕이니깐 그리 아세요. 어려움에 처한 우릴 모른 체하지 않고, 불쌍히 여겨 도와준 걸 황해 용왕이 다 봤다가 바닷길을 열어주고 있으니깐 말이우다. 덕은 쌓은 대로, 은혠 베푼 대로, 죄는 지은 대로 간다고 하지 않았습니까? 그래서 뱃사람들은 사람의 목숨을 우선시하고, 어려움에 처한 사람들을 모른 체하지 않습니다. 특히 바다에선 이익을 따지기보다 사람 목숨 먼저 구하려 헙쥬."

그러더니 또 장광설을 늘어놓았다. 배를 타면서 들은 얘기와 자신의 경험을 길게 늘어놓았지만 요점만 정리하면 이랬다.

뱃사람들에게 이승과 저승은 뱃널 안과 밖일 정도로 가까이 있어 늘 죽음을 생각하지 않을 수 없다. 그래서 사람의 목숨을 최우선으로 하는 마음을 견지한다. 이윤을 쫓지만, 이윤을 위해 사나운 바다를 떠돌지만, 사람의 목숨이 걸려 있을 때는 사람의 목숨을 우선시한다. 위험에 처한 사람을 모른 체하지 않고, 물에 빠진 사람은 그게 누구든 건져놓고 본다. 가끔은 그 때문에 곤란을 겪기도 하지만,

그 또한 운명이라 생각하고 모른 체하지 않는다. 바람 한 주제(줄기) 파도 한 방이면 자신도 그런 상황에 처할 수 있기 때문이다. 그래서 위험에 처한 사람을 구하는 일은 그 사람을 구하는 일이 아니라 자신을 구하는 일로 여긴다.

심지어는 죽은 사람에 대해서도 마찬가지다. 항해 중에 만나든 뭍으로 떠온 시체를 만나든 일단 건져내 매장을 해준다고 했다. 항해 중 수사체(水死體. 물에 떠다니는 사체)를 발견하면 그 주위를 한 바퀴 돌면서 "묻히려면 따라오고 그렇지 않으면 돌아가라."고 외치는데, 육지에 묻힐 시신이면 배 근처에 붙는다고 한다. 그러면 시신을 인양해 육지에 묻어준다. 만약 따라오지 않고 멀리 가버리는 경우는 술 한 잔을 부어 명복을 빌고 지나간다. 바다를 삶의 터전으로 삼아 살아가는 뱃사람들은 어느 순간 바다에서 삶을 마감할지 모른다. 하지만 그 누구도 바다를 떠돌기를 원하지 않고 육지에 묻히기를 원하기 때문에 상대도 그럴 것이라 여겨 그 일을 소홀히 하지 않는다. 그래서 수사체를 모른 체하지 않는 것은 일종의 동병상련으로, 그건 다른 사람이 아닌 자기 자신을 건지는 일로 여긴다고 했다.

그런 말들을 들었기 때문이었을까. 산동에서 한바다를 건너고, 월곶에서 진도까지 오면서 항해란 외줄타기나 다름없는 곡예임을 알았기 때문이었을까. 자기도 어느새 목숨을 담보로 바다를 건너는 뱃사람이 되어 있음을 깨달았기 때문이었을까. 광석은 경건한 마음으로 깊고도 느리게 절을 하였다. 무거운 마음을 가볍게 하지 않으면 물 위에 뜨지 않고 바로 가라앉을 것만 같았기에 깊고도 느린 절로 걱정이나 두려움을 덜어내고 싶었다.

그런 생각은 광석만의 생각이 아니었는지 고사에 참여한 모든 사람들도 깊고도 느리게 절을 하였다. 하기야 그들이 광석보다 한참 두꺼운 두려움과 공포를 가지고 있을 것이기에 간절함 또한 그만큼 깊을 것이었다. 그런데도 광석은 그걸 망각하고 있었다. 그들이 지내는 고사를 영혼 없는 헛짓으로 알고 있었는데 그게 아니었다. 상황에 맞게 고사의 크기와 모양을 달리 하고 있을 뿐, 그 속에 담겨 있는 마음은 한결같은 것이었다. 간단한 고시레로부터 큰 고사에까지 무사 항해를 기원하고 자신들의 목숨을 지켜달라는 뜻만은 하나였다.

밖에서 지낸 고사 음식은 배나 집에 들이지 않는다며, 모두들 둘러앉아 진설했던 과일과 음식을 나눠먹기 시작하자 광석은 슬며시 자리에서 일어섰다. 불현듯 맨주먹이 했던 말이 떠올랐기 때문이었다. 태자의 음덕이 용왕을 감동시켰고, 용왕의 도움으로 여기까지 무사히 오게 됐다는 말. 그 말이 떠오르자 태자의 무사를 기원하는 한편, 태자의 음덕에 감사를 드려야 할 것 같았다. 태자가 없었다면 자신의 오늘도 없었을 것이기에 자신의 삶은 태자의 은덕이라 할 수 있었다. 고사를 지내는 김에 그 고마움을 표하고 싶었다.

사람들에게서 벗어나, 사람들 눈에 띄지 않을 곳에 닿았다 싶자 광석은 북쪽을 향해 깊은 절을 올렸다. 그리고 하는 김에 을지광대로에게도 절을 했다. 그리고 마지막으로 상도 방어사에게도 절을 했다. 그러다 보니 신에게 올리는 삼배가 되어 버렸다. 그러며 광석은 다짐을 했다. 이제 고사를 지낼 때마다 세 사람을 위해 따로 삼배를 올리겠다고. 그 다짐이 너무 강했을까. 광석의 눈에 눈물이 흐르고 있었다.

드디어 영주에 닿다

17

영주를 향해 배를 띄운 건 진도에 도착하고 나흘 후였다. 바람을
기다려야 했기 때문이었다.

"다른 데선 안 따디더니 왜 갑따기?"

바람을 기다려야 한다며 출항하지 않는 맨주먹에게 광석이 따지
듯 물었다.

"황해에서 밸 모는 일이 자기 동네에서 노는 것이라믄 영주까지
의 항핸 자기 동넬 벗어나 남의 동네로 나서는 일이라 모든 걸 따져
보고 살핀 후에 나서사 헙네다. 그렇게 따지고 살핀 후에 밸 띄워도
허천(헛된 곳)으로 불리기 일쑤고, 바람과 파도에 시달리기 십상이
라 멩심해사 헙네다."

그러더니 바람이 너무 세다고, 바람이 잔 후에 배를 띄우자고 했
다. 이 바람에 밸 띄웠다간 사잇섬(현재의 추자도)에 닿기 어렵고,
사잇섬에 닿는다 해도 영주로 들어가려면 다시 바람을 기다려야

하니 차라리 알맞은 바람을 타고 바로 영주로 들어가자고 했다.

"기게 언데고, 여 있으믄서 기걸 어케 알 수 있시요?"

"경험이 말해줍쥬. 그리고 날씰 미리 짐작하는 방법이 따로 있기 도 하고."

"날씰 짐작하는 방법이 따로 있다니 기게 무슨 말입네까? 지난번 에 얘기해준 것 말고도 또 있시요?"

"그건 바람과 관계된 것들이고…… 그것 말고도 더 잇우다. 그것 만 가지곤 어림도 없고."

그러더니 주섬주섬 주워 섬겼다. 광석이 받아 적는 걸 의식했는 지 다른 때와는 달리, 동에 번쩍 서에 번쩍 거리지 않고, 제법 조리 있게 체제를 갖추어 얘기를 했다. 가끔은 황당하고도 허황된 것들 도 있었고, 도무지 무슨 얘기를 하는지 알 수 없는 것들도 있었다. 또 가끔은 특유의 습관을 버리지 못해 왔다 갔다 했지만, 맨주먹이 말하는 것들 중 도움이 될 만한 것은 빠짐없이 적어두었다.

해를 통한 예측

가볍고 맑은 것이 위로 떠서 창연한 빛을 이룬 것이 하늘의 본모 습이니, 만약 갑자기 색깔이 변하면 나쁜 조짐으로 본다. 색깔이 어두운 것은 바람이 불 조짐이고, 색깔이 어두우면서 담박한 것은 비바람이 불어올 조짐이며, 구름과 함께 어두운 것은 3일 동안 비가 올 조짐이고, 하늘 밖에 아지랑이가 날면 오랫동안 날씨가 개일 조 짐이다.

◦ 떠오르는 해를 보면서 상하좌우에 운기雲氣가 있는가 없는가를 가지고 흐리고 개이고 바람이 불고 비가 내릴 것을 예상한다.

해가 나올 때 운기가 마치 실 띠처럼 해 가운데에 걸쳐 움직이거나 흩어지지 않거나 해를 가려 보이지 않으면 비가 내릴 조짐이다.

○ 해가 떠오르기 전에 검은 구름이 마치 흙을 쌓아놓은 형상으로 오래도록 흩어지지 않으면 그날은 반드시 비가 내린다. 해가 떨어질 때 서쪽 방향을 보아서 검은 구름이 마치 화분을 쌓아놓은 형상으로 층층이 일어나도 비가 내릴 조짐이다.

○ 해가 나올 때 조각구름이 검은색으로 오방(午方. 정남쪽)에서 손방(巽方. 동남쪽)에 미치면 앞으로 풍우가 있을 조짐이다.

○ 해가 저물 때 연지臙脂처럼 붉으면 비가 내리지 않고 바람꽃이 인다.

○ 해무리가 지면 비가 오고 달무리가 지면 바람이 분다. 바람은 단일(홀수 날)에 일어나면 단일로 그치고, 쌍일(짝수 날)에 일어나면 쌍일에 그친다. 만약 한 달이 다 지나도록 비가 없으면 다음 달 초순에 반드시 비바람이 인다.

○ 해에 귀(해의 좌우에 귀고리 모양의 둥근 타원)가 생기는 것으로 날씨를 예상하는데, 남쪽에 귀가 생기면 날이 개고 북쪽에 귀가 생기면 비가 내린다. 해에 쌍 귀가 생기면 백일당白日幢이라고 하며 맑은 날이 오래 지속될 조짐이다.

○ 햇발이 아침에 하늘에 있다가 저녁엔 땅에 있으면 개고, 그와 반대면 비가 내린다.

○ 오래도록 비가 내리다가 갑자기 아침에 개어서 구름이 열리고 빠르게 해가 보일 때는 조금 있다가 반드시 비가 내린다. 구름이 더디게 열려서 늦게 해가 보일 때는 갠다.

○ 해가 저물 때 햇빛이 동쪽으로 비치면 날이 갤 조짐이다.

○ 먹구름이 해를 접하면 다음날 아침은 오늘과는 달리 비가 내릴 조짐이다. 또한 해가 떨어지고 먹구름이 한밤중에 뇌성으로 울리면 다음날 아침은 볕이 나고, 배후에 그을음이 있으면 갤 조짐이다.

○ 구름이 가린 사이로 해가 떠오르면 갤 조짐이다.

○ 해의 빛깔이 아침에 황색이면 비가 내리고, 저녁에 황색이면 바람이 분다.

○ 저녁에 서쪽 하늘이 청색으로 보이면 다음날 청명할 조짐이다.

○ 해가 저물 때 서쪽 가에 검은 구름이 가로질러 있고 저무는 해가 그 사이로 들어가면 '해가 집 짓는다'고 하는데 비가 내릴 조짐이다.

○ 해가 구름 안으로 들어가면 반드시 비가 내린다.

달을 통한 예측

달의 모습은 초저녁부터 새벽까지 계속 관찰해야 한다. 그래서 밤엔 달과 별 관측을 무엇보다 우선해야 하는데, 그 변화를 유심히 살핌으로써 날씨를 예측할 수 있다.

○ 달무리가 지면 바람 불 조짐인데, 달무리 중, 어느 방향이 비면 (옅게 두르고 있으면) 그 방향으로 비가 온다.

○ 달빛이 맑고 수기(水氣. 축축한 습기)가 있으면 비가 내릴 조짐이다.

○ 초승달 아래에 검은 구름이 가로로 잘려 있으면 내일 비가 내릴 조짐이다.

○ 초승달이 마치 활처럼 굽어 있으면 비는 조금 내리고 바람이 많이 분다.

○ 달이 마치 앙와(仰瓦. 지붕의 고랑이 되도록 젖혀 놓는 기와. 바닥에 깔 수 있게 크고 넓게 만듦)처럼 되면 비가 내린다.

○ 달이 옆으로 기울어 보이면 비가 한 방울도 내리지 않는다.

○ 천기天氣가 하강하고 지기地氣가 오르지 않았는데, 낮의 햇빛이 자색이고 밤의 달빛이 백색이면 음우(陰雨. 음산하게 내리는 비)가 내릴 조짐이다.

○ 천기가 내리지 않고 지기가 먼저 올랐는데, 낮의 햇빛이 백색이고 밤의 달빛이 적색이면 염한炎旱이 있을 조짐이다.

○ 천기가 내리지 않았는데, 낮의 햇빛이 청색이고 밤의 달빛이 녹색이면 이 두 기운이 섞이지 않아서 추워질 조짐이다.

○ 천기가 이미 내리고 지기가 이미 올랐는데, 이 두 기운이 섞여 촘촘하지 않으면서 해는 흑색, 달은 청색이면 비는 내릴 듯하면서도 내리지 않을 조짐이다.

별을 통한 예측

별을 통해 날씨를 예상하고자 할 때는, 어둑어둑할 무렵에 북두칠성의 중심과 주변, 그리고 좌우에 운기가 있는지 없는지 여부를 보고 날씨를 예측한다. 별을 통한 날씨 예측은 초저녁에 해야 하니 어딜 가든, 뭘 하든 초저녁에는 하늘을 관찰하는 걸 일로 삼아야 한다.

○ 달이 기성(箕星. 이십팔수 중 일곱째 별)·필성(畢星. 이십팔수 중 열두째 별)·익성(翼星. 이십팔수 중 스물일곱째 별자리)·진

성(軫星. 이십팔수 중 스물여덟째 별) 네 별자리에 근접하면 반드시 바람이 일어난다.

○ 별이 번쩍거리고 빛이 일정하지 않으면 바람이 인다.

○ 괴성(魁星. 북두칠성 앞 네 번째 별) 옆에 갑자기 검은 구름이 있으면 그날 밤에 비가 내릴 조짐이다. 천강(天罡. 북두칠성의 일곱째 별) 앞에 갑자기 황색 구름이 밝게 빛나면 내일 비가 내릴 조짐이고, 별 전체가 두루 빛을 가리면 3일 안에 비가 내리고 별 한 개가 홀로 흐리면 5일 안에 비가 내릴 조짐이다.

○ 북두칠성이 검은 구름으로 두루 덮여서 막히면 3일 안에 비가 내릴 조짐이다.

○ 북두칠성 사이에 한두 별이 검은 구름으로 막히면 5일 안에 비가 내릴 조짐이다.

○ 사방을 둘러보아 구름이 없는데 오직 북두칠성의 안팎과 위아래에 운기가 빛나고 있으면 5일 안에 비가 내릴 조짐이다.

○ 달초에 치는 점에 만약 해와 달이 청색과 흑색으로 밝게 빛나면 그달 안에 비가 많이 내릴 조짐이다. 마치 황적색의 기운이 있고 만약 마르고 건조한 상태이면 그달 안에 많이 가물 조짐이다. 매달 초하루는 상순의 10일과 관계되고, 초이틀은 중순의 10일과 관계되고, 초사흘은 하순의 10일과 관계된다.

○ 북두칠성 사이에 붉은 운기가 있으면 가물 조짐이다.

○ 붉은 구름이 해와 북두칠성을 가리면 다음날 크게 더울 조짐이다.

○ 누런 구름이 캄캄하게 북두칠성을 가리고 간혹 해와 달의 위아래에 있으면서 넓고 촘촘하지 않는 것은 바람이 많이 불어 먼지가 날릴 조짐이다.

○ 흰 구름이 북두칠성 및 해와 달을 가려서 넓고 촘촘한 것은 큰 바람과 갑작스러운 비가 내릴 조짐이다.

○ 은하수 가운데 많은 별이 촘촘하고 두터우면 큰 비가 내릴 조짐이다.

○ 별빛이 반짝반짝 빛나는 것이 일정하지 않으면 바람이 불 조짐이다.

○ 비가 내린 뒤에 하늘이 흐리고 다만 한두 개의 별이 보이면 그날 밤은 반드시 갠다.

○ 샛별이 밝게 땅을 비추면 다음날 아침 예전에 비가 오던 대로 오래도록 비가 내릴 조짐이다.

○ 어둑어둑할 무렵에 갑자기 비가 멈추고 구름이 열리면서 바로 하늘 가득히 별이 보이면 그 다음날 비가 없고 당일 밤에도 꼭 갤 조짐이다.

○ 여름밤에 별이 촘촘히 보이면 더울 조짐이다.

구름을 통한 예측

구름처럼 변화무쌍한 것은 없으므로 구름 모습을 관찰하기 위해서는 수시로 하늘을 보아야 한다. 그래야만 변화상을 알 수 있기 때문이다. 그래서 뱃사람들의 목은 뒤로 휘어진다는 말이 있는 것이다.

○ 맑은 아침 바다구름이 일면 삽시간에 비바람이 불고, 동풍이 불어 구름이 서쪽으로 지나가면 당장 비가 내린다.

○ 해가 묘시(卯時. 7시경)에 나올 때에 구름을 만나면 비가 내리거나 그렇지 않으면 반드시 날씨가 흐리며, 해가 질 때에 검은

구름이 이어지면 비바람을 이루 다 말할 수 없다.

o 어지러운 구름이 하늘 높이 무늬를 이루고 있으면 비바람이 크게 몰려올 조짐이다.

o 해가 뜰 때에 붉은 구름이 생기면 바람이 부니 배를 운행하지 말고 해가 질 때에 붉은 구름이 일어나면 날씨가 맑을 조짐이다.

o 창공에 한 점의 구름이 일어나면 날씨가 맑을 조짐이다.

o 창공에 구름이 한 점도 없으면 3일 이내에 비가 내릴 조짐이다.

o 구름이 앞뒤로 삐죽 튀어나와 있으면 큰 바람이 불 조짐이다.

o 운기가 아래로 사방의 들에 흩어져서 마치 연기와 안개 같은 것을 이름 하여 바람꽃[風花]이라 하는데, 바람꽃이 보이면 바람이 일 조짐이다.

o 가을 하늘이 구름으로 흐린데 만약 바람이 없으면 비도 없다.

o 구름이 생선 비늘처럼 일면 비가 내리지 않을 조짐이다.

o 늙은 잉어 비늘처럼 구름이 일면 날이 뜨거워질 조짐이다.

o 겨울 하늘이 가까이에서 저무는데 갑자기 늙은 잉어 무늬의 구름이 점점 합쳐지면 비가 내리지 않을 조짐이다.

o 은하수 가운데 검은 구름이 생겨 간혹 마주보고 일어나서 한길로 서로 하늘까지 닿으면 모두 큰 비가 올 조짐이다.

o 가문 해에 구름떼가 간혹 동쪽에서 서쪽으로 일고, 서쪽에서 동쪽으로 일면 그날은 비가 내리지 않을 조짐이다. 매일 이와 같은 현상이 오래 지속되면 오래 가물 조짐이다.

o 작은 산에 예전에는 일찍이 구름이 나오지 않았는데, 갑자기 구름이 일면 큰 비가 내릴 조짐이다.

노을을 통한 예측

노을은 아침노을과 저녁노을이 있으니 아침과 저녁에 시간을 내
어 관찰해야 한다. 하나라도 놓치면 날씨 변화를 예측하기 어렵다.

○ 아침과 저녁에 노을이 지면 가물 조짐이다.

○ 아침노을이 비가 내린 뒤에 갑자기 있으면 비가 내릴 조짐이다.

○ 저녁노을이 불꽃 모양이면서 하늘이 붉으면 날이 갤 뿐 아니라
   오래도록 가물 조짐이다.

○ 갠 날에 갑자기 아침노을이 있으면 반드시 살펴봐야 하는데,
   한결같이 붉은색이면 갤 조짐이고, 군데군데 갈색이면 비가 내
   릴 조짐이다.

○ 노을이 하늘에 가득하면 갤 조짐이다.

○ 만약 서쪽 하늘에 뜬 구름이 있다가 점차 두터워지면 곧 비가
   내릴 조짐이다.

무지개를 통한 예측

무지개를 볼 날이 많지 않지만, 무지개가 뜨면 반드시 관찰하는
습성을 가져야 무지개를 통해 날씨를 예측할 수 있다.

○ 동쪽 무지개는 갤 조짐이고, 서쪽 무지개는 비가 내릴 조짐이다.

○ 무지개가 내려가면 바로 비가 내리고, 걷히면 갤 조짐이다.

천둥과 번개를 통한 예측

천둥과 번개 또한 흔히 볼 수 없는 만큼 천둥과 번개가 치는 날은
유심히 관찰하여 날씨 변화를 예측할 수 있어야 한다.

○ 비가 내리기 전에 천둥이 치면 비가 내리지 않을 조짐이다.

○ 가까이에서 천둥이 치면 비가 없고, 묘시 이전에 천둥이 치면 비가 내릴 조짐이다.

○ 하룻밤 내내 천둥이 치면 3일 동안 비가 내릴 조짐이다.

○ 천둥이 밤부터 치면 반드시 계속해서 흐릴 조짐이다.

○ 눈이 오는 중에 천둥이 치면 음우할 조짐이고, 백일 동안 갤 조짐이다.

○ 열섬(熱閃. 여름과 가을 사이 맑은 날 밤에 멀리 번개가 보이는 것)이 남쪽에 있으면 오래 갤 조짐이고, 북쪽에 있으면 바로 비가 내릴 조짐이다.

○ 북신섬(北辰閃. 북쪽 열섬)이 보이면 곧 비가 내릴 조짐이다.

○ 북신섬이 사흘 밤을 계속했는데도 비가 내리지 않으면 큰 풍우가 몰아닥칠 조짐이다.

땅의 변화를 통한 예측

땅의 변화는 하루아침에 알 수 있는 게 아니므로, 지속적이고 유심히 관찰해야만 그 변화를 알 수 있다. 그리고 아무리 하찮은 조짐이라도 무심히 넘기지 않는 게 중요하다. 특히 출항을 앞두고 있을 때는 땅의 변화도 유심히 살펴야 한다.

○ 물가에 파란 이끼가 생기면 비바람이 몰아칠 조짐이다.

○ 지면이 심하게 습하여 물방울이 마치 땀이 흐르듯 나오면 폭우가 내릴 조짐이다. 만약 서북풍이 흩어지면 비가 내리지 않을 조짐이다.

○ 부엌의 재가 습기를 머금어 덩어리를 이루면 비가 내릴 조짐이다.

○ 아궁이 연기가 땅에 깔려 날아가지 않으면 비가 내릴 조짐이다.

○ 주춧돌에 물이 흐르면 큰 비가 내릴 조짐이다.

○ 주초석이 습기로 젖어 있으면 큰 비가 내릴 조짐이다.

물의 변화를 통한 예측

물의 변화도 땅의 변화만큼 하루아침에 알 수 있는 게 아니므로, 지속적이고 유심히 관찰해야만 그 변화를 알 수 있다.

○ 초여름에 물아래 이끼가 생기면 폭우가 내릴 조짐이다.

○ 물가에서 물소리가 들리고 물 냄새가 나면 비가 내릴 조짐이다.

○ 물이 갑자기 매우 험하게 흐르면서 물소리가 들리고 비린내도 나면 비가 내릴 조짐이다.

○ 비가 수면 위에 떨어지는데 부포가 있으면 비가 빨리 개지 않는다.

○ 물에 볍씨를 담그는데 가라앉았다가 다시 떠오르면 홍수가 날 조짐이다.

○ 수면에 불꽃 모양의 물결이 점점이 일어 멀리 물가까지 두루 가득하면 비가 내릴 조짐이다.

날짐승의 움직임을 통한 예측

날짐승의 움직임은 순식간에 일어나므로 날짐승이 보이면 그 움직임을 유심히 살펴야 한다. 그 속에서 유용한 정보를 읽어낼 수 있는 능력을 길러야 한다.

○ 물가에 거위털이 날면 바람이 크게 불어오고 흰 새우가 물결을 희롱하면 바람이 일다가 곧 조용해진다.

○ 까마귀가 목욕하면 바람이 불고 까치가 목욕하면 비가 내릴

조짐이다.

- 비둘기가 우는데 돌아오는 소리가 들리면 날이 갤 조짐이다. 돌아오는 소리가 들리지 않으면 비가 올 조짐이다.
- 까마귀가 물을 마시면서 울면 비가 내릴 조짐이고, 비가 오는 중이라면 그 비가 개지 않을 조짐이다.
- 황새가 고개를 들고 울면 개고, 숙이면 울면 비가 내릴 조짐이다.
- 집에서 기르는 닭이 홰에 늦게 오르면 음우가 내릴 조짐이다.
- 어미 닭이 병아리를 등에 업고 있으면 비가 내릴 조짐이다.
- 가마우지가 울면서 북쪽으로 날아가면 비가 내릴 조짐이다.
- 참새가 무리지어 지저귀면 비가 내릴 조짐이고, 날짐승들이 목욕을 많이 해도 비가 내릴 조짐이다.
- 겨울 추위에 참새 무리가 날아다니는데 날개 소리가 무거워 보이면 반드시 비나 눈이 내릴 조짐이다.
- 여름과 가을 사이에 먹구름이 몰려오려 하는데 갑자기 백로가 날아가면 비가 내리지 않을 조짐이다.
- 바다 가운데에서 여러 종류의 날짐승이 시끄럽게 울면 풍우가 내릴 조짐이다.
- 바다제비가 떼를 지어 다니면 비바람이 곧 몰려오는데, 배가 흰 제비가 다니면 바람이 일고 배가 검은 제비가 다니면 장맛비가 내릴 조짐이다.

동물 행동을 통한 예측

동물의 행동도 유심히 살피지 않으면 파악하기 어렵다. 그러므로 늘 관심을 가지고 동물들의 행동을 살피는 일 또한 뱃사공이 갖추어야 할 자세다.

- 개가 땅을 파면 음우가 내릴 조짐이다.
- 개가 잿더미 높은 곳을 보면 비가 내릴 조짐이다.
- 개가 물가로 나가 물을 마시면 물이 물러날 조짐이다.
- 녹색 털의 개가 털갈이가 끝나지 않으면 매수(梅水. 4월에 내리는 비)가 그치지 않을 조짐이다.
- 개가 생풀을 먹으면 갤 조짐이고, 고양이가 생풀을 먹으면 비가 내릴 조짐이다.
- 제방 위에서 들쥐가 땅을 파면 홍수가 반드시 오는데, 땅을 판 곳까지만 이른다.
- 새우 그물을 쳐서 위어(緯魚. 멸칫과의 바닷고기)를 잡으면 반드시 비바람이 인다.
- 물뱀이 갈대 위에 똬리를 틀고 있으면 큰물이 지는데, 머리를 아래로 드리우고 있으면 비가 당장 오고 머리를 위로 쳐들고 있으면 다소 느리게 비가 올 조짐이다.
- 땅강아지가 바다에 다니면 큰 바람을 감당하기 어려울 정도이니 절대 배를 띄워서는 안 된다.
- 상어가 물결을 희롱하면 비바람이 반드시 이니 배를 띄워서는 안 되고, 항해 중일 때는 즉시 가까운 곳으로 피해야 한다.
- 해저(海豬. 바다돼지)가 어지러이 돌아다니면 바람이 그치지 않고, 해저가 어슬렁거리고 밤에 소리를 지르면 비바람이 즉시 몰려오는데, 한 번 소리를 지르면 바람이 불고 두 번 소리를 지르면 비가 오고 서너 번 소리를 지르면 비바람이 함께 온다.

물고기 행동을 통한 예측

물고기의 행동은 좀처럼 보기 힘들기 때문에 그다지 유용한 정보를 제공하지는 않는다. 그러나 물고기의 행동으로도 날씨 변화를 예상할 수 있으니 관심을 가지고 살피는 게 중요하다.

o 물고기가 물 위로 뛰어오르는 것은 물이 불어날 조짐이다.
o 도랑 안으로 물을 거슬러 오는 게 메기면 갤 조짐이고, 잉어면 물이 일 조짐이다.
o 초여름에 붕어를 먹다가 등뼈가 굽어 있으면 물이 불 조짐이다.
o 물뱀과 흰 뱀장어가 새우 통발 안으로 들어가면 큰 바람이 불고 물이 불 조짐이다.
o 돌고래가 어지러이 일어나면 큰 바람이 불 조짐이다.
o 자라가 목을 빼고 남쪽을 바라보면 개고, 북쪽을 바라보면 비가 내릴 조짐이다.

벌레의 움직임을 통한 예측

벌레의 움직임은 그 어떤 동물들을 관찰하는 것보다 어렵다. 벌레 자체가 작고, 행동이 민첩하기 때문이다. 그러나 벌레를 통해서도 날씨 변화를 예측할 수 있으니 관심을 가지고 살필 필요가 있다.

o 참개구리가 물을 뿜으면서 울면 비가 내릴 조짐이다.
o 늦은 봄에 몹시 따뜻한데 기둥나무 속에서 날개미가 나오면 풍우가 내릴 조짐이다.
o 평지에서 개미들이 진을 치면 풍우가 내릴 조짐이다.
o 지렁이가 아침에 나오면 개고, 저녁에 나오면 비가 내릴 조짐이다.

○ 메뚜기·귀뚜라미·등에 등의 벌레가 소만小滿 이전에 나오는
   것이 있으면 물이 질 조짐이다.
○ 개구리·두꺼비 등속의 우는 소리가 맑으면 날이 갤 조짐이다.
○ 하지에 게가 언덕에 오르면 하지 이후에 물이 그 언덕까지 찰
   조짐이다.

바람과 비를 통한 예측

바람과 비는 뱃사람들이 관심을 가지고 살피는 변화이므로 변화
양상을 통해 날씨를 예측하는 것은 그리 어렵지 않다. 다만, 특성을
정확히 파악하여 날씨를 예측해야 한다. 잘못 파악했다간 낭패를
보기 십상이다.
○ 정오에서 오경(五更. 새벽 세 시부터 새벽 다섯 시)까지 서쪽
   하늘이 밝으면서 나뭇가지가 흔들리면 큰 바람이 일 조짐이다.
○ 해가 저물 무렵에 바람이 온화해지면 다음날 바로 폭풍이 심해
   질 조짐이다.
○ 해가 있는 동안 바람이 일어나는 것은 좋고, 밤에 일어나는 것
   은 반드시 나빠진다. 당일 잠잠해지는 것은 반드시 온화해지
   고, 밤중에 잠잠해지는 것은 추위가 올 조짐이다.
○ 동북풍이 불면 비가 내릴 조짐이라서 갑자기 개기 어렵다.
○ 서남풍이 새벽에 도착하면 저물 때에는 풀이 움직이지 않는다
   고 했는데, 저녁이 되면 반드시 잠잠해질 조짐이다.
○ 하루 동안 남풍이 불면 반드시 반대로 하루는 북풍이 분다.
○ 남풍은 불면 불수록 더욱 빨라지고 북풍은 처음에는 조용히
   일어나다가 갑자기 커진다.

○ 동풍이 빨라지면 구름도 더욱 빨라져 반드시 비가 내리므로 개기는 아주 어렵다.

○ 봄에는 남풍, 여름에는 북풍이 불면 반드시 비가 내린다.

일진과 간지를 통한 예측

일진과 간지로 날씨를 예상하는 것은 대단히 어려운 일이다. 그러므로 일진과 간지를 적은 책을 가지고 다니면서 그 책을 통해 간지를 파악한 후 날씨를 예측하고, 그에 맞게 행동하는 것이 바람직하다.

○ 매달 절기가 바뀌는 날 아른 아침, 동방에 붉은 빛의 구름이 보이면 절기 안의 풍우가 때에 맞을 조짐이다.

○ 한 갑甲은 10일 동안의 흐리고 개는 것을 관장한다. 만약 갑일甲日에 청명하여 구름이 해와 별을 가리지 않으면 10일 동안 맑을 조짐이다. 반대로 구름이 하늘에 가득하다가 다시 비로 내리면 10일 동안 비가 내릴 조짐이다.

○ 비구름이 움직일 때, 동쪽에 구름이 있으면 갑일甲日과 을일乙日에 비가 내린다.

○ 초하룻날 청운靑雲이면 갑을일甲乙日에 비가 내리고, 홍운紅雲이면 병정일丙丁日에 비가 내리고, 백운白雲이면 경신일庚辛日에 비가 내리고, 황운黃雲이면 무사일戊巳日에 비가 내리고, 흑운黑雲이면 임계일壬癸日에 비가 내린다.

○ 육갑(六甲. 갑자, 갑술, 갑신, 갑오, 갑진, 갑인) 중에서 오묘일(五卯日. 다섯 번째 묘일卯日)의 날씨 변화를 유심히 봐야 하는데, 만약 운기가 와서 중앙에 모여 있으면 추위가 올 형상으로

써 크게 바람이 불 조짐이다. 만약 운기가 즉시 검게 변하면 큰 비가 올 조짐이다.

○ 은하수 중에 구름이 있는데, 마치 뱀이 지나가는 것 같으면 운무가 어둡게 가릴 조짐이다. 또한 돼지가 강물을 지나가는 것처럼 보이면 그날 밤에 비가 내릴 조짐이다.

○ 은하수 가운데 오묘와 육갑이 만나는 날의 하늘을 보아서, 운기가 가리지 않으면 소관하는 날 동안 청명할 조짐이다. 만약 운기가 그 안을 왕래하면 소관하는 날 안에 반드시 풍우가 있을 조짐이다.

○ 계축일癸丑日 밤중에 검은 구름이 보이는데 마치 용 모양이고 진상(震上. 동쪽 방향)에 있으면 진일辰日에 비가 내릴 조짐이다. 갑진일 새벽에 구름이 말 모양으로 이상(离上. 남쪽 방향)에 있으면 오일午日에 비가 내릴 조짐이다.

○ 무진일戊辰日과 기사일己巳日 아침에는 해로, 밤에는 별로 날씨 변화를 예측하는데, 만약 구름이 짙고 마치 물고기 비늘 모양으로 흘러서 북두칠성을 가리거나 해를 막으면 그날 혹은 그날 밤에 큰 비가 내릴 조짐이다. 별 사이에 오색 구름이 간혹 푸른색으로 변하여 마치 거북이나 용의 형태로 움직여도 큰 비가 내릴 조짐이다.

○ 운기가 마치 멧돼지가 산 위를 달리는 모양으로 동남쪽으로 날아다니면 병자일에 비가 내릴 조짐이다. 또는 7일 안에 비가 내릴 조짐이다.

○ 새벽에 북쪽을 보아서 검은 운기가 푸른빛을 막고, 남풍이 갑자기 서북풍으로 바뀌면 을묘일에 비가 내릴 조짐이다. 또는

8일 안에 비가 내릴 조짐이다.

○ 구름 줄기가 마치 띠처럼 횡렬로 인묘방(寅卯方. 동남쪽) 위에 걸쳐 있으면 갑을일에 비가 내릴 조짐이다. 또는 인묘일(寅卯日. 인寅 자나 묘卯 자가 들어간 날)에 보이면 갑을일에 비가 내릴 조짐이라고도 한다.

○ 해가 진사(辰巳. 남동쪽) 지점을 지날 때 구름이 횡렬로 있으면 병정일에 비가 내릴 조짐이다.

○ 오미방(午未方. 남쪽) 위에 음운陰雲이 보이는데 마치 띠처럼 해를 가려서 보이지 않으면 무사일에 비가 내릴 조짐이다.

○ 서남방 위에 운기가 보이다가 흘러 다니면 경신일에 비가 내릴 조짐이다.

○ 한 달 동안 비가 내리지 않으면 다음 달 초에 반드시 풍우가 있다.

○ 25~26일에 비가 내리지 않으면 초3~4일에 폭풍우가 동반될 수 있으니 배를 띄워서는 안 된다.

○ 25일을 일러서 월교일月交日이라고 하는데, 비가 내리면 오래도록 내릴 조짐이다. 27일을 일러서 교월交月이라고 하는데, 비가 내리면 초2~3일까지 비가 내린다.

폭풍이 일 가능성이 많은 날

폭풍이 일 가능성이 많은 날은 반드시 암기하고 있어야 하고 이 날엔 배를 띄우는 일을 삼가야 한다. 만약 항해 중에 이 날짜가 되면 가까운 곳으로 피하는 게 상책이다. 이걸 간과했다가는 목숨을 부지하기 힘들기 때문이다.

○ 정월 7일과 8일, 9일에는 폭풍이 반드시 일어나므로 배를 띄워서는 안 된다. 또한 29일에도 마찬가지다.

○ 이월 2, 3일과 7일, 20일과 29일에는 반드시 폭풍이 일어나므로 배를 띄워서는 안 된다.

○ 삼월 3일, 7일, 15일, 23일, 28일과 청명엔 바람이 일 가능성이 높으므로 주의해야 한다.

○ 사월 1일과 8일, 23일과 25일은 주의해야 한다.

○ 오월 5일, 13일, 21일은 주의해야 한다.

○ 유월 12일과 24일은 주의해야 한다. 12일은 팽조풍(彭祖風. 음력 1월 2일과 8일, 2월 초하루, 3월 청명, 4월 입하, 5월 하지, 6월 12일에는 꼭 바람이 분다고 하여 이를 지칭하는 단어)이라서 그렇다. 12일 전후 3~4일 동안 팽조풍이 분다.

○ 칠월 18일은 날씨 변화를 잘 살펴서 배를 띄워야 한다. 7~8월에 3일 동안 남풍이 불면 반드시 북풍이 따라서 분다.

○ 팔월 14일과 21일은 강한 바람이 불 가능성이 높으므로 주의해야 한다.

○ 구월 9일과 27일에는 배를 띄워서는 안 된다. 중구(重九. 9월 9일) 전후 3~4일 동안에도 마찬가지다.

○ 시월 5일, 20일에는 주의해야 하고, 5일 전후 3~4일 동안에도 마찬가지다.

○ 동짓달 14일, 29일, 동지에는 배를 띄워서는 안 된다. 반드시 큰 바람이 분다.

○ 섣달 23일과 24일에는 배를 띄워서는 안 된다. 23일은 소진풍(掃塵風. 10월 5일, 11월 동짓날, 12월 23~24일에는 반드시 바

람이 부는데 이를 이르는 단어)이라서 그렇다. 달이 23~24일 사이에 기성箕星·필성畢星·익성翼星·진성軫星의 네 별자리와 만나게 되면 바람이 아주 적절하게 분다.[7]

맨주먹의 얘기를 듣다 보니 뱃사공은 단순히 배를 모는 사람이 아닌 것 같았다. 배를 모는 일보다 하늘과 땅뿐만 아니라 동물이며 미물까지 자세히 관찰하고, 그걸 근거로 날씨를 예측할 줄 알아야만 할 것 같았다. 특히 비와 바람은 항해에 절대적인 영향을 미치므로 그걸 미리 예측하지 못하고선 살아남기 힘들 것은 물론이고. 하여 뱃사람이 되면 제일 먼저 날씨를 예측하는 방법을 선배들로부터 배워야 한다고 했다. 일상생활에서 상식적으로 알고 있는 사소한 것들이라도 날씨와 관계된 것들을 기억했다가 활용하는 게 좋다고. 하여 광석은 맨주먹이 알려주는 것들을 기억하는 한편, 그 내용을 자세히 적어 두었다. 기억력이 아무리 좋다 해도 기록해두는 것만 못하기에 항목별로, 체제를 잡아 기록해 두었다.

18

강배를 모는 일이 안방에서 노는 일이고, 황해에서의 항해가 자

---

7) 이 날씨 예측에 관한 내용은 류명환, 『여암 신경준과 역주 도로고』, 역사문화, 2014.를 위주로 하여 세종대왕기념사업회 편집부, 『병학지남』, 세종대왕기념사업회, 2014.를 일부 참조하였다.

기 동네에서 노는 일이라면 영주로의 항해는 자기 동네에서 벗어나 딴 동네로 가는 것과 같다더니, 파도부터가 달랐다. 바람은 그리 센 것 같지 않은데 파도는 예상 외였다. 성질 고약한 개가 처음 보는 이방인을 향해 거품까지 물며 짖어대듯 요란을 떨었다. 산동에서 한바다를 건널 때와는 사뭇 다른 파도가 맨주먹의 말이 빈말이 아님을 실감케 했다.

나름대로 물에 대해서는 적응력을 가지고 있다고 생각해온 광석마저도 팽팽 말릴 정도였다. 광석이 그 정도였으니 물에 대한 적응력이 약한 군사들이 난간에 몸을 기댄 채 구토를 하는 모습이 심심찮게 눈에 띄기 시작했다.

"그래도 오늘은 바다가 븐(잔잔한) 날이우다. 정말 바다가 허꺼진(뒤집힌) 날은 갑판을 뎅그는 건 예사고, 물을 뒤집어쓰기도 하고, 물에 빠지는 일도 허다헙네."

고물 갑판에 쪼그린 채 멀미로 느글거리는 속을 누르고 있으려니 그러는 광석이 안쓰러운지 맨주먹이 걱정스러운 얼굴로 말을 걸었다.

"가을이 이 정도믄 겨울엔 어케 밸 뭅네까?"

"어떵 뭘긴? 살려믄 밸 띄우지 않는 게 상책이지. 그렇지만 그렇게도 못하니 죽을 각오로 밸 띄우기도 하는데…… 정말로 죽을 각오 하지 않곤 엄둘 낼 수 없지요."

"기럼 도사공도 둑을 각오로 밸 띄운 덕이 있시요?"

"있다마다. 죽음보다 더 무서운 게 삶이라고, 살기 위해 죽음을 무릅쓰는 게 어디 한두 번일까? 밸 타는 순간 목숨은 용왕에게 맡긴다는 게 빈말이 아니쥬."

말을 마친 맨주먹은 먼 바다에 눈을 주었다. 항로를 살피고 날씨를 관찰하기 위해, 습관처럼 하는 행동이겠지만 광석의 눈에는 그런 행동이 예사로워 보이지 않았다. 용왕에게 목숨을 맡긴다는 말의 무게가 느껴졌기 때문이었다. 그만큼 영주는 조선반도와도 다른, 목숨을 걸고 건너야 하는 딴 세상이라 할 수 있었다. 그런 바다를 건너 북쪽으로는 조선반도와 교류하고, 남쪽으로는 유구나 강남, 안남을 오가며 지난한 삶을 이어가는 그에게 바다는 삶의 공간이자 죽음의 공간이기도 할 것이었다. 모든 걸 하늘에 맡긴 채, 살아 있는 동안은 살아 있음을 감사하며, 깨어지고 흩어진 삶의 조각들을 하나씩 맞춰가는 그를 보고 있자니 콧날이 시려왔다.

　진도에서 바람을 기다렸다가 출항하여 사잇섬에 닿은 것은 진도를 떠난 지 이틀 만이었다. 진도 남포에서 출항하여 남하하기 시작했다. 그리고 밤낮없이 한바다를 가른 끝에 사잇섬에 닿았다. 그나마 낮엔 사잇섬과 영주산이 보여 그 둘을 물표로 삼아 항해할 수 있었지만 밤엔 오로지 별을 보며 항해를 해야 했다. 맨주먹을 비롯하여 영주 사공들에겐 비교적 익숙한 뱃길인지 긴장의 빛이 없어 보였으나 초행인 광석에겐 두렵기 그지없었다. 산동반도에서 한바다를 건널 때와는 다른 두려움이 일렁였다. 그건 황해에선 일찍이 경험해보지 못한 파도 때문이었다. 잠시도 멈추지 않는 파도가 두려움을 밀어 올렸다. 두려움이란 없었던, 몰랐던, 그에겐 낯선 감정이었지만 어쩌면 앞으로는 그런 감정 속에서 살아야 할지도 모른다는 슬픈 예감도 밀려들었다. 그만큼 영주로의 항해는 낯설었고 두려웠고 새로운 감정을 불러일으켰다.

사잇섬에 닿자 영주산이 바로 코앞에 있는 것처럼 훤히 보였다. 그러나 바다에서는 모든 것이 가깝게 보이니 영주까지는 아직도 하루를 더 가야 닿을 수 있다고 했다. 그리고 이제는 물때를 맞춰야 영주로 갈 수 있다고 했다. 사잇섬과 영주의 물때는 같아서 바람보다 물때를 맞춰야 한다고. 썰물 때 출발하여 밀물 때 들어가야 한다고.

사잇섬에서 하루를 보내고 8월 초닷새 새벽, 열한물 썰물을 이용하여 사잇섬을 출항하여 형제섬(현재의 대관탈도와 소관탈도) 어간에 도착한 것은 한낮이었다.

"오늘이 열한물이니 해가 지기 시작하믄 밀물이 날 거우다. 그때까진 여기서 기다려야 헙네다. 물땔 맞춰사 가주, 물때 못 맞추믄 바람이 아무리 좋아도 헛일이우다."

사공들에게 형제섬 곁에 묘박을 하라고 해놓고 맨주먹이 말했다. 황해에서나 마찬가지로 물때를 맞추지 않고는 목표점에 배를 댈 수 없을 뿐 아니라 헛고생만 한다고. 그럴 바엔 물때에 맞춰 배를 움직이는 게 훨씬 효율적이라고. 하여 영주 뱃사공들은 형제섬 주위에서 물때를 기다린다고.

사잇섬에서부터는 영주와 물때가 일치하는데, 들물이 나기 시작하면 형제섬에서부터 영주까지는 한 시진도 안 걸린다고. 물때를 안 맞추고 바람을 타고 가봐야 물때에 맞춰 움직이는 것보다 못하다고.

형제섬 어귀에서 한 시진쯤 머물렀을까? 늦은 점심을 챙기고 느긋하게 기다리고 있으려니 돛잡이가 소리쳤다.

"들물 나수다. 들물 나서마씀."[8]

영주에 다 왔음을 알리기라도 하듯 돛잡이가 영줏말로 소리쳤다.

그걸 재확인이라도 시키려는 듯이 맨주먹도 영줏말로 반갑게 대답했다.

"기여. 흔저 닻 건져내곡 돛 올리라. 들물 놓첫당 으디서 흐룰 보내사 흔다."9)

맨주먹의 말에 모든 뱃사람들이 서두르기 시작했다. 밀물에 맞추려는 동작이라기보다 드디어 고향집에 가는구나 하는 기대감이 그들을 부추기는 것 같았다. 그 모습을 보자니 광석의 눈이 시렸다. 자기 고향이 아닌, 낯선 곳에 영주였지만 다 왔구나 하는 안도감은 그들 못지않았기 때문이었다.

그러나 알 수 없는 불안감이 스멀거리기 시작했다. 맨주먹을 믿고 왔지만 모든 게 맨주먹의 말대로만 되지는 않을 것이었다.

영주는 낯선 이방인의 땅이 아닌가.

어떤 폭풍우가 광석네를 기다리고 있을지 알 수 없고, 어쩌면 죽음의 땅일지도 모르지 않는가.

이런 생각이 광석의 몸을 굳혀갔다. 광석은 이제 비로소 두려움의 한복판으로 들어서고 있음을 느낄 수 있었다.

---

8) 밀물 났습니다. 밀물 났다고요.
9) 그래. 어서 닻 건져내고 돛 올려라. 밀물 놓쳤다간 여기서 하룰 보내야 한다.

고굉股肱과 분신

19

마석과 범포의 전격적인 작전 감행은 결코 돌발적인 행동이 아니었다. 이미 예견됐던 일이었다. 그 시기가 언제인지가 문제였지 태자도가 굶주리는 걸 그들이 묵과할 리가 없었다. 영도 그 정도는 짐작하고 있는 줄 알았는데 작전 감행 소식에 영은 그 자리에 주저앉으며 소리를 질렀다.

"이럴 둘 알고 어케든 막을라고 했는데. 결국 막딜 못했어, 막딜……."

영의 그런 반응에 무범과 인섭은 더 놀라는 것 같았다. 그들은 마석과 범포의 작전 감행이 영의 묵인 내지는 동의하에 이루어진 줄 알고 있었던 모양이었다.

"기럼 전하께도?"

어떻게 그런 일이 있을 수 있느냐는 듯, 도저히 믿기지 않는다는 듯 인섭이 묻자 영은 인섭을 빤히 쳐다보며 대꾸했다.

"알았으믄 내가 이릏게 놀라갔네? 둘이 둑을 각오 하고 모든 걸 비밀로 했던 거야. 뎌기 마석이랑 단둘이서 말이야."

영의 말에 모두의 눈길이 회의실 중앙에 무릎을 꿇고 있는 마석에게로 향했다.

"장군! 어케 된 일입네까? 자초지종을 속 시원히 말해 보시라요. 기랴야 대책이라도 세울 게 아닙네까?"

지켜보기 답답했던지 병택이 마석에게 말을 걸었으나 마석은 끝내 입을 열지 않았다. 범포래 양식을 구하려 산동으로 떠났습네다 란 말을 끝으로 마석은 입을 잠가 버렸다. 더이상 할 얘기도 없고, 말할 수도 없으니 묻지도 말 시키지도 말라는 뜻인 듯했다.

"장군! 범포 장군을 둑게 내버릴 생각입네까? 우리가 상황을 파악하여 그에 적절한 대책을 세우디 않으믄 범포 장군은 둑은 목숨이나 다름없습네다. 기렇게 되길 바라는 건 아니디 않습네까?"

병택이 안타까운지 마석을 재촉했으나 마석은 여전히 묵묵부답.

"기케 해서 말할 사람이믄, 둑음을 두려워 했다믄, 나 몰래 이런 딧을 뎌딜렀습네까? 둑으믄 둑었디 입을 안 열 겁네다. 두 사람이 이미 기러기로 입을 맞췄을 테니낀."

그렇게 병택을 향해 말을 마치더니 영이 자리에서 일어서며 소리를 질렀다.

"군사! 전시에 명령불복종은 어떤 벌을 내리는디 똑똑히 알고 있는 마석을 군법대로 처리하시라요."

"전하!"

영의 고함에 전하를 외친 건 병택만이 아니었다. 영 곁에 서 있던 무범과 인섭도 동시에 전하를 외쳐댔다.

"기 어떤 말도 하디 않는 마석과 더이상 신경전을 벌이기 싫습네다. 기러니 군법의 지엄함을 보이라요."

영은 물러설 뜻이 전혀 없는지, 더이상 자신을 말리려 하지 말라는 뜻인지 단호하게 말해놓고 자리를 뜨려 했다. 그러자 이번에는 인섭이 나섰다.

"전하! 다시 한 번……."

그러나 인섭은 말을 마칠 수가 없었다. 영이 인섭의 말을 잘랐기 때문이었다.

"아우는 나서디 말라. 마석과 범포를 벌하디 않고 어띠 군령을 세우며, 군령을 세우디 않는다믄 병사들이 어띠 목숨을 걸고 군령을 따르려 하갔는가? 기러니 군령을 어디럽히고 사사로운 감정에 빠디려 하디 말라."

영의 태도와 어조는 너무나 단호했다. 지금껏 보지 못했던, 감히 생각조차 할 수 없을 만큼의 단호함이었다. 두 아우의 말에는, 특히 인섭의 말에는 늘 긍정적이고 우호적인 반응을 보였던 영이 그렇게 강경하게 나오자 모두들 입을 다물었다. 더이상 영을 자극해서는 안될 것 같다고 인식하는 모양이었다.

"내일 아침에 모든 병사들이 보는 앞에서 처형할 것이요. 기러니 군사는 만반의 준비를 해두시라요."

영은 이 말을 끝으로 회의실에서 나가버렸다. 그러나 누구 하나 말리거나 막는 사람은 없었다. 영을 막아서는 안 되고, 막으려 하면 할수록 악화될 것을 너무나 잘 알고 있는 것 같았다.

20

태자궁 창고에 갇힌 후에야 마석은 긴 숨을 쉴 수 있었다.

첫째주군의 반응은 이미 예상했던 바였다. 당신이 가장 믿고 의지했던 자신과 범포가 그 어떤 상의나 언질 없이 독단적으로 일을 저질렀으니 배신감을 느꼈을 것이었다. 그만큼 독단적인 작전이나 행동을 삼가라는 군령을 내렸고, 그 군령마저도 따르지 않을까 싶어 감시까지 붙였으나 그 감시마저 따돌리고 결국 뒤통수를 친 격이니 배신감을 뛰어넘는 분노를 느꼈을 것이고.

그러나 마석은 첫째주군이 왜 자신들을 막았는지 너무나 잘 알고 있었다. 더이상 당신의 소중한 사람들을 잃고 싶지 않아서, 더 잃고는 못 살 것 같아서 그랬다는 것을. 소용과 아지 때문에 얼마나 많은 날을 자책했고, 죄스러워했는지 봐오지 않았던가. 을지광 대로의 서거에 얼마나 방황했고 당신 스스로를 못살게 굴었는지도 다 알고 있지 않는가. 하여 그 누구보다 태자의 마음을 알고 있었다. 그걸 모르지 않기에, 너무나 잘 알기에, 둘은 비밀리에 일을 진행시킬 수밖에 없었다.

"쬐꼼만 탐고 있으라요. 텃때주군이래 뎌러는 이율 누구보다 달 알고 있을 테니끼 화가 가라앉길 기다려보댜우요."

창고 앞까지 바래다 주고 돌아서기 앞서 병택 군사가 안쓰러운 표정으로 말을 붙였다. 병택 군사로서도 어쩌지 못하는 상황이 곤혹스러운 모양이었다. 그러자 마석은 쓰게 웃으며 대답했다.

"군사께서는 주군의 명대로, 군령을 어긴 죄인으로 벌하는 입장을 취하십시오. 기거이 우릴 돕는 일이자, 군사의 역할이자, 이 태자돌 살리는 길이 될 거입네다. 괜히 우릴 두둔하거나 변호했다간 군사마저 위험해질 테니 말입네다. 부탁합네다."

"기 무슨 말씀을? 군사가 되어 두 장군의 일을 어띠 모른 테하며 기러고서 어띠 장졸들을 거느리고 통제하는 군사라 할 수 있갔습네까? 기 일은 소직이 알아서 할 테니긴 기리 아시라요."

"안됩네다, 군사. 기러믄 명말로 일이 꼬이고 맙네다. 기러니 군사는 텃때주군의 명대로 따르시라요. 텃때주군을 우리 둘만큼 달아는 사람은 없을 겁네다. 기러니 소장의 뜻에 따라듀시기 바랍네다. 설혹 내일 아침에 듁는다 해도 소장은 여한이 없고, 기런 각오 없이 이런 딧을 했갔습네까? 기러니 군사께서는 텃때주군의 명을 따르시라요. 절대 나서디 말고…… 명대로, 아니 더 강력하게 저의 참술 주장하시라요."

"거, 아무리 기래도 기렇디 어띠……?"

"아닙네다, 군사. 꼭 기렇게 해두시라요. 부탁입네다."

그제서야 마석의 마음을 얼마간 읽었는지 마석을 빤히 쳐다보더니 병택이 조용히 고개를 끄덕였다.

"고맙습네다, 군사. 군문에서 뼈가 굵은 놈이…… 군사께 명말 죄송합네다."

그 말을 끝으로 병택을 돌려보냈다. 병택 군사도 마석의 뜻을 얼마간 파악했는지 창고로 들어가는 마석을 놓아주었다.

창고에 들어가자 마석은 짚이 깔려 있는 곳으로 가서 벌러덩 몸을 눕혔다. 춥기는 했지만 추위보다 세 주군과 군사, 그리고 다른 장군들 눈에서 벗어났다는 해방감이 더 컸기에 온몸이 나른하면서 잠이 쏟아졌다. 아무도 눈치채지 못하게, 그 어떤 비밀작전보다 더 신경을 쓰며 벌인 이번 탈출작전(?)이 무사히 마무리되는구나 싶자 갑자기 피곤기와 함께 잠이 덮쳐왔다.

"간나, 지끔뜸 산동을 향해 달려가고 있갔디?"

마석은 팔을 접어 팔베개를 하며 혼자 중얼거렸다. 그리곤 피식 웃었다. 산동을 향해 달려가고 있을 해적 범포 놈을 생각하자니 자신도 모르는 새에 웃음이 터져 나왔다. 자신이 설령 죽는다 해도 범포는 식량을 구해올 것이고, 태자도를 먹여 살릴 것이었다. 수단과 방법을 가리지 않고 그리 할 것이었다. 그렇게만 된다면 자신의 목숨은 아깝지 않았다. 이미 범포와 탈출 작전을 계획할 때부터 자신과 범포는 죽은 목숨이 아니었던가. 죽음을 각오하지 않고, 죽음을 잊어버리지 않고, 죽음을 뛰어넘지 않고서는 할 수 없는 일이었다.

"간나, 듁음을 잊어버린 게 언덴데……. 너와 같은 시간에 듁디는 못해도 같은 날에만 듁을 수 있다믄 지옥이 아니라 더 디독한 곳으로 떨어딘다 해도 겁 안 나야. 난 너와 다시 헤어디는 게 겁나디 기거 말고는 무서운 게 없어야."

이번 일을 작당한 직후 마석이 범포에게 죽을지도 모르는데 죽음이 두렵지 않으냐고 묻자 범포가 썩은 웃음을 흘리며 대답했었다. 그런 범포에게 무슨 말인가를 해야 할 것 같아 마석이 말했다. 삶뿐 아니라 이제 죽음마저 함께 할 친구에게 자신의 속마음을 전해야 할 것 같았기 때문이었다.

"간나. 내가 할 말을 꼭 먼녀 하고 디랄이야. 내가 하고픈 말이 바로 기 말이다."

"기래? 기럼 됐어야. 이데 난 무서울 게 없어야. 저승까디 함께 할 벗이 있는데 뭐가 무섭간?"

그러더니 껄껄껄 웃었다. 마석이 재빨리 그러는 범포를 막으며 오금을 질렀었다.

"간나 새끼. 들키고 싶어서 기러네? 지끔 벽에도 귀가 있고, 천장에도 눈이 있는 걸 모르네? 아무튼 해적 놈 하는 딧하곤……."

"쫄보 새끼, 기런 걸 겁내믄서 뭔 일을 하갔다고? 지끔 우리가 여서 이런 작당을 하는 걸 누가 안다고 기러네? 기러고…… 우리가 하는 말은 하늘도 눈 감아뎔 거이니 걱정 말라. 태자돌 살리갔다는데 누가 말리갔어, 안 기래?"

"기래도 새나가믄 안 되니낀 기렇디."

"기게 바로 해적과 쫄보가 다른 점이야, 이 쫄보 새꺄!"

"이 해적 놈이 보자보자 하니깐 뎡말?"

마석이 팔을 들어 올려 때릴 자세를 취하자 범포는 재빨리 도망쳐 버렸다. 의기투합한 게, 마석과 함께 저승을 가게 된 게 기쁜지 범포는 어두운 산길을 거침없이 달려갔다. 마석이 그 뒤를 좇아 간건 물론이고. 그렇게 두 사내의 마음을 달과 별에게 알렸었다. 죽음마저도 달콤할 것 같은 밤에.

그러니 범포가 무사히 산동에 도착하고, 산동에서 식량만 구해온다면 자신의 목숨 따위는 중요치 않았다. 마석의 걱정은 범포가 제때 식량을 구해오지 못하는 것이었다. 그러나 마석은 믿고 있었다. 범포 그 해적 놈이 어떻게든 식량을 구해다 태자도를 살릴 것이라고.

마석은 범포가 무사히 빠져 나갔음을 확인한 후 태자궁으로 들어갔다. 그리고 범포와 짜고 탈출작전을 감행했음을 태자에게 알렸다. 마석의 말에 첫째주군은 그 자리에 펄썩 주저앉았다. 그 모습에 놀란 군사와 둘째·셋째주군이 물었으나 마석은 입을 닫아버렸다. 자초지종을 알리고 싶었으나 참았다. 마석이 말을 하면 할수록 첫째주군 가슴 아파할 것이고, 그건 첫째주군과 가장 가까운 무장으로서 할 짓이 아니었다. 차라리 침묵으로 일관하는 것이 첫째주군을 덜 괴롭힐 것 같았다. 오해든, 미움이든, 배신감이든 혼자 감당하게 하는 게 나을 것 같았다.

첫째주군도 마석의 마음을 빨리 읽어냈다.

"기걸 말할 사람 같으믄, 듁음을 두려워했다믄, 일을 다 뎌딜러놓고 여기 왔갔습네까? 듁을 생각으로 여기 온 겁네다. 두 사람이 이미 기렇게 입을 맞뤘을 거이고."

그러더니 당장 창고에 가두었다가 내일 아침 군법대로 처리하라고 군사에게 명을 내렸다. 그러나 그 말이 마석의 귀에는 제발 죽지 말라고, 죽으려고 덤비지 말라는 말로 들렸다. 내일 아침까지 어떻게든 살 방안을 찾아보라는 말로도 들렸다. 탈출을 하든, 뭔 짓을 해도 좋으니 제발 살아 달라고 애원하는 듯했다.

그러나 마석은 그럴 마음이 추호도 없었다. 하여 첫째주군에게 애원이라도 해보겠다는 군사를 말렸다. 나서지 말라고, 자신의 일은 자신이 처리할 테니 제발 가만히 있어 달라고 부탁을 했다. 자신들 때문에 첫째주군과 군사 사이가 벌어지는 일은 어떻게든 막고 싶었다. 자신들이 죽고 난 후에도 태자도는 굳건해야 할 것이기에. 그러기 위해 자신들이 죽을 결심을 한 것이기에.

마석은 팔베개를 한 채 첫째주군을 만나 새로운 삶을 구가했던 날들을 떠올려보았다. 도망자에서 첫째주군의 최측근 장군으로 산 몇 년은 자신의 일생에서 가장 보람차고 의미 있는 나날이었다. 또한 생각지도 않은 둘째·셋째주군을 모시게 된 것도 기쁨 중의 하나였다. 때를 잘못 만나 태자도로 도망쳐 왔지만 한 나라를 다스리기에 부족함이 없는 주군들이었다. 뿐인가. 구명석과 병택 군사를 비롯하여, 건석 형제며 바우, 석규 등은 살아있음을 생생하게 느끼게 해주는 한편, 살아있음을 감사하게 만들지 않았던가. 언감생심 넘볼 수 없는 자리에서 첫째주군의 총애를 받았고 많은 이들과 사귀고 존경을 받으며 살았으니 첫째주군과 태자도를 위해 목숨을 내놓는 일은 너무나 당연한 일처럼 여겨졌다. 그들을 살릴 수 있다면 자신의 목숨 따위는 아무것도 아니란 생각이 들었다.

아내와 아이들이 걱정스럽지 않은 것은 아니었다. 그러나 세 주군과 그 휘하들이 살아있는 한 버림받지 않을 것이고, 자신이 살아있을 때보다 더 대우를 받을 것이었다. 또한 자신이 죽지 않으면 그들도 살지 못할 것이었다. 굶주리다 태자도 백성들과 함께 죽을 수밖에 없었다. 그러니 답은 정해져 있었다.

마지막 결론을 내리고 죽기로 결심한 마석은 잠을 청했다. 이제 조용히 죽고 싶었다. 죽어야 살 목숨이라면 조용히 죽어야 했다. 그게 자신의 길이었다.

21

방으로 돌아왔으나 자리에 앉을 수가 없었다. 어떻게든 마석의 죽음을 막고 싶었다. 아니, 막아야 했다. 그러나 막을 길이 없어 보였다.

주군이 되어 최측근 무장을 살릴 수 없다는 사실이 한심스러웠다. 마석을 살리고 싶지만 살릴 수 없는 상황으로 치닫고 있으니 화가 났다. 더군다나 마석은 이미 죽을 각오를 한 것 같아 미칠 지경이었다.

마석은 이미 죽을 결심을 한 같았다. 그렇지 않다면 입을 봉할 이유가 없었다. 이미 벌어진 일이니 이제 얘기한다 해도 문제가 될 게 없었다. 지금쯤 범포는 산동을 향해 달리고 있을 것이고, 산동에 도착한 그가 할 일이란 것도 뻔했다. 돈 한 푼 없이 부하들을 이끌고 갔으니 도적질을 할 수밖에 없다는 것은 불을 보듯 뻔한 일이었다. 그러니 숨기고 감출 일이 없었다. 그런데도 마석은 입을 굳게 닫은 채 단 한 마디도 하지 않았다. 그건 죽여 달라는, 죽겠다는 뜻이었다. 죽음으로 이번 일의 모든 책임을 혼자 지겠다는 의지의 표현이었다. 그러니 죽이는 수밖에 없었다. 전시에 군령을 어긴 벌은 죽음밖에 없지 않는가.

영은 후회스러웠다. 이럴 줄 알면서도 마석과 범포를 막지 못했고 좀 더 적극적으로 그들을 밀착방어하지 못한 자신이 미웠다. 몽돌포 해전이 끝나, 침략군이 똥섬으로 물러서자마자 그 둘을 태자궁으로 불러들이지 못한 게 자신의 우유부단한 성격 탓인 것만 같았다. 그들의 행동을 짐작하고 있었으니 미연에 막아야 했는데, 설마 그렇게까지야 하랴 싶어 지켜보려 했던 자신이 어리석었다는 생각이 들자 후회는 점점 커져갔다. 태자도 상황을 누구보다 먼저 눈치채고 행동으로 옮길 것이란 생각을 했어야 했다. 적극적이고 선제적으로 그들을 막았어야 했는데 그러지 못한 자신이 미워 견딜 수가 없었다.

그러나 곰곰이 생각해보니 애초 마석과 범포를 막을 수 없었는지도 모른다는 생각이 들기도 했다. 태자도가 굶어죽게 생겼는데 그들이 가만히 있을 리 없었고, 그런 그들의 행동을 막을 방법은 애초부터 없었다고 보는 게 맞을지도 몰랐다. 죽는 한이 있어도, 죽어서라도, 죽음으로써, 태자도를 살리려고 수단과 방법을 가리지 않았을 테니까.

그들에게 태자도는 단순한 삶의 공간이 아니라 그들 자신이자 마지막 보루가 아니었던가. 쫓기던 삶을 정리하고 마련한, 자신의 뼈를 묻을 영원한 안식의 공간이지 않은가. 그런 곳을 침략해온 고구려군을 용납할 리 없었고, 그런 태자도가 굶어 죽어 가는데 수수방관할 리가 없었다. 목숨을 바쳐 지키려 할 것이고, 죽는 한이 있더라도 살려내려 할 것이었다. 영도 그 정도는 짐작하고 있었다. 하여 그들을 감시하는 한편 매일 궁으로 들어오게 하여 그들을 살펴왔다. 또한 그들이 딴생각을 못하게 주의를 환기시켜 왔었다.

오늘 아침까지만 하더라도 전혀 그런 낌새가 없었다. 혹시 둘이 딴생각을 하고 있을지 몰라서 영이 짐짓 물었었다. 만약 그들이 무슨 일을 꾸미고 있다면 그믐께인 지금을 노릴 가능성이 높았기에. 또한 겨울답지 않게 파도가 잔잔한 날이 지속되고 있어서 그들이 때를 노리고 있다면 지금이라고 생각했기에.

"두 장군이래 맨날 붙어다니니 사람들이 이상하게 보디 않습네까?"

영이 두 사람의 반응을 살피려고 툭 던지자 마석이 기다리고 있었다는 듯이 받았다.

"붙어다니다니요? 내래 이 인간하고 같이 다닐 리가 있갔습네까?

궁에 들어올 때도 따로 와서 전할 뵐 때만 같이 들어오는 거디 소장 같이 점잖은 사람이 어띠 해적 놈과 같이 다니갔습네까? 기러고 궁을 나서믄 다시 볼 일이 없으니 소장이 살디 기렇디 않으믄 어케 살갔습네까? 소장은 이 해적 놈하곤 질적으로 다릅네다.”

마석이 말하는 도중에도 몇 번이나 나설 듯이 멈칫멈칫하더니 마석의 말이 끝나기 무섭게 범포가 받아쳤다.

“뭐이 어드래? 이 쫄장부 새끼래 뭐라고 디껄이는 거네? 한 손에 기냥 콱!”

“이, 이 해적 놈 하는 딧거리 보시라요. 이 놈아, 어느 안전인데 그런 망발이네? 기러니 해적 놈이라고 하는 거디.”

“뭐이 어드래? 이 간나새끼가…….”

“왜? 내래 못할 말했네? 이 해적 놈아.”

“이 종간나 오늘 날 걸렸다. 어디 둑어보라.”

그러더니 둘이 맞붙으려 했다. 영뿐만 아니라 무범과 인섭까지 있는데도 아랑곳하지 않고 방약무인 그 자체였다. 그러니 영이 나설 수밖에 없었다.

“됐습네다, 됐어요. 내래 괜한 얘길 해설랑……. 두 장군은 어띠 말만 시작하믄 싸움으로 변합네까? 기러믄서도 지끔까디 살아 있는 걸 보믄 탐…….”

영은 거기서 아침 면대를 마치고 싶었다. 더 붙잡아봐야 좋은 꼴 못 볼 것 같았고, 둘의 행동이 평상시와 조금도 다름없었기에 마음이 놓였기 때문이었다. 마석이라면 모를까 범포가 딴마음을 품고 있다면 바로 티가 났을 테니 영이 그걸 간파하지 못할 리 없었다. 그런데 그건 착각이었고 오판이었다. 둘은 그걸 오히려 역이용했던 것이었다.

더욱이 마석의 행동을 지켜보고 있자니 영은 서늘한 두려움을 느끼지 않을 수 없었다. 마석은 이미 죽을 각오를 마친 상태였고, 이번 기회에 죽지 않으면 다신 죽을 기회를 찾을 수 없을 것처럼 행동하고 있었다. 끝끝내 말 한 마디 하지 않고 입을 봉해버린 게 그걸 말해주고 있었다. 마석이 입을 굳게 다문다는 건 죽겠다는 말이었고, 어서 죽여 달라는 당부였다. 그래서 내일 아침에 참수하겠다는 말만 남기고 서둘러 회의실을 나서 버린 것이었다. 더이상 마석을 보고 있을 수가 없었기 때문이었다.

어떡하면 마석을 살릴 수 있을까 머리를 짜내 봐도 뾰족한 수를 찾을 수 없었다. 죽음으로써 친구의 의리와 신하의 도리뿐만 아니라 무장의 명예를 지키려는 마석을 살리는 일은 마석에게 너무 잔인할 것 같았다. 가끔은 삶이, 살아있음이, 죽음보다 더 잔인할 수 있지 않은가. 죽음보다 못한 삶이 얼마나 많던가. 영은 그런 삶을 살아봤고, 너무나 많이 봐오지 않았던가. 그러니 죽게 하는 게 차라리 자비요, 은혜일 수가 있었다.

갈피를 잡지 못하고 혼자 애를 태우고 있으려니 병택 군사가 찾아왔다. 무범과 인섭은 엄두가 안 나는지, 괜히 긁어 부스럼 만들까 걱정스러운지, 얼굴도 내비치지 않고 있는데 병택 군사가 찾아왔다는 것은 셋이 의견을 나눴다는 뜻이었다. 직접적인 관련이 없는 두 아우가 나서는 것보다 모든 병사들을 통제하는 군사가 영과 조율해보는 편이 낫겠다 판단하고 셋을 대표해 온 게 분명해 보였다.

"전하, 살리는 일은 어렵디만 듀이는 일은 마음만 먹으믄 언제든 할 수 있는 일이니 쬐꼼만 말미를 듀시는 게 어떻갔습네까?"

한참이나 뜸을 들인 후 병택 군사가 어렵게, 입이 안 떨어지지만 가만히 있을 수만은 없어서 말을 꺼낸다는 듯 물었다.

"군사가 볼 땐 기러믄 마석 장군이래 살래 하갔습네까? 아니, 말을 바꾸디요. 내일 안 듁이믄 군사래 마석과 범포 장군을 살릴 수 있갔습네까?"

"예? 기 무슨 말씀을?"

"말 기대롭네다. 내래 두 사람을 살리고 싶어도 살릴 자신이 없어 군사께 묻는 것입네다. 군사께선 두 장군을 살릴 계책 아니, 자신이 있는디 묻는 겁네다."

병택 군사가 놀라는 눈으로 영을 뚫어지게 쳐다보았다.

"예, 기렇습네다. 살리고 싶은데 듁어버릴 것만 같아서, 듁을래고 발버둥티고 있는 것 같아서리 미티갔습네다. 군사래 방안이나 방책이 있다믄 당연히 살려야디요. 기래서 묻는 겁네다."

영이 속마음을 드러내자 병택 군사는 다소 당황하는 것 같았다. 자신의 생각했던 것과는 다른 모양이었다. 하기야 내일 아침에 처형하라고 목소리를 높인 후 바로 회의실을 빠져나와 버렸으니 영의 속마음을 오해했을 수도 있었다. 그런데 행동과는 정반대의 마음을 영이 가지고 있음을 알았으니 당황할 수밖에.

"기러시다믄…… 처형 시간을 늦추는 게 낫디 않갔습네까?"

영의 말에 한참을 숙고하는가 싶더니 병택 군사가 무겁게 입을 열었다.

"기게 무슨 말씀입네까?"

"주군을 기만하고 군령을 어긴 이가 마석 장군만이 아니라 범포 장군 또한 마탄가디니 범포 장군이 돌아온 후에 취조하고 취죄해도 되디 않갔습네까? 기렇게 되믄 마석 장군도 기걸 수용할 수밖에 없을 거이고, 기 동안은 마석 장군을 살릴 수 있갔디요. 기렇게 두 장군을 만나게 한 후에 새로운 계책을 세우거나 새 결정을 내릴 수도 있디 않갔습네까?"

"둘이 만나도 지끔과 크게 다른딘 않을 겁네다. 두 사람은 이미 듁을 마음을 먹은 게 틀림 없습네다. 기렇디 않고서야 어띠 한 마디도 안 하갔습네까?"

"기렇다 해도 최소한 범포 장군이 돌아올 때까딘 마석 장군을 살릴 수 있을 거이고, 범포 장군이 무사히 식량을 구해온다믄 그걸 치하해 벌을 경감할 수 있디 않갔습네까? 기러믄 내외도 다 수긍할 것이라 생각합네다."

병택 군사의 말에 영은 고개를 끄덕였다. 맞는 말이었다. 지금으로서는 다른 방법이 없었다. 그러나 그것으로 끝은 아니었다. 병택 군사의 마음을 알아야 했다. 병택 군사가 어떤 생각을 가지고 있느냐가 중요했다. 마석과 범포를 살리려 하다 병택 군사를 잃어서는 안 될 것이기에 신중하게 접근해야 했다. 병택 군사의 마음에 앙금을 남겨서는 안 됐다.

"군사께서 모든 걸 이해하시고 기렇게 말씀하시니 고맙기는 합네다만 기건 안 될 말인 것 같습네다."

영은 조심스럽게 말했다. 병택 군사의 마음을 얼마간 읽기는 했지만 그의 진심을 다 파악하지 못한 상황이라 그의 진심을 알고 싶었기에 조심스러울 수밖에 없었다. 전시 상황이라 발명권(發命權. 군사 동원을 명령하는 권한), 발병권(發兵權. 동원한 군사를 장수에게 배속시키는 권한), 장병권(掌兵權. 군사를 직접 지휘·통솔하는 권한)이 모두 그에게 있었다. 그 권한을 영이 침해한다면 월권일 뿐 아니라 군사를 군사로 인정하지 않는 처사가 될 것이었다. 영은 그걸 고민하고 있는 것이었다.

"마석과 범포 장군을 기렇게 처리한다믄 군사의 영이 서디 않을 거이고 영이 서디 않는 군댈 어띠 군대라 할 수 있갔습네까?"

"아닙네다, 주군. 소신의 생각은 다릅네다. 태자도가 굶주리는 걸 보고 자신의 목숨을 내놓는 두 장군에게 어띠 군령을 어겼다고 할 수 있갔습네까? 병사들이 그 사실을 알믄 오히려 두 장군을 칭송할 망정 영을 어겼다고 하디 않을 거이고, 두 장군을 본보기로 삼아 목숨을 바쳐 이 태자돌 디키려 할 겁네다. 두 장군이 그걸 의도했든 안 했든 결과는 기렇게 될 겁네다. 두 장군은 영웅으로 군사들뿐만 아니라 태자도 백성들의 가슴에 살아있을 겁네다. 기런 두 사람을 듁게 하는 게 옳갔습네까, 살려두는 게 옳갔습네까? 두 장군을 듁인다믄 주군과 소신의 잘못된 판단으로 두 장군의 목숨을 빼앗는 일에서 끝나디 않고, 태자도의 영웅을 듁인 우둔한 주군과 군사로 역사에 부끄러운 이름을 남길디도 모릅네다. 기러니 군령 문제는 따딜 게제가 아니라 사료됩네다."

"군사는 두 장군이 밉디도 않습네까? 괘씸하디도 않고요?"

"왜 기런 감정이야 없갔습네까? 기렇디만 태자돌 살리기 위해 목숨을 내건 두 장군의 충정을 읽고 나자 부끄러웠습네다. 두 장군 과 뜻을 같이 하디 못한 게 안타깝기도 하고 말입네다."

"기, 기게 무슨 말씀입네까? 군사께서는 기럼 지끔⋯⋯?"

"기러하옵네다, 전하. 독금 전까지만 해도 두 장군이 미웠고 괘씸 했었는데, 조끔 전 자신들을 구명하기 위해 그 어떤 주청을 드리거나 행동도 하지 말라는 마석 장군의 진심어린 당부를 듣는 순간 부끄러웠습니다. 태자도와 태자도 백성을 자신의 목숨보다 소중히 생각하는 두 장군에게 어찌 딴마음을 가딜 수 있갔습네까?"

"마석 장군이 군사께 나서디도 기 어떤 행동도 하디 말라고 당부 하더란 말입네까?"

"기러하옵네다, 전하. 기러믄서 소신에게 살아서, 주군 곁에 있으 면서 이 태자도와 태자도 백성들을 디키고 살려달라고 신신당불 했습네다. 기러니 소신이 어찌 부끄럽디 않고 안타깝디 않갔습네 까?"

병택 군사의 말을 듣고 있나니 눈물이 아니라 피눈물이 흐를 것 같았다. 그러나 그런 감정을 드러낼 수는 없었다. 병택 군사 앞에서 그런 감정을 드러낸다면 병택 군사를 잃을 수 있었기에 꾹 참으며, 감정표현을 최대한 아끼며, 병택 군사의 말에 귀를 기울였다. 그러 다 마석 장군을 살릴 수 있는 방안이 떠올랐다. 공동정범을 함께 처리하기 위해 마석 장군을 먼저 죽이지 않을 것이고, 범포 장군이 돌아오면 죄를 소상히 밝힌 후 군령에 따라 처리하는 것.

"알갔습네다. 군사께서 기런 마음을 가디고 계시다믄 군사의 뜻 에 따르는 게 맞갔디요. 모든 군권을 군사께서 가디고 있는 전시 상황이니 군사께서 알아서 처리하시라요."

영은 그렇게 모든 권한을 병택 군사에게 일임해 버렸다. 그게 마 석·범포 장군, 그리고 병택 군사를 살리는 길이요, 자신이 할 수 있는 최선의 길이었다. 병택 군사의 믿음직스러움에 마음이 놓였고, 그에게 모든 걸 맡겨도 될 것 같았기 때문이었다.

22

'텃때주군은 참으로 인덕이 있는 사람이다.'

병택이 첫째주군과 마석 장군의 신병처리에 대한 애기를 하면서 줄곧 떠오른 생각이었다. 중실씨 같은 역도逆徒를 만나는 바람에 태자 자리에서 쫓겨나 이곳까지 떠밀려오기는 했지만 지금까지 건재할 수 있었던 건 바로 인덕 때문이 아니었을까 하는 생각이 들었다. 비록 초년복은 없었을지 몰라도 을지광을 비롯하여 소웅과 아지 같은 신하들을 곁에 두고 있었고, 마석과 범포 같은 무장을 거느릴 수 있었던 건 첫째주군의 복이라 할 만했다. 그만큼 마석과 범포 장군은 위대해 보였고, 그런 두 장군을 고굉股肱으로 두고 있는 첫째주군이야말로 복 많은 사람이라 해야 맞을 것 같았다.

단군이나 왕에게 고굉을 가지고 있다는 건 팔과 다리를 하나씩 더 가지고 있는 것과 마찬가지였다. 자신을 대신할 팔과 다리를 하나씩 더 가지고 있다면 그만큼 많은 일을 할 수 있을 것이기에. 그러나 마석과 범포 장군과 같은 사람을 가지고 있다는 것은 팔다리를 하나씩 더 가지고 있는 정도가 아니라 자신의 분신을 두 개나 더 가지고 있는 것과 다름없다는 생각이 들었다. 팔과 다리는 주인의 의지대로 움직이는 수동적인 존재라면, 분신은 능동적으로 주인을 대신하고 주인이 위험에 처하게 되면 죽음으로써 주인을 지키려 할 것이니 마석과 범포 장군을 곁에 두고 있는 첫째주군은 몸을 세 개나 가지고 있다 할 수 있었다. 죽음을 불사하고 주군과 태자도를 지키려는 마석과 범포 장군의 충심과 행동력은 그만큼 위대하면서도 가슴 뭉클한 것이었다.

마석 장군의 거취를 결정한 후 회의실을 나선 병택은 잠시 댓돌 위에 걸음을 멈추었다. 마석 장군의 처형을 늦췄으니 이제 마석 장군을 찾아가 상황을 알려줘야 할지 말지를 결정해야 했다. 그러나 쉽게 결정할 수가 없었다. 고민이 더께로 쌓이고 있었다.

자신을 위해 그 어떤 간언이나 행동도 하지 말라던 마석 장군인 만큼 처형이 늦춰졌음을 알릴 필요가 없을 것 같았다. 그렇지만 첫째주군의 두 장군에 대한 굳센 신뢰와 애정, 마석 장군에 대한 염려는 전달해주는 게 맞을 것 같았다. 이미 알고 있을 테지만 다시 한번 확인해주고 싶었다. 그게 군사로서 그가 해야 할 일일 것 같았다. 그러나 병택이 마석 장군을 찾아가려는 진짜 이유는 다른 데 있는지도 몰랐다. 이 기회에 마석 장군을 얻고 싶다는 마음.

사실 병택이 군사로 지명 받았을 때 제일 염려했던 것은 마석과 범포 장군을 과연 자기 사람으로 만들 수 있을까하는 점이었다. 나이나 연륜, 첫째주군이나 구명석과의 친밀도를 고려했을 때 두 장군을 아우르는 일은 쉽지 않아 보였다. 둘째주군을 따라 태자도에 들어온 떨거지나 다름없는 자신에게 두 사람이 마음을 줄 리 없을 것 같았고, 두 사람이 마음으로 따르지 않는다면 자신은 결국 허수아비가 되고 말 것이었다. 특히 마석 장군은 좀처럼 자신의 속을 드러내지 않는 사람이라 더 힘들 것 같았다.

그런데 두 사람이 적극적으로 병택을 군사로 추대할 뿐 아니라 자신들에게 군사직을 맡긴다면 태자도를 뜨겠다고, 정말 당장 떠날 것처럼 덤비자 군사직을 수락했었다. 두 장군이 그렇게 적극적으로 나서자 그들을 믿기로 했고 두 사람만 따라주고 도와준다면 태자도 방어에 큰 어려움은 없을 것 같았다. 구명석과는 얼마간 통하는 바가 있어 마음을 주고받는데 큰 어려움이 없었지만, 마석과 범포 장군과는 그때까지만 해도 서먹한 관계였다. 그랬는데 두 사람이 그리 나오자 더이상 버틸 명분이 없었다. 더이상 사양하거나 주저하면 주군들에 대한 신하로서의 도리가 아닐뿐더러 자신을 적극적으로 천거하는 두 장군에 대한 예의도 아닐 것 같았다. 그렇게 두 장군을 믿고 군사직을 수행한 결과, 두 장군은 입 속의 혀처럼 움직여줬을 뿐만 아니라 장군들의 적극적인 협조와 명령 복종 덕에 고구려군을 초전에 분쇄하여 퇴각시킬 수 있었다.

석권 장군이 병서兵書와 치밀한 작전 수행으로 도움을 줬다면 마석과 범포 장군은 행동으로 병택을 지지하고 지원해줬다 할 수 있었다. 그런데 적군의 해안봉쇄로 태자도가 굶주리게 되자 군사인 병택마저 배제하고 비밀리에 일을 감행했던 것이었다. 첫째주군마저 배신감을 느낄 만큼 철저하게 두 사람만 뜻을 맞췄던 것이었다. 그러니 지금이야말로 두 장군에겐 절체절명의 순간이고, 그 절체절명의 순간이야말로 두 사람을 파고들 수 있는 절호의 기회였다. 절체절명의 순간에는 아주 작은 도움이나 선의도 아주 크게 느껴지는 게 아니던가. 병택은 20여 년 전에 범석을 통해 몸소 경험하지 않았던가.

범석이 떠오르자 가슴 한복판에서 무언가가 울컥 올라오는가 싶더니 숨이 콱 막혀왔다. 잊었다고 생각했는데 부지불식간에 범석이 떠오르자 며느리 화련과 손녀 낭아, 아내 조씨, 아낌없는 도움으로 절체절명의 순간을 넘기게 해준 옥광은과 예원 대인도 함께 떠올랐다. 그들이 병택의 숨을 막아왔다. 아픔과 슬픔, 아쉬움과 후회가 동시에 밀려와 숨을 쉬기조차 힘들었다. 정신마저 아득했다. 그러나 내색을 할 수 없었기에 병택은 자리에 선 채 숨을 골랐다. 한 번 떠오른 생각이나 감정들이 쉽게 사라지거나 사그라지지 않았기에 이를 악물며 버텼다. 지금은 그런 감정마저도 값싸 보일 수 있는 만큼 감정들을 정리해야 했다.

잠시 숨을 고르며 마음을 정리한 병택은 하늘을 올려다봤다. 스무하루, 달도 없는 밤하늘에 자그마한 방울들이 모였다 흩어지기를 반복하는가 싶더니 어느 순간 어둠 속으로 흩어졌다. 그리고 보름달보다도 큰 방울 하나가 떠오르는가 싶더니 그 방울 속에 범석의 얼굴이 보였다.

'뎌, 뎌, 뎌건 범석이 아니네?'

병택은 하마터면 소리를 지를 뻔했다. 다행히 소리가 터져 나오기 직전에 정신을 가다듬었으니 망정이지 안 그랬다면 비웃음을 사고 말았을 것이었다. 어쩌면 망령 났다는 소문이 날지도 몰랐다. 마석과 범포 장군의 단독작전에 충격을 받고 정신줄을 놓아버렸다는 말을 듣기에 딱 좋은 나이가 아닌가. 그러나 아직 정신줄을 놓을 나이는 아니었다. 비록 환갑이 가깝긴 했지만 정신만은 너무나 또렷하게 유지하고 있었다. 무범 왕자를 모시고 있는데, 아직 제자리를 찾지 못해 남에게 얹혀사는데 정신줄을 놓을 수는 없었다.

병택은 둥그런 원 속에서 빛나고 있는 범석을 바라보며 하얗게 웃어줬다. 마석과 범포 장군 사이를 부러워하며 두 사람 사이를 파고들려는 생각을 하고 있노라니 범석이 떠오르는 게 범석은 역시 병택에게 둘도 없는 친구인 모양이었다.

'만약 뎌 친구가 살아있었다믄?'

문득 떠오른 생각이 병택의 가슴을 찢으며 흘러갔다. 마석과 범포 장군만큼은 못했을지 몰라도 그 누구보다 격의 없이 어울렸을 것이었다. 쿵하면 짝함은 물론 말이 없어도 서로 통했던 사이니 이런 난국에선 그의 진가를 발휘했을 것이었다. 아니, 병택의 마음을 읽어내고 먼저 앞서 나가는 사람이니 큰 의지가 됐음은 물론 많은 도움도 받았을 것이었다. 그런 벗을 잃고, 광은과 원 대인 같은 조력자들마저 잃은 채 혼자 문제를 풀어가려니 마석과 범포 장군의 우정과 믿음이 부러웠고 그러다 보니 두 사람 사이를 파고들고 싶은 욕망은 더욱 간절해졌던 것이었다.

그러나 병택은 마석 장군을 만나지 않기로 마음 묶었다.

약한 곳을 파고들어 사람의 마음을 얻는다면 그 마음은 오래 지속되지 않을 것이었다. 더군다나 이미 죽음을 각오한 마석 장군에게 그런 얄량한 수가 통할 것 같지 않았다. 오히려 반감만 불러일으켜 자신을 멀리 밀어낼 것 같았다. 소인배나 움직일 만한, 소인배나 쓸 만한 얕은 수는 버리기로 했다. 진중하면서도 묵직한 방법으로 그를 끌어당기고 사로잡고 싶었다. 그것은 다름 아닌 마음이 통할 때까지 기다려주는 것이었다. 시간을 두고 숙성시키는 것. 그것만이 답이었다. 오랜 시간 동안 묵히고 삭혀야 장맛이 제대로 나고, 장맛이 제대로 나야 음식 맛이 나지 않는가. 덜 익고 덜 삭은 장으로 무슨 음식 맛을 낸단 말인가. 하여 병택은 두 사람을 가슴에 묻어두고 오래도록 묵히고 삭히기로 했다. 삭고 곰삭은 장맛처럼 그둘의 마음속에서 자신이 숙성되고 익기를 기다리는 게 현명한 처신인 것 같았다.

"부관, 자네가 마석 장군을 좀 만나보고 오게. 다른 말은 하디 말고 내일 아침 처형이 범포 장군이 돌아온 후로 미뤄졌다는 말만 전하게. 마석 장군이 물어도 더이상은 모른다고 하여 대답하디 말고."

병택은 부관에게 명을 내렸다. 오래 머뭇거린다면 그만큼 우유부단하게 비칠 수 있고 노파심에 머뭇거린다고 비쳐질 수 있기에, 나이가 들수록 빠른 판단을 내리지 않으면 뒤떨어져 보일 수 있기에 그걸 막고 싶었다.

"옛, 군사. 명 받들갔습네다."

부관이 기다렸다는 듯이 바로 대답했다. 그리고 부관이 병사들을 남겨둔 채 혼자 마석 장군이 갇혀 있는 광 쪽으로 발길을 옮기기 시작하자 병택도 지휘부를 향해 발을 떼어놓기 시작했다. 마석 장군 처형이 늦춰졌으니 다음 일을 계획해야 했다.

마석 장군의 평상시 행동으로 봤을 때 둘은 이미 죽음을 각오한 것 같았다. 살리려 하면 할수록 죽으려고 발버둥 칠 것 같아 사전에 만반의 준비를 해두어야 할 것 같았다. 그 둘을 살려내지 못한다면 자신을 군사로 밀어올린 두 사람에 대한 도리가 아니지 않는가. 병택에게 주어진 마지막 임무는 두 사람을 살려내는 일일지도 모른다는 생각에 잠시도 머뭇거릴 수가 없었다. 두 사람이 첫째주군도 모르게 이번 일을 계획하고 단행했다면, 병택도 아무도 몰래 두 사람을 구할 방안을 마련해야 할 것 같았다.

노심초사

23

"아딕까딘 괜탏디만…… 날래 돌아와야 할 거인데……."

안심과 걱정이 동시에 밀려들어 명이는 혼잣말처럼 중얼거리며 서녘하늘을 다시 올려다보았다.

금방이라도 쏟아져 내릴 듯 하늘에 떠있는 별들. 무한 공간에 무한의 별들이 박혀있었다. '무한'이란 단어는 하늘의 넓이와 셀 수 없는 별들을 표현하기 위해 만들어진 단어일지도 모른다는 생각이 들 만큼 수많은 별들이 빛나고 있었다.

그렇게 많은 별들 중에는 일 년 사시사철 떠 있는 별이 있는가 하면, 계절에 따라 나타났다 사라지는 별들이 있고, 하루에 한 번 떴다가 지는 별들도 있었다. 또한 한결같은 모습으로 반짝이는 별이 있는가 하면 점점 흐려지는 별들이 있고 점점 밝아지는 별들도 있었다. 어떤 별은 밝았다가 흐려지기를 반복하는가 하면 그 크기가 달라지는 별들도 있었다. 그러나 모든 별들을 다 알 수는 없었다.

별은 그렇게 쉼 없이 변하기도 하고 움직이기도 하면서 밤하늘을 수놓고 있었다. 그에 따라 지상의 인간들도 별들의 움직임과 변화에 따라 변하고 있었다. 하늘과 땅은 그렇게 하나로 움직이는 것이니깐.

명이가 별자리에 대해 관심을 가지기 시작한 것은 을지광 대로 때문이었다. 언제부터 별자리에 대한 공부를 했는지 모르지만 을 대로는 별자리를 통해 건이와 곤이의 죽음을 짐작하고 있는 듯했다. 그리고 선왕과 태자의 운명도 얼마간 예감했던 모양이었다. 그걸 막아보려고 태자를 태자궁에 유폐 아닌 유폐를 시켰던 것이었고. 그러나 그런 을 대로의 노력에도 불구하고 선왕은 시해되었고 태자는 쫓기는 몸이 되었다.

"쫓기는 몸이 되었고 한 동안 고생은 하갔디만, 듂도 사라디디도 않을 거이고, 다시 빛날 거이니 너들이 가서 태자 전할 보호하고 디키라."

그날, 눈보라치던 날, 은밀히 구명석을 부른 을 대로는 말했었다. 중실씨에게 잡혀가 죽을 고비를 겨우 넘겼고, 만신창이가 되어 몸도 제대로 가누지 못하는 구명석에게 할 말이 아니었다. 몸을 추스르고 어떻게든 버티라고 할 줄 알았고, 당신이 어떻게든 매듭을 풀어볼 테니 몸이나 잘 간수하고 있으라고 할 줄 알았다. 아니, 자신이 마련해둔 안전한 곳으로 피해 있으라 할 줄 알았다. 그런데 그런 기대와는 달리 을 대로는 잔인하게 눈보라를 헤치고 가서 태자를 지키라고 했다.

"아바디. 기거이…… 지끔 우리한테 이 눈보랄 뚫고 산으로 올라가라는 말씀입네까?"

구비가 이해할 수 없는지, 너무 야속한지 볼멘소리로 물었다. 그러자 을 대로가 말을 이었다.

"태자 전한 지끔 절체절명의 기로에 서 있다. 옆에 아지래 있디만 아지야 전하의 목숨이나 디키디 뭘 할 수 있간? 아니, 아지가 할 일이란 기게 전부가 아니네? 기렇디만 목숨만 보존한다고 살아있는 게 아니댾네? 전하 곁엔 구명석 너들 셋이 있어야 하고, 기럴 운명을 타고 나셨어. 아니, 너들 셋은 기래야 할 운명이야."

을 대로는 평상시와는 달리 단정적인 어조로 말했다. 그런 을 대로가 낯설었고 야속했다. 무슨 근거로, 어떤 생각에 그런 말을 하는지 까닭을 알 수 없었다. 더군다나 운명을 들먹이며 태자 곁으로 가라는 말엔 거부반응까지 일었다. 태자가 절체절명의 상황에 있다는 건 모르지 않지만 평상시 을 대로의 어법이 아니었다. 석권도 그런 생각이 들었는지 무겁게 입을 열어 물었다.

"기럴 운명이라니 기게 무슨 말씀입네까? 아바디래 무슨 점이라도 티십네까? 꼭 기러는 게 같아서 여뚜는 겁네다."

석권의 말에 을 대로가 잠시 머뭇거리는가 싶더니 차분한 목소리로 대답했다. 아니, 자신 앞에 앉아 있는 세 사람에게 이유를 설명하기 시작했다.

"기래. 내래 덞어서부터 벨댜릴 보는 법을 익혔고, 벨댜릴 기동안 봐왔어. 그래서 태자 전하가 위험하다 싶어 태자 전할 태자궁으로 유폐 아닌 유폐까디 시켰었고. 기렇디만 결국 아무 것도 막딜 못했어. 별 보는 게 서툴렀는디, 달못 본 건디 모르디만 인력으로 막을 수가 없었던 게야. 그러믄서 한 가딜 더 알게 됐디. 하늘 일은 인간이 바꿀 순 없디만, 인간의 일은 인간이 바꿀 수 있다는 거 말이야.

지끔이 바로 기런 때라 생각하디. 흐려디고 방황하는 별을 구하는 길은 더이상 방황하디 않게 디켜야 하니낀 말이야. 기러고 기런 일을 할 수 있는 사람은 구명석 너그들 말고는 없다고 생각한 기야."

"기럼, 우리 셋이 전하 곁으로 가믄 전하래 안전할 수 있는 겁네까?"

"기거야…… 장담할 순 없디. 다만, 지끔 태자 전할 보호하고 디킬 사람이 너그들 셋뿐이야. 냉듕은 어케 될 디 모르디만 지끔으로선 딴 방법이 없어 기러는 기야."

결국 확실한 것은 없지만 대안이 없으니 셋이 태자 곁으로 가서 태자를 지키고 돌보라는 말이었다. 세 사람의 상황이나 안위를 전혀 고려하지 않은, 부당하면서도 일방적인 분부라 할 수 있었다. 그러나 다른 방법이 없다는 말이 뼈를 파고들었다. 을 대로가 몸도 제대로 가누지 못하는 세 사람에게 그런 일방적인 분부를 할 때는 그럴 만한 이유가 있을 것이었기 때문이었다. 한 나라를 좌지우지하는 권력자로서가 아니라 친구 아버지이자 존경하는 어른으로서 을 대로의 판단은 여태껏 그릇된 게 없었고 정도를 벗어난 적도 없었다. 그만큼 믿을 만한 사람이었다. 그 오랜 기간 동안 농익은 믿음이 세 사람을 갈등하게 하고 있었다. 그러나 그 갈등은 오래 가지 않았다. 을 대로의 뜻에 따르기로 했고 결심이 서자 바로 행동화했으니 말이다.

그 후, 태자 곁으로 간 명이는 별에 관심을 가지기 시작했다. 처음엔 살아남는 게 우선이었기에 다른 데 신경을 쓸 수 없었다. 우산禹山에서 빠져나오고, 도망치는 길 위에서는 별을 볼 여유조차 없었다. 별은 고사하고 갈 길을 살피며 길을 가기도 벅찼다. 외줄을 타고 건너는 것만큼이나 낯선 길을 가야 했으니 다른 데 정신을 팔 수가 없었다.

그러다 소금골에 도착하고, 소금 장사를 시작하면서부터 별을 관찰하는 습관을 익히기 시작했다. 그와 함께 별에 대한 책들을 구해 읽기 시작했다. 별에 대해 알면 알수록 명이는 놀라지 않을 수 없었다. 부여나 조선시대부터, 아니 그 훨씬 전부터 별을 통해 계절과 시간을 계산함은 물론 별의 움직임과 변화를 통해 지상에서 일어날 일들—사람의 운명이라든지 한 나라의 흥망성쇠—을 예측하고 있었음을 알 수 있었기 때문이었다. 하늘과 땅은 둘이 아니라 하나라는 인식은 깊고도 견고한 것이었다. 그리고 그것은 마침내 별들을 인격화하여 신으로 섬기는 경지에 이르렀음을 알게 되었다.

그것은 어려서부터 북극성이나 북두칠성을 통해 방향과 시간을 파악하는 것과는 다른 것이었다. 북극성과 북두칠성으로 방향과 시간을 파악하는 것이 실용적인 것이라면 칠성을 신격화하는 것도 모자라 인간의 모든 삶을 칠성과 연결시키고 있었다. 인간은 칠성에서 왔다가 돌아간다는 사고까지 가지고 있었다. 사람의 관을 칠성판 위에 올려 칠성으로 돌려보내는 장례의식이 대표적인 것이었다. 그것은 몸에 배어 있는, 너무나 당연한 관습이라 딱히 생각해 본 적도 없었다. 익숙한 것만큼 관심 밖으로 밀려나는 건 없으니까. 그만큼 북극성이나 칠성, 그리고 하늘과 땅의 일체성은 조선족이라면 누구에게든 내면화되어 있었던 것이었다.

그런데 별에 대해 알다 보니 그러저런 몸에 밴 것들이 뿌리 깊은 조선족의 의식에서 우러나온 것임을 알게 되었고, 별이나 별자리 변화로 지상의 변화를 예측했던 일도 그 뿌리가 엄청 깊다는 것을 알게 되었다. 『역경易經』이 순환하고 변화하는 자연의 이치를 암시하고 있다면 별과 별자리는 『역경』의 애매하고 중의적인 것들을 현상을 통해 보여주고 있었다. 그런 깨달음을 얻게 되자 명이는 별의 이동과 변화를 『역경』과 연결하여 생각하기 시작했고, 둘은 결국 하나란 것을 알게 되었다. 그러니 별 관측에 관심을 가질 수밖에.

태자도에 들어온 후 낭두봉 한 곳을 정해 술시에 별을 관측해왔다. 남의 눈에 띄지 않게, 특히 구비와 석권에게 들키지 않게 조심하며 꾸준히 별자리를 관측하고 있었다. 낭두봉에 오를 수 없을 때는 태자궁이나 다른 장소에서라도 별을 관찰해 왔다. 그러다 고구려 침략군이 태자도를 공격한 이후에는 해질 때뿐만 아니라 시간별로 관찰하며 해가 뜨기 직전에 별이 지는 모습까지 관찰하고 있었다. 전쟁 때는 별의 움직임을 자세히 관찰할 필요가 있었고, 뜨는 별보다 지는 별을 관찰하는 게 맞을 것 같았기에. 그러다 마석과 범포 장군의 별이 아직까지는 별다른 변화를 보이지 않고 있음을 확인한 것이었다. 그러나 오래지 않아 두 별이 서쪽하늘에서 사라질 것 같아 조바심이 일었던 것이고.

안심과 걱정을 한데 모아 한숨으로 내뿜고 있으려니 등 뒤에서 불쑥 소리가 터져나왔다.

"와 기래? 마석과 범포 장군이래 곧 둑갔네?"

흠칫 놀라며 뒤를 돌아보니 구비가 등 뒤에 서 있었다.

"언, 언데 완?"

도둑질하다 들킨 사람처럼 더듬거리자 구비가 다가서며 대꾸했다.

"쬐꼼 전에."

"인기턱이라도 내던디…… 간 떨어딜 뻔했닪네."

"떨어딜 간이나 있고? 간뎅이가 닦아서 떨어디디도 않을 거니긴 걱뎡 말라. 기나뎨나 두 장군이래 어케 되갔네?"

구비는 거두절미하고 곧장 밀고 들어왔다. 명이의 지금까지의 행동을 다 알고 있고, 명이의 걱정까지도 다 아는 모양이었다.

"뭘? 내가 기런 걸 어케 알갔네?"

"간나. 너래 우리 눈을 쇡일라고? 옥황상제 눈을 속여라. 나쁜 아니라 돌주먹도 다 알고 있어야. 오늘도 기 간나가 한 번 쫓아가 보라고 해서 온 거이고."

"너들이 어케?"

"아까 말하디 않안? 옥황상제 눈을 쇡이라고. 천문 책들을 구해다 읽는 것도 모댜라 날마다 뼐을 본다고 야단인데 우리가 기걸 모를 리 있간?"

"내가 언뎨?"

"언뎨긴? 우리 눈 피해서리 혼차 움딕일 때 알아봤다. 네 놈이 우릴 따돌리고 혼차 할 일이 뭐 있갔네. 간뎅이가 콩알 반쪽이라 큰일이래 못 뎌딜를 거이고…… 뭘 하는가 싶어 멧 번 숨어서 엿봤다."

"기랬으믄서 와 몰른 턱했네?"

"기딴 걸 아는 톄하믄 뭣하네? 우리 몰래 헛딧하는 것도 아니고…… 탁한 일하는데 말릴 필요도 없고. 기래서 디켜보기로 했디. 기랬는데 이번 일이 터디댜 뼌딜나게 여길 드나들길래 마석과 범포 장군 운명을 점티고 있구나 싶었디."

"간나 새끼들 눈티 하난 빨라가디고…… 뭘 감튜딜 못한다니깐."

"기러니, 이뎨 다 들통났으니긴 말해보라. 어케 되간?"

"길쎄. 딕금까딘 괜뤟은데 늦어디믄 늦어딜수록 안 뚱을 것 같아."

명이는 그간 별을 관찰한 결과를 바탕으로 걱정스럽게 말하자 구비가 피식 웃으며 받았다.

"기 명돈 벨을 안 봐도 다 알 수 있는 일인데 기까딧 걸 알아본다고 이 야단이네? 기럴 시간 있으믄 잠이나 더 자라."

"뭔 말이네?"

"아, 생각 좀 해봐라. 귀환시간이 늦어디믄 늦어딜수록 마석 장군이래 피가 마를 거이고, 기에 따라 첫때주군뿐만 아니라 다른 주군들 피 또한 마를 거 아니네. 뿐이네? 봄이 가까워뎌 날이 뚱아딜수록 침략자들은 해안봉쇄를 더 강화할 거이고, 지원군을 요청할 테니 힘들어디는 거야 불 보듯 뻔한 일이디. 기런 걸 꼭 별을 봐야아네?"

"기건 기래. 기런 정도야 별을 안 봐도 알 수 있디. 긴데 말이야…… 무슨 일인디는 모르갔디만 마석과 범포 장군이래 별이 덤덤 약해디고 있어. 기게 걱뎡스럽단 말이디."

"기게 뎡말이네? 기럼 자세히 말해보라. 기래야 무슨 방법이래 탛을 게 아니네."

구비의 재촉에 명이는 쌍둥이별에 대한 얘기를 안 할 수가 없었다. 그 별이 두 사람의 별이 맞다면 두 사람은 지금 빛을 잃어가고 있었다.

쌍둥이별을 찾아낸 건 얼마 전이었다.

태자도에 들어온 마석과 범포 장군의 행동을 보고 있자니 자꾸만 위태로워 보였다. 나이에 걸맞지 않게 함부로 말을 하며 상대를 자극하는가 하면, 사사건건 맞붙어 티격태격하는 게 언젠가 큰 싸움이 날 것 같았다. 친한 사람끼리는 티격태격하기도 하고 막 대하는 면이 없잖아 있고, 구명석도 그런 사람들이라 얼마간 이해는 하면서도 도를 지나칠 때마다 조마조마했다. 특히 두 사람은 이제 50줄에 들어서 있지 않은가. 사소한 말도 고깝게 들릴 수 있고 사소한 것에도 마음의 상처를 입을 수 있는 나이였다. 그에 따라 두 사람을 한 자리에 동석시키지 않으려고 애를 써야 했다. 그런 사람들의 노력을 아는지 모르는지 그러는 사람들을 비웃기라도 하듯, 둘은 늘함께 다니며 투닥거렸다. 옆에 있는 사람들은 살얼음판을 걷는 기분인데, 둘은 그러거나 말거나 늘 붙어 다니며 서로를 긁고 찔러댔다. 그런데 이상한 게 사람이었다. 처음에는 그게 거북하고 불안했으나 곧 익숙해졌다. 그저 그러려니 여겨지더니 나중엔 은근히 즐기게 됐다.

두 사람의 행동양식에 익숙해지자 두 사람은 단순한 친구가 아닌 것 같았다. 둘은 서로를 원수 중의 상원수라며 평가절하하고 있었지만 곁에서 보기엔 한 부모 밑에서 태어난 형제 같았다. 외양뿐만 아니라 모든 게 영 딴판인데도 자꾸만 그런 생각을 갖게 했다. 특히 어려운 문제에 봉착했을 때 의기투합하는 모습은 같은 혈육이 아니고서는 도저히 납득하기 어려울 정도였다. 티격태격하던 모습을 버리고 하나의 목표를 향해 매진하는 모습은 쌍둥이를 보는 듯했다. 그런 모습은 두 사람을 믿게 만들고 두 사람을 인정하게 했다.

"원수, 원수 하더니 원수가 아니라 쌍둥이구만 기래."

두 사람이 한 목소리로 병택 장군을 군사로 밀어놓고 또 투닥거리며 나서는 모습을 보던 구비가 한 말에 석권이 되받았다.

"기러니낀 쌍둥이보다 친구가 더 닮는다는 거디. 안 기래?"

그러면서 옆에 서 있는 구비의 어깨를 자신의 어깨로 툭 밀었다. 그러자 바로 구비가 바로 쏘아붙였다.

"기런 디랄 맞은 소린 하디도 말라야. 기럼 나도 너 같은 망종하고 닮아딜 거란 얘기네? 생각만 해도 끔띡하다야."

"뭐이 어드래? 이 간나가 미텠나?"

석권이 금방이라도 구비를 잡아먹을 듯이 험한 얼굴로 노려보자 명이가 가만히 있을 수가 없었다.

"간나 새끼들, 이거이 어떤 댜린데 기런 망발을 하는 거네? 너들 눈엔 주군들도 안 보이네? 둠 조용히 있으라. 무식한 티들 내디 말고."

"뭐이 어드래?"

구비에게 향했던 험한 얼굴을 명이에게 들이미는 석권을 향해 명이는 삼키려 했던 뒷말을 뱉어내고야 말았다.

"왜 내 말이 틀렸네? 무식하니낀 이런 댜리에서 함부로 입을 놀리는 거디 안 기러면 어띠 함부로 입을 놀리갔나 이 말이야."

"이 종간나 새끼가?"

석권이 명이에게 손을 들어 올리는 찰나였다. 세 사람이 하는 행동을 보고 있었던지 첫째주군이 끼어들며 말했다.

"둘이나 셋이나 만나기만 하믄 싸우는 건 똑같으니 탐…… 싸우려면 나가서 싸우라요. 안기래도 머리 어디러운데 세 사람까디 거들디 말고."

그 말에 셋은 움찔하지 않을 수 없었다. 셋이서 입씨름을 하느라 잠시 상황을 망각했던 것이었다. 그걸 첫째주군이 놓치지 않고 지

적한 것이고. 그러나 그 말은 차갑거나 따갑게 느껴지지 않았다. 따뜻한 애정이 묻어있는 목소리였다. 어쩌면 부러워하는 목소리인 것 같기도 했다.

그날 밤부터 명이는 마석과 범포 장군의 별을 찾기 시작했다. 다른 별이라면 모를까 두 사람의 별은 분명 하늘에 있을 것이었다. 지상에서 저리 모진(?) 인연을 이어가는데 천상에 자취가 없을 리 없었다. 아니, 안 보이면 어떻게든 찾아야 했다.

그러나 은하수 그 넓은 하늘에서 두 개의 별을 찾는 일은 쉽지 않았다. 평생을 헤아려도 다 헤아릴 수 없는 것이 별이요, 별자리가 아니던가. 더군다나 북극성을 제외하곤 모든 별들은 움직이지 않는가. 계절에 따라, 시간에 따라 그 자리를 이동하고 심지어는 하루에 한 번 떴다가 져버리지 않는가. 또한 별들은 늘 같은 빛을 발하는 것 같지만 날씨에 따라, 시간에 따라 그 모양이 달라지는 경우도 있었다. 그런 별들 중에서 두 개의 별을 찾는다는 건 불가능이라 할 수 있었다.

목덜미가 뻣뻣해지다 못해 아파서 더이상 고개를 젖히지 못할 정도로 매일 밤 별을 찾던 명이는 한 가지 생각에 꽂혔다. 마석과 범포 장군은 떨어져선 못 사는 사람들이니 별들이 있다면 그 별들도 딱 붙어 있을 것이란 생각이었다. 하나인 듯 둘이고 둘인 듯 하나인 두 사람이니 별자리 또한 그럴 가능성이 높았다. 해서 둘이 딱 붙어 움직이는, 떨어져선 못 살 것 같은 별을 찾기 시작했다. 그러다 한 달쯤 지난 어느 날, 명이가 생각했던 두 별을 찾아냈다. 어떤 때는 둘로 보이다가 어떤 때는 하나로 보이는 별 두 개를.

우연찮게 발견한 두 별은 그리 큰 별도 그리 밝은 별도 아니었다.

다른 별들처럼 뚜렷한 모양을 가지고 있지도 않았다. 그런데 이 두 별은 동쪽 하늘에서 떠오를 때는 분명 둘이었다가 하늘로 솟아오른 뒤에는 하나로 보였다. 그러다 서쪽 하늘로 질 때는 또다시 두 개로 보였다. 하나가 하나 뒤에 숨거나, 하나가 하나를 감추는 형국이었다. 그러니 초저녁이나 새벽녘이 아니고서는 둘을 식별할 수 없는 별이라 할 수 있었다.

그리 크지도 밝지도 않으면서 하나 뒤에 숨거나 하나를 감추는 별. 둘이면서 하나인 별을 보는 순간, 명이는 직감했다. 늘 붙어 다니면서 하나를 감추거나 숨는 별은 하늘에 떠있는 마석과 범포 장군이라고. 그렇게 판단을 하고서도 한 동안 두 별을 관찰했다. 성급한 판단은 잘못되기 일쑤고, 잘못된 판단은 엉뚱한 결과를 낳을 수 있기에 신중을 기해야 했다.

두 별을 찾은 후 명이는 한 동안 두 별을 집중 관찰했다. 속성이 두 사람과 일치해야 했기에 자신이 아는 두 사람의 상황과 비추어 보며 지켜보았다. 그리고 두어 달쯤 지난 후에 그 별들이 마석과 범포 장군의 별임을 확인했다. 고구려군이 침략하자 지상에서의 전쟁을 두 별은 확실히 보여주고 있었다. 별 주위에 구름 같은 게 보이기 시작했고, 두 별들이 전에 없이 흐려지고 있었기 때문이었다. 그리고 두 별과 가까이에 있는 큰 별도 흐려지고 있었다. 바로 주군 성主君星이었다. 쌍둥이별을 찾다 발견한 별이었는데 주위에 열 개 남짓의 별들을 거느린, 작지만 밝게 빛나는 별이었다. 명이가 태자 좌太子座라 명명한 별들이었다.

명이는 별자리에 대한 일과 자신이 알고 있는 바를 구비에게 소상히 털어놓았다. 구비가 일부러 명이의 뒤를 밟았다면 얘기를 들기 전에는 물러나지 않을 것이고, 석권까지 알고 있다면 더욱 그럴 것이었다. 하여 구비가 석권에게 알려줄 수 있게, 요점만 간단하면 서도 쉽게 풀어 들려주었다.

"기럼 방법이래 없는 거네?"

"기렇디. 하늘이 하는 일을 우리 인간이 어케 하갔네? 디켜보는 수밖에."

"허긴. 인간사도 마음대로 하디 못하는데 하늘의 일을 우리가 어 떠갔네."

불가항력적인 상황이라 받아들일 수밖에 없는, 실망의 빛이 역력 한 목소리로 구비가 물러서는가 싶더니 불쑥 물었다.

"기래. 그 별은 어딨네? 내래 천문에 대해선 문외한이디만 기래 도 별을 볼 수 있닶네?"

"벌써 졌어. 겨울엔 초저녁에 잠시 보이다가 곧 지고 말디."

"뭐? 기럼 이 새벽에 왜 여기 왔어?"

"혹시나 해서."

"혹시나 하다니? 기게 무슨 말이네?"

"새벽녘에 뜨는 별이나 지는 별을 관찰하다 보면 뭔가 보일까 싶어서."

"뭐래?"

"기건 나도 모르디. 뭔가…… 내가 모르는 다른 조짐이 있을까 해서 살피는 거디."

"기래, 뭘 봤네?"

"아딕. 기렇게 쉽게 보이믄 누가 매일 목이 휘어디도록 하늘을 쳐다보갔네?"

"허긴. 기래, 기래도 달 살펴보라. 또 아네? 뭔가 수가 생길디."

"기래, 알갔다. 나도 기런 마음에 새벽잠을 설티는 거 아니네."

"기래. 기 마음이야 누군들 다르갔네. 휴우——, 뎨발 무사해야 할 거인데. 두 장군을 잃으믄 태자도도 위험해디디만 텻때주군이래 또 한동안 방황할 거인데."

구비는 또다시 겪어야 할 첫째주군의 방황이 걱정되는지 그 말을 끝으로 굳게 입을 다물었다. 그건 명이 또한 마찬가지였다. 두 장군은 그만큼 태자도의 중추이자 첫째주군을 지탱하는 기둥이라 할 수 있었다. 하여 명이는 범포 장군이 새벽녘에 태자도로 돌아온다면 무사하겠지만 새벽녘이 아닌 다른 시간에 돌아온다면 마석과 범포 장군은 무사하지 못할 것이란 말을 삼켜버렸다. 그 말은 또 다른 파도가 되어 태자도를 덮칠 것이고, 태자도는 그만큼 위험해질 것이었다. 두 장군을 살릴 방법이 있다는 걸 첫째주군이 안다면 수단과 방법을 가리지 않고 두 장군을 살리려 할 것이고, 그럴수록 많은 인명 피해를 입을 것이고, 그에 따라 태자도는 더욱 위험해질 수밖에 없을 것이기에 입을 다무는 게 상책이었다. 『삼략三略』뿐만 아니라 병서마다 '백성을 애호愛護하는 자가 나라를 얻는다'고 하지 않았던가. 두 장군을 살리려다 백성들을 사지로 몰아놓는 일을 삼가야 했기에 명이는 입을 다물기로 했다. 두 장군의 생사는 그들의 선택에 맡기는 게 맞을 것 같았다. 두 장군은 이미 태자도 백성들을 살리기 위해 자신들의 목숨을 초개처럼 버리기로 결심하고 이번 일을 하지 않았던가. 그러니 그들의 뜻을 존중해주는 게 도리에 맞을 것 같았다.

24

"밖에 늬기 있네? 있으믄 나 둠 보댜."

마석이 밖을 향해 소리를 냈다. 창고에 갇힌 후 처음 내는 소리였다. 말을 잃은 사람처럼, 말 한 마디 없이 영어 생활을 해왔던 것이었다. 그러나 이제 소리를 낼 때가 된 것 같았다. 정자正字로 표시한 감금 날짜가 거의 한 달이 다 되었음을 알려주고 있었기 때문이었다. 무슨 일이 있어도 한 달 안에 돌아온다고 했으니 살아 있다면 지금쯤 돌아올 것이었다. 열세물을 놓치면 조금이니 어떻게든 조금 전에는 돌아올 것이었다. 저녁 밀물을 이용해 몽돌포로 돌아와야 하니 지금이 최적기였고.

"옛! 장군. 부르셨습네까?"

보초를 서던 병사 하나가 흥분된 목소리로 뛰어들더니 깍듯이 군례를 올렸다. 감금된 후 아니, 자복自服한 후 처음 입을 열자 그게 감격스러운 모양이었다.

"기래. 오늘이 스무날인가 스무하룬가?"

"예? 기, 기건……."

병사는 뜬금없는 마석의 질문이 당황스러운지 잠시 머뭇거리더니 자신 없이 기어드는 목소리로 대답했다.

"보름이…… 나흘, 아니 닷새 전이었으니껜…… 스무날이 아마 맞을 겁네다. 소인이 나가서 알아보고 오갔습네다."

"이럾네. 기건 됐고…… 귀관은 어느 부대 소속인가?"

"소인 태자궁을 디키는 궁지깁네다."

"기럼 마팀 달 됐네. 궁지기라믄 궁에 있는 사람들을 알 테니껜 내가 텃때주군을 알현하고 싶어 한다고 돔 전해주게. 주군을 직접 뵙기 힘들믄 명이나 구비 박사, 또는 바우나 석규에게만 전해도 되네. 기렇게 돔 해둬갔나?”

“기야, 이를 말입네까? 소인이 바로 갔다오갔습네다.”

병사는 자신이 마석의 전갈을 가지고 가게 된 게 영광이라는 듯 흥분한 어조로 답하고 창고를 뛰어나갔다.

병사가 나가자 마석은 얼굴을 쓰다듬은 후 옷매무시를 다듬었다. 흐트러진 모습을 주군께 보이기 싫었다. 그런 자신의 모습을 주군이 본다면 주군은 가슴 아파할 것이고 자책할 게 뻔했다. 그걸 막기 위해서는 아무렇지도 않은 듯, 오히려 뻔뻔하고 밉살스럽게 보일 필요가 있었다. 그래야 첫째주군의 자책감이 다소나마 희석될 것이었다.

그런 생각이 들자 낯이라도 깨끗이 씻는 게 낫겠다 싶어 문밖에서 지키고 있을 보초 한 명을 마저 불렀다.

“자네 수고스럽갔디만 수건 있거든 물 돔 덕셔다두게. 주군들을 뵈러 가믄서 낯도 안 닦고 갈 순 없디 않은가.”

마석의 부탁에 보초는 두말없이 달려갔다. 그도 마석의 명을 받들게 된 게 자랑스러운 모양이었다. 그렇듯 모두들 마석을 받들고 있었다.

그러나…… 마석은 낯을 닦을 수가 없었다.

보초가 자리를 비우고 조금 있자니 어지러운 발자국 소리가 들려왔고, 먼저 보냈던 보초가 창고 문을 여는가 싶더니 첫째주군이 쑥 들어왔기 때문이었다. 첫째주군만이 아니라 둘째·셋째주군은 물론이려니와 구비·명이 박사도 함께였다.

"전하! 이 어띠 이케 누추한 곳까디……."

마석은 황급히 무릎을 꿇으며 고개를 숙였다. 그리고 그간 묻어두고 눌러두었던 말을 뱉어내기 시작했다.

"전하! 듁여듀십시오. 이 못난 마석과 범포가 전하의 명을 거역했을 뿐 아니라 전하의 뜻 또한 뎌버렸습네다. 듁어 마땅한 죌 디었습네다. 기러니 딕금이라도 군령에 따라 참하여 명과 영을 바로 세우십시오."

"장군, 기 무슨 말을……. 난 장군이 이케 입만 연 것도 고맙고 감격스러운데 기 어띠 기런 말을 하십네까? 장군들께 무슨 죄가 있습네까? 주군 달못 만난 것과 태자돌 살리갔다는 게 무슨 죄가 된단 말입네까? 기걸 알믄서도, 너무나 달 알믄서도, 장군을 이케밖에 할 수 없는 내가 죄인이라믄 죄인이디 장군들은 아무 달못도 죄도 없습네다."

"전하!"

마석은 더이상 말을 이을 수가 없었다. 울음이 목을 콱 막아버렸고, 아무 말도 할 필요가 없었기 때문이었다. 말을 하지 않아도 미세한 떨림만으로도 충분한 무언의 대화에 말은 거추장스러운, 없어도 좋을 도구일 뿐이었다. 특히 땅을 짚고 있는 마석의 손등에 주군의 손이 닿는 순간 더이상 말은 필요 없었다.

"가시디요. 가서…… 기간 속에 담아둔 말 돔 해듀시라요. 기래야 못난 주군의 죄가 듁금이라도 탕감되디 않갔습네까? 댜, 날래 일어나 가시댜우요."

주군이 마석의 손을 꼭 쥐더니 끌어당겼다. 그에 마석은 먼저 고개를 들어 주군의 얼굴을 살폈다. 한 달 새에 주군의 얼굴은 반쪽이 되어 있는 듯싶었다. 먹는 것도 부실했겠지만 자신과 범포 때문에 속앓이와 갈등을 많이 했던 모양이었다. 그런 주군의 얼굴을 보자 또 다시 울컥 뜨거운 것이 목구멍을 타고 올라왔다.

"전하!"

마석은 또 전하라 부르기만 해놓고 다음 말을 이을 수가 없었다. 그 빈자리를 곁에 섰던 사람들의 한숨소리와 훌쩍이는 소리가 메우고 있었다.

회의실로 간 마석은 식량 조달 작전의 전말을 보고했다. 한 달 안에 돌아오겠다는 범포의 약속도. 부싯돌로 불꽃 신호를 보내면 태자도에서 침략군의 시선을 돌리기 위해 마석이 배를 띄우기로 했다는 사실도. 만약 자신이 그 일을 못하게 됐을 때는 권룡과 대운이 그 일을 대신하기로 되어 있다는 사실도. 권룡과 대운은 벌써 며칠 전부터 낭두봉에 올라 불꽃 신호를 기다리고 있을 것이란 사실까지. 그리고 고개를 숙인 채 입을 다물었다.

놀람과 한숨으로 마석의 얘기를 다 들은 첫째주군이 천천히 입을 열었다.

"기랬으니 내가 속을 수밖에. 떠나던 날까디도 날 감쪽같이 속이기 위해 기런 광대딧을 했으니 속아 넘을 수밖에…… . 기래, 날 기렇게 속여 먹이니낀 재미있었갔구만요?"

"듁을 죌 디었습네다. 소장들을 용서하디 마십시오."

"용서할 수가 없디요. 군령을 어긴 것도 중죄이거늘 주군을 기망하는 것도 모댜라 갖고 놀았으니 그 죈 듁음으로밖에…… ."

"너무나 댤 알고 있습네다. 이미 이번 일을 획책할 때 각올 했습네다."

"기랬갔디요. 어수룩한 주군이라고 낄낄대믄서 말이야. 달도 속
아넘는다고 춤이라도 튜었갔디요."

"……."

"할 말 다 했으믄 이데 마디막 말을 하시라요. 범포 기 작자가
돌아오믄 들려주게시리."

"입이 열 개라도 무슨 말을 하갔습네까? 다만……."

마석을 거기서 말을 멈췄다. 마석이 말을 멈추자 싸늘한 냉기가
회의실을 감도는 듯했다. 마석은 그 냉기를 깊게 들이 마시며 숨을
골랐다. 이제 주군을 만나려 했던 이유를 말할 때가 됐다 싶었다.
그 말을 하기 위해 주군을 알현하고자 했고, 그 말만은 하고 죽어야
미련이 남지 않을 것 같았다.

"다만, 범포와의 약졸 지키기 위해 소장에게 며칠 간 말미를 듀십
시오. 범포 기 욕심다리래 쌀을 실어도 배가 가라앉을 정도로 실었
을 거이고, 안에서 호응해듀디 않으믄 기런 배를 이끌고 무사히 돌
아올 수 없을 겁네다. 기러니 범포와의 약졸 디킬 수 있게 해듀십시
오. 양식을 실은 배가 몽돌포에 닿은 후에는 몽돌포에서 목이 짤린
다 해도 기꺼이 웃으며 가갔습네다."

마석은 식은땀이 솟을 정도로 힘들게, 또박또박 잘라 말했다. 그
래야 자신의 마음이 제대로 전달될 것 같았고, 주군 또한 그 말의
무게를 느낄 것 같았다. 그렇게 말을 한 다음 다시 고개를 숙이자니
주군의 말을 가로채는 사람이 있었다.

"전하, 기건 아니 될 말씀입니다."

언제 회의실에 들어왔는지 마석의 말에 재동을 건 사람은 다름

아닌 병택 군사였다. 고개를 들어 쳐다보니 병택 군사뿐만 아니라 석권 장군도 함께였다.

"기 일은 당연히 군사인 소신과 여기 석권 장군, 기러고 임시 좌우장군을 맡고 있는 바우·석규 장군이 판단하고 처리해야 할 일입네다. 이예 이 작전은 단순히 마석·범포 장군의 단독작전이 아닙네다. 태자도의 사활이 걸린 작전이야, 반드시 성공시켜야 할 작전입네다. 기러니 전군이 함께 움딕여야 합네다. 아울러 죄인에게 이런 중차대한 작전을 맡기는 것은 있을 수도 없고, 있어서도 안 될 일입네다."

병택 군사가 강한 어조로 강경하게 밀어붙였다. 그러자 곁에 섰던 석권 장군이 군사를 거들고 나섰다.

"기러하옵네다, 전하. 이번 작전에 마석 장군을 배제시켜야 하옵네다. 죄인인 그가 이번 작전을 핑계로 어떤 행동을 할디 알 수가 없습네다."

마석에게 치욕적인 발언이었다. 도망을 칠지도 모르니 결코 이번 작전에 내보내서는 안 된다는 말이었다. 그러나 마석은 군사와 석권 장군이 왜 그런 말을 하는지 너무나 잘 알고 있었다. 마석과 범포를 살리기 위해, 죽겠다고 결심한 둘을 떼어놓음으로써 살리려는 것을 모를 리 없었다. 하여 마석은 둘의 말이 끝나기 무섭게 둘을 공격했다.

"전하! 고래에 이런 일은 없습네다. 어띠 군사와 중앙장군이 따서 우리 두 사람의 공을 가로태는 걸 용납하시려 합네까? 지끔 군사와 석권 장군은 범포와 소장의 공을 가로태려 하는 거입네다. 전하, 부디 바른 판단을 내리시기 바랍네다."

"마석 장군! 죄인의 몸으로 어띠 전하 앞에서 망발이오. 지끔까디 목숨을 보존하고 있는 것만으로도 과분하거늘 어띠 전장에 다시 나서갔다는 게요. 장군 눈에는 지끔 군권을 가디고 있는 이 군사가 허수아비로 보입네까?"

주군께 얘기해봤자 소용이 없겠다 싶었는지 병택 군사가 마석을 직접 공격하고 나섰다. 죄인인 마석을 참전시킬 수 없을 뿐 아니라 마음만 먹으면 지금 당장이라도 군령 위반으로 처형할 수 있다는 엄포였다. 그렇게 자신을 붙들어 매야 살릴 수 있다고 판단한 모양이었다.

"기렇습네다, 전하. 지끔 안 기래도 병사들이 동요하고 있습네다. 심디어 군령을 어긴 마석 장군을 당장 처형하디 않고 살려두는 건 전하의 편애 때문이라는 소리까디 들리고 있습네다. 이런 상황에서 마석 장군을 전장에 내보내는 건 병사들의 사기를 떨어트리는 일임과 동시에 군사의 지위를 위태롭게 하는 일입네다. 기러니 절대 마석 장군을 전장에 보내서는 안 됩네다."

둘이 짜고 왔는지 죽이 척척 맞았다. 어떻게든 마석을 주저앉히려는 계략이었다.

"기렇디만 전하, 범포래 아딕까디 소장과 호흡을 맞튀어 왔을 뿐 다른 장군들과는 단 한 번도 호흡을 맞뤄본 덕이 없습네다. 기러고 우리 둘만 통하는 신호들이 있습네다. 기러니 이번 작전엔 소장이 꼭 참가해야 합네다."

"안 됩네다, 전하. 마석 장군의 말을 곧이듣디 마십시오. 마석 장군은 지끔 기휠 봐서 도망티려고 잔꾀를 부리는 것입네다. 마석 장군이래 일찍이 대왕까디 버리고 도망텼던 전력을 가디고 있디 않습네까? 기런 사람이 죄까디 디었는데 무슨 딧인들 못하갔습네까?"

병택 군사가 과거까지 들추며 인신공격을 해댔다. 다른 자리가 아닌 세 주군을 모신 자리에서. 그만큼 그는 필사적으로 마석을 막으려 하고 있었다. 그런 두 사람의 마음을 첫째주군이 모를 리 없었다.

"알갔습네다. 기만들 하시라요. 군사나 석권 장군의 마음을 알고도 남습네다. 기렇디만 내일 다시 안 볼 사람들텨럼 험담을 하고 약점을 쪼아대니 내 마음이 아파서 안 되갔습네다. 이 일은 두 동생과 의논하여 결정할 테니 군사와 장군들은 돌아가서 경계에 만전을 기하시라요. 기러고 죄인 마석을 다시 창고에 감금하기로 하갔습네다. 기러믄 되갔디요?"

첫째주군이 '죄인'이란 말에 강세를 두며 창고에 다시 감금하겠다는 말이 떨어지자 두 사람은 다소 안심이 되는지 얼굴빛을 밝히는 것 같았다.

'능구렁이도 울고 갈 위인들. 내 수를 벌써 다 읽고 있었구만 기래.'

마석도 그쯤에서 물러서기로 했다. 세 주군이 결정을 내리겠다니 더 기다리는 수밖에 없었다. 그러나 오늘의 알현은 나름대로 성과를 얻은 셈이었다. '내 마음이 아파서 안 되겠다'는 첫째주군의 말 때문이었다. 그 말은 마석의 말에 흔들리고 있다는 증거였다.

마석은 화가 난 듯 휭하니 바람을 일으키며 회의실을 나서는 병택 군사와 석권 장군을 한동안 바라보았다. 눈물이 앞을 가려 흐려지는 두 사람의 모습을 선명히 담아두려 눈을 깜박이자 눈물방울들이 후두둑 떨어졌다.

25

세 형제가 머리를 맞대고 앉았으나 쉽게 결론을 낼 수 있는 문제가 아니었다. 마석과 범포 장군을 살리려는 병택 군사와 석권 장군, 목숨을 바쳐 식량 보급 작전을 완수하려는 마석 장군의 의도를 알게 됐고, 그들의 주장 또한 타당하니 어느 편을 지지할 수도 없었다. 쉽게 결론을 낼 수 있는 일이었다면 회의실에게 굽을 봤을 것이었다. 그럴 수가 없을 것 같았기에 회의를 중단하고 세 사람이 결정을 내리겠다고 하지 않았던가.

"탸라리 셋의 의견을 다 수용하믄 어뚷갔습네까?"

세 사람의 주장을 곱씹으며 말을 아끼고 있노라니 무범이 조심스레 입을 열었다.

"다 수용하갔다니요? 기게 가능하갔습네까?"

인섭이 조심스레 무범의 의견에 이의를 제기했다.

"지끔 세 사람의 의견이 충돌하는 거 같디만 가만히 생각해보니 세 사람의 의견이나 주장은 하나인 것 같아서 말이야."

"주장이 하나라니? 기게 무슨 말인가?"

"생각해보니…… 어케든 쌀을 싣고 오는 밸 무사히 몽돌포로 데리고 오갔다는 의진 하나인 것 같아서 말입네다. 위험한 일을 자신들이 감수하려 하고 있디만 결론은 하나 아닙네까? 범포 장군이 싣고 오는 쌀을 적에게 뺏기거나 물속에 가라앉히디 않갔다는 의지 말입네다. 어떻게든 쌀을 싣고와 태자돌 살리갔다는 뜻."

"듣고 보니 맞는 말인 것 같습네. 안 기렇습네까, 큰형님?"

인섭이 무범의 말을 되씹는가 싶더니 영을 바라보며 물었다.

"길쎄……. 어띠 보믄 기렇기는 한데 마석과 범포 장군이래 살릴 수 있을디 기게 걱명이라서……. 아무래도 둘이 이번 작전에서 …….."

영은 불길한 말을 하지 않으려고 말을 끊어버렸다. 무범과 인섭은 쌀에 집중해 있었지만 영은 마석과 범포 장군에게 초점을 맞추고 있었다. 근 한 달 동안이나 말 한 마디 않던 마석이 급작스레 돌변한 걸 보면 둘만의 비밀이 있는 게 분명했다. 그게 무언지는 모르겠지만 이번 작전에서 두 사람을 잃을까봐 걱정스러웠다. 그건 무범과 인섭으로선 감지할 수 없는 묘한 기류 때문이었다. 석권 장군도 그걸 느꼈기에 병택 군사까지 동원하여 마석 장군을 이번 작전에 참가하지 못하게 막고 있는 것 같았다.

속을 좀처럼 숨기지 못하는 범포 장군이 끝까지 영을 속였다는 건 마석 장군과 철저한 준비를 했다는 뜻이었고, 철저한 준비 속에는 작전 수행 후의 계획도 포함되어 있을 것 같았다. 그게 뭔지를 알아내지 못하고선 마석 장군을 이번 작전에 투입시킬 수가 없었다.

"아무런들 태자돌 살리갔다고 목숨까디 내놓고 이런 일을 벌인 두 사람이 극단적인 방법이야 쓰갔습네까? 홀몸도 아니고 처자식까디 있는 사람들이?"

인섭이 영을 바라보며 물었다. 그러나 영은 바로 그 때문에 두 사람이 목숨을 내놓을 것 같았다. 영과 처자식에게 곤란을 겪게 하지 않겠다는 결심을 했다면 둘은 분명 죽을 계획까지 세워놓았을 것이었다. 을지광 대로의 운명으로 영이 방황하고 있을 때 구명석과 마석·범포는 극단적인 처방을 내렸던 전력이 있었다. 죽을 각오를 하지 않았다면 감히 쓸 수 없는 처방을. 그런 그들이니 처자식과

영에게 누가 되지 않기 위해서라면 죽음도 불사할 것이었다. 영은 그게 두려웠다.

"기건 기렇디 않을디도 몰라. 기래서 고민하고 갈등하는 기야."

"……?"

"처자식과 나에게 누가 되갔다 싶으믄, 기렇게 판단했다믄 반드시 듁어 버릴 기야. 기걸 막고 싶은 기야."

"형님이나 처자식에게 누가 될만한 일은 아니디 않습네까? 오히려 형님과 처자식을 살리고 빛나게 하는 일이디."

"기건 기케 간단한 문제가 아니야. 아까 병택 군사와 석권 장군이 마석 장군을 말릴 생각에 했던 말들을 떠올려보게. 명령불복종에 주군을 기망한 죄를 묻는다믄 두 사람은 참수형을 당할 수밖에 없네. 기케 되믄 나나 처자식, 남겨딘 모든 이들에게 누가 되면 되었디 영예가 되딘 않을 거 아닌가. 기걸 두 사람이 생각 못했을 리 없고. 따라서 두 사람은 식량보급선이 안전하다 싶으믄 자신들의 애초 계획대로 듁으려고 할 기야. 기걸 막고 싶은 거고. 어떻게든 살리고 싶어서, 살게 하고 싶어서."

영의 걱정에 두 아우도 입을 닫았다. 영의 걱정이 기우가 아니라는 걸 알았기 때문인 듯했다.

셋이 입을 닫은 채 앉아있자니 동굴 속에 숨어 속숨을 쉬던 지난날이 떠올랐다. 어둠 속에 갇힌 채 아무 것도 할 수 없고, 아무 것도 해서는 안 된다는 무력감. 그 무력감은 죽음마저도 달콤한 그 무엇으로 생각하게 했었다. 아니, 죽는 게 차라리 낫겠다는 생각까지 들게 했었다. 아지와 소옹, 구명석과 바우가 곁에 없었다면 그때 영은 죽었을 것이었다. 극단적인 생각과 무력감은 손과 발을 마비

시키기 시작하더니 가끔씩 정신마저 혼미하게 만들었었다. 잠을 잘 수도 없었고, 잠을 자도 흉몽과 악몽에 곧 깨고 말았었다. 살아 있는 게 고역이었고 살아 있는 게 죄악처럼 느껴졌었다. 그렇게 영은 심신이 말라가고 있었다. 구명석이 목숨을 걸고 동굴에서 빼내주었으니 살았지 안 그랬다면 미쳐버리거나 말라 죽었을 것이었다.

생각이 거기에 이르자 마석 장군이 떠올랐다. 마석 장군이야말로 그때 자신이 겪었고 느꼈던 그 고통을 겪고 있을 것 같았다. 지금까지는 범포 장군이 식량을 싣고 돌아올 날을 기다리느라 버텼지만, 만약 범포 장군이 귀환할 때 나서서 돕지 못하게 한다면 그는 미쳐버리거나 말라 죽을 것이었다. 희망과 꿈, 목표를 잃는 것은 죽은 것이나 다름없고, 그래서 그걸 빼앗는 일처럼 잔인한 일은 없을 것이었다. 그건 목숨을 뺏는 일보다도 잔인할 수 있었다.

인간이 시련과 고통을 버틸 수 있는 것은 희망 내지는 목표가 있기 때문이고, 시련과 고통을 이겨내면 그걸 보상받을 수 있는 그 무엇을 얻을 수 있기 때문이 아니던가. 그러나 그 무엇을 얻을 수 없고 잃어버렸을 때 인간은 살 수 없을 것이었다. 따라서 마석 장군에게 범포 장군을 도울 기회를 줘야 했다. 마석 장군을 살릴 수 있는, 살게 하는 방법은 범포 장군의 귀환을 돕게 하는 것뿐이었다. 그 다음에 어떤 결정을 내리든 그건 두 사람의 몫이었다. 자유의지에 의해 선택하고 결정하게 맡겨두는 수밖에 없을 것 같았다.

결론을 내린 영이 두 아우에게 말을 하려는 순간, 조용히 앉아있던 인섭이 먼저 입을 열었다.

"아무리 기렇다 해도 마석 장군을 이번 작전에 배제시키는 일은 하책 중의 하책일 것 같습니다."

그 말에 무범이 끼어들며 말했다.

"저 또한 성과 같은 생각입네다. 아우가 무슨 생각에 기런 결론을 내렸는디 모르디만 지끔 상황에서 마석 장군을 배제하는 일은 마석 장군을 죽이는 일보다도 못한 결과를 가져올 것 같습네다. 이번 작전에 배제시키믄 마석 장군이 살아 있을 수도 없고 살려고 하디도 않을 것 같습네다."

"바로 기겁네다. 나도 닥은형과 같은 생각을 했습네다. 살려서 듁음보다 못한 삶을 살게 하느니 챠라리 듁을 때 듁더라도 기회는 듀어야 할 것 같아서 말입네다."

두 아우의 말을 듣자 눈앞이 확 개이는 것 같았다. 꼭 같은 공간인데도 조금 전이 동굴 속이었다면 지금은 햇빛 찬란하고 투명한 하늘이 펼쳐져 있는 낭두봉 정상에라도 서 있는 듯싶었다. 어떻게 세 사람이 같은 생각을 했는지 신기할 따름이었다. 그러자 확인해 보고 싶은 게 있었다. 마석 장군을 과연 어떻게 참가시킬 생각인지가 궁금했다. 하여 자신의 생각을 감춰두고 물었다.

"기렇게 해도, 마석 장군을 풀어듄다믄 듁음을 향해 달려갈 텐데 기건 어떠고?"

영의 물음에 인섭이 대답했다.

"기러니 멍에나 쇠사슬을 준비해야갔디요."

"멍에나 쇠사슬이라니?"

"멍에는 이번 작전을 성공시키라는 거디요. 주군과 군사의 명을 어기고 기망하기는 했디만, 주군에 대한 충성심과 태자도 백성을 살리갔다는 애민정신에서 우러난 행동이니 기걸 완수하라는 뜻에서 기회를 듀갔다. 기 대신 범포 장군이 싣고오는 식량을 안전하게 몽돌포까디 운반하라는 거디요.”

“기래, 기건 나도 같은 생각이다. 기건 기렇고 쇠사슬은?”

“기거야 둠 전에 형님이 말하디 않았시오? 처자식이디요.”

“처자식이 쇠사슬이라니?”

“이건 어뗘면 큰형님과는 정반대의 생각으로, 일종의 역발상이라 할 수 있는데…… 만약 도줄 하거나 작전을 완수하디 못할 시는 처자식에게 죄를 물어 징치하갔다는 거디요. 처자식에게 죌 묻갔다 는데 어띠 함부로 할 수 있갔습네까?”

“길쎄…… 멍에를 지우는 건 둏은 것 같은데 쇠사슬은 둠 약해서 끊어딜 것 같아 걱졍스럽구만.”

그러자 이번에는 무범이 나섰다.

“성 뜻은 어떤디 모르디만 나도 아우와 같은 생각을 했습네. 멍에나 쇠사슬이란 단어까딘 생각하디 못했디만, 두 가디 방법을 병행하믄 마석과 범포 장군을 구할 수 있을 것 같아서 말입네다. 형님 생각에 쇠사슬이 약하다 싶으믄 마석 장군을 풀어듀는 대신 마석과 범포 장군 식솔들을 마석 장군 대신 가두믄 되디 않갔습네 까? 기러고 기 사실을 병사들뿐만 아니라 태자도 백성들에게 알리 믄 병사나 백성들도 마석 장군의 석방이 사적인 차원이 아닌 공적 인 것임을 알게 될 거이고, 기 식솔들을 대신 구금하믄 두 장군에겐 족쇄로, 백성들에겐 죄인 석방에 대한 보강 조치로 읽히갔디요. 기 러니 아우의 방안에 두 장군의 식솔들을 감금하여 보완 조칠 하믄 두 장군을 살릴 수 있을 방안에 가깝디 않갔습네까?”

말을 마친 무범이 영을 쳐다보았다. 그 눈빛은 두 사람의 방안을 어찌 생각하느냐고 묻는 눈빛이 아닌 듯했다. 이제 두 사람의 뜻을 알았으니 영의 생각을 밝혀보라는 재촉의 눈빛인 것 같았다. 무범만이 아니라 인섭도 같은 눈빛으로 영을 쳐다보았다. 그러니 더이상 입을 다물고 있을 수가 없었다.

"내래 뭔 생각이 있갔네?"

영은 자신의 생각과 한 치도 어긋남이 없다는 말은 삼켜버리고, 허사처럼 한 마디를 던진 후 잠시 숨과 생각을 골랐다. 그리고 그 두 가지가 골라졌다 싶자 무겁게 입을 열었다.

"두 아우가 방안을 내놓을 것이라 생각하고 입을 다물고 있었디. 내래 이런 경험도 없디만, 마석과 범포 장군 일이라 어띠 해야 동을 디 생각이 안 나. 기런데 두 아우의 얘길 들어보니 기렇디, 기런 방법이 있었구나 싶어. 기러니 기대로 시행하댜. 지끔 상황에서 더 동은 방안은 없을 것 같아."

과는 자신에게 공은 아우들에게 돌리고 싶어 영은 그렇게 마석과 범포 장군의 일을 정리했다. 그리고 난 후 구체적인 방법들도 두 아우의 입에서 나오게 하여 그대로 시행하자고 했다. 두 아우의 방안은 영이 생각했던 방안과 다르지 않았고, 진일보한 계획이었기에 전격적으로 수용한 것이었다.

아우들과 두 장군을 살릴 방안을 논의하다 영은 두 아우의 힘을 봤다. 일치되지는 않았지만 같은 생각을 하고 있음은 앞으로 닥칠 어려움을 해결하는데 큰 도움이 될 것 같았다. 또한 역시 형제는 다르구나 싶었고 핵심을 정확히 파악하여 해결책을 제시하는 아우들이 든든하게 여겨졌다. 형제란 그렇게 어려움을 이겨내는 과정에서 우애를 쌓는 존재들인지도 모른다는 생각이 들기도 했고.

26

자유의 몸이 된 마석이 제일 먼저 향한 곳은 예상대로 낭두봉 정상이었다.

"낭두봉으로 가갸!"

마중 나온 권룡과 대운에게 한 말이라곤 이게 전부였다. 일체의 말을 삼간 채 낭두봉에 오른 마석은 밤늦도록 정상에 있는 관측소에 선 채 눈이 빠져라 산동반도 쪽을 쳐다보았다. 그러나 밀물에서 썰물로 바뀌었다는 전령의 보고를 듣고는 드디어 산에서 내려왔다.

"이제 이틀만 디나믄 조금이고, 조금이 디나믄 물때가 확 바뀔 텐데……."

마석과 줄곧 관측소에서 범포의 신호를 기다렸던 대운이 걱정스러운 목소리로 말을 꺼내다 입을 다물었다. 권룡이 옆구리를 찔렀기 때문이었다.

"걱명 말라. 범포도 기걸 알고 있을 기야. 기러고 한 달이 디나기 전에 돌아온다고 했으니껀, 듀디 않았다믄 조금 전에 돌아올 기야."

말은 그렇게 하면서도 못내 걱정스러운지 마석은 권룡과 대운을 돌아보며 물었다.

"내 명대로 보름날부터 계속 디켰갔디?"

"예, 장군. 어느 명인데 허투루 하갔습네까? 하루도 빠딤없이 썰물이 날 때까디 낭두봉 관측소에서 신홀 기다리고 있었습네다."

"기래. 기랬다믄 모레까딘 기다려봐야디. 범포 기 간나 목청이래 커도 흰소리할 위인은 아니니껀 믿고 기다리는 수밖에."

그래 놓고 의자에 몸을 기대더니 눈을 감았다. 추운 곳에 있다가 따뜻한 곳에 오자 잠이 쏟아지는 모양이었다. 어쩌면 창고에 갇혀 있는 동안 제대로 잠도 자지 못했는지도 몰랐다. 그런 마석의 행동에 권룡과 대운이 눈짓 대화를 나누는가 싶더니 막사를 벗어나려던 순간이었다.

"나가디 말고 담깐만 있으라. 잠시 눈 붙인 후에 확인하고 준비할 게 많아. 기러니 잠시만 잠시만 기다리라."

그렇게 권룡과 대운을 붙잡더니 곧 코를 골기 시작했다. 그런 마석을 보며 대운이 먼저 피식 웃자 권룡도 따라 웃었다. 코 고는 소리에 안정을 되찾는 모양이었다.

마석이 눈을 뜬 건 아침이 다 되어서였다. 마석이 깨어나기를 기다리다 못해 권룡과 대운도 마석 곁에, 탁자 위에 엎드린 채 잠이 들고 두 시진 가까이 흐른 뒤였다. 코 고는 소리가 멈추더니 마석이 몸을 벌떡 일으키며 소리를 질렀다.

"무슨 연락이 없네? 아딕도 아무 연락이 없어?"

마석의 고함소리에 엎드려 자던 권룡과 대운이 자리에서 벌떡 일어나는가 싶더니 대운이 소리를 질렀다.

"예, 아딕. 아딕까던 연락이 없었습네다."

대운이 잠결에 대답부터 해놓고, 상황을 파악하려는 듯 주위를 둘러보더니 피식 웃었다. 그러자 권룡도 따라 웃는가 싶더니 상황 파악을 마쳤는지 제대로 된 보고를 했다.

"날이 밝아오고 있고, 장군께서 하도 곤히 듀무시길래 깨우디 않았습네다. 기러다 소인들도 깜박 졸았고 말입네다."

권룡이 기어드는 목소리로 자신들도 졸았음을 밝히자 마석이 괜찮다는 듯, 그게 무슨 문제냐는 듯 받았다.

"융통성 없는 놈들. 내래 자거든 지 댜리로 가서 편안히 잘 일이디 탁자에 엎드래서 기게 뭐네? 나도 이럴 둘 알았다믄 침상에서 편안히 잘 걸……."

마석이 두 사람에게 미안한지, 부끄러운지 두 사람을 나무라더니 혼잣소리처럼 중얼거렸다.

"범포 기 바보래 새벽에 들어오딘 않갔디? 아무리 물때가 맞다 해도 새벽에 달못 들어오다간 적에게 발각되고 말 테니긴 기런 바보딧은 하디 않갔디?"

그래놓고도 마음이 안 놓이는지 밖에 대고 소리를 질렀다.

"밖에 누 있네? 있으믄 잠시 들오라."

마석의 명에 옛! 소리와 함께 보초를 서던 병사 하나가 막사 안으로 들어서며 소리를 질렀다.

"찾으셨습네까, 장군!"

"기래. 보초가 직접 다녀오긴 뭐하니 전령 돔 불러달라."

"옛! 알갔습네다."

보초가 밖으로 나가고 얼마 없어 후다닥 전령이 달려왔다. 그러자 마석이 전령에게 명을 내렸다.

"지끔 낭두봉 관측소로 가서 범포 장군으로부터 무슨 신호가 없었는디 알아보고 오라. 기러고 오늘부턴 아침 저녁 밀물 때에 맞춰 달 디켜보라고 하고."

"옛! 알갔습네다. 소인 다녀오갔습네다."

대답과 동시에 전령이 뛰어나가자 마석이 의미심장하게 웃으며 말했다.

"내래 없는 동안 군기래 빠뎠으믄 어케 할까 고민했는데 내래 없어디니깐 군기가 더 들었는디 더 빠릿빠릿하구나야."

마석은 흡족하면서도 미안함이 담긴 웃음을 뿌리면서 말했다. 자신이 없는 사이에 병사들이 흐트러지면 어쩌나 고민을 했었는지, 이만하면 다행이다 싶은 모양이었다. 그러면서도 자신 때문에 마음 고생을 했을 테고, 자신이 없는 동안 엄정한 군기를 유지하기 위해 바짝 긴장해 있었음이 눈에 보이자 미안한 마음이 드는 것 같았다.

그렇게 새벽녘 범포로부터의 신호를 확인하는 것으로 하루를 시작한 마석은 저녁까지 강행군을 이어갔다. 좌군 장수회의를 주재하는가 하면 수군의 준비상황을 점검하기도 했고, 병택이 주재하는 장군회의에 참석하기도 했다. 그 자리에서 마석은 폐를 끼쳐 미안하다는 뜻을 전했고, 범포가 안전하게 식량을 운반할 수 있게 도와달라는 말도 잊지 않고 했다. 특히 수군의 전투태세를 점검하는 자리에선 이번 작전의 성패는 수군의 기동력과 임전태세에 달려 있다고 하면서 명령에 따라 일사불란하게 움직여 작전을 성공리에 마칠 수 있게 도와달라고 강조하기도 했다.

먹을 게 시원치 않았지만, 제한급식을 하는 걸 아는지 아침에 멀건 죽 한 사발을 뜬 후 점심도 거른 채 해질 때까지 뛰어다녔다. 그리고 해가 지기 시작하자 권룡과 대운을 불러 말했다.

"군량이 없갔디만…… 오늘 저녁부터 병사들을 배불리 먹이라. 배가 불러야 싸움도 하고, 병사들이 힘을 내야 작전을 원만히 수행하디. 기러니 모레까디 양식만 남겨두고 양껏 먹이라. 범포 기 성질 급한 작자가 내일은 안 넘길 기야. 내 말 무슨 말인디 알간?"

그래놓고 한 마디를 덧붙였다.

"내 배도 등에 붙어서 안 되갔으니 먹을 거 양껏 가녀오고. 너들도 양껏 먹어두고."

마석의 명에 권룡과 대운이 군례로 답했다.

그리고 저녁식사 시간.

좌군엔 몽돌포 전투 이후 처음으로 이밥이 나왔다. 주먹밥이 아니라 국에 반찬까지 제대로 갖춘 한 끼였다. 그에 따라 저녁을 배급받기 위해 길게 늘어선 줄에서 밥타령이 저절로 흘러나왔다.

배시때기 불러야 힘도 나고 싸움도 하디.
사기만 먹고 어띠 살리. 배불러야 살아가디.
먹을 걸 딸 소화시켜 손발에 힘을 모아
태자도라 내 고향을 내 힘으로 디켜가세.
에헤라 얼라디여, 밥타령이 흥겹구나.

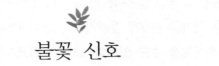

불꽃 신호

27

떠날 때와 마찬가지로 들어갈 때도 저녁 시간을 이용하기로 했다. 물때를 고려해서였다. 밀물 때가 아니면 몽돌포로 들어가기 쉽지 않을 것이고, 입항이 늦어질수록 침략군에게 발각될 우려가 있었고, 발각되는 순간 교전은 불가피할 것이었다. 또한 아무리 눈에 익은 몽돌포였지만 밤늦게 운항하다 예기치 않은 사고라도 당한다면 이번 비밀작전은 실패로 돌아갈 것이었다. 죽음이야 이미 각오했던 바라 두렵지 않았지만 배에 가득 실은 양식이 걱정이었다. 그 양식은 태자도 백성을 살릴, 그야말로 생명의 양식이 아닌가. 어떻게든 몽돌포로 가져가야 할 귀화貴貨 중의 귀화였다.

태자도가 수평선 위로 보이기 시작하고 한 시진쯤 지나 태자도의 모습이 뚜렷해지자 범포는 배를 멈추라 했다. 이제 더 접근했다간 적에게 노출될 수 있었기에 돛과 닻을 내린 후 때를 기다리기로 했다. 그러다 해가 완전히 진 후, 부싯돌로 신호를 보내면 마석이 적들을 옴팡포 쪽으로 유인하기로 돼 있었다. 자신이 태자도를 빠져나간 후 첫째주군에게 알리기로 했으니 마석은 지금 구금되었거나 이미 죽어있을 수도 있었다. 그러나 범포는 마석을 믿고 싶었다. 아니, 믿었다. 이미 죽었다 해도 배들이 안전하게 몽돌포에 입항할 수 있게 조치를 취해 놓았을 것이었다.

"기건 걱정 말라. 여기 일은 내가 알아서 어케든 해볼 테니긴 넌 배가 가라앉을 만큼 양식이나 싣고 오라. 듁는 한이 있어도 내가 할 일은 해놓고 듁을 테니긴."

떠나기에 앞서, 떠날 때보다 돌아올 때를 걱정하자 마석이 장담을 했었다. 그러니 어떤 방법을 쓰든 만반의 조치를 취해 놓았을 것이었다. 흰소리를 하거나 식언할 위인은 아니었다. 이번 작전의 중요성과 의의를 누구보다 잘 알고 있지 않은가. 태자도의 생사존망이 이번 작전의 성공 여부에 달려있다 해도 과언이 아니었으니 마석은 약속을 지켜 적절한 조치를 취해 놓았을 것이었다.

묘박을 해놓고 해질 때까지 기다리려니 초조하다 못해 좀이 쑤셨고 입이 다 말랐다. 산동에서 떠나기 전엔, 양식을 구하고 선적할 때는 시간이 쏜살같더니 태자도가 눈에 보이기 시작하자 시간이 굼벵이걸음을 하고 있었다. 일각여삼추란 말이 실감났다. 시간은 같은 속도로 흐르는 게 아니라 상황에 따라 수도 없이 다를 수 있음을 새삼 뼈저리게 느껴야 했다.

날은 왜 그리 추운지 바람은 별로 없건만 밖에 나서면 냉기가 귀와 코, 입과 볼을 자르고 찌르는 듯 아프고 얼얼했다. 그렇지만 뱃사람들과 병사들 앞이라 함부로 추운 티를 낼 수도 없었다. 항해와 경계를 위해 늘 밖에서 추위와 싸워야 하는 그들에게 미안했기 때문이었다. 그들은 쉴 틈도 없이 양식을 구하느라, 양식을 선적하느라 몸이 천근만근일 텐데도 의연히 버티고 있는데 그들을 이끌고 있는 놈이 춥다는 말을 할 수 없었다. 그들은 추위보다 쏟아지는 잠을 쫓기 위해 안간힘을 쓰고 있지 않은가.

"추운데 고생들이 많다. 기렇디만 이데 곧 집으로 갈 수 있으니 둑금만 더 탐으라. 내래 너그들의 고초와 노골 모르디 않고 잊디도 않을 테니낀."

범포는 추위와 졸음에게 지지 않기 위해 사투를 벌이고 있는 병사들과 뱃사람들을 다독였다. 힘들고 고통스러울 때, 모든 걸 놓아버리고 싶을 때 상관이나 두목의 격려 내지는 칭찬, 따뜻한 말 한마디가 얼마나 큰 위안이 되고 힘이 되는지를 범포는 너무나 잘 알고 있었다.

그러나 도성을 떠나 태자도로 들어온 후엔 거의 그런 말을 해본 적이 없었다. 부하나 졸개들을 몰아붙이고 닦아세우기만 했다. 그만큼 상황이 녹록치 않았고 여유가 없었고 그럴 필요성을 느끼지 못했었다. 아니, 그럴 생각조차 하지 못했었다. 하루하루가 살얼음판이었고, 떠돌이 오합지졸들을 정규훈련을 받은 병사로 키우기 위해서는 당근보다 채찍이 먼저란 생각 때문이었다.

그러나 이제 당근도 필요할 것 같았다. 오합지졸이었던 병사들이 정예병까지는 아니더라도 정규병사다운 면모를 갖췄고, 몰아붙이고 닦아세우지 않아도 제자리에서 제몫을 해내고 있었기에 당근을 주어도 될 것 같았다. 더군다나 이번 작전이 마지막 작전일지도 모르지 않는가. 아니, 마지막 작전이 분명하지 않은가. 그러니 지금 그런 말을 못하면 더이상 기회가 없을 것이었다. 그간 너무 인색했던, 거의 하지 않았던 위로, 격려, 칭찬의 말을 하고 싶었다.

"너그들의 고통과 노력이 태자돌 살릴 거이고, 기건 세월이 제아무리 흘러도 변치도 잊히지도 않을 거이다. 기러니 독금만, 독금만 더 탐아달라."

모든 병사와 뱃사공들에게 할 수는 없었지만 범포는 자신과 같은 배를 타고 있는 사람들에게 자신의 뜻을 전했다. 범포의 말에 상대들은 허리를 숙여 예를 표하거나 군례로 답하기도 했다. 답하는 그들의 동작에는 조금 전 추위와 졸음 때문에 움츠리고 꾸벅대던 모습을 찾아볼 수 없었다. 범포의 말 한 마디에 몸과 마음이 녹고 생기를 되찾았는지 당당하면서도 패기에 넘쳐 있었다. 그 모습을 보고 있자니 불현듯 옛일이 떠올랐다.

범포도 그런 날이 있었다. 을지광 장군 휘하에 있을 때였다.

임진년(壬辰年. 서기 28년) 7월, 요동태수가 대군을 이끌고 고구려를 침략했을 때였다. 해일처럼 밀려온 한나라 군사를 고구려는 대적할 틈이 없었다. 왕(대무신왕)은 을두지의 계책을 받아들여 위나암성尉那巖城으로 몸을 피해 요동군과 대치하려 했다. 그러나 위나암성으로 피하는 게 문제였다. 적들이 사방을 둘러싸고 있어 바늘구멍조차도 없었다. 특단의 조치를 취하지 않으면 성이 함락되거나 굶어죽을 판이었다. 그런 절체절명의 순간에 고추가古鄒加였던 을지광이 나섰다. 자신에게 병권을 주면 산성으로 가는 길을 내어보겠다고.

병권을 넘겨받은 을지광이 군사들에게 하는 행동은 참으로 한심하기 짝이 없었다. 군기를 확립하고 전투 의욕을 고취해도 시원치 않을 판에 그가 하는 일이란 참으로 엉뚱했기 때문이었다.

병권을 넘겨받자마자 그가 한 일은 병사들을 찾아다니며 자신의 잘못을 빌었다. 이런 상황을 만든 신하의 한 사람으로서 미안하다고. 그러면서 목숨을 바쳐 싸우고, 죽음으로써 조국을 지켜달라고 격려하기는커녕 어떤 경우든 목숨을 가벼이 하지 말라고 했다. 어떻게든 살아서 집으로 돌아가기 위해 노력하라고 했다. 죽는 순간 모든 것이 끝이니 어떻게든 살아남기 위해 최선을 다하라고 했다.

을지광의 비정상적인 행보는 삽시간에 군영을 뒤바꿔 놓고 말았다. 병사들이 눈빛과 태도가 변해버린 것이었다. 그런 변화에 일선 지휘관들은 을지광을 인정하지 않았고 거부감을 드러내기도 했다. 미친놈이라고 대놓고 욕을 하는 자들도 있었다. 그러거나 말거나 을지광의 광폭행보는 계속됐다.

그러기를 며칠.

을지광의 행동을 곁에서 지켜본 무관이나 장수들이 을지광에게 내렸던 병권을 회수하고 참수하라는 주장을 하기 시작했다. 문신들도 장수들과 한목소리로 을지광을 성토했다. 심지어는 적국의 첩자일지도 모르니 당장 참수해야 한다고도 했다. 그러나 왕은 달랐다. 믿지 못하면 맡기지 말고, 맡겼으면 믿어야 한다고 신하들의 주청을 거부했다. 또한 전장의 장수는 왕의 명령을 거역할 수 있다며 을지광을 두둔하기까지 했다. 을지광을 믿는 정도가 아니라 을지광의 행보를 이미 짐작하고 있었다는 태도였다.

그러기를 보름여. 변화의 소용돌이가 군영 내부에서 일기 시작했다. 군대를 모르는 문외한의 미친 짓이라고 비웃던, 전쟁에 대해전 자도 모르는 무식한 놈이라고 놀리던 병사들이 하나둘 을지광을 따르기 시작한 것이었다. 자신들을 화살받이나 인간방패로 여기지 않고 귀한 목숨을 지닌 존재로 보는 을지광을 달리 보기 시작한 것. 병사들을 한데 모아 훈시하고 명령하기보다 손수 병사들을 찾아다니며 자신의 뜻을 전하는 을지광의 행동을 지켜보던 병사들이 을지광의 진심을 받아들이기 시작한 것. 그런 진심을 알게 되자 병사들은 감격했고 감사심敢死心을 갖게 됐음은 물론이고. 말단 군관이었던 범포도 그때 처음 을지광 장군을 만났었다.

"어떤 경우든 목숨을 가벼이 하디 말고 끝까디 디키려고 하라. 기리고 부하들을 듁음으로 내모는 상관텨럼 잔인하고 무책임한 자는 없으니 끝까디 부하들을 보호하라. 이건 내가 내리는 명이 아니라 당부다. 내 당부를 어기고 전쟁에서 이겼다 해도 기 전쟁은 진 전쟁이니 기리 알라."

을지광 장군의 말에 범포는 그 어느 때보다 깊게 고개와 허리를 숙였다. 감히 얼굴도 쳐다볼 수 없는, 보이지 않는 막사에서 명령이나 내리는 방어군대장이 직접 찾아온 것도 모자라 손까지 잡으며, 명을 내리는 게 아니라 당부를 하는데 그걸 받들지 않을 수 없었고 고개와 허리를 꺾지 않을 수 없었다.

"옛! 목숨을 바텨 받들갔습네다."

"아니디, 기게 아니야. 겔코 목숨을 바디티 말라 하디 않안? 기러니 군관도 목숨을 소중히 여겨 디키는데 힘쓰라. 이번 전쟁으로 끝내면 안 될 생이닿네."

그 말에 범포는 감사심을 가질 수밖에 없었다.

그렇게, 그런 방법으로 을지광 장군은 보름 만에 군사들의 마음을 사로잡았고, 한데 모았다. 몇 달, 몇 년을 가도 군사들의 마음을 잡기가 쉽지 않은데도 그는 단 보름 만에 군사들의 마음을 잡은 것이었다. 그리고 마침내 적진을 뚫을 선봉부대를 찾는다는 소식에 모든 군관들이 지원했다. 목숨을 걸어야 하기에 모두들 꺼려하는 일에 자원하고 나섰다. 그만큼 군사들은 을지광 장군을 믿고 따랐다. 범포도 물론 지원을 했고.

그러나 그 누구도 선봉에 설 수는 없었다. 을지광 장군이 큰아들 건乾을 선봉대장으로 세웠기 때문이었다. 스무 살 난 큰아들을 선봉대장으로 세웠다는 말에 모두들 자신의 귀를 의심했다. 큰아들을 전장에 데리고 왔다는 자체만으로도 화제가 됐었는데, 선봉대장으로 세웠다니 놀랄 수밖에.

그 말을 듣는 순간 범포는 머리끝이 서는 것 같았다. 선봉대는 결사대라 할 수 있었다. 그런 결사대장에 자신의 큰아들을 세웠다는 건 큰아들을 제물로 바치겠다는 뜻이었다. 어떻게 그럴 수 있는지 도저히 이해할 수가 없었다. 단순히 군사들을 자극하고 독려하기 위한 행동이라면 그야말로 미친 짓이었다.

그러나 그런 것 같지 않았다. 들리는 소문에 의하면 큰아들이 아버지를 설복시켰다고 했다. 그러지 않으면 그 누구도 아버지의 명령을 따르지 않을 것이고, 말만 익은 사람이 될 것이니 자신이 선봉을 맡겠다고 했다는 것이었다.

그 말이 진중에 퍼지자 모든 장졸들은 자신의 목숨을 아깝게 여기지 않았다. 큰아들을 제물삼아 길을 열려는 을지광 장군의 고육지책을 모를 리 없었기 때문이었다. 그리고 건이 목숨을 바쳐 길을 열자 모든 군졸들이 죽을 각오로 싸움에 임했고, 평양성에서 위나암성으로 수도를 옮길 수 있었다. 산성으로 수도를 옮긴 고구려군은 성을 지키며 장기농성을 벌일 수 있었고, 을두지의 계책에 한나라군은 포위를 풀고 철수했다. 대무신왕 11년의 일이었다.

그 후 범포는 을지광을 '목숨을 바쳐 따를 분'으로 정하고 장군을 따라 참전을 계속했다. 그러는 중에 공을 세워 승차를 했고, 을지광 장군의 마지막 전투였던 낙랑 공격에도 참전했다. 그러나 을지광 장군이 낙랑 공격을 끝으로 승상으로 자리를 옮겨 앉았고 대무신왕이 승하하자 군영은 흔들리기 시작했다.

대무신왕을 이어 민중왕民中王이 왕좌에 올랐으나 5년 만에 붕어했고 모본왕이 왕위에 오른 후 군대가 무너지기 시작했다. 애초 정사에 관심이 없었던 왕은, 왕비의 뜻하지 않은 훙거薨去에 술에 빠져들었다. 그리고 왕이 정치에 무관심하자 계비 자리를 꿰찬 중실후의 힘을 등에 업은 중실씨들 판이 되어갔다. 보다 못한 범포는 몇 번이나 왕에게 간언하려 했으나 중실씨의 농간에 그럴 수가 없었다. 궁중은 이미 중실씨의 손에 들어가 있었고 왕은 그야말로 허수아비나 다름없었다. 이에 범포는 정치에 무관심함으로써 백성들을 죽이는 왕을 성토하는 한편 중실씨 타도를 외친 후 도성을 빠져나와 버린 것이었다.

그런 경험과 전력을 가지고 있었기에 범포는 부하들이나 아랫사람들을 움직이게 하는 힘은 결국 강한 것이 아니라 약한 것이고, 딱딱한 것이 아니라 부드러운 것이고, 차가운 것이 아니라 따뜻한 것임을 잘 알고 있었다. 하여 그걸 실천하려 했으나 잘 되지 않았고, 해적질로 연명하다 보니 자신도 모르는 새에 모든 게 딱딱하게 굳어 있었고, 강한 것을 신봉하고 있었고, 차갑게 변해 있었다.

그러나 이제 바뀌어야 할 것 같았다. 너무 늦었지만 자신의 본모습을 찾고 싶었다. 죽을 때가 가까워지면 새 울음소리는 더욱 구슬퍼지고 사람의 목소리는 선해진다고 했는데 그 말들이 거짓은 아닌 듯했다. 이미 죽을 각오를 해선지 이번 작전에 임하는 범포는 그 어느 때보다 너그러워져 있었고 부드럽게 변해 있었다. 어쩌면 이 제 다시 못 볼 사람들이었기에 잘 대해주고 싶었는지도 몰랐다. 죽 음을 눈앞에 둔 사람은 누구나 본래의 모습으로 돌아가는지도 모르 고.

그런 생각이 들자 같은 배에 타고 있는 사람들을 일일이 찾아다 니며 위로와 격려, 칭찬을 해주고 싶었다. 그러나 그럴 수는 없었다. 낯 뜨겁기도 했지만 이상한 눈으로 볼 것이기에 더이상은 자제하기 로 했다. 그들을 뒤흔들 필요가 없었다. 뒤흔들어서도 안 될 것이었 다. 평상심을 유지하는 일이야말로 지금 꼭 필요한 것 같았기 때문 이었다. 하여 눈앞에 있는 이들에게만 마음을 전한 후 말했다.

"날이 어두워디기 시작하믄 신호 보내라. 우리가 여기 왔음을 알 리라."

그래놓고 선실로 돌아와 버렸다.

"장군! 신호 보냈더니 답이 왔습네다."

선실로 들어와 몽돌포로 들어갈 계획을 점검하고 있으려니 부관 이 내려와 알렸다. 부관도 초조히 기다리고 있었던 듯 목소리가 들 떠 있었다.

"기래? 기럼 이데 밀물이 날 때까디 기다려야디. 우리가 온 걸 알았으니 기에 대한 준비를 하갔디."

범포는 솟아오르는 흥분기를 가라앉히며 조용히 말했다. 생각 같 아선 당장 돛을 올려 태자도로 가자고 얘기하고 싶었다. 그러나 애 써 참았다. 지금 출발해봐야 사공들만 고생할 뿐 태자도에 들어가 기는 힘들 것이었다. 밀물 때까지 기다리는 게 사공들을 아끼는 길이고 자연의 순리에 따르는 일이기에 기다리기로 했다.

28

"불꽃입네다, 불꽃. 신호가 왔습네다."

어둠이 내려앉기 시작하자 바다 한가운데서 불꽃이 일었다. 그걸 본 대운이 맨 먼저 소리를 질렀다. 그러나 마석은 조용히 쳐다보기만 할 뿐 아무런 반응이 없었다. 불꽃이 일자 모두들 기뻐하며 환호성을 지르는 주위 사람들과는 달리 마석은 차분하기만 했다.

하나 둘 셋…… 하나 둘 셋

세 번씩 다섯 번이나 반복된 불꽃이 더이상 보이지 않자 마석이 조용히 입을 열었다.

"부싯돌 이리 달라."

"소장이 하갔습네다, 장군."

대운이 신호를 보내겠다고 했으나 마석은 대운에게 손을 내밀며 말했다.

"아니다. 내가 보내야디. 기래야 범포래 내가 살아 있는 걸 알디."

"예? 기계……?"

"기러니 기냥 달라. 내가 보낼 테니낀."

"알갔습네다. 여깄습네다."

대운이 손에 쥐고 있던 부싯돌을 넘겨주자 마석이 넘겨받더니 천천히 그었다.

삐지지지직. 삐지지지직. 삐지지지직.

부싯돌을 긋는 게 아니라 칼날을 확인하고 마지막으로 칼날을 숫돌에 다듬는 사람처럼 천천히, 조심스럽게 세 번을 그었다. 그리고는 끝이었다. 저쪽에서 보내는 신호를 기다리지도 않고 좌우에 명했다.

"이데 가댜!"

그러더니 몸을 돌려 산을 내려가기 시작했다. 사람들이 따라오든 말든 상관없다는 듯 혼자.

그에 따라 권룡과 대운만 바빠졌다. 좌우·중앙군에게 전령들을 보내랴, 포구 쪽으로 신호를 보내랴, 관측병에게 특이 동향이 있거든 횃불로 신호를 보내라는 등 후속조치를 취해야 했으니까. 그렇게 일련의 조치를 취한 후 급히 마석을 뒤쫓았다.

어둠이 내리는 산길.

앞이 잘 보이지 않는 산길을 뛰어가자니 쉽지 않은 모양이었다. 마석의 뒤를 쫓는 권룡과 대운은 몇 번이나 비틀거렸고 넘어질 듯 휘청거렸다. 그때마다 용케 몸의 중심을 바로잡으며 마석의 뒤를 쫓았다. 그러나 소리를 내거나 마석을 부르지는 않았다. 기도비닉을 유지하느라 몸만 바삐 움직이고 있었다.

권룡과 대운이 마석을 따라잡은 것은 산을 거의 내려온 후였다. 어둡고 미끄러운 길을 어떻게 그리 빨리 내려왔는지 마석은 벌써 태자궁 가까이에 도착해 있었다. 그리고 둘을 기다리고 있었는지 허겁지겁 달려오는 둘을 보자 차분히 입을 열었다.

"여서 헤어디댜. 난 몽돌포로 가야 하니낀."

"예? 기게 무슨?"

놀란 목소리로 권룡이 물었다. 그러자 마석이 낮게, 그러나 위엄이 서린 목소리로 대답했다.

"목소리 낮튜라. 내래 몽돌포에서 마중 가갔다고 독금 전에 범포에게 알렸다. 우리만 아는 신혼데, 범폰 내 신홀 받고 기기에 맞춰 움딕일 기야. 기래서 난 몽돌포로 혼차 나갈기야."

"기렇다믄 소장들이 모시갔습네다."

이번에는 대운이 말했다. 그러나 마석이 엄한 목소리로 막았다.

"지끔 뭔 소릴 하는 거네? 너그들은 계획대로 적진을 텨야디. 기런 다음 적들을 옴팡포로 유인해 몰살시키든 옭아묶든 해야 양식을 실은 배들이 안전하게 몽돌포로 들어오디. 기새에 적들이 무서워서 도망티려는 거네? 아니믄 우리하고 밤배놀이라도 하갔다는 거네?"

"기게 아니라, 모든 병력이 옴팡포에 집결해 있어서 몽돌포엔 배다운 배도 없고 군사들도 없디 않습네까? 소장들이 호위하디 않으믄 호위할 사람이 없어서 기렇네다."

"시끄럽다. 너들이 없다고 위험하고 너들이 있다고 안전하갔네? 기러고 내가 너들과 같이 가믄 죄인들끼리 도망티려 했다고 오해나 받디 무슨 도움이 되갔느냐? 기러니 내 말대로 하라."

"기렇디만……."

이번엔 권룡이 나서려 하자 마석이 막으며 말했다.

"어허! 이뎬 내 말까디 어기려는 거네? 너들과 마탄가지로 나도 이젠 죄인일 뿐이다 이거네?"

"기, 기게 아니라……."

"기렇다믄 내가 시키는 대로 하라. 기게 너들과 날 살리는 길이고, 이번 작전을 성공리에 마틸 수 있는 유일한 방안이다."

마석이 목소리를 부드럽게 바꾸며 말했다. 그 목소리엔 간곡함이 묻어 있었다. 그러자 권룡과 대운이 잠시 말을 멈췄다. 그러나 그 시간은 그리 길지 않았다.

"장군! 기러믄 한 가디만 약조해 듀십시오."

권룡이 간곡한 목소리로 말했다.

"기게 뭐네?"

마석이 물었다. 강한 어조가 아닌, 들어주겠다는 목소리였다.

"어떤 경우든 반드시 살아 돌아오갔다는 약졸 해듀십시오. 장군께서 우리 둘의 목숨을 구해듀었듯이 우리도 장군의 목숨을 구할 의무를 가디고 있습네다. 기래서 같이 가갔다고 한 거인데 장군 혼차 가시갔다고 하시니 반드시 살아 돌아오갔다는 약졸 해듀셔야 보내드릴 수 있을 것 같습네다. 장군을 디키디 못한다믄 평생 한이 될 거이고, 장군을 디키기 못했다는 자책감을 디고 살아갈 자신이 없어 기럽네다. 기러니 약졸 해듀십시오."

"기렇습네다, 장군. 소장도 같은 마음입네다."

권룡의 말에 대운도 가세하여 몰아붙였다. 둘은 마석이 잘못될까 걱정인 모양이었다. 마석만 살아 돌아오겠다면 마석의 뜻에 따르겠다고 조르고 있었다.

두 사람의 말에 마석이 잠시 생각하는 듯하더니 무겁게 입을 열었다.

"전장에 나가는 장수에게 꼭 살아 돌아오갔다는 약졸 해달라니? 기것텨럼 허탄한 일이 어딨갔네? 기렇디만…… 너들이 약졸 해달라니 약조하디. 살아 돌아오갔다고, 살아 돌아와 너들을 못살게 굴갔다고."

"뎡말입네까? 장군, 기 약졸 꼭 디키셔야 합네다."

대운이 재차 물었다.

"남자가 일구이언하갔네? 너들이나 무사히 살아 돌아오라. 나보다 너들이 더 위험한 일을 해야 하디 않네. 내 말 알간?"

"옛! 장군. 꼭 기렇게 하갔습네다."

권룡도 이제 마음이 놓이는지 목소리를 높이며 대답했다.

"댜, 기럼 이뎨 각자 갈 길을 가야디? 부디 무사하라."

마석이 말을 마치고 돌아서자 권룡과 대운이 옛! 소리와 함께 군례를 올렸다. 그러나 마석은 돌아보지도 않고 산을 내려갔다.

29

어둠이 내려앉았지만 몽돌포는 어둡지 않았다. 포구 앞에 펼쳐진 인가의 불빛에, 포구 군데군데 켜놓은 횃불에, 포구 앞을 가로막고 있는 출입통제소 불빛이 포구를 밝히고 있었다. 태자도 제일포第一浦답게 불빛들이 초저녁을 수놓고 있었다. 그러나 불빛은 밝지 않았다. 사물을 분간할 수 있을 정도는 아니었고 겨우 윤곽만 확인할 수 있을 정도였다.

포구는 조용했다. 몽돌 구르는 소리만 포구를 가득 메우고 있었다. 그 몽돌 구르는 소리가 포구를 잠으로 끌어들이고 있었다. 어둠과 함께 낮은 목소리로 자장가를 부르며. 포구는 그렇게 잠을 청하고 있는데 포구 안쪽 나루터에 잠을 내쫓는 사람들이 있었다. 모두 셋이었다.

셋 중에 한 사람은 손에 밧줄을 잡고 있었고 나머지 둘은 팔짱을

낀 채 발을 구르고 있었다. 배를 띄우려고, 누군가를 기다리고 있는 모양이었다. 보니, 역시 그들 옆에 배 한 척이 파도에 몸을 맡긴 채 흔들리고 있었다.

배는 작았다. 돛대가 있었지만 거룻배나 낚싯배인 것 같았다. 그런 배를 이 시각에 띄우려 하는 게 이상할 정도였다. 주위에 사람들이 없는 걸로 보아 셋이 전부인 모양이었다.

그때였다. 멀리서 말발굽소리가 들리는가 싶었다. 몽돌 구르는 소리에 말려 명확하지는 않았지만 말발굽소리인 것 같았다. 그 소리에 발을 구르던 사람들이 분주히 움직이기 시작했다. 배를 띄울 준비를 하는가 보았다. 잠시 후, 말발굽소리가 가까워지는가 싶더니 말 한 마리가 급히 포구 앞에 발을 멈췄다. 그와 동시에 무장 하나가 말에서 뛰어 내렸다.

"됐다. 이데 출발하댜."

미리 약속이 돼 있었는지 무장이 말에서 내리며 낮게 소리를 질렀다. 마석이었다.

사공들의 도움을 받아 마석이 돛대 뒤에 앉자 밧줄을 잡고 있던 이가 배를 밀며 훌쩍 배로 뛰어 올랐다. 그와 동시에 다른 사공이 삿대로 배를 밀어내자 나루터에서 멀어지기 시작했다.

옴팡포는 어둠에 덮여 있었다. 포구 안쪽 군영에서 흘러나오는 불빛이 있긴 했지만 포구를 밝혀주지는 못했다. 그 불빛은 멀리에 있는 야생동물의 눈빛처럼 그 자리에 박혀 있을 뿐이었다. 빛을 낸다기보다 어둠에 쫓겨 숨는 것처럼 느껴졌다. 그에 따라 바람소리와 파도소리만 가득했다. 빛이 없는 곳에선 소리만 커지는지 옴팡포는 소리로 뒤덮여 있는 것 같았다.

그러나 멀리서 보는 것과는 달리, 어둠 속에는 조용히 움직이는 사람들이 있었다. 권룡과 대운이었다. 군영에서 흘러나오는 흐린 불빛을 등불 삼아 은밀히 움직이고 있었다.

"어여 오게. 긴데 왜 둘뿐인가? 마석 장군은?"

어둠 속에서 말을 건넨 사람은 석권이었다. 어둠 속에 몸을 감춘 채 세 사람을 기다리고 있었던 모양이었다.

"기게…… 마석 장군이래 몽돌포로 갔습네다."

"뭐라? 몽돌포로 갔다고?"

대운이 대답하자 석권이 놀라는 목소리로 다시 물었다.

"예. 범포 장군과 약조가 돼 있다고……. 기래야 이번 작전을 성공시킬 수 있다고……. 말려 봤디만 말릴 수 없어서 소장들만 왔습네다."

대운이 대답을 마치자 석권이 으음! 신음소리와 함께 한숨을 길게 내뿜었다. 뭔가 걸리는 모양이었다. 그러자 이번엔 권룡이 나서며 말했다.

"기렇디만 꼭 살아 돌아오시기로 소장들과 약졸 했습네다. 처음엔 주저하셨디만 살아 돌아오신다고, 어떻게든 살아 돌아오갔다고 하셨습네다."

"기럼 자네들도 짐작하고 있다는 말인데?"

석권이 걱정을 실은 목소리로 묻자 둘이 힘없이 예!하고 대답했다. 그러자 석권이 다시 한숨과 함께 말을 밀어냈다.

"허기사…… 자네들이 제일 먼뎌 눈티됐갔디. 네 사람이 한 마음으로 이번 일을 벌였을 테니깐. 기래…… 기왕 일이 이케 됐으니 최선을 다해보는 수밖에. 가세. 날래 안 움딕였다간 성질 급한 범포 장군이 또 뭔 엉뚱한 일을 벌일디 모르니.”

석권이 말을 마치고 몸을 돌리려 하자 둘이 군례를 올렸다. 그래 놓고도 미련이 남는지 대운이 머뭇거리다가 툭 말을 던졌다.

“장군! 장군도 몸조심하십시오.”

그러더니 몸을 돌려 걸어가기 시작했다. 그 뒤를 권룡이 따랐고. 석권은 그러는 대운과 권룡의 뒷덜미에 대고 혼잣말처럼 조용히 말을 뿌렸다.

“자네들이야말로 몸조심하게. 적진으로 뛰어들 사람은 자네들이 아닌가? 듁을 힘을 다해 살아 있게. 듁을 힘을 다해.”

그러나 어둠 속으로 멀어진 권룡과 대운에게선 그 어떤 대답도 돌아오지 않았다. 바람소리와 파도소리가 두 사람의 대답을 막는지, 어둠이 두 사람의 대답을 삼켜버렸는지 알 수가 없었다.

마석은 뱃전에 서 있었다. 어둠 속이라 잘 보이지는 않았지만 뱃전에 선 채 앞을 쳐다보고 있었다. 북서풍이 불고 있어 돛은 올리지 않은 채 두 사람이 노를 젓고 있었지만 배는 생각보다 빨리 달리는 것 같았다. 아마와 귀를 스치고 지나는 바람이 배의 속도를 짐작케 하고 있었다.

‘날래 가야 하는데. 내가 먼뎌 닿아야디, 기렇디 않으믄, 기렇디 않으믄……’

마석은 자꾸만 입 밖으로 새어나오려는 말과 좀 더 빨리 갈 수 없냐고 사공들을 재촉하고픈 마음을 억누르기 위해 연신 침을 삼키고 있었다.

범포가 보낸 불빛신호로 보건데 범포는 태자도 서북쪽에서 물때를 기다리고 있는 게 분명했다. 바람과 밀물을 이용해 태자도로 들어오려는 것이었다. 바람과 물때를 이용하지 않고서는 양식을 실은 무거운 배를 몽돌포에 진입시키기 어려울 것이고, 적에게 발각될 수 있으니 그러자고 이미 약속해 놓고 있었다. 그 약속을 지키기 위해 범포는 산동반도에서 직진하지 않고 북서쪽으로 방향을 틀어, 태자도 북서쪽에서 대기하고 있었다. 태자도에서 호송군을 파견하기도 쉽고, 적들과도 거리를 둘 수 있는 곳에 자리 잡고 있는 것이었다. 그런데 병택 군사의 생각은 다른 모양이었다.

"기건 적들을 얕봐도 너무 얕본 방안입네다. 기간 적들의 동태며 감시 상황을 보건데 우리 쪽에서 호송군을 파견하는 순간 그들이 알아탸릴 거이고, 그리 되믄 일이 틀어딜 수도 있고, 달못하다간 식량도 군사도 다 잃을 수 있습네다. 기러니 보완책을 마련해야 합네다."

병택 군사의 말을 석권 장군이 지지하고 나섰다.

"군사의 말씀이 너무나 지당합네다. 하나의 목표를 이루기 위해선 열 개를 포기해야 하고, 하나를 성취하려면 다양한 방안이 필요하다고 했습네다. 두 장군이 목숨을 걸고 시행한 작전을 기렇게 안일하게 처리해선 안 될 거입네다. 양동작전을 구사하든 암도진창(暗道陳倉. '몰래 진창으로 건넌다'는 뜻으로, 정면으로 공격할 것처럼 위장하여 적이 병력을 그쪽으로 집결시키도록 한 뒤에 방비가 허술한 후방을 공격하는 계책)의 방법을 쓰든 타초경사(打草驚蛇. '막대기로 풀을 두드려 뱀을 놀라게 한다'는 뜻으로, 적의 속셈을 미리 알아내고자 할 때 사용하는 계책)의 방법으로 적의 관심을 다른 데로 돌리디 않고선 성공하기 어려울 것입네다. 기러니 적을 유인하거나 적의 관심을 다른 데로 돌릴 계책이 필요합네다."

두 사람이 한목소리로 보완을 요구하자 결국 두 사람의 의견이 채택되었다. 군권은 병택 군사가 가지고 있었고 거의 모든 전략은 병택 군사와 석권 장군이 협의해서 세우고 있는 만큼 두 사람의 뜻을 거부하거나 토를 다는 사람은 없었다. 세 주군도 조용히 듣는 것으로 동의를 표하고 있었고 새로 좌군과 우군을 맡은 바우와 석규도 고개를 끄덕이며 공감을 표하고 있었다.

결국, 식량 수송선의 안전한 호송을 위해 세 가지 작전을 병행하기로 했다.

제일 먼저, 적들은 아직도 권룡과 대운이 태자도에서 첩자로 암약하는 줄 알고 있으니 적에게 거짓정보를 흘려 적을 유인하기로 했다. 식량이 부족하여 근간 식량을 구하러 떠날 예정이니 태자도 동북쪽에 진을 치고 있다가 식량을 구하러 가는 배를 공격하라고. 그러면 적들은 전함을 대거 투입할 것이고, 식량 보급선으로 위장한 배에 좌우군에서 차출한 궁수들을 숨겼다가 적함을 공격하기로 했다. 이 작전은 바우와 석규가 맡기로 했다.

그 다음으로, 해전에 앞서 적들이 임시 주둔하고 있는 똥섬을 공격하기로 했다. 적들에 비해 태자도엔 전함이 많지 않은 만큼 적들의 임시 주둔지를 공격함으로써 병력을 분산시키고 집중력을 떨어트리기로 한 것. 똥섬 공격에는 권룡과 대운이 맡기로 했다. 예상대로 적들의 발목을 잡고 적들을 무력화시킬 수 있다면 더이상 바랄게 없지만, 만약 상황이 여의치 않을 때는 두 사람이 투항하는 척하여 적진을 탐색하는 한편 적정을 살피기로 했다. 두 사람이 이중첩자임이 발각되지 않는다면 적들도 자신들의 첩자인 두 사람을 태자도로 돌려보낼 것이므로 그걸 역이용하기로 했다.

그리고 마지막으로 식량 수송선 호송은 중앙군이 맡기로 했는데 석권 장군이 지휘하기로 했다. 중앙군 지휘선에 마석이 석권 장군과 동승하여 식량 수송선을 안전하게 호송하기로.

병택 군사의 주도하에 작전 계획이 수립되는 것을 마석은 보고 있을 수밖에 없었다. 작전이 탄탄하게 수립되고 있었고 마석이 나설 수가 없었기 때문이었다. 마석은 죄인으로 식량 수송선 호송을 위해 임시 방면된 상태가 아닌가. 그런 그가 왈가왈부하는 것은 이치에도 안 맞고 말도 먹히지 않을 것 같았기에 조용히 있을 수밖에 없었다.

그러나 마석이 조용히 있었던 진짜 이유는 다른 데 있었다. 마석은 이미 범포와 한 약속이 있었고 둘이 한 약속을 결행하기 위해서는 다른 사람들의 계획에 따르는 척하는 수밖에 없었기 때문이었다. 그래야 범포와의 약속을 지킬 수 있을 것이었다. 그래서 때가 되었다 싶자 미리 포섭해둔 사공 셋을 데리고 범포에게로 가는 것이었고. 그러니 석권 장군보다 먼저 식량 수송선에 도착하여 범포를 만나야 했다.

"중앙군보다 빨리 가야 하니긴 뇨금만 더 힘을 내라."

달리는 말에 채찍을 가하는 심정으로 마석은 뱃머리에 선 채 사공들을 재촉했다. 범포도 지금쯤은 돛을 올리고, 밀물을 타고 마석을 만나기 위해 달려오고 있을 것이었다.

두 영웅 태자도에 눕다

마석이 범포를 만난 것은 몽돌포에서 배를 띄운 지 한 시진이 한참 지난 후였다. 사공들의 노력 덕에 예상보다 빨리, 중앙군을 앞질러 범포네 배에 닿을 수 있었다. 범포네를 찾는 데는 동쪽에 삐죽이 솟아오른 스무하루 반달이 있어 어려움이 없었다.

마석이 탄 배가 범포네 배 옆에 붙자 범포가 펄쩍 뛰어 마석네 배로 옮겨 타며 소리를 질렀다.

"간나, 살아 있었기만 기래."

마석이 뭐라 대답하기도 전에 범포는 마석을 팍 끌어안았다.

"해적놈이 다르긴 다르구나야. 닿못 된 듈 알고, 날짜 못 맞툴 듈 알고 걱녕했는데 이케 시간 맞퉈 말짱히 나타난 걸 보니."

으스러지게 껴안는 범포를 밀어내어 살피며 마석이 말했다.

"간나 새끼, 내가 넌 듈 아네? 한 입 갖구 두 말 하게?"

"누가 할 소릴? 기나뎌나 고생했디? 나야 주군께서 내듀는 창고에 들앉아 쥐새끼텨럼 시간이나 갋았디만 넌 기럴 여유도 없었을 거 아니네?"

"기거야 내가 늘 하던 딧인데 뭐……. 기나뎌나 목이래 떨어딘 듈 알았는데 성한 걸 보니 용타야."

"목은 무슨? 한날한시에 듁기로 했으니낀 목이 짤랬어도 다시 붙여놔야디. 안 기래?"

"기래, 기야야디. 암 기렇구말구."

마석은 달빛에 드러나는 범포의 하얀 이를 바라보며 따라 웃었다. 소리를 크게 내지는 못했지만 한 달 만에 다시 만난 둘은 한동안 활짝 웃었다. 지금 웃지 않으면 다시 웃을 시간이 없는 것처럼.

"가믄서 얘기하갔디만 석권 장군이래 곧 군사들을 이끌고 올 기야. 기러니 이뎨 떠나댜."

"기래, 기래야디. 이뎨 마디막 정릴 해야디."

범포가 대답을 하더니 마석에게 물었다.

"어느 사공이래 데려가기로 했네? 나머디 사공들은 밸 옮겨 타게 해야디."

"응. 얘기 다 해뒀으니낀 옮겨 타라믄 알아서 옮겨 탈 기야."

"기래? 기럼 나도 칼이며 갑옷을 옮겨야디."

그러더니 사공들을 향해 말했다.

"밸 옮겨 탈 사람들은 옮기고, 내 배에서 칼과 갑옷을 달란다고 하라."

범포의 말에 사공 둘이 배를 옮겨 탔고, 범포의 배에서 범포의 칼과 갑옷, 투구가 내려졌다.

"내래 마석이랑 잠시 다녀올 테니낀 석권 장군이 오믄 기 명에 따르라."

병장기를 건네는 자에게 범포가 말하자 상대가 군례로 답을 했다.

"이뎨 가댜! 뎌기, 불빛이 보이는 데갔디?"

"기래. 거기에 귄룡과 대운이 있을 기야."

"응? 귄룡과 대운이 왜?"

"기게 기케 됐어. 가믄서 말해듀디."

그리고 배가 잠시 기우뚱하는가 싶더니 범포네 배에서 떨어져 나와 똥섬을 향해 방향을 틀기 시작했다.

마석은 오늘 식량 수송선 호송을 위해 세 군데서 양동작전이 이뤄지고 있음을 알렸다. 그리고 오늘까지 겪은 자신의 일도 간략하게 전했다. 범포도 날짜를 맞추기 위해 노심초사했던 일을 얘기했다. 그리고 욕심껏 쌀을 실어선지 배가 예상보다 늦어져 바다에서 하룻밤을 보냈음도 얘기했다.

그렇게 한 달 동안 있었던 일들을 얘기하다 보니 배는 어느새 똥섬 가까이 닿아 있었다. 석권 장군이 이끄는 중앙군이 멀리 보였지만 못 본 체하고 곧장 똥섬을 향해 달려온 것이었다.

애초 식량 수송선을 몰래 띄울 계획을 세울 때 둘은 벌써 오늘 일을 짜놓고 있었다. 어떤 경우든 첫째주군에게 누가 될 일은 하지 말자고, 괴롭히는 일은 더더욱 하지 말자고. 하여 식량 보급선을 무사히 인계하고 나서 삶을 정리하기로.

제아무리 태자도를 살리기 위해 식량 보급선을 띄웠다지만 군사의 명을 어기고 주군을 기망한 죄는 용서받을 수 없는 일이었다. 식량 수송 작전의 성공 여부를 떠나 명령 불복종과 주군 기망죄는 남을 수밖에 없었다. 태자도를 구하기 위한 고육책임을 들어 감형 내지는 사면을 해주려 하겠지만 그리 되면 일은 더 복잡해질 것이었다. 첫째주군의 입장은 더욱 난처해질 것이고 고뇌와 갈등은 깊어질 수밖에 없었다. 그걸 막고 싶었다. 그 방법은 하나뿐이었다. 다른 사람들 앞에 나타나지 않는 것이었다.

"기렇다믄 듁는 수밖에 없갔디?"

범포가 먼저 물었다. 그러자 마석이 대답했다.

"기렇디. 얼마 안 남은 목숨 기런 일을 해놓고 듁을 수 있는 게 고마울 따름이디."

"기래. 우리 둘이래 듁으믄 2천 명이래 살 테니낀 기거 괜탾은 장사디."

범포가 웃었다. 자신이 말해놓고도 장사란 말이 우스운 모양이었다. 그래놓고 한 가지를 덧붙였다.

"우리 기왕 듁기로 한 거 녀 간나들 주둔하고 있는 똥섬이래 휘뎌어놓고 갈까?"

"뭐?"

마석은 놀라지 않을 수 없었다. 범포가 뜬금없는 말을 했기 때문이 아니라 마석이 줄곧 생각해왔던 똥섬 공격의 의지를 범포도 가지고 있었으니 놀라지 않을 수가 없었다.

"와 기렇게 놀라네? 기럼 너도 같은 생각을 하고 있었네? 나도 말을 안 했디만 듁기 전에 녀 간나 새끼들 간담을 서늘히 해두고 싶었어. 녀 놈들만 없으믄 뭐가 걱뎡이갔네? 기렇디만 녀 놈들 모둘 없애는 건 사실상 불가능하고. 기렇디만 우리 둘이 힘을 합티면 놈들 가슴에 두려움을 심어듈 수는 있갔디. 기래야 태자돌 함부로 보디 못할 거이고. 안 기래?"

범포의 말을 듣는 순간 마석은 결정을 내렸다. 범포와 함께라면 그 무엇이 두려우며, 죽음마저도 달콤할 것 같았다. 마석은 대답 대신 빙그레 웃었었다.

마석과 범포는 똥섬에 내릴 수가 없었다.

사공을 재촉해 똥섬 가까이에 가긴 했다. 권룡과 대운이 적을 교란하기 위해 똥섬으로 갔으니 그들을 도와 똥섬을 공격할 생각이었다.

그런데 똥섬의 모습이 달빛 아래 뚜렷이 드러나기 시작할 무렵이었다. 산 위에서 불빛이 보이는가 싶더니 똥섬 여기저기서 불길이 일어났다. 동시다발적인 공격으로 섬이 활활 타오르기 시작했다. 권룡과 대운이 화공을 시작한 모양이었다. 바람을 먹은 불길이 얼마나 거센지 그 불빛을 반사하는 똥섬 앞바다까지 활활 타오르는 것 같았다.

"뱃 세우라."

마석이 사공에게 말했다. 이제 상황을 파악한 후에 똥섬에 접근해야 했다. 적들의 움직임을 파악하지 않고 무작정 똥섬에 배를 댈 수는 없었다.

"불길을 보니 권룡과 대운이 일을 제대로 한 모양이구만 기래. 기러믄 기렇디. 기놈들이 일 하난 끝내듀디."

마석이 흐믓한 미소를 흘리며 말을 하는데 범포가 급히 물었다.

"권룡이와 대운이가 군사 멧이나 델고 갔네?"

"길쎄……. 기건 나도 달 모르디. 기런 세부적인 건 군사와 석권 장군이 알아서 했디 죄인인 내가 나설 수가 없었디."

그러자 범포가 소리를 질렀다.

"날래 가댜! 딕금 권룡이와 대운이가 위험해. 기놈들이 우리 계획을 알아턔리고 선술 틴 거야. 우리 대신 듁으러 한단 말이야."

"뭐?"

범포의 말에 마석은 정신이 확 드는 것 같았다. 권룡과 대운은 지금 적군의 시선을 분산시키기 위해 똥섬을 공격하는 게 아니라 자신들을 대신해서, 두 사람을 살리기 위해 목숨을 내걸고 싸움을 하고 있는 게 분명해 보였다. 불길이 해안 쪽에서부터 시작된 게 아니라 적진 한가운데라 할 수 있는 산 위에서부터 시작된 게 그랬고, 그걸 신호로 해안가 곳곳에 불길이 치솟는 것만 봐도 알 수 있었다. 그건 포구에 정박해 있는 적함을 공격한 게 아니라 적진 깊숙이 침투했다는 뜻이었고, 적진 깊숙이 침투했다면 권룡과 대운이 앞장섰을 것이고, 그건 두 사람이 이미 죽을 각오를 했다는 뜻이었다. 애초 계획은 바닷가에 정박 중인 배들만 화공으로 불태우고 철수하기로 하지 않았던가. 그런데, 작전 명령을 어기고 두 사람은 적진으로 뛰어든 것이었다. 죽을 각오로, 마석과 범포를 대신해 죽을 결심을 하고 뛰어든 게 분명했다.

"날래 가댜우, 날래!"

범포가 불타오르는 똥섬을 바라보며 다시 소리를 질렀다. 그러자 마석이 대답했다.

"아니, 기다리라. 댬깐만 기다려보라."

마석이 범포의 말을 막으며 말했다.

"뭘 기다린다는 게야? 권룡이와 대운이가 위험하다니깐."

"기래, 알고 있어. 기러니낀 댬깐만 기다려보라. 상황을 냉정히 파악해 봐야디."

마석은 떨리는 몸과 마음을 진정하며 생각을 정리해 보려고 했다. 그러나 아무리 생각해봐도 권룡과 대운을 돕거나 구할 길이 없어 보였다. 권룡과 대운이 죽을 각오를 한 자신들을 막지 못했듯이, 자신들 또한 둘을 막지 못할 것 같았다. 지금 똥섬에 갔다간 모두 죽을 게 뻔했다. 이미 죽을 각오로 적진 깊숙이 침투한 두 사람을 구할 방법은 없었다. 하여 마석은 부들거리는 범포의 손을 잡으며 말했다.

"돌아가댜. 이미 늦었어. 권룡이와 대운인 지끔뜸 죽었을 기야. 이데 우리가 가본들 달라딜 게 없고, 권룡이와 대운일 살릴 수도 없을 기야. 기놈들이 우릴 대신해 둑었는데 우리마뎌 목숨을 버려선 안 되디, 안 기래? 지끔은 둑을 때가 아닌 것 같아. 기러니 우린 수송선으로 다시 돌아가댜."

그 말에 범포가 불쑥 화를 돋우며 소리를 질렀다.

"어띠 기래? 둑었으믄 시신이라도 둘러메고 와야디. 시신을 뎌놈들 손에 놔둘 순 없디 않아?"

"기건 냉듕에, 냉듕에 해도 늦디 않아. 기러니 지끔은 일단 피하고 보댜, 엉?"

마석의 얘기를 듣는 범포의 눈에는 불꽃이 훨훨 타오르고 있었다. 마석의 얘기를 이해 못하는 건 아니지만 받아들일 수 없는 모양이었다. 마석의 말에도 아랑곳하지 않고 똥섬을 뚫어지게 바라보는 그의 눈길이 그걸 말해주고 있었다. 똥섬을 태우는 불길이 범포 눈도 다 태우고 있는 것 같았다.

"간나 새끼들. 처자식을 뭍에 남겨두고 뭔 딧들이야. 지들이 어케? 아딕도 앞이 창창한 놈들이 어케? 지들 살릴래고 우리가 둑을래고 한 건데 지들이 어케 먼뎌 둑어? 고얀 놈들."

범포가 이를 바드득 갈며 속마음을 드러냈다. 마음속에 뭘 숨겨두지 못하는 위인이 권룡과 대운 일만은 꽁꽁 감추고 있었는지 그 목소리는 범포의 목소리가 아닌 것처럼 느껴졌다. 하여 범포의 얼굴을 쳐다보았다. 그러다 마석은 보지 말아야 할 것을 보고 말았다. 범포의 눈물이었다. 범포는 감추려고, 눈물을 흘리지 않으려고 눈에 힘을 주고 있었지만 어느 순간 주르륵 붉은 불꽃으로 흘러내렸다. 그 눈물을 보는 순간 마석의 눈에서도 붉은 물방울이 주르륵 흘러내렸고.

30

범포는 눈으로 보고 있으면서도 믿을 수가 없었다.

병력이 세 군데로 분산되어 있어 똥섬을 공격하는 인원은 많지 않을 것이었다. 많아 봐야 50~70명 정도? 그런 인원으로 적진 깊숙이 침투하여 적진을 불태우고, 포구에 정박 중인 전함들까지 불태우고 있으니 믿으려야 믿을 수가 없었다. 진즉에 적진을 공격하지 못한 게 한스러울 정도였다. 아군이 적을 너무나 두려워했거나 적이 아군을 너무 얕본 게 아닐까 싶었다. 그런 생각이 들자 지금이 적을 쳐부수기에 최적기일 것 같았다.

하여 범포는 똥섬을 공격하기로 결심했다. 쇠뿔도 단김에 빼랬다고 권룡과 대운이 길을 열어 놨으니 곧바로 돌격하여 적들을 쓸어버리고 싶었다. 겁을 집어먹어 감히 태자도를 넘보지 못하게 해주고 싶었다. 안 그래도 죽기 전에 꼭 한 번 그러리라 다짐했던 일이 아니던가. 생각만 해왔지 아직까지 실행하지 못했던 일을 권룡과 대운이 대신하고 있으니 손이 다 떨리고 다리마저 바들거렸다. 그 일은 권룡과 대운이 할 일이 아니라 마석과 자신이 마무리 지어야 할 일이었다.

"가댜우, 날래. 날래 가댜우."

범포가 불타는 섬을 바라보며 소리를 질러도 마석은 꿈쩍도 하지 않았다. 무슨 생각인지 기다려 보자고만 했다.

"뭘 기다린다는 게야? 권룡이와 대운이가 위험하고 뎌 일은 우리가 해야 할 일이닳네. 날래 가댜우."

"기래 알고 있어. 기러니낀 쪼꼼만 기다리라. 바쁘다고 칼을 거꾸로 답고 싸움을 할 순 없디 않아? 안기래?"

똥 싼 놈 뭉기적거리듯 시간만 끌고 있는 마석을 바다에 처박아버리고 싶은 마음이 굴뚝같았다. 지금은 생각할 때가 아니라 행동해야 할 때인 것 같았기 때문이었다.

"겁쟁이 새끼, 겁 먹었구만 기래. 같이 안 가갔다믄 나 혼차 갈 테니 쥐새끼텨럼 대가리만 내놓고 좌고우면이나 해라."

이런 말들이 쏟아지는 걸 겨우 막았다. 생사의 갈림길에서 마석의 신중함이 없었다면 범포는 벌써 열 번 넘게 죽었을 것이었기 때문이었다. 고비마다 마석의 신중함이 자신을 구해주지 않았던가. 결정을 내릴 때까지는 느리고 신중했지만 결정한 후 행동은 그 누구보다 빠르고 저돌적인 그가 아닌가. 그런 마석을 믿어보고 싶었다. 위급한 상황에선 마석의 판단이 거의 맞았었기 때문이었다.

범포와 마석이 벗으로 사귀기 시작한 건 뜻하지 않은 충돌 때문이었다.

범포가 전투에서 공을 세워 무관이 됐다면 마석은 군사교육과 병법을 익힌 전문 무관이었다. 따라서 범포와 마석은 벗이 될 수 없는, 서로가 서로를 얕보고 무시하는 사이라 할 수 있었다. 범포 쪽에선 마석네를 실전 경험이 없는 '겁쟁이 샌님'이라 업신여기고 마석 쪽에선 범포네를 무식하고 분별력 없는 '무뢰배'라 깔보기 일쑤였다. 지휘부에서도 그런 사실을 알고 있어 서로 부딪치지 않게 배려하고 있었다. 그러니 범포와 마석이 사귈 일은 없었다. 한 부대에서 군관으로 근무하면서도 서로를 소 닭 보듯 하고 있었다. 그러다 두 사람은 운명적인 충돌을 하게 됐으니 대무신왕 9년(서기 26년) 개마국을 정벌할 때였다.

10월에 다른 나라를 정벌한다는 건 위험부담을 떠안을 수밖에 없었다. 10월은 북방 추위가 뼈에 사무칠 때고 눈이 몇 자나 쌓이는 때라 방어하는 쪽보다 공격하는 쪽이 훨씬 불리했다. 그런데도 무슨 연유인지 군사를 냈고 철수할 생각은 하지 않고 공격 일변도로 몰아붙이고 있었다. 왕을 비롯하여 수뇌부는 개마국을 정벌하지 않고서는 돌아가지 않을 심산인지 병사들을 겨울 추위 속으로 내몰았다. 그때 범포와 마석은 개마국 도성 밑에 매복해 있었다. 적군이 성문을 열고 나왔을 때 적군의 허리를 잘라 분산시키는 한편 적군이 귀환할 때 퇴로를 차단하기 위해.

한겨울 매복은 적과의 싸움이 아니라 추위와의 싸움이었고, 자신과의 싸움이었다. 상황 변화가 없는 지리한 매복은 전쟁이라는 것에 환멸을 느끼게 했다. 기도비닉이 최우선이라 먹는 것도 싸는 것도 조심할 수밖에 없었고, 잠시도 긴장의 끈을 놓을 수가 없었다. 그렇게 매복을 한 지 열흘쯤 지난 어느 날이었다.

오랜만에 눈이 그치자 범포는 부하들에게 눈을 치우라고 했다. 눈을 치워야 매복조 간, 본대와의 소통이 원활할 것이고 퇴로도 확보될 것이기에 미리 준비해 둘 생각이었다. 적에게 노출되지 않게, 갑옷을 벗어 소복 차림에 흰 두건까지 머리에 쓰라고 지시했다. 그리고 오랜만에 매복 진지에서 나와 부하들이 작업 상황을 지켜보고 있었다. 그러고 있노라니 범포네 옆에 매복하고 있던 군관이 찾아왔다.

"지끔 뭘 하고 있는 겁네까?"

군관은 다짜고짜 시비조로 물었다. 얼굴이며 손, 말투로 보건데 실전 경험이 없는 '겁쟁이 샌님' 출신인 것 같았다. 하여 범포는 시큰둥이 대답하지 않을 수 없었다.

"봐도 몰르는 걸 말한다고 알아먹갔수?"

"지끔이 어떤 때고, 지끔이야말로 적들이 성문을 열고 나올 수 있는 적기인 걸 모르갔소? 기런 중차대한 시기에 경계에 집중하디 않고 뭘 하는 겁네까? 병사들이 힘을 다 빼놓고 무슨 싸움을 하며, 싸운다한들 어띠 이길 수 있갔소? 기러니 당장 그만두시라요."

"뭐이 어드래? 전쟁에 대해선 개뿔도 모르는 겁댕이 샌님이 뭔 참견이오? 눈을 티워야 매복조 간, 성을 포위하고 있는 본대와 소통을 하고, 퇴로를 확보해둬야 만약의 경울 대비하디. 기러니 괜한 참견 말기요. 귀관 부대나 신경 쓰고, 다경험자의 대비책이나 배워 부하들을 살릴 준비나 해두슈."

범포는 고까운 정도가 아니라 젖비린내 나는 군관이 가소로워 한 수 배우라는 뜻으로 이죽거렸다.

"하나는 알고 어띠 둘은 모르시오. 매복하고 있는 우리에겐 길이 필요 없소. 우리가 낸 길을 적인들 이용하디 말라는 법이 어딨고, 적들이 성문을 나온다믄 기마대가 앞장을 설 건데 이건 기마대에게 우릴 덮티라고 길을 열어주는 일이오. 성을 포위하고 있는 부대에겐 공성을 위한 길이 필요하디만 매복하고 있는 우리에겐 길이 필요 없소. 기러니 당장 눈 티우는 일을 멈튜고 경계에 돌입하시오. 눈이 그렸으니 적인들 이 기휠 놓틸 리 있갔소? 당장 멈튜디 않으믄 적과 내통하고 있는 자가 적군의 공격로를 열어둔다고 상부에 발고 하갔소.”

그 말에 범포는 칼을 뽑지 않을 수 없었다. 하룻강아지 범 무서운 줄 모른다더니 앞에 선 ‘겁쟁이 샌님’이 바로 그 꼴이었다.

그런데 범포는 칼을 휘두를 수가 없었다. 부하들이 막았기 때문이 아니라, 범포가 칼을 뽑으면 상대도 칼을 뽑을 줄 알았는데 칼을 뽑기는커녕 몸을 범포에게 바짝 붙이며 베고 싶으면 베라고 뻗대고 있었다. 그뿐만이 아니었다. ‘겁쟁이 샌님’이 범포의 귀에다 대고 낮게 속삭였다.

“두고 보시오. 이뎨 한두 시진 내에 내 말이 맞는디 귀관 말이 맞는디 곧 알게 될 테니긴. 기러니 부하들에게 더이상 챙피당하기 싫으믄 여서 멈튜시라요.”

‘겁쟁이 샌님’의 속삭임은 범포를 더욱 자극했다.기보다 범포를 가라앉혔다. 그의 목소리가 다르게 들렸기 때문이었다. 뭔지 모를, 그의 말을 들어야 할 것 같은 느낌이 엄습했다. 그건 하늘에서 들려오는 소리 같기도 했고, 범포의 가슴 가장 밑바닥에서 솟아오르는 소리 같기도 했다. 그런 느낌이 들자 범포는 행동을 멈출 수밖에 없었다.

"동소. 누구 말이 맞는디 확인해보고 딘 쪽이 이긴 쪽에게 형님이라 부르고 깍듯이 존대하기로 합세다. 기러믄 되갔소?"

"동을 대로 하시라요. 기 대신, 이레 눈 티우는 걸 멈튜고 경계에 돌입하는 걸로. 어떻소?"

"동소. 한낮까디만 기다려보기로 합세다."

그렇게 해서 범포는 '겁쟁이 샌님'과 내기를 했다. 그리고 그의 말을 수용하여 눈 치우기를 멈추고 사주경계에 돌입했고.

그런데……

둘의 내기를 엿듣기라도 했는지 한낮이 되기 전에 적들이 성문을 열고 뛰쳐나왔다. '겁쟁이 샌님'의 예견대로 기마대를 앞세워 성을 포위하고 있던 아군들을 닥치는 대로 베어 넘긴 후 돌아가 버렸다. 성을 포위하고 있던 아군들이 치워놓은 길을 따라 이동하며. 만약 '겁쟁이 샌님'의 말을 듣지 않아 눈을 치웠다면, 범포네도 기습을 당했을 것은 불 보듯 뻔한 일이었고.

내기에 진 범포는 '겁쟁이 샌님'을 찾아갔다. 그리고 정중하게 자신의 잘못을 인정한 후 말했다.

"형님으로 부르고 깍듯이 예우하기로 했으니 형님으로 모시갔습네다."

그러자 샌님이 받았다.

"형님은 무슨 형님이오? 범포 군관의 활약상이며 명성은 익히 들었소. 갑자생 쥐띠인 것도 이미 알고 있고, 내래 쥐띠라 기런디 의심이 많고 겁도 많아 늘 나오는 다른 범포 군관을 동경했었소. 나이도 같고 전장에서 만났으니 벗으로, 전우로 디내믄 어떻갔소? 참고로 내 이름은 마석이라 하오."

그렇게 마석을 알게 되었다. 아니, 사귀게 되었다.

그 후 둘은 흉허물 없는 친구가 됐고, 머리는 마석이 쓰고 힘은 범포가 쓰면서 남들은 감히 엄두도 낼 수 없는 일을 해결하여 공을 세우는 한편 승차도 계속했다. 특히 난관에 봉착했을 때마다 마석의 머리와 조언으로 목숨을 보호할 수 있었고 난관을 돌파할 수 있었다. 떨어져선 못 살 것 같이 붙어다니며, '피와 살이 다른 쌍둥이'로 살았다. 그러다 장군이 되어 부대를 통솔하게 되자 헤어졌고, 서로 다른 곳에 있으면서도 대왕의 정치 무관심과 중실씨의 독단에 분개하여 도성을 빠져나왔고, 태자로 인해 다시 만나 태자도에서 입씨름을 마음껏 하며 지내고 있었다. 그러니 지금은 마석의 말을 듣는 게 옳을 것 같았다.

"아무래도 안 되갔다. 우린 수송선으로 가야갔다. 딕금 똥섬으로 가는 건 섶을 디고 불구덩이 속으로 들어가는 거와 한 가디야. 기러 니 뗄 기다리댜우."

범포는 마석의 말에 갈등하지 않을 수 없었다. 머리는 마석의 말이 옳다고, 마석의 말에 따라야 한다고 말하고 있었지만 가슴은 그 반대로 얘기하고 있었다. 자신들을 대신하여 죽음을 각오한 권룡과 대운을 모른 체하는 건 사나이로서, 무장으로서 있을 수 없는 일이 라고 소리치고 있었다.

"권룡이와 대운이래 이미 듀었다믄 시신이라도 우리가 업어와야 디. 시신까디 뺏길 순 없디 않네?"

"기건 차후에 할 일이야. 지끔은 피하는 게 우선이라고. 내 말 모르간?"

마석이 애원했다. 조금 전까지만 해도 같이 죽자고 해서 여기까지 와놓고 상황이 여의치 않자 도망치자고, 훗날을 도모하자고 말을 바꾸고 있었다. 그 돌변을 범포는 이해할 수 없었다. 군자표변君子豹變이라고, 상황에 맞게 대처하는 게 군자의 도리라 했지만 그건 너무 나약하고 순응주의적인 냄새가 나는 말인 듯했다.

"간나 새끼들, 건방디게 어디 상관보다 먼녀 듁을래고 디랄이야. 고얀 놈들."

범포는 이를 부드득 갈며 뱉어냈다. 권룡과 대운 두 녀석을 그렇게 못된 놈으로 몰아세우지 않고서는 돌아설 수가 없을 것 같았다. 그래서였을까? 입에선 욕이 새나오는데도 눈에선 주책없이 눈물이 흘러나왔다. 그걸 마석에게 보이기 싫어 눈에 힘을 주고 똥섬을 뚫어지게 쳐다보았다. 불타는 똥섬을 보며 그 속에서 불타고 있을 권룡과 대운을 기리고 싶었다.

그렇게 똥섬을 쳐다보고 있노라니 갑자기 불빛이 움직이는 게 보였다. 횃불이 분명했다. 누구의 횃불인지 모르지만 횃불 두 개가 앞서 움직이고 있었고, 그 뒤를 수많은 횃불들이 뒤쫓고 있는 것 같았다.

"권룡이와 대운이다. 날래 배 움딕이라. 둘이 포구로 도망티고 있다. 날래 삘, 날래 뎌어라."

범포는 자신도 몰래 고물로 뛰어가 노를 젓고 있었다. 쫓기는 횃불 두 개는 권룡과 대운이 분명해 보였다. 둘이 살아있다면 그들을 구해야 했다. 아니, 둘을 살리고 자신들이 죽어야 했다. 그게 이번 작전의 완성이었다.

노를 저으면서도 눈은 똥섬에 두었다. 똥섬에서 눈을 뗄 수가 없었다.

권룡과 대운이 적들과 교전이라도 하는지 횃불이 헝클어지기도 했고, 땅으로 떨어지기도 했다. 그러나 두 개의 횃불은 꺼지거나 떨어지지 않았다. 중과부적인데도 끝까지 버티고 있음이 분명했다.

"마석이 넌 뭐하네? 우리가 간다고, 쬐꼼만 더 버티라고 횃불을 켜야디. 기러고 횃불을 흔들어 우리 위칠 알래야디."

범포의 외침에 마석이 횃불을 켜더니 똥섬을 향해 소리를 지르기 시작했다.

"쬐꼼만, 쬐꼼만 더 버티라! 우리가 간다! 범포와 마석이가 간다! 쬐꼼만 더 버티라!"

마석의 외침이 차가운 달빛에 부딪치는가 싶더니 곧 흩어져 버렸다. 그걸 마석도 느끼는지 조금도 쉬지 않고 쬐꼼만! 쬐꼼만!을 외쳐댔다. 그 외침은 똥섬을 향한 외침이 아니라 노를 젓고 있는 범포와 사공에게 외치는 것만 같았다.

숨이 턱까지 차오르고 심장이 터질 듯 아플 때쯤, 병장기에 단련된 손바닥에서 진물이 흐를 때쯤, 배는 똥섬에 닿았다. 노 젓는 일에는 이골이 났을 사공마저 펄썩 주저앉을 정도로 급히 노를 저어 똥섬에 도착한 것이었다.

배가 똥섬에 채 닿기도 전에 마석이 펄쩍 뛰어내렸고, 마석을 뒤쫓듯 범포도 뛰어내렸다. 그리고 횃불이 움직이는 곳을 향해 뛰었다.

반달이 떠있는지조차 모를 정도로 똥섬은 환했다. 포구에서 불타는 적선敵船과 산 위에서 불타는 막사들이 뿜어내는 불빛이 섬을 환히 밝히고 있었다. 그래서인지 처음 가는 길인데도 낯설지가 않았다. 그 어떤 길보다도 익숙하게 느껴졌다. 생사의 갈림길에 서 있는 동료나 부하를 구하러 가는 길은 언제나 익숙하고 눈에 익은 길이 아니던가. 생각할 겨를도 없이 뛰느라 낯선 길도 낯설 수가 없었다.

숨이 가쁜 줄도 모르고 달리다 보니 역시 권룡과 대운이 힘겹게 싸우며 후퇴하고 있었다. 왼손에 횃불을 든 채 오른손을 연신 휘저으며 적들을 막아내고 있었다.

"적들은 칼질을 멈튜라! 태자도 우군 대장 범포와 좌군 대장 마석이 여깄다. 어띠 삼족오 깃발을 내건 고구려군이 침입자 둘을 댑으려고 되도 않는 칼춤을 춘단 말인가. 칼춤을 출래믄 우리한테 추어야디."

마석의 고함소리에 적들이 움찔하는가 싶었다. 움찔거리는 건 적들만이 아니었다. 칼을 휘두르던 권룡과 대운도 마찬가지였다.

"장군! 여길 어케?"

대운이 둘을 확인했는지 소리를 질렀다. 그 소리에 권룡도 둘을 확인했는지 장군! 소리를 질렀고.

"그만했으믄 됐다. 너들은 뒤로 물렀거라. 이데부턴 우리가 상대하갔다."

"장군, 어띠……?"

"시끄럽다. 조무래기들은 우리가 쓸어버릴 테니낀 너들은 뒤로 빠디라."

"장군!"

"시끄럽다디 않느냐? 감히 너들이 내 명을 어길 셈이더냐?"

마석이 다시 소릴 질렀다. 그러자 그새 숨을 얼마간 고른 범포가 덧붙였다.

"너들에게 내린 명을 벌써 잊었단 말이더냐? 날래 명을 따르디 못할까?"

　부지불식간에, 권룡과 대운을 물리기 위해 급히 말을 뱉고 보니 둘을 돌려보낼 방법으로는 최고다 싶어 범포는 계속 소리를 높였다.

　"무슨 일이 있더라도 주군들 곁을 떠나디 말라 했거늘 어띠 주군들 곁을 떠나 여기 있단 말이네? 당장 주군들 곁으로 돌아가디 못할까?"

　범포의 외침에 대운이 받았다.

　"기렇디만 지끔 소장들은 군사의 명을 받고……."

　"시끄럽다. 기래서 지끔 우리가 온 게 아니더냐? 기러니 날래 태자도로 돌아가서 주군들을 뫼셔라. 주군들의 안위보다 우선되는 게 뭐 있다고 기딴 소리냐?"

　마석이 권룡과 대운 곁으로 달려가더니 적들을 베어 넘기며 소리를 질렀다. 그에 질세라 범포도 마석 곁으로 뛰어가 마석과 합세하여 적들을 베어 넘기기 시작했고.

　"날래 돌아가라! 주군들이 우선이다."

　범포가 다시 소리를 지르자 마침내 권룡과 대운이 뒤로 빠졌다.

　"날래 안 가고 뭣하고 있네? 날래 가라!"

　범포가 다시 외치자 둘이 군례를 올린 후 포구를 향해 뛰기 시작했다. 역시 주군들을 들먹인 게 먹힌 셈이었다.

　마석과 이번 식량 보급작전을 실행하기에 앞서 처리해야 할 일이 하나 있었다. 권룡과 대운의 마음과 몸을 묶어두는 일이었다. 그들을 묶어두지 않으면 무슨 일을 저지를지 알 수 없었다. 첩자 짓을 한 자신들의 죗값을 치르겠다고 목숨을 걸려 할 것이 뻔했다. 특히 범포가 태자도를 비운 사이에 마석 신상에 피치 못할 일이라도 생기거나 식량 보급 작전의 성공을 위해서라면 물불을 안 가릴 것이었다. 이미 한 번 죽었던 목숨이라 여겨 목숨을 내던지려 할 것이었다. 범포와 마석은 그걸 막고 싶었다. 그들은 범포와 마석의 뒤를 이을, 석권 장군과 함께 태자도 방어를 책임질 인물들이었다. 그러니 그 둘을 살리지 못하면 식량 보급 작전을 성공리에 마무리한다 해도 의미는 반감될 수밖에 없었다.

범포는 마석과 함께 몇 날 며칠 머리를 싸맨 끝에 그들을 살릴 방안을 찾아냈다. 둘을 이중첩자로 활용하는 한편 주군들 곁에서 벗어나지 못하게 태자궁 호위를 맡기기로 한 것이었다.

"지끔은 우리가 좌우군을 이끌고 있어 주군들을 돌볼 여유가 없다. 그러니 너들 둘이 우리 둘을 대신하라. 무슨 일이 있어도 주군들 곁을 떠나지 말고 주군들만 디키라. 기래야 마음 놓고 전툴 하든 전쟁을 하든 하디. 무슨 말인디 알갔느냐?"

그렇게 두 사람을 태자궁에 묶어두고서야 식량 보급 작전을 실행할 수 있었다. 그들에게 특별한 임무를 부여하지 않으면 그들은 겉돌 것이고, 겉돌수록 첩자 오명을 벗기 힘들 것이고, 그들은 결국 존재가치를 잃고 스러지고 말 것이었다. 그렇게 되면 그들을 구제한 의미가 없어질 것이었다. 그러니 그들의 마음이 태자도를 떠나지 않게 해야 했다. 그래서 주군들뿐만 아니라 군사와 석권의 눈에 띌 수 있게 태자궁 방어책임을 맡겼다. 범포와 마석의 의도를 누구보다 잘 알고 있는 주군들과 군사, 중앙장군의 이해와 도움으로.

"간나들, 고집이 황소고집이라 진땀을 뺏네 기려. 댜, 이데 우리들 세상이니 맘껏 놀아보세."

힘겹게 둘을 돌려보낸 걸 다행이라 생각하는지 마석이 적들을 베어 넘기며 말했다.

"기러게. 주군들 팔디 않았으믄 절대 안 갔을 걸."

"기랬갔디? 우리가 방비 하난 제대로 한 셈이디, 안기래?"

"기럼, 기럼. 기래야 우리끼리 놀다 가디."

범포는 달빛 아래서 적을 베어 넘기는 마석의 모습이 달빛 아래서 춤을 추는 것만 같아 빙긋 웃으며 대답했다.

"놀다 간다? 기 말 명언이다야. 너 입에서 나올 말이 아닌데 기런 말이 나오는 걸 보니 갈 때가 되긴 된 것 같구나야. 기래, 달 놀다 가야디."

마석도 웃으며 범포의 말에 화답했다.

둘은 학 두 마리가 어울려 춤을 추듯 유려한 몸짓으로 춤을 추기 시작했다. 타오르는 불꽃들과 어우러진 그들의 춤은 그 어떤 춤보다도 아름답고 황홀해 보였다.

31

마석과 범포는 결국 시신으로 똥섬에 누워있었다.

온몸에 박힌 화살들을 뽑아내자 시신 두 구는 형체를 알아볼 수 없을 정도였다. 산짐승이 마구 물어뜯다 내버린 것보다도 처참하게 보였다. 그런데 이상한 것은 두 사람의 얼굴이었다. 투구 때문이었겠지만, 두 사람의 얼굴엔 상처 하나 없고 지긋이 웃고 있었다. 극한의 고통 속에 숨이 끊어졌을 텐데도 웃는 얼굴을 하고 있었다.

"정중히 예를 다해 모시라. 태자돌 살리신 분들이시다."

두 사람의 얼굴을 확인한 병택의 명에 조심스레 시신을 수습한 병사들이 두 시신을 들어 널 위에 옮겨놓자 병택이 다시 말했다.

"두 장군의 장군길 가려오라."

병택의 명에 병사 하나가 곱게 접혀있는 장군기를 내밀자 병택이 받아들어 마석의 시신을 덮으며 낮게 속삭였다.

"잊디 않갔습네다, 목숨 바뎌 이루신 뜻. 웃는 낯 기대로 편히 가시라요."

그런 후 다시 장군기를 받더니 이번에는 범포의 시신을 덮으면서 낮은 목소리로 고했다.

"장군께서 안 계시믄 태자도래 너무 적적하디 않갔습네까? 가끔 천둥으로 베락으로 오시라요. 나태한 마음 다답을 수 있게 도와듀시라요."

병택의 고별사는 낮으면서도 짧았으나 모여 있는 사람들의 눈물샘을 자극하기에 충분했다. 흑흑 흐느끼는 소리가 새어나오는 듯싶더니 이내 울음이 터져 나왔다. 몇몇은 오열하기도 했다. 그러나 병택은 끝내 울지 않았다. 눈물을 보이지도 않았다. 값싼 눈물을 흘리지 않기 위해 끝까지 참는 것 같았다. 꽉 쥔 두 손과 깨문 이가 그걸 말해주고 있었다.

"이데 그만 뫼셔라. 주군들께서 기다리시갔다."

그 얘기를 끝으로 병택은 자리를 떠버렸다. 그 자리에 있기가 힘든 모양이었다.

병택이 자리를 뜨자 대운과 권룡이 한동안 비통한 눈물로 두 구의 시신을 내려다보는가 싶더니, 권룡이 잠긴 목소리로 명을 내렸다.

"그만 가댜. 태자돌 제일 보고 싶은 분들이 아니시더냐. 태자도가 다시 살아난 걸 날래 보여드려야디."

권룡의 말에 좌우에서 울고 있던 병사들이 눈물을 닦으며 앞으로 나섰다. 태자도를 제일 보고 싶어 하는 분들이란 말에 공감하는지 자리를 다투며 시신 옆에 도열했다. 그리고 권룡의 구령에 맞춰 널을 들어 올리더니 어깨에 올려놓았다. 그러자 길을 여는 소리가 터져나왔다.

"마석 장군과 범포 장군께서 행차하신다. 길을 열어라!"

그 소리에 여기저기서 길을 열라는 구령소리가 터져 나왔다.

식량 수송 작전이 성공리에 마무리됐으나 태자도는 깊은 침묵에 빠져있었다. 마석과 범포 장군이 끝내 돌아오지 않았다는 소문이 삽시간에 태자도를 침묵 속으로 끌어들였기 때문이었다.

권룡과 대운은 똥섬으로 가겠다고, 가게 해달라고 떼도 썼고 애원도 했으나 병택은 안 된다는 말만 반복할 뿐이었다. 그래도 물러서지 않자 병택은 부하들을 시켜 두 사람을 창고에 가둬버렸다. 얼마 전까지 마석이 갇혔던 바로 그 창고에.

"두 분의 뜻을 정녕 뎌버리려 하는 거네? 두 분이 왜 기랬는디, 내가 왜 너들을 보낼 수 없는디 알 때까딘 나올 생각하디 말라."

병택은 두 사람의 외침소리를 뒤로 하고 냉정하게 자리를 떠버렸다.

"전쟁은 싸우는 순간보다 싸움을 끝낸 이후 뒷수습이 더 중요합네다. 싸움은 누구나 할 수 있디만 뒷수습은 냉정하고 과단성 있는 자만이 할 수 있는 겁네다. 기러니 소신과 석권 장군에게 모든 걸 맡겨듀십시오."

권룡과 대운을 가둔 후 병택은 고량부를 찾아갔다. 그리고 말했다. 병택의 말에 토를 달거나 이의를 제기하는 사람은 없었다. 병택의 말은 자신과 석권이 전쟁 뒷수습을 맡아 할 테니 맡겨달라는 뜻이 아니라 그 누구의 개입이나 간섭도 사양하겠다는 말이나 다름없었다. 군권을 줬으니 뒷수습도 자신에게 넘기라는 선포라 할 수 있었다. 그러고 난 후 병택이 제일 먼저 한 일이 바로 권룡과 대운의 전격적인 구금이었다. 그만큼 병택은 두 사람을 위태롭다고 생각했던 모양이었다.

권룡과 대운을 구금한 병택은 좌군 대장을 맡고 있는 석규를 불러 퐁섬 상황과 침략군의 출현을 예의 주시하라고 했다.

"적들이 도주했다고 하나 뒷일을 예상할 수 없으니 철저히 살펴야 할 겁네다. 사나흘 동안 어떤 행동을 취하디 않으믄 도주한 게 확실하니 마석 장군과 범포 장군을 탓아나설 생각입네다. 살아 있기 힘들갔디만…… 시신이라도 수습해와야 하디 않갔습네까?"

"예, 군사. 존명 받들갔습네다."

석규가 제법 절도 있게 군례를 갖추자 병택의 입가에 옅은 미소가 번지는 듯했다. 과연 석규가 마석 장군의 빈자리를 메울 수 있을지 걱정스럽지만 일단 맡겨보려는 모양이었다.

석규를 보낸 병택은 바로 몽돌포로 내려가 석권을 만났다. 석권은 식량 수송선에 실린 쌀들을 하역하는 병사들을 독려하고 있었다.

"장군! 됨 전에 권룡과 대운을 창고에 가뒀습네다. 장군은 어띠 생각하실디……"

"군사, 달 하셨습네다. 뎡말 달 하셨습네다. 마석과 범포 장군의 얘길 듣는 순간 소장도 두 사람이 걱뎡돼 군사를 탓아보려던 탐이었습네다. 두 장군의 희생을 헛되이 해선 안 될 것 같아서 말입네다.”

“이심전심이라 다행입네다. 기러니 장군께선 쌀을 하역하는 대로 배분·배급해 듀십시오. 전 아무래도 텃때주군 곁에 있어야 할 것 같아서 말입네다. 구비와 명이 박사가 계시디만 저도 곁에 있는 게 낫디 않갔습네까?”

“당연하디요. 기렇고 말고요. 이데 지휘솔 태자궁으로 옮겨 일을 처리하심이 둏을 듯합네다. 기래야 세 주군께서도 안정을 되탲디 않갔습네까?”

“예, 기럼. 쌀 내린다고 힘이야 들갔디만 그에 못디 않게 힘도 나갔습네다 기려. 두 장군께서 누릴 수 있었다믄 금상첨화였을 텐데.”

“기러게 말입네다. 범포 장군이 계셨다믄 이 몽돌포가 이케 조용하딘 않았갔디요. 휴우——”

“예——. 왜 안 기랬갔습네까? 기래서 기런디 범포 장군의 고함 소리가 들리는 듯합네다.”

병택이 쓰게 웃자 석권도 아픈 웃음으로 화답했다.

침략군은 다시 나타나지 않았다. 상황이 여의치 않자 피했는가 했는데 사흘이 지나도 모습을 드러내지 않았다. 고량부와 함께 석규의 보고를 받은 병택이 고량부를 향해 입을 열었다.

“오늘 똥섬엘 다녀올까 합네다. 두 장군을 탲아보고…… 모시고 오갔습네다.”

병택의 말에 한숨을 내쉰 영이 말했다.

“관을 가디고 가시라요. 고이 모셔와야 하디 않갔습네까?”

"아, 아닙네다, 주군. 생사를 아딕 알 수 없는데 어띠?"

"둑었갔디요, 둑었어. 나한테 부담듀기 싫어서, 부담듀디 않을래고 간 사람들이 살았을 리, 살아 있을 리 없갔디요. 기러니 미리 관을 탱기고 가시라요."

"전하, 어띠……."

"군사께서도 다 알고 있디 않습네까? 기러니 기케 하시라요."

영의 말에 병택은 입을 다물었다. 더이상 얘기해봐야 주군의 마음이나 아프게 하디 득 될 게 없을 것 같은지, 무얼 생각하는지 가만히 서 있었다. 그러기를 잠시. 병택이 마음을 굽힌 듯 조용히 말했다.

"정 기러시다믄 장군기와 널만 탱기고 가갔습네다. 마디막 얼굴이라도……."

병택이 말을 맺지 못하고 영을 올려다보자 영이 병택의 눈길을 피하며 길게 한숨을 쉬었다. 영 옆에 앉은 무범과 인섭은 조용히 고개를 끄덕이고 있었고.

"소신 다녀오갔습네다."

병택이 고개를 숙여도 영은 끝내 병택에게 시선을 주지 않았다. 눈물을 감추기 위한 행동이란 건 누구나 짐작할 수 있는 일이었다.

권룡과 대운을 보낸 마석과 범포는 적들을 향해 칼을 휘두르기 시작했다.

한 칼에 한 명씩 베어 넘겼다. 적의 숫자가 많아 찌르는 동작보다

치고 베는 동작을 주로 사용할 수밖에 없었다. 적의 숫자가 많을 때는 찌르는 동작을 피해야 했다. 상대가 죽을 각오로 칼을 잡거나 칼이 뼈에 박히기라도 한다면 주변에 있던 다른 놈들에게 당할 수 있기에 상하좌우로 휘두르며 베어 나갔다.

둘이서 그렇게 예닐곱을 베어 넘기자 놈들이 주춤거렸다. 예리한 칼의 움직임을 보고 고수임을 알아본 것 같았다.

"함부로 덤비디 말고 훈련했던 대로, 대형을 갖춰 포위 공격하라. 한 번에 당하디 말라."

앞에서 마석의 칼을 피하며 한 놈이 소리치자 일자 대형에서 삽시간에 원형 대형으로 바뀌더니 두 사람을 포위했다. 일대일로 상대하기보다 포위한 후 약점을 노려 일격을 가하겠다는 뜻이었다.

"하하하! 오합지졸에 칼받이들인 듈 알았더니 훈련을 받아본 놈들이구만 기래. 기래, 어디 한 번 해보댜. 너놈들 뜻대로 될디."

범포가 가소롭다는 듯이 웃으며 소리를 질렀다. 그러자 상대가 되받았다.

"제 아무리 이빨 사나운 호랑이도 다리를 다티믄 개한테 물리고, 역발산기개세의 항우도 힘이 다하믄 졸개에게 목이 딸리는 법. 나라를 배반하고 해적질을 하는 것도 부족해 역도들 똥구멍이나 핥는 놈이 힘 둠 있다고 뺏대기는⋯⋯. 네 놈이 범포가 분명하다믄 여길 빠져나갈 생각은 하디 말라. 기간 네 놈을 만나길 손꼽아 기다리고 있었다."

"하하하! 기놈 기개가 하늘을 띠르갔구나. 기러다 네 놈 목이 하늘에 먼뎌 오를 테니 목부터 달 탱겨라."

말을 마친 범포가 칼을 찌르자 놈은 이미 예상했던 듯 재빨리 몸을 뒤로 뺐고, 왼쪽에 있던 놈이 범포의 칼을 받아쳤다. 그와 동시에 오른쪽에 있던 놈이 범포의 목을 향해 칼을 뻗었다. 범포가 재빨리 몸을 낮추며 칼을 피했으니까 망정이지 그 예리함은 찡! 하는 칼 울음소리가 들릴 정도였다. 일자 대형 때와는 전혀 다른 방법으로 방어와 공격을 하고 있었다.

"훈련들을 많이 했구나. 기렇디만 기 정도론 어림도 없다. 우릴 상대하래믄 기 정도 얍쌀한 수론 어림도 없디. 댜, 이번엔 어떠는가 보댜."

그러더니 갑자기 몸을 한 바퀴 돌리며 상대의 다리를 노리는 듯하다가 바로 솟아오르며 칼을 사선으로 비껴 올렸다. 말대꾸를 하던 놈은 재빨리 몸을 피했지만, 좀 전에 범포의 칼을 막았던 놈이 뒤로 나자빠졌다. 단칼에 배와 가슴, 어깨가 배인 것이었다. 눈 깜짝할 사이에 벌어진 일이었다. 그건 범포가 젊은 날, 상대 장수를 일격에 베어버리던 비검무飛劍武였다. 그 비검무로 상대를 일격에 제압한 게 몇 번이던가, 그 비기秘技로 범포는 장군 자리에 올랐다 해도 과언이 아니었다. 비검무는 범포의 필살기였고, 그 필살기로 전공을 세웠으니 말이다.

비검무를 다시 보게 된 마석은 놀라지 않을 수 없었다.

이제 50이 넘었고 벌써 20년 넘게 전장에 나갔던 적이 없는 범포가 아닌가. 그런데 그 필살기를 가지고 있다니 믿기지 않았다.

그렇다고 범포가 그 필살기를 연습했을 리도 없었다. 태자도에 들어온 후 범포가 따로 무예를 연마하는 걸 본 적이 없었으니까. 부하들에게 가끔 말로 칼 쓰는 법을 가르치는 걸 보긴 했지만 직접 칼을 쓰는 걸 본 적은 없었다. 그렇다면 조금 전 범포가 보여준 비검무는 젊은 날 몸에 새겼던, 몸에 배여 있는, 부지불식간에 수행된 동작인지도 몰랐다.

그래서 그랬을까. 범포의 비검무는 예전과 달랐다. 원래 비검무는 몸을 낮췄다 솟구치며 상대를 베는 게 아니었다. 최대한 높이 솟구쳐 상대가 어리둥절 초점을 잃었을 때 모든 힘을 칼끝에 모아 내려오면서 상대를 가격하여 일격에 승부를 내는 기예였다. 그런데 범포는 그 동작을 완전히 구사하지 못하는 듯했다. 해서 내려오면서 상대를 공격하지 않고 솟구치면서 상대를 공격한 것 같았다. 범포 스스로가 젊은 날의 기예를 완벽하게 구사할 수 없음을 느꼈던 모양이었다. 결국 젊은 날의 신화는 몸이 아닌 입에 새기는 게 아니던가.

범포의 비검무를 본 적들이 주춤했다. 한 번도 본 적 없는 신기神技를 눈으로 봤으니 두려울 수밖에. 그러나 마석은 알고 있었다. 비검무를 이제 다시 쓰기 어렵다는 것을. 상대는 그걸 눈치 채지 못했을지 모르지만 마석이 봤을 때 범포의 동작은 흐트러져 다시 쓸 수 없을 만큼 늙어있었다. 그러니 범포는 늙은 기술을 다시 쓰지 않을 것이었다. 젊은 날만 생각해 몸을 움직여 보았지만 몸이 말을 들어주지 않는다는 걸 분명히 느꼈을 테니까. 자신이 늙었음을 뼈저리게 깨달았을 테니까.

같은 고구려인들이라 그런지 칼을 다루는 법이나 공격·수비 방법도 비슷했다. 긋고 내리치고 찌르고 빠지는 동작뿐만 아니라 여럿이 한 사람을 포위하여 공격하는 방식은 마석과 범포가 군문에 있을 때 배우고 가르쳤던 방식 그대로였다. 또한 그들은 아직 젊고 매일 수련과 단련 그리고 훈련으로 다져진 자들이었다. 한 마디로 늙은이 둘이 상대하기 만만찮은 상대들이었다. 단칼에 쓸어놓고 적진 깊숙이 들어가 휘저은 후 죽고 싶었는데 그게 마음대로 되지 않을 것 같았다.

또한 그들은 함부로 덤비지 않았고, 치고 빠지기를 계속하고 있었다. 아무래도 범포의 비검무를 보고 놀란 모양이었다. 단 한 명도 덤비거나 나서지 않으면서, 정해진 대형을 유지하며 빠졌다 모였다, 우로 돌았다 좌로 돌았다를 반복하며 두 사람을 철저하게 묶으려 했다. 멧돼지나 호랑이를 상대하는 개떼들 전술 그대로였다. 힘이 빠지기를 기다리는 듯했다. 그에 따라 두 사람은 적들을 베지 못한 채 힘만 빼고 있었다.

"겁댕이 새끼들, 덤비라. 날래 덤비라."

범포가 상대를 자극해도 상대는 덤벼들지 않았다. 아무래도 도망치지 못하게 막고 있는 것 같았다.

"이놈들 뭔가 꿍꿍이가 있어. 우릴 닾으려는 게 아니라 도망티디 못하게 막고 있어."

마석이 말에 범포가 대답했다.

"지원군을 기다리거나 궁술 기다리는 거 같디 않네? 우리가 도망 티지 못하게 막으믄서 말이야."

"지원군을 기다릴 리는 없고, 아무래도 궁술 기다리는 거 같디 않아?"

"기래. 칼로는 안 되갔다 싶어 궁수들이 올 때만 기다리는 거 같 아."

"기럼 우리래 고슴도치가 되갔구나야. 제발 심장에 꽂혀 일띡 듁어야 할 긴데. 듁는 순간 웃으믄서 듁을 수 있게 말이야."

"간나, 듁을 때도 웃으믄서 듁을라고?"

"기럼. 이왕 듁는 거 웃으믄서 듁어야디."

"하긴 기래. 누구나 듁을 건데, 웃으믄서 듁을 수 있다믄 그것도 복이디."

두 사람이 등을 맞대고 낮게 말을 주고받았으나 상대는 공격을 하지 않았다. 할 생각도 없는 모양이었다. 오로지 도망치지 못하게 막으려는가 보았다.

33

마석과 범포의 예상은 빗나가지 않았다. 그들은 화살에 맞아 죽을 운명이었다.

마석과 범포는 계속 공격을 하느라 했지만 상대는 피하기만 할 뿐 공격다운 공격을 하지 않았다. 힘을 비축하는지 겁을 먹은 건지는 모르지만 공격을 포기한 것 같았다. 한 명이라도 대열에서 벗어나면 그 놈을 공격할 텐데 놈들은 훈련을 제대로 했는지 대열에서 벗어나지도 않았고, 선제공격을 하지도 않았다.

그렇다고 방어를 허술하게 하는 것도 아니었다. 마석과 범포의 공격을 노련하게 피하고 막으며 한 자리에 묶어두고 있었다. 안 되겠다 싶어 대열을 흩뜨린 후 틈을 보아 산 위로 올라보려고 했으나 그것마저 막았다. 포구 쪽으로 가려 해도 마찬가지였다. 독 안에 든 쥐가 자포자기하여 늘어지기만을 기다리고 있는 듯했다. 그만큼 양편 모두 상처를 입었고 지칠 대로 지쳐 있었다.

인기척이 느껴진 건 그때였다. 산 위에서 사람 발자국 소리가 나는가 싶더니 잰걸음으로 움직이기 시작했다. 움직임으로 보아 산을 타고 내려오는 모양이었다. 한쪽에서만 나는 게 아니라 세 군데서 나는 것으로 보아 아무래도 마석과 범포를 포위하려는 모양이었다.

"느꼈갔디? 인기척."

범포가 묻자 마석이 대답했다.

"응. 나도 느꼈어. 우릴 포위하는 거 같다. 기러니 놈들에게서 떨어디디 말라."

"기건 뭔 소리네? 떨어디디 말라니?"

"이런 빙충을 봤나. 우리가 적들하고 붙어있으믄 어띠 화살을 날리갔네? 화살에 눈이 있는 것도 아니고……. 기러니 놈들과 떨어디디 않는 한 화살을 못 날릴 게 아니네."

"난 또? 듁기로 작정한 놈이 뭐가 무서워서?"

"듁을 때 듁더라도 우리가 버티는 만큼 좌우군이며 중앙군은 안전할 게 아니네. 우릴 처치했다 싶으믄 저놈들이 여 기냥 있갔네? 지원하러 가갔디."

"하난 알고 둘은 모른다더니. 배가 있어야 가디. 밸 모두 불태워버렸는데 어케 가네? 헤염텨서?"

"기러고 보니 그렇네. ……아무튼 우리가 버텨듀는 만큼 안전할 테니 끝까디 버티댜우. 알간?"

"듁는 게 두려워선 아니고?"

"간나. 내가 말하디 않안? 너와 함께라믄 지옥도 무섭디 않다고."

"기래, 기랬디. 기건 나도 마탄가디고."

"기러니긴 끝까디 버티다 가야디. 끝까디 버티기 위해선 놈들과 떨어디믄 안 되고."

"알갔습네다, 마석 장군. 장군 존명을 따르갔습네다."

"간나 새끼. 농담하는 걸 보니 듁을 힘이 나나 보디?"

"아니. 살 힘이 나서 기런다 왜? 쬐꼼이라도 더 버텨볼래구."

둘은 평상시처럼 티격태격 거렸다. 그렇다고 공격을 안 하거나 경계를 늦추는 것도 아니었다. 필요할 때는 떼어졌다가 다시 붙고, 다시 붙었다가 떼어지기를 반복하면서 등만 닿았다 하면 이런 말을 주고받으며 티격댔다. 칼싸움을 하기 위해서가 아니라 말싸움을 하기 위해 등을 맞대고 있는 것처럼. 그러면서도 적군이 화살을 날리지 못하게 적과의 거리를 주지는 않았다.

한편, 적군 궁수들은 자리를 잡았는지 활에 화살까지 꺼내들고 있었다. 명령만 내리면 언제라도 활시위를 당길 태세였다. 벌써 중천에 솟아오른 달이 그런 그들의 모습을 환히 비춰주고 있었다.

"달을 보니 이제 자시가 가까워딘 것 같구만. 됴금 전까지만 해도 어제였는데, 이제 듁으믄 하루는 더 살았구만 기래."

"간나. 하루살이 나이 센다더니 꼭 기 꼴이구만. 듁는 놈이 하루 더 살고 말고가 무슨 의미가 있어?"

"기래도 기렇디. 하루가 어딘데?"

마석의 말에 범포가 대답하려다 말고 갑자기 소리를 질렀다.

"뎌, 뎌 놈들 뭣하는 거네?"

범포의 고함소리에 궁수들을 쳐다보니 활시위를 당겨놓고 있었다. 자기편이 있는데 활시위를 당겼다는 것은 자기편을 희생하더라도 두 사람을 잡겠다는, 진내사격을 감행하겠다는 뜻이 아니던가.

"더, 뎌런 살인귀 같은 놈들. 어케 댜기편을 향해⋯⋯?"

그러나 범포는 말을 맺지 못했다. 범포의 말이 끝나기도 전에 화살이 날아올랐고, 둘은 눈앞에 적이 아니라 날아오는 화살을 걷어내기 위해 칼을 휘둘러야 했기 때문이었다.

마석과 범포가 제아무리 칼을 빨리 휘두른다 해도 날아오는 화살을 다 막을 수는 없었다. 얼굴과 가슴, 배를 향해 날아오는 화살은 얼마간 막았지만 그 외는 막을 수가 없었다. 더더군다나 달빛이 날아오는 화살을 감춰주고 있었다. 날아오를 때는 보이더니 어느 순간 달빛 속에 숨었다가 바로 눈앞에 와서야 모습을 드러내는 것이었다. 화살과 달빛이 합동작전을 펼치고 있는 셈이었다. 그러니 화살을 제대로 막아낼 수가 없었다.

여기저기 화살이 박히는가 싶더니 몸이 무거워지기 시작했다. 그건 둘만이 아니었다. 조금 전까지만 해도 칼을 들고 대치하고 있던 적들도 화살을 맞아 쓰러지기도 했고 주저앉기도 했다.

"뎌, 뎌런⋯⋯."

범포가 이를 갈며 말을 끝마치기도 전에 두 번째 화살이 날아들기 시작했다. 놈들은 2개조로 나눠 화살을 날려대고 있었다. 한 개조가 화살을 쏜 후 몸을 숙이면 뒤에 있던 다른 조가 화살을 날리는 방식으로 번갈아가며 화살을 날리고 있었다.

두 번째 화살까지도 그럭저럭 막을 수 있었다. 그러나 처음과는 달리 화살이 몸 곳곳에 박혔는지 안 아픈 곳이 없었고, 몸도 제대로 움직일 수가 없었다. 분명 몸을 움직이고 있는 것 같은데 몸이 움직이질 않았다. 그러나 둘은 무너지지 않으려고 서로 등을 의지한 채 버텼다. 한날한시에 죽기로 약속했으니 같이 죽기 위해서가 아니라 쉽게 무너지지 않음을 보여주고 싶었기 때문이었다. 화살 한두 순巡에 무너지지 않는 태자도의 혼을 보여주고 싶었다.

그러나 둘은 오래 버틸 수가 없었다. 등을 마주한 채 버티는 것도 힘에 부칠 때쯤 세 번째 화살들이 날아들었고, 그 후로도 계속 화살이 날아들었기 때문이었다. 해서 누가 먼저인지도 모르게 땅바닥에 쓰러지고 말았다.

"마석아, 우리 소원 이뤘으니끼 웃으믄서 가댜. 우리 둘이 같이 가는데 어딘들 두렵갔네."

"기래. 달빛도 밝고, 너와 함께라서 듁기에 탐 좋은 것 같다."

"마석아, 우리 후생에도 다시 만날까?"

범포가 마석의 손을 찾아 더듬거리며 말했다. 그러자 마석이 범포의 손을 밀치며 대답했다.

"너 같은 망나닐 또?"

"기래. 망나니로 안 태어나믄 만나듀갔네?"

"기러믄 또 모르디. 기나더나 우리 탐 재밌게 살았디?"

"기래, 재밌었디. 주군을 만나 사람답게도 살았고."

"기래, 우리 탐……."

"간나. 같이 가기로 해놓고 벌써……."

범포는 끝내 마지막 말을 다하지 못하고 숨을 거두고 말았다. 그런 두 사람의 마지막을 반달이 조용히 비춰주고 있었다. 너무 밝지도 어둡지도 않게 은은히.

34

마석과 범포는 결국 자신들이 묻히고 싶다던 곳에 묻혔다. 을지
광 대로 무덤 바로 밑에 나란히.

태자궁을 비롯하여 군사들뿐만 아니라 태자도 백성들의 오열과
애도 속에 장례는 진행되었다. 객사한 사람은 집안에 들이지 않는
다는 풍습에 따라 빈소는 태자궁 앞에 마련하여 조문하고자 하는
모든 이들의 조문을 받았고, 국가장國家葬에 준해 거행하였다.

상주는 두 장군의 큰아들들이 맡았고 아들들이 상제가 되었으나
고량부와 구명석을 비롯하여 바우·석규 등이 빈소를 함께 지켰다.

장례기간은 보름, 열흘, 이레가 거론되었으나 외부 조문객을 받
지 않을 것이니, 이레면 태자도의 모든 사람이 조문할 수 있을 것이
라 판단하여 이레로 정해졌다.

"장례 기간 동안은 두 장군이 구해온 쌀로 밥을 지어 태자도 사람
들에게 고루 나눠듀라. 기게 태자돌 살리고자 했던 두 장군의 뜻을
기리는 일이고, 태자도 백성들의 가슴에 두 장군을 새기는 일이 될
거이니."

영의 명에 따라 태자궁 주위에 군사용 가마솥을 걸어 모든 조문
객들을 대접했고, 조문객들은 그 쌀밥을 목메게 떠먹었다.

개관사정이라 했던가. 두 사람이 죽고 나자 살아생전 있었던 일
화들이 제법 나왔다. 죽음에 대해선 관대한 게 조선민족의 공통된
속성일지는 모르나 두 사람에 대한 미담이 끊임없이 쏟아졌다. 권
룡과 대운도 평생 갚아도 다 갚지 못할 은혜를 입었음을 고백했다.
간첩활동을 하다 발각되어 목숨이 경각일 때 두 사람이 구해준 애

기며, 자신들을 살리기 위해 태자궁 경비를 맡겼던 일화, 뭍에 있는 가족에게 다달이 생활비며 양식을 보내준 일들을 풀어놓자 듣는 사람들은 한숨과 눈물 콧물로 두 사람을 추모했다.

특히 범포의 미담은 듣는 사람들의 가슴을 먹먹하게 했다. 마석 이라면 그럴 수 있겠다 싶지만 범포가 그랬다는 사실에 사람들은 처음엔 믿기지 않는 눈치였다. 그러나 한두 사람이 아니고 많은 사람들이 빈소에서 목 놓아 울며 범포와의 일화를 쏟아내자 모두들 눈물로 범포를 기렸다.

"목소리만 크고 말만 거칠었디 마음은 비단결이었구만."

영의 말에 모두들 고개를 들어 하늘을 쳐다볼 정도였다.

그렇게 마석과 범포는 죽음으로써 드디어 살아났다.

엇갈린 승패

35

분했지만, 치가 떨렸지만 후퇴할 수밖에 없었다. 어디서부터 잘못됐는지 알 수도 없이 처절하게 당했다. 식량 조달선을 공격하려다 놈들의 속임수에 넘어가 역공을 당했고, 전선 열다섯 척 중 겨우 세 척만 살아남았다. 뚱섬 또한 철저히 당했다. 군영이며 전선들이 모두 불타버렸다. 놈들의 속임수와 양동작전에 완전히 말린 것이었다.

"권룡이와 대운이 이놈들을……."

부드득 이가 갈렸으나 어찌 해볼 방법이 없었다. 둘을 너무 믿었고 그들이 보내온 정보들을 거를 만한 장치가 없었던 게 문제였다.

가족을 볼모로 잡아 두고 있었지만 그들은 낭도 장수였다. 역적 영과 부여와 낙랑에서 왔다는 떨거지들의 신임을 얻지 못했다면 장수 반열에 오르지 못했을 것이기에 장수 반열에 오르는 순간 그들을 의심해야 했었다. 최소한 낭도에 잠입하여 암약하고 있는 다른 첩자들을 통해 그들의 동태를 파악하는 한편, 그들이 넘겨주는 첩보를 정제했어야 했다.

그러나 그럴 수가 없었다. 낭도엔 더이상 사람을 보낼 수도 뺄 수도 없었으니까. 하여 둘이 화살에 묶어 보내는 첩보를 통해 낭도의 상황이며 역도들의 움직임을 파악해왔는데, 그게 거짓정보이거나 상대의 속임수였다니 믿을 수가 없었다. 그러나 이제 인정하는 수밖에 없었다. 두 놈에게 철저히 속았고, 이용당했다는 것을.

서안평으로 향하는 뱃전에 선 채 분함과 배신감에 치를 떨고 있자니 동훈이 다가왔다. 그러나 아무 말도 하지 않았다. 할 말이 있을 리 없었다. 처절하게 당한 전투에 대해 얘기해봤자 화나 돋우고 서로의 감정이나 상할 뿐이란 걸 누구보다 잘 알고 있지 않은가. 하여 전투에 대한 복기는 미뤄둔 채 입을 다물고 있는 것 같았다.

"개수덕이래 도망틴 게 맞는 것 같디요?"

한참동안 말없이 바다를 내려다보는가 싶더니 동훈이 조심스럽게 물었다.

"······?"

두치는 동훈이 말하는 의도를 알 수 없어 가만히 쳐다보았다.

"개수덕이래 도망뗬다믄······ 대빌 해야 할 것 같아서 말입네."

"대비라니요?"

점점 알 수 없는 말을 하는 동훈을 이해할 수 없어 반문하자 동훈이 머뭇대며 말했다.

"장군께선 어띠 생각하실디 모르디만 개수덕이래 살아있다믄, 살아서 도망뗬다믄 기에 대한 대빌 하셔야 합네다. 기 작자 대모달께 무슨 얘길 할디 알디 않습네까? 자기는 쏙 빠디고 모든 책임을 장군께 떠넘길 게 뻔한데 기에 대한 대빌 하셔야디요."

"기건…… 기 일은……."

두치는 입을 떼기조차 싫어 말을 잘라 버렸다. 개수덕은 그러고도 남을 인간이었다. 이번 일도 그 인간이 두치 말만 들었으면, 듣는 척이라도 했으면 이렇게 처절하게 당하지는 않았을 것이었다.

적들이 식량 조달선을 띄우려 한다는 첩보가 입수되자 두치는 다양한 방법으로 확인해봐야 한다고 했다. 낭도에 식량이 부족할 건 너무나 당연했다. 자기들도 군량이 부족하여 두 번이나 보급받았으니 낭도라고 크게 다르지 않을 것이었다. 변변한 논이나 밭이 많지 않아 양식 대부분을 외부에서 조달한다고 했다. 거기에다 인구가 갑자기 늘었으니 양식이 부족할 건 당연했다. 그걸 알고 있었기에 하루도 거르지 않고 감시선을 띄우지 않았던가. 외부와 차단함으로써 식량이며 기타 생필품을 조달하지 못하게 함과 동시에 병장기들을 들여오지 못하게 할 생각에. 뭍과 차단하여 완전 고립시키면 오래 버티지 못할 것이고 결국 낭도에서 나올 수밖에 없었다. 공격을 하든 보급을 위해 나오든. 그때를 놓치지 않고 공격한다면 승산이 있을 것이었다. 지금은 낭도의 지형지물을 이용하여 버티고 있지만 낭도를 벗어나 해전을 벌인다면 버티지 못할 것이었다. 병력과 전선만 단순비교해도 승패는 이미 결정된 것이나 다름없기 때문이었다.

그렇게 기다리고 있는데 적들이 식량 조달선을 띄우려 한다는 첩보가 날아들었다. 한편으로는 때가 됐구나 싶으면서도 한편으로는 찜찜했다. 꼭 집어 말하기는 힘들지만 뭔가 석연치 않은 구석이 있었다.

옴팡포에서 식량 조달선을 띄우려는 걸 막은 것이 한 달 전이었다. 썰물을 이용해 배를 띄우려는 것을 막았다. 그런데 그 다음 행동을 이해할 수 없었다. 적들이 식량 조달선을 띄우려 했다면, 낭도에 식량난이 가중되어 쌀이 필요했다면, 그로부터 사나흘 동안에 재시도를 했어야 했다. 굶어 죽게 된 상황인데 여유를 부릴 수가 없었다. 그래서 낭도 주변 경계를 강화하는 한편 감시선도 곱절로 늘렸다. 그러나 그 후 아무런 움직임도 없었다.

보름 후에도 마찬가지였다. 보름에 한 번 물때가 바뀌니, 저녁 썰물을 이용해 배를 띄운다면 그때를 이용할 수밖에 없었다. 하여 다시 낭도 주변 경계를 강화했다. 그랬는데 역시 아무런 행동을 취하지 않았다. 두치의 예상을 비웃기라도 하듯 놈들은 꼼짝도 하지 않았다.

"꼴 됴——옷타. 혼자 달 난 턱은 다 하더니 또 허탕이구만 기래. 태산명동서일필泰山鳴動鼠一匹이라더니 꼭 장군을 두고 하는 말 같디 않시오?"

개수덕은 수고를 치하하거나 위로하기는커녕 두치를 비웃었다. 작전에 나갈 땐 막사에 틀어박혀 꼼짝도 않던 인간이 빈손으로 돌아오자 포구까지 마중 나와 두치를 씹어댔다. 안 그래도 썰물 때문에 죽을힘을 다해 버렸던 병사들 앞에서. 그러나 두치는 대꾸조차 하지 않았다. 아니, 못했다. 결과적으로 두치의 판단은 잘못된 것이었고, 두치 때문에 병사들만 생고생을 했으니 말이다.

연이은 실패에 두치는 아군 군영에 첩자가 숨어 들어있나 싶어 동훈과 함께 믿을 만한 수하들을 풀어 샅샅이 조사했다. 그러나 첩자는 물론 그 어떤 단서도 찾을 수 없었다. 국내성에서 직파된 병사들이라 그런지 낭도와 연결된 병사는 없었다. 그런데도 두치는 멈출 수가 없었다. 이쪽 비밀이 새나가는 게 확실해 보였기 때문이었다. 마지막엔 감시선으로 가끔씩 실시하는 낭도 공격 때 화살까지 살피게 했다. 아군 중 대운과 권룡처럼 화살에 묶어 이쪽 상황을 알리는 자가 있을까 싶어서. 그것 역시 허탕이었다. 이쪽 정보가 낭도로 흘러드는 걸 찾을 수 없었다.

그리되자 두치는 권룡과 대운을 의심할 수밖에 없었다. 그들의 정체가 탄로 났거나 포섭당해 이중첩자로 활동하고 있다면 그들의 첩보를 믿어서는 안 될 것이었다. 그들이 보내는 정보가 역정보이거나 거짓정보라면 그들의 정보는 폐기되어 마땅했다. 그러니 낭도에 잠입해 있는 다른 첩자들에게 연락을 취해 정확한 상황을 파악해야 할 것 같았다. 그러던 차에 권룡과 대운에게서 스무하룻날 밤에 썰물을 이용해 옴팡포에서 식량 조달선이 뜬다는 연락을 받았다. 한 달 동안 꿈쩍도 않고 틀어박혀 있다가 갑자기 식량 조달선을 띄운다니 의심스러울 수밖에 없었다.

두치는 더이상 혼자 끙끙댈 게 아니라 개수덕과 의논할 생각으로 그러저런 상황이며 지금까지의 과정을 자세히 알렸다. 권룡과 대운을 부리는 건 자신이었지만 군사들을 동원하고 출전시키는 권한은 개수덕에게 있는 만큼 그와 상의할 수밖에 없었다.

"기케 나 몰래 혼자 북 티고 장구 티고 해놓고 이데사 기러뎌련 얘길 하는 이유가 뭡매?"

예상했던 대로 개수덕이 삐딱하게 나왔다. 아니, 그 정도가 아니라 지금이야말로 그간 구겨왔던 낭도정벌군 대장 체모를 회복할 수 있는 절호의 기회라 생각하는지 비릿하게 웃으며 비아냥거렸다.

"첩자로 가 있는 자들을 더이상 믿디 못하기 때문입네다."

두치는 개수덕과 오래 말 섞기가 싫어 단도직입적으로 말했다.

"첩자를 믿을 수 없다니 기게 무슨 말입매? 기간 첩자들을 이용해 세운 전공이 얼마고, 기걸 장군 혼차 독식하디 않았음매? 기런데 이데 와서 믿을 수 없다니 기게 말이 된다고 생각합매?"

"기게 아니라 이번 정본 석연티 않아서 기럽네다."

"석연티 않다니?"

"기간 아무런 연락도 없다가 한 달 만에 연락한 것도 기렇디만 몽돌포가 아닌 옴팡포에서 밸 띄운다는 점도 이상해서 기럽네다."

"이상할 것도 다 있다. 겨울 들어 우리나 적이나 아무 것도 할 수 없을 때라 연락을 취하디 않았을 거이고, 디난번에도 옴팡포에서 빠져나가려는 걸 막아놓고 이데 와서 이상하다니 난 기러는 장군이야말로 이상스럽기 그디 없습매."

"기게 기렇디 않습네다. 디난번에 옴팡포로 나가려다 실패했다믄 이번엔 그 반대쪽인 몽돌포로 나가려 해야 맞습네다. 기런데도 다시 옴팡포에서 출발한다는 게 이상합네다."

"몽돌폰 장군이 하도 들쑤셔놔서 옴짝도 못갔다 생각하고 옴팡폴 이용하려는 거 같은데 기게 뭐 이상하단 말입매? 난 기렇게 생각하는 장군이 더 이상하다니깐."

벽을 보며 얘기를 하고 말지 도저히 더이상 말을 이어갈 수가 없었다. 더 얘기하다간 속이 터지거나 돌아버릴 것 같았다. 상황을 판단하고 상황에 맞게 대책을 세우려는 자세는 눈꼽만큼도 없고 거부를 위한 거부, 오로지 딴지를 걸어 두치를 넘어트리려는 태도엔 숨이 탁 막혔다. 상대의 입장에서 생각하지는 못할망정 상대의 말을 되새긴 후에 대답해야 하는데 개수덕은 입에서 나오는 대로 씨불이고 있었다.

말이 필요 없을 것 같아 두치가 입을 다물자 개수덕은 자신의 뜻대로 작전 계획을 세웠다. 식량 조달선을 막기 위해 두치 휘하의 병사들을 출동시키고, 자신은 만약을 대비하여 똥섬에 남겠다고. 한 마디로 힘든 일은 두치가, 편한 일은 자신이 하겠다는 것.

날이 어둡기 전에 적의 눈에 띄지 않기 위해 똥섬을 반바퀴나 돌아 낭도 북서쪽으로 이동했다. 그리고 날이 어두워지자 학익진을 쳐 기다렸다. 식량 조달선 몇 척쯤이야 전선 한두 척이면 별 어려움이 없을 것이었다. 그런데도 두치는 휘하의 열두 척을 다 끌고 나왔다. 만약의 사태를 대비하는 한편 이 기회에 해전에 대한 감각도 키워줄 겸 병사들의 자신감도 북돋을 겸해서.

썰물이 나기 시작했지만 적군의 움직임은 포착되지 않았다. 기도 비닉을 유지하고 있어 포착되지 않거나 정보가 잘못됐을 수도 있었다. 그렇지만 밀물이 날 때까지는 기다려야 했기에 끈기 있게 기다렸다.

그러기를 두 시진쯤. 앞에 배치해놓은 전선에서 신호가 왔다. 짧은 불빛이었다. 적이 나타나면 부싯돌을 짧게 긋기로 돼 있었다.

"대기하라. 섣불리 움딕였다간 디난번녀럼 도망틸 수 있으니 끝까디 버티라."

두치는 낮게, 그러나 위엄 있게 명을 내렸다. 그리고 숨죽여 기다렸다.

어둠 속에서 배의 윤곽이 드러나자 두치는 다음 명을 내렸다.

"좌우에 있는 밸 이동하여 적선을 둘러싸라."

두치의 명에 노 젓는 소리와 함께 배들이 이동하여 적선을 완전히 포위했다고 생각하는 순간이었다. 적선에 불꽃이 이는가 싶더니 순식간에 불화살이 날아들기 시작했다. 북서풍을 이용한 화공이었다.

배를 이동하느라 미처 전투대형을 갖추지 못했고, 썰물 때라 움직이던 배를 정지시키는데도 엄청난 인력이 필요했다. 적들은 바로 그 점을 이용했던 것이었다. 닻을 내려 배가 움직이지 않게 고정시킨 후 일제히 불화살을 날린 것이었다. 식량 조달선이 아니라 전선을 다섯 척이나 끌고 나와 전면전을 감행했던 것.

거기서 끝이 아니었다. 화공을 당해 우왕좌왕 좌충우돌하는 틈을 놓치지 않고 돌진하더니 우군 전선 옆구리를 사정없이 들이받았다. 순식간에 적선 다섯 척이 아군 다섯 척을 쪼개버린 것이었다. 다행히 두치는 맨 뒤에 있어 적선과 부딪치지 않았지만 화공을 피할 수는 없었다. 모두들 불을 끄는데 온 신경을 모을 수밖에 없는 상황이었다.

"후퇴하라. 흩어디라. 옆구릴 조심하라."

두치가 목청껏 외쳤으나 두치의 명은 아무런 힘도 없었다. 안 그래도 역도들에 대한 두려움을 가지고 있던 병사들은 제 살기에 바빠 활을 쏠 엄두도 내지 못하고 덜덜 거리고 있었다.

"명을 어기는 잔 결코 살아남디 못할 거이다. 기러니 명을 따르라. 날래 후퇴하라."

그러나 두치의 명은 아군의 옆구리를 들이받는 적선의 충격소리와 아군의 비명소리, 불을 끄느라 허둥대는 소리, 물에 빠져 허적거리는 소리에 가려 퍼져나가질 못했다.

"이, 이런……"

두치의 입에선 자신도 모르게 신음소리가 삐져나왔다.

겨우 도망쳐 똥섬으로 방향을 트니 똥섬이 환했다. 온 섬이 불타고 있는지 불빛이 바다를 뒤덮고 있었다.

병사들을 재촉하여 똥섬에 닿으니 그새 섬은 잿더미가 되어 있었다. 불은 이미 잦아들고 있었고, 전선은 모두 불타버렸고, 군영도 성한 곳이 없을 정도였다.

"어띠 된 일이냐? 어케 이리 됐네?"

개수덕 휘하에 있던 군관에게 물으니 군관의 말이 가관이었다. 장수로서, 정벌대장으로서 도저히 용납할 수 없는 짓을 저지르고 개수덕은 도망쳤다는 것이었다. 남은 병사들을 살릴 생각은 하지도 않고 자기만 살겠다고 주변에 있는 사람들만 태우고 도망쳤다고.

"이, 이런 개만도 못한……."

치가 떨렸으나 두치는 입을 다물 수밖에 없었다. 아무리 화가 나더라도 상관을 욕해선 안 될 것 같았기 때문이 아니라 개만도 못한 개수덕을 욕해봤자 자신의 입만 더러워질 것 같아 입을 다물었다. 동훈도 같은 생각인지 한숨만 내뿜을 뿐 말은 하지 않았다. 그는 개수덕의 인간성이며 행실을 누구보다 잘 알고 있어 더이상 말하기조차 싫은 모양이었다.

"기래, 병사들은 멫이나 남아 있네?"

"정확하딘 않디만 많딘 않을 것 같습네. 포구 똑에 있던 병사들은 잠을 자다 화공에 목숨을 잃었고, 반대 똑에 있던 병사들은 정벌대장과 함께 도망틴 것 같습네."

"알갔다. 일단 남은 병사들을 소집하여 포구에 집합시키라. 적들이 언제 텨들어올디 모르니 서둘러라."

"옛! 장군."

군관이 산으로 올라가자 두치는 포구를 돌아보았다. 군데군데 목이 베여진 채 죽은 병사들이 늘어져 있는 것으로 보아 경계를 하다 쥐도 새도 모르게 당한 모양이었다. 그러나 그렇게 당한 병사는 많지 않았다. 역도들이 단 한 번도 공격한 적이 없기에 방심하고 있다 당한 게 분명했다. 오늘같이 작전을 수행할 때만이라도 경계인원을 늘렸다면 이렇게 허망하게 당하지는 않았을 것이란 생각이 들자 개수덕에 대한 욕이 다시 한 번 올라왔다.

배들도 성한 게 없었다. 전소된 배들이 대부분이었고 좀 낫다 싶은 배들도 반 이상은 타 있었다. 배로 쓸 수 없을 정도였다. 기름을 부어 배를 태운 모양이었다.

배를 이 지경으로 만들었다면 군영은 말할 필요도 없을 것이었다. 기름을 잔뜩 부어 불을 붙였다면 삽시간에 불길이 치솟았을 것이고, 잠들었던 병사들은 불길을 벗어나기 힘들었을 것이었다. 불길을 벗어났다 해도 깊은 화상을 입었을 것이고.

포구를 둘러보고 산 위로 올라간 군관을 기다리고 있자니 불지옥에서 빠져나온 배들이 돌아왔다. 배들이라 해야 두치네 배를 비롯하여 세 척이 전부였다.

군관이 이끌고 온 병사는 2백여 명이었다. 온전한 병사는 손에 꼽을 정도였고 대부분 화상을 입었거나 자상을 입고 있었다. 그들을 세 척의 배에 분승하고 똥섬을 빠져나온 것은 스무하루 달이 서쪽으로 설핏 기울기 시작할 때였다.

그리고 적진을 완전히 벗어났다 싶자 동훈이 말을 붙였던 것이었고

"내가 말을 한들 대모달이 믿어듀고 들어듀기나 하갔습네까?"

"기래도 대빈 하셔야 할 겁네다. 지끔 배엔 개수덕 밑에 있던 병사들이 많으니 그들을 증인으로 내세워서라도 개수덕의 만행을 알려야 합네다. 기런 인간이 더이상 군문에 있게 해서는 안됩네다."

"길쎄요. 대모달이 사촌동생의 말을 믿디 내 말을 믿갔습네까? 설령 내 말을 믿는다 해도 사촌동생을 따를 수가 있갔습네까? 개수덕 그 인간은 왕후의 힘을 등에 업고 있는 사람이 아닙네까?"

"꼭 기렇디만은 않습네다. 대모달이 장군을 믿어만 준다면 왕후의 마음을 돌리는 건 그닥 어렵디 않을 겁네다. 기러니 기에 대한 대빌 해두시는 게 둏을 겁네다."

"무슨 말인디 알갔습네다. 그 일은 탸탸 정리하기로 하고…… 필요하믄 고견을 청하갔습네다."

"고견이라니요? 있는 사실을 있는 그대로 알리는 것보다 더 큰 힘을 발휘하는 건 없다고 생각합네다. 기러니 장군께선 이번 있었던 일을 일목요연하게 정리하셨다가 대모달께 알리시는 게 최선의 방책일 겁네다. 만약 정리할 정신적 여유가 없다면 소장이 정리해놓갔습네다."

"기래 듀시갔다면 더이상 바랄 게 없갔디요."

"예. 알갔습네다. 가감 없이 객관적인 관점에서 정리해 두갔습네다. 필요하시믄 언제든 말씀하십시오."

"알갔습네다, 기렇게 하디요."

두치는 달빛이 번지는 바다를 바라보며 한숨을 길게 내쉬었다. 이제 곧 그믐이 될 것이고, 그리 되면 달도 없는 어둠만 계속될 것이란 생각이 들자 막막하기만 했다. 그러나 동훈이 곁에 있는 한 그믐이라 해도 결코 어둠만 계속되지는 않을 것이란 생각도 들었다. 동훈은, 해는 아닐지라도 약하게나마 어둠을 밝혀주는 달 정도는 되어줄 것 같았다.

적들이 침입해 포구 쪽이 불타고 있다는 보고에 수덕은 가슴이 철렁했다.

"기, 기게 사실이네?"

자신도 모르게 말을 더듬고 있었다. 도저히 있을 수 없는 일이, 일어나선 안 될 일이 일어나자 놀라지 않을 수 없었다. 단순히 식량 조달선을 띄운 게 아닌 것 같았다. 두치의 예상대로 뭔가 다른 일이 있는 게 분명했다. 또다시 '두치의 저주'가 맞아떨어진 것이었다.

'두치의 저주'란 수덕이 붙인 것이었다. 희한하게도 전투 때마다 두치가 예상하거나 얘기한 대로 되곤 했다. 한두 번이 아니었다. 그의 말은 저주처럼 딱 맞아떨어졌다. 대패하거나 군사들을 잃거나 적군에게 당했다. 그러니 두치를 멀리 할 수밖에. 그의 입에서 무슨 말이 나올지 두려웠다.

이번에도 그랬다. 식량 조달선을 띄운다니 식량 조달선을 막기 위한 작전만 짜면 되는데 자꾸만 헛소리를 해댔다. 적진에 침투해 있는 권룡과 대운의 말을 믿기 어려우니 그에 대한 대비를 해야 한다고. 식량 조달선을 띄운다는 정보가 거짓정보라면 반드시 다른 무언가를 획책하고 있을 거라고. 식량 조달선으로 위장하여 아군을

무력화시키거나 본진을 공격하거나 불태울지도 모른다고. 양동작
전 내지 성동격서의 전법을 구사할 수 있다고. 하여 수덕은 헛소리
하지 말라고, 악담하지 말라고, 저주하지 말라고 일소한 후, 식량
조달선 공격에 두치가 통솔하고 있는 부대나 끌고 가라고 명을 내
렸다. 자기 휘하에 있는 병사들은 군영을 지킬 테니 자기에게 주어
진 일이나 똑바로 하라면서. 그랬는데 '두치의 저주'가 현실이 되었
다니 두렵지 않을 수가 없었다.

전령이 갑옷을 가져왔지만 수덕은 거들떠 보지도 않고 막사 안을
서성이며 혼잣말을 하고 있었다.

"기러믄 이데 어케 되는 거네? 어케 해야 하네? 두치 기 자가
뭔 딧을 한 거네? 무슨 저줄 내린 거네? 태후마마와 대모달을 뭔
낯으로 보네? 쫓겨나는 건 아니갔디?"

이런 말을 혼자 중얼거리며 막사 안을 돌고 있었다.

이 버릇은 무섭거나 두려울 때면 자신도 모르게 하는 행동이었
다. 고개를 가만히 두지 못하고 꺾거나 돌리기도 하는데 갑자기 머
리가 무거워지고 고개가 뻣뻣하게 느껴지기 때문이었다. 그러나 오
늘은 중얼거림과 고개 꺾기를 동시에 하고 있었다.

"대장, 갑옷을 입으셔야디요."

전령이 갑옷을 든 채 말했지만 수덕은 하던 행동을 멈출 수가
없었다. 일각이라도 빨리 갑옷을 입고 나가봐야 하는데 갑옷을 입
기조차 싫었다. 전령은 갑옷을 든 채 수덕의 행동이 멈추기만 기다
리고 있었다. 그도 수덕의 버릇을 잘 알고 있었다.

"두치 기 자가 저줄 내린 게 분명해. 기렇디 않다믄 어케 이런
일이 일어나갔어? 기 자가 날 궁지에 몰아놓을라고 일을 꾸민 게

아니라면 어케 이런 일이 일어나갔냐고.”

점점 빨라지는 중얼거림은 흡사 무당이 접신하기 직전에 혼자 중얼거리는 것과 같았다. 그러나 수덕의 행동은 접신과는 아무런 관계도 없었다. 다만 두려움과 무서움이 시키는 대로 혼자 중얼거리고 있을 뿐이었다.

“대장 날래 나가봐야디요.”

언제 들어왔는지 부장까지 가세하여 수덕을 재촉했으나 수덕은 하던 행동을 멈출 수가 없었다.

“대장, 이러다 전멸할 수도 있습네다. 날래 가서서 상황을 파악하고 지휘를 하셔야디요. 늦어딜수록 살리기도 살아남기도 힘들 겁네다.”

그 말에야 수덕은 발을 딱 멈추고 중얼거림도 멈췄다. 살아남기 힘들 거란 말에 정신이 확 돌아왔기 때문이었다.

“살아남기 힘들다니? 기게 무슨 말이네?”

“적들은 지끔 포구에 있는 전선뿐만 아니라 군영까디 불 디르고 여길 향해 오고 있다 합네다. 기러니…… 여기에 도착하기 전에 막디 않으믄 여기도 위험할 수밖에 없습네다.”

“여기까디 와? 어케? 적들이 우리가 여기 있는 걸 어케 알고? 적들이 우리가 여기 있다는 걸 알 리가 없디 않네?”

“기거야 기렇디만…… 만약 우리가 여기 있다는 걸 적들이 알고 있다믄 여기까디 텨들어올 게 뻔합네다. 기러니 날래 대책을 마련하고 방비를 하셔야 합네다.”

“기렇다믄 부장이 군사들을 이끌고 가서 상황을 알아보고 오라. 기래야 뭔 대책을 세우던디 방빌 하든 할 게 아니네.”

그 말에 부장이 뻥한 눈으로 수덕을 쳐다봤다. 그러기를 잠시. 부장이 물었다.

"기 말씀 진정이십네까? 소장이 다녀오믄 나서시갔습네까?"

"진정이디 기럼? 내가 이 상황에서 장난하고 있는 것 같네?"

"알갔습네다. 기러시다믄 소장이 다녀오디요. 대장께선 막사나 디키고 계십시오."

부장이 쏜살같이 뛰어나갔다. 마치 그 말을 예상했었던 듯했다.

전황을 살피러 나간 부장은 돌아오지 않았다.

부장이 나가고 얼마 없어 식량 조달선을 막기 위해 출동한 배들이 불타고 있다는 급보가 날아들었다. 산 위 관측소에서 그 쪽 상황을 살피던 관측병이 직접 달려온 것이었다.

"네 놈이 우리 밴디 적군 밴디 어케 알고 망발이네?"

수덕은 막사 가운데 무릎을 꿇고 있는 관측병을 향해 소리쳤다. 그러자 관측병이 대답했다.

"관측병이 되어 어띠 기걸 구별하디 못하며, 기걸 구별하디 못한다믄 어띠 관측을 할 수 있갔습네까?"

"시끄럽다, 이놈. 돌아가 똑똑히 살핀 후 다시 보고해라. 겨우 수송선 다섯 턱을 처리하디 못해 우리 수군이 당한다는 게 말이 되네? 두치가 하루가 멀다고 훈련시킨 병사들이 아니더냐? 기러니 다시, 똑똑히 알아보고 보고해라."

"예, 알갔습네다. 기럼 다시 알아본 후에 오갔습네다."

그렇게 나간 관측병은 한 식경도 지나지 않아 헐레벌떡 달려와선 숨을 헐떡이며 다시 보고했다.

"불타는 배는 아군 전선이 분명합네다. 불타는 전선이 댜그마티 열 턱이 넘고……."

"뭐? 열 턱이 넘어?"

"기러합네다. 기러고 기뿐만이 아니라 적군이 불화살로 공격하다 못해 우리 전선을 들이받는디 배들이 깨어디고 있습네다."

"뭐? 들이받는다고? 깨딘다고?"

수덕은 눈앞이 캄캄해지는 것 같았다. 포구에 있는 전선들이 다 불타버렸다는데 식량 조달선을 막기 위해 출동한 전선마저 깨지고 있다면 이제 더이상 기댈 데가 없었다. 하여 평상시 같으면 관측소로 달려갔겠지만 관측소로 올라가볼 엄두도 나지 않았다.

관측병의 말을 들은 수덕은 다시 막사를 돌며 중얼거리기 시작했다.

"어케? 이데 어케? 이덴 서안평으로 돌아갈 수도 없닳아. 기러믄 어케? 이데 어케?"

수덕의 버릇이 도지자 부관이 관측병을 돌려보냈다. 그리고 전령에게 말했다.

"대장 갑옷 이리 듀거라. 기러고 넌 나가 있거라."

전령이 갑옷을 부관에게 넘겨주고 밖으로 나가자 부관이 수덕 곁으로 다가서더니 목소리를 낮추며 말했다.

"대장, 여기서 듁을 작정이십네까?"

여기서 죽을 작정이냔 말에 수덕은 다시 정신이 드는 것 같았다. 정말로 머뭇거리다간 여기서 죽을 수 있겠구나 싶었다. 그러나 그럴 수는 없었다. 결코 여기서 죽을 수는 없었다.

사실, 지금 쓰고 있는 대장 막사도 안전할 것이라 믿었기에 옮겼던 것이었다. 처음 두치가 막사를 짓고 그곳을 대장 막사로 쓰라고 하자 확 거부감이 일었다. 두치가 자신을 포구 뒤쪽에 위치한 막사에 처박고 대장인 자신의 권한을 행사하려거나 꼴 보기 싫은 자신을 피하려는 줄 알았다. 그러나 겨울을 나기 위해선 북쪽이 아닌 남쪽이 낫고, 포구 쪽은 적으로부터 공격받을 위험성이 많으므로 따뜻하고 안전한 곳으로 옮기라 하자 더이상 거부할 수가 없었다. 따뜻한 곳이란 말보다 안전한 곳이란 말이 확 다가왔기 때문이었다. 주변국이나 대륙도 아니고 이따위 낭도 정벌에 나섰다 전사라도 하게 되면 그처럼 허망한 일이 없을 것 같았다. 하여 이번 정벌에 나설 때 첫째도 안전, 둘째도 안전, 셋째도 안전을 다짐 또 다짐하고 나서지 않았던가. 그러니 두치의 선심을 거부할 이유가 없었다. 그렇게 들어간 막사에 틀어박혀 시간을 때우고 있었는데 그곳마저 안전하지 않다는 말에 더이상 거기에 머물 이유가 없었다.

"듁긴? 내가 왜?"

수덕이 화난 목소리로 소리를 지르자 부관이 갑옷을 내밀며 말했다.

"기러시다믄 이 갑옷부터 입으십시오. 여길 빠져나갈래도 갑옷은 입어야 할 게 아닙네까? 기러니 갑옷 먼뎌 입으시고 뒷일을 생각해 보시는 게 둏갔습네."

"기래. 기럼 입어야디. 입어야 도망이라도 티디."

수덕은 부관이 내미는 갑옷을 입으려다 말고 급히 물었다.

"배는? 도망을 틸래믄 배가 있어야디. 부관은 급히 나가 배가 있는디부터 알아보라. 기래야 여서 나가디. 기렇디 않고선 한 발짝도 나가디 않을 기야."

"알갔습네. 기럼 밸 알아보고 올 테니 대장께선 여 기냥 계십시오."

"기래, 알갔다. 긴데 부장은 왜 안 돌아오네? 코딱지만한 섬을 돌아보는데 왜 이리 오래냔 말이야. 혹시 날 버리고 도망틴 거 아니네?"

"기럴 리가 있갔습네까? 부장께선 기럴 분이 아닙네다. 기러니 믿고 기다리시믄 곧 돌아올 겁네다. 기럼 전 밸 알아보러 다녀오갔습네다."

말을 마친 부관이 몸을 돌려 나가자 수덕은 더 불안했다. 부장이며 부관이 자신을 버리고 도망쳐 버린 것만 같았다. 안 그렇다면 부장이 지금껏 오지 않을 이유가 없었고 부관이 자신 곁을 떠날 리가 없었다. 둘 다 도망쳐 버렸을지도 모른다는 생각이 들자 수덕은 다시 중얼거리며 막사 안을 돌기 시작했다. 조금 전보다 더 두렵고 무서웠고 불안했다.

다행히 부관은 도망치지 않고 곧 돌아왔다. 수덕의 상황을 알고 있는지라 멀리 가지 않고 알 만한 사람에게 배를 알아보라고 시키고 온 듯했다.

"가갸. 같이 가갸. 기러고 이데부터 절대 곁을 비워두디 말고 꼭 붙어있으라. 알갔느냐?"

"예, 알갔습네다. 기럼 갑옷부터 입으시디요."

수덕은 부관이 입혀주는 대로 갑옷을 입었다. 무게감이 평상시와 다르게 묵직하게 느껴졌다. 거기에 칼까지 왼손에 들자 몸만큼이나 마음도 가라앉는 듯했다. 역시 무장은 무복을 입고 지휘검을 들어야 무장일 수 있는지 갑자기 지휘검을 휘둘러보고 싶었다.

"부장이 포구 똑으로 갔다 했네?"

"기러하옵네다. 병사들을 이끌고 포구 똑으로 갔답네다."

"기럼 포구 쪽 먼뎌 살펴보기로 하댜. 포구가 마땅티 않으믄 뒤 쪽에서 밸 띄우는 한이 있어도 포구 쪽 먼뎌 봐야 하디 않간?"

"알갔습네다. 기럼 포구 쪽으로 모시갔습네다. 정벌대장께서 포구 쪽으로 가시갔단다. 모두들 병장기를 갖추고 대장을 호위하라."

부관의 외침에 막사 주위에 있던 병사들이 전부 모여들었다. 백 명에 가까운 인원이 수덕을 둘러쌌다.

군영은 성한 곳이 하나도 없었다. 모두 불탔거나 불을 끈다고 뒤집고 헤집어 아수라장이었다. 여기저기 널려 있는 시체며 부상자들은 목불인견 그 자체였다.

그런데 그 모습이 낯설지 않았다. 처음부터 그랬던 것처럼, 늘 그래왔던 것처럼 느껴졌다. 너무 참혹해서 익숙하게 느껴지는 것 같았다. 그러나 그 익숙함은 일반적인 익숙함과는 달랐다. 도저히 원형을 짐작할 수 없을 만큼 깨어지고 부서져 잔해만 남아있는 것을 받아들이기 위한 심리작용인 것 같았다. 원형을 떠올린다면 도저히 견딜 수 없을 것 같아 폐허 자체를 원형인 것처럼 인식해 버리는 조작과도 같은 것이었다.

널브러진 시체 속에는 복장이 다른 병사들도 있었다. 역도들인 것 같았다. 그들도 불에 타고 그을려 있는 게 죽을 각오로 싸웠던 모양이었다.

"도대톄 역도들이 멧이나 침입했던 거네? 멧 명이 왔길래 이케 당하냔 말이다."

수덕이 눈살을 찌푸리며 물었다. 경계를 철저히 하지 못한 죄책감이 일자 그 죄책감을 다른 데로 돌리고 싶어 침입자들의 수를 물었다.

"기, 기건 달……. 시첼 확인해 봐야갔디만 그리 많은 인원이 침입했던 건 아닌 것 같습네다."

"침입자도 멧 안 되는데 이케 당했단 말이네? 평상시 병사들을 어케 다뤘길래 이 모양이야? 말만 앞섰디 뭘 제대로 하는 게 없어."

책임을 두치에게 돌리며 빠져나가려는데 부관이 토를 달았다.

"대장, 이 병사들은 우리 소속……."

"시끄럽다. 우리 소속이든 어디 소속이든 훈련은 두치 기 자가 시키디 않았네. 기러니 두치 기 자 탓이다."

수덕이 어디서 토를 다느냐고 언성을 높이며 부관을 쳐다보자 부관이 기어들며 꼬리를 내렸다.

"예. 기, 기건 기렇디만……."

"긴데…… 부장 기 잔 어디 간 게야? 상황을 살페보고 오갔다는 자가 도대톄 어디로 갔는데 아딕도 안 나타나네?"

"기, 기건 소관도 달……."

"뭘 제대로 하는 놈들이 없어. 기거 하날……."

그러고 있는데 병사 하나가 뛰어오더니 군례를 올린 후 급히 지껄였다.

"지끔 부장께서 적들과 교전하고 있습네다."

"뭐? 부장이? 어디냐? 적들은 많더냐?"

부장이 교전 중이라는 말에 화들짝 겁이 났다. 적들은 모두 죽었거나 도주한 줄 알았는데, 그래서 막사에서 나왔는데 아직도 적들이 남아있고 교전하고 있다면 다시 피해야 할 것 같았다. 이미 패한 싸움에 목숨을 걸 필요가 없었다. 지금 가장 중요한 것은 목숨을 보전하는 일이 아니던가.

"아, 아닙네다. 적은 둘뿐인데 치열한 접전을 벌이고 있습네다."

둘이란 말에 급안심이 됐다. 둘뿐이라면 무서울 게 없었다.

"겨우 둘을 처치하디 못하고 접전 중이라니? 기게 말이 되네? 어디냐? 가보갸."

둘이란 말에 급자신감이 생기며 그 두 놈을 자기 손으로 처치하고픈 마음에 나서려는데 부관이 급히 앞을 막았다.

"대장! 부장께서 교전 중이라면 그에 합당한 이유가 있을 겁네다. 매복이 있든디 다른 사연이 있을 겁네다. 기러니 가시기 전에 만반의 준빌 하시는 게 둏을 것 같습네다."

"겨우 두 놈뿐이라는데? 두 놈을 무서워하고 두려워한다믄 어띠무장이라 할 수 있갔느냐? 기러니 썩 물러나라."

"안 됩네다, 대장. 만약을 대비하셔야 합네다."

부관이 막아서는 바람에 결국 궁수들을 먼저 배치한 후 전투 현장으로 가게 되었다. 그것도 길을 따라 내려간 게 아니라 능선을 따라 몸을 숨긴 채. 길을 따라 내려가 두 놈의 목을 단칼에 베어버리고 싶었지만 부관이 죽을 각오로 막으니 어쩔 수 없이 그의 말을 따를 수밖에 없었다.

교전 중이라 하기에 치열한 전투를 예상했는데 겨우 십여 명이 붙어 칼놀이를 하고 있었다. 칼놀이도 칼놀이다운 칼놀이가 아니라 코흘리개들이 나무 막대를 가지고, 서로 다칠까 염려하며 조심스럽게 막대를 휘두르며 놀고 있는 것 같았다.

"뎌 뭐하는 거네? 싸우고 있는 거네, 놀고 있는 거네?"

눈 아래서 몇 번 맞붙는 모습을 본 수덕이 시답잖다는 투로 던졌다.

"길쎄, 기게……. 아무래도 많이 디틴 것 같습네다."

곁에 섰던 부관이 수덕의 말에 또 토를 달았다.

"아무리 디뤘다 해도, 뎌건 싸움을 하고 있는 게 아니라 어린애들 장난을 하고 있디 않네."

수덕은 은근히 부장 편을 드는 부관이 밉살스러워 그의 입을 닫을 생각으로 내질렀다. 그러자 수덕의 말뜻을 알아들었는지 부관이 입을 닫았다. 그에 힘을 얻은 수덕이 한 마디를 덧붙였다.

"안 되갔다. 내가 내려가서 베어버려야디."

바로 그때였다. 한 동안 호흡을 가다듬은 적병 둘이 몸을 돌리며 포위하고 있는 아군을 향해 칼을 내질렀다. 그냥 칼을 내지르는 게 아니라 온힘을 칼끝에 모아 예리하게 뻗는 칼에서 찌잉! 하는 소리가 들릴 듯했다. 그 칼끝에 닿기만 하면 그 무엇이든 남아 남지 않을 것 같았다.

그러나 아군들은 그 칼질을 피했다. 뒤로 물러서며, 옆으로 돌며. 이미 그 칼질에 적응한 듯 능숙하게 피하더니 역공을 했다. 그러나 그 역공도 먹혀들지 않기는 마찬가지였다. 공격을 한 다음 재빨리 방어자세로 바꾸며 역공을 피했기 때문이었다.

그 모습을 본 수덕은 손이 저리다 못해 온몸이 굳어지는 것 같았다. 군문에 들어 많은 고수들을 봐왔지만 한 번도 본 적 없는 무예였다. 단 하나의 허점도 없고, 한 올의 흐트러짐도 없는 움직임은 그들이 어떤 존재인지를 말해주고 있었다. 또한 부장과 그 수하들이 여태껏 승부를 내지 못하고 대치하는 이유를 알 것 같았다. 지금까지 버틴 것만도 대단한 일이라 할 수 있었다. 상대를 알아보고 그에 맞는 전법을 구사하고 있는 부장은 탁월한 능력 소유자라 할 수 있었다. 그러나 수덕의 입에선 마음과 다른, 그야말로 엉뚱한 소리가 흘러나왔다.

"뎌, 뎌걸 피하기만 하다니. 맞받아티믄 단칼에 벨 수 있는 걸 놓티다니. 아무래도 안 되갔다. 내가 내려가야디."

말을 그렇게 하면서도 수덕은 꼼짝도 않고 있는데 부관이 다시 막아섰다. 이번엔 수덕의 팔까지 잡으며 말했다.

"대장, 안됩네다. 저들의 무예가……."

그러는 걸 수덕이 노한 눈빛으로 노려보자 부관이 재빨리 말을 바꿨다.

"대장께서 나설 일이 아닌 것 같습네다. 대장의 사활이 우리 모두의 사활과 직결되는데 어띠 나서시려 합네까? 지끔은 디켜봄만 못합네다."

부관의 말에 모두들 기러하옵네다를 복창했다.

"기래도 어띠……?"

수덕이 입을 열려 하자 이번엔 주위에 있던 모든 이들이 한목소리로 아니되옵네다를 복창했다. 하여 수덕도 더이상 고집을 세울 수가 없었다. 모두가 한목소리로 말리는데 끝까지 고집을 세우는 건 병사들의 목숨을 책임지고 있는 정벌군대장으로서 할 일이 아니었다. 백성들이 원하면 하늘이 내린 임금도 바꾼다지 않았는가.

"알갔다. 기러믄 됨 더 디켜보기로 하자."

수덕은 일단 물러섰다. 무섭거나 두려워서가 아니라, 결단코 무섭거나 두려워서가 아니라 모두가 말렸기 때문이었다.

싸움을 지켜보자니 지루하기 짝이 없었다. 달빛 아래서, 그것도 멀리서 보고 있어 명확하지는 않았지만 이렇다 할 공격 없이 시간만 끌고 있는 것처럼 보였다. 그러나 분명한 게 있었다. 적군이 움직일 때마다 아군이 피해를 입는다는 것이었다. 목이 잘리거나 배를 찔리는 일은 없었지만 예리한 칼질에 여기저기 상처를 입는 모양이었다. 그러나 포위를 풀지는 않았다. 다소 느슨해지는 것 같았지만 두 놈이 도망가지 못하게 막고 있는 것만은 분명했다.

"부장이래 지원군을 기다리는 거 아닙네까?"

부관도 보는 눈은 수덕과 비슷한지 속삭이듯, 혼잣말인 듯 조용히 물었다.

"지원군은 무슨 지원군이네? 부장이 다 알아서 할 기야."

수덕은 부관의 말을 일축해 버렸다. 지원군을 기다리고 있음을 인정하는 순간 자신이 나서야 하고, 자신이 적과 맞서야 하는데 그럴 엄두가 나지 않았기 때문이었다. 자신이 나섰다간 몇 합 견디지 못하고 목이 달아나든지 배에 바람구멍이 날 것 같아 두려웠다. 하여 부관의 말을 부정하는 수밖에 없었다.

그러고 있는데, 조금 전 막사로 뛰어들었던 관측병이 헐레벌떡 뛰어오더니 새로운 상황을 알렸다.

"배 세 척이 여길 향해 오고 있습네다."

배가 온다는 소리에 수덕은 소스라치지 않을 수 없었다.

"뭐라? 배가? 배가 온다고?"

"예. 기러하옵네다."

"아군이더냐 적군이더냐?"

"기건 정확하디 않디만 우리 쪽으로 오는 것만은 분명합네다."

"알갔다. 우리 밴디 적선인디 분명히 확인하고, 확인하는 순간 다시 와 알리라."

"옛! 알갔습네다. 기럼."

관측병이 급히 뛰어가자 또 다른 불안감이 밀려들기 시작했다. 적군이든 아군이든 배가 온다는 사실은 결코 바람직한 일이 아니었다. 적군이라면 목숨을 걸어야 하고, 아군이라 해도 지금 상황에선 적군과 다를 바가 없었다. 특히 두치가 돌아오고 있다면 지금 상황을 결코 좌시하지 않을 것이었다. 어쩌면 두치 칼에 목이 잘릴지도 몰랐다. 안 그래도 두치 말을 안 들었다가, 두치 말과 정반대로 했다가 연패하고 있는데 이 참담한 상황을 그가 용납하지 않을 게 뻔했다. 그러니 어떻게든 이곳을 벗어나야 할 것 같았다. 이 사지에서 탈출하여 목숨을 보존하는 게 급선무일 것 같았다. 여기만 벗어나면 사촌인 태후도 있고, 대모달도 있고, 정권을 장악하고 있는 일가가 있지 않은가.

생각이 거기에 이르자 수덕은 얼마간 마음이 놓였다. 그래서 그랬을까. 생각 끝에 기가 막힌 수를 떠올랐다. 그런 생각을 왜 진작 못했는지 한심스러울 정도였다.

'기래, 이데 배만 있으믄 돼.'

수덕은 자신도 모르게 고개를 끄덕이며 조용히 웃었다. 그 모습을 옆에서 지켜보던 부관이 물었다.

"보냅네까?"

"뭘? 뭘 보낸단 말이네?"

"지원군 말입네다."

"뭐?"

수덕은 소리를 지르고 말았다. 그 소리가 얼마나 컸던지 주위에 있던 사람들뿐만 아니라 몸을 숨기고 있던 궁수들까지 다 쳐다보는 것 같았다. 하여 목소리를 낮추며 부관에게 말했다.

"지끔은 때가 아니다. 돔 더 기다리라."

수덕은 화가 치밀었으나 꾹 눌러 참으며 말했다. 자신의 감정을 있는 그래도 드러내서는 안 될 것 같았기 때문이었다. 이럴 때 설익은 감정을 함부로 드러냈다간 상황만 악화시키지 결코 유리할 게 없었다. 하여 놈의 주둥이를 찢어버리든 혓줄기를 뽑아버리든 하고 싶었으나 참았다. 평소엔 수덕의 마음을 잘도 읽어 시키지 않은 일까지 알아서 척척 챙기더니 오늘은 뭐가 씌웠는지 엉뚱한 짓만 골라 하고 있었다. 여길 빠져나가면 제일 먼저 놈부터 갈아치워야 할 것 같았다.

마음을 가라앉히며 전방을 주시하고 있자니 또 다른 보고가 당도했다. 수덕이 기다리고 기다리던 바로 그 보고였다.

"배가 준비되었답네다."

"기래? 어떤 배라더냐?"

"포구에 메여있던 배 중에서 그나마 움딕일 수 있는 밸 포구 뒤쪽 절벽 아래 세워뒀답네다."

"기래. 기러믄 이제 가야디."

자신도 모르게 그렇게 대답해놓고 바로 말을 바꿔 다시 말했다.

"아니디. 여기 상황이 끝나야 가디. 적과 대치중인데 우리만 갈 수야 없디."

말을 그렇게 하면서도 수덕은 속으로 쾌재를 불렀다. 이제 모든 준비가 됐으니 한 가지만 처리하면 될 것이었다. 그것은 바로……

싸움이 어서 끝나기를 기다리고 있자니 초조했다. 적을 죽이지도 못하고, 자신들도 죽지 않으면서 지원군이라도 기다리는 듯 지루한 대치가 계속되고 있었다.

"도대체 뭣들 하고 있는 게야. 듁이든 듁든 날래 결판을 낼 일이디."

기다리다 못한 수덕이 혼잣소리로 중얼거리자 부관이 뺑히 쳐다봤다. 이 사람이 정말 정벌군대장이 맞나 하는 얼굴이었다. 그러나 입을 열지는 않았다. 수덕의 초조함을 누구보다 분명하게 느끼고 있을 테니까. 그러나 그 순간, 그가 뒤로 주춤 물러서는 것 같았다. 누구보다 가까웠고, 가까이 있다고 생각해왔는데 아주 멀리 멀어지는 것 같았다.

그렇게 부관과의 거리감을 느끼며 견디고 있을 즈음 관측병이 뛰어오더니 들뜬 목소리로 말했다.

"대장, 아군입네다. 두치 장군이 살아 돌아오고 있습네다."

놈은 춤이라도 출 듯했다. 그런 놈의 행동이 눈에 거슬려 수덕은 짧게 대답했다.

"알았다."

그 짧은 대답에 부관이 다시 수덕의 얼굴을 쳐다봤다. 수덕의 마음을 읽기라도 하려는 것 같았다. 그러자 수덕은 곧 고개를 돌려버렸다. 놈이 자신의 마음을 읽게 해서는 안 될 것 같았기 때문이었다.

그리고 잠시 후. 수덕은 마침내 결단을 내렸다. 지금이 아니면 시간이 없을 것 같았다. 두치가 오기 전에 여길 떠야 할 것 같았다. 그리고 여기 상황을 누구보다 잘 알고 있는 부장을 살려둬서도 안될 것 같았다. 그건 좀 전에, 배가 준비되었다는 보고를 받았을 때 이미 마음먹은 바였다.

"활을 준비하라고 해라."

수덕이 무겁게, 그러나 단호하게 잘라 말했다.

"예? 기게 무슨?"

부관이 깜짝 놀라며 물었다. 아니, 물은 게 아니라 놀란 나머지 소리를 질렀다고 봐야 맞을지도 몰랐다.

"뎌 놈들이 아군을 다 듁이고 있디 않네. 기러니 활로 쏴 듁여야디."

"대장, 기러면 부장도……."

"시끄럽다. 네 놈이 뭘 안다고 나서는 게냐? 모든 판단과 작전은 정벌대장인 내가 판단하고 내가 시행한다. 날래 활을 준비하라고 하디 못하갔네?"

"대장, 기건 아니되옵네다. 어띠 아군을 향해……."

"이 놈이 어디서? 네 놈은 내가 시키는 대로 하믄 되디 어디서 나서는 게냐? 전시 명령불복종이 어떤 죈디 모르느냐?"

"기렇디만 어케?"

"시끄럽다. 어여 전달하디 못하갔느냐?"

"못합네. 듁으믄 듁었디 기렇게는 못하갔습네다."

"이 놈이 어디서?"

수덕은 그동안 참고 있던 분노가 치솟아 올라 자신도 모르는 새에 칼을 뽑아들며 말했다.

"이래도 못하갔느냐?"

"못합네다. 소관을 베기 전에는 못합네다."

부관이 울음 섞인 목소리로, 그러나 강경하게 대답했다. 순간, 억눌려 있던 감정들이 폭발하고 말았다. 무서움, 두려움, 불안, 분노, 자비심, 자괴감 등이 함께 터졌다.

"이 놈이 어디서?"

수덕은 부관의 목을 향해 칼을 휘두르고 말았다. 그리고 부관의 목이 툭! 땅에 떨어지는 순간 아차 싶었다.

"활을 준비하라! 뎌 아래 있는 놈들을 향해 조준하라!"

수덕은 미친 듯이 소리쳤다. 소리를 지르지 않고는 버틸 수가 없었다. 부관의 목도 벤 놈이 뭔 짓인들 못하겠는가. 아니, 자신의 무능을 알고 있는 놈은 한 놈도 남겨서는 안 될 것 같았다.

새 낭도정벌군

37

"살아있었으믄 살아있다고 기별이라도 했어야디."

대모달께서 하신 첫마디였다.

"기별도 없이 이케 있는 거이…… 섭섭한 거라도 있네?"

"아, 아닙네다, 대모달."

"긴데 왜 아무 기별도 안 한 겝매?"

"기, 기게…… 병사들 먼녀 돌본 후에 직접 탖아뵐래고 했습네다. 서찰을 보내는 것도 기렇고 해서."

"아무리 기래도 기렇디. 살았는디 듁었는디는 알래야디. 기래야 마음이라도 놓을 거 아닌가."

"소, 소장 생각이 딿았습네다. 패장이 무슨 말을 하랴 싶어서리."

"넌 날 기 정도로밖에 안 봤나? 내가 기 정도였어?"

"기 무슨 말씀을……. 대모달을 뵐 낯이 없었고, 또 다시 실패했음을 보고 드리는 거이 낯 뜨겁기도 해서 기만."

"기 마음이야 알디. 내 어띠 모르갔네? 기렇디만 살아있음만은 알랬어야디."

두치는 할 말이 없었다. 대모달께서 직접 찾아오셨다는 것만도 황송한데 살아있음을 기뻐하시며 기별 안 한 걸 서운해 하시는데 무슨 말을 하겠는가. 더군다나 개수덕 그 자가 이미 대모달을 만났다는데. 만나서 두치의 잘못을 얘기하는 정도가 아니라 모든 패전 책임이 두치에게 있다고 말했을 텐데. 없는 말까지 지어내며 천하에 둘도 없는 놈이라고 매도했을 텐데도 부드러운 낯으로 대해주시는데.

"아무튼 살아있으니 반갑고 고맙네. 난 자넬 잃을 듈 알고 얼마나 아파했는디 아나? 괜히 나 때문에 기런 것 같아서 말이야."

"황공하옵네다. 어띠 기런 말씀을?"

"기래. 이데 이케라도 만났으니 자네 얘기도 톰 들어봅세. 수덕에게 대충 듣긴 했디만 자네 얘길 들어봐야 제대로 알디 않갔나?"

대모달의 요청에 두치는 방 한구석에 놓여있던 책 한 권을 꺼내 바쳤다. 동훈이 작성한 <전투일지>였다.

"이게 뭔가?"

"소장 수하에 있던 장수가 기록한 <전투일지>입네다. 소장이 말로 하는 것보다 이걸 대모달께 보여드리는 게 낫갔다 싶어 소장이 가디고 있었습네다. 언덴가 대모달을 뵈면 보여드릴래고."

"이걸 왜?"

"소장의 무능을 알림과 동시에 죄를 청하기 위해섭네다."

"죄라니?"

"정벌대장께 다 듣디 않으셨습네까?"

"자넨 내가 사촌동생의 말이라고 다 믿을 것 같은가? 누구보다 그 놈 말을 믿디 못하는 게 나다. 기러니 가디고 있게."

"아닙네다, 대모달. 읽어보시고 단죄해 듀십시오. 벌을 기다리고 있갔습네다."

"기럴 필요 없다디 않는가. 기러고 난 자네가 살아 있다는 말을 듣고, 너무 기뻐서, 아무 생각도 없이 달려온 걸세. 그러니 기런 얘긴 나중에 해도 늦디 않네. 자네가 살아 있으니 됐네."

대모달이 어깨까지 잡으면서 두치가 살아있음을 반가워했다. 울컥했다. 기간 개수덕 때문에 겪었던 마음고생이며 고통이 스르르 녹는 듯했다. 하여 아무 말도 하지 않았다. 그냥 가만히 있어도 대모달은 두치의 마음을 다 알아줄 것 같았다. 역시 섬길 사람을 보며 섬기란 옛말이 그르지 않은 듯했다.

38

휘는 기분 좋게 말 위에 올랐다. 밤새 마신 술 탓인지 뒷골이 좀 당겼으나 기분만큼은 그 어느 때보다 좋았다.

"달 준비해서 이번만큼은……."

"옛! 대모달. 목숨을 잃는 한이 있더라도 이번만큼은 실패하디 않갔습네다."

"기래, 기래야디. 대왕께서 부르실 거이니 늦디 않게 오라. 기러고 기 때 또 보고."

"알갔습네다, 대모달. 됴심히 가십시오."

"기래, 수고하게. 자네만 믿갔네."

인사를 마치고 휘가 움직이기 시작하자 두치를 비롯하여 그 부하들이 일제히 군례를 올렸다. 그에 대한 답례를 하고 휘는 사잇섬 조선소를 떠나 평양성으로 말을 몰았다.

두치가 살아있고, 사잇섬 조선소에 머물며 전선 건조를 하고 있다는 소식을 들은 건 사흘 전이었다. 낭도 정벌군의 참패에 대한 책임을 지겠다는 의미의 근신謹愼으로 궁에 들어가지도 않고 집에만 있으려니 갑갑했다. 하여 궁 소식을 들을 거라고 부관을 보냈는데 부관이 궁에서 뜻밖에 두치의 소식을 물어왔다.

"두치 장군이 살아있답네."

부관의 말에, 며칠 간 골머리를 앓았던 머리가 화악 맑아지면서 시원한 바람이라도 맞는 것 같았다. 하여 체통도 잊은 채 소리를 질렀다.

"기게 탐말이네? 지끔 어디 있다네?"

"사잇섬에 계시답네."

"사잇섬? 왜 거기?"

사잇섬이란 말만 듣고도 느낌이 팍 왔지만 자신이 생각이 맞는지 확인할 요량으로 물었다.

"거기서 전선을 건조하고 계시답네."

"뭐? 전선을? 기 말 믿을 수 있는 말이네?"

"기러하옵네. 소관이 몇 사람을 만나 확인해보고 오는 길입네다."

"기래? 기럼 됐다. 은밀히 사람을 보내 두치의 행적을 알아보거라. 기래야 내가 가보든 하디."

"예? 대모달께서 직접 말입네까?"

"뭘 그리 놀라네? 안 기래도 집에 틀어박혀 있으니 갑갑해서 못 견딜 지경인데 핑계에 바람이라도 쐬야디."

"기래도 지끔은…… 한겨울이라 길도 미끄럽고 날도 춥습네다. 가시더라도 날이 풀린 후에 가시는 거이……?"

"바람 쐬러 가는데 바람이 불어야 똫디 뭐. 안 기래?"

"예. 아무튼 알아보고 오라고 사람부터 보내갔습네다."

"기래, 기래."

휘는 서둘러 나가는 부관을 보며 오랜만에 웃을 수 있었다. 두치가 살아있다면, 전선을 건조하고 있다면, 수덕의 일을 매듭지을 수 있을 것이고 새로 낭도 정벌대를 꾸릴 수 있을 것이었다. 돌 하나에 새 두 마리를 동시에 잡게 생겼으니 웃음이 아니 나올 수 없었다.

낭도에 있는 줄만 알았던 수덕이 찾아온 것은 열흘쯤 전이었다. 퇴청하여 집으로 들어서려는데 휘를 부르는 목소리가 들렸다. 그 목소리를 듣는 순간 휘는 자신의 귀가 의심스러웠다. 그 목소리의 주인은 사촌동생이자 낭도 정벌대장인 수덕의 목소리가 분명했기 때문이었다. 집으로 들어서다 말고 돌아보니 수덕이 말을 타고 달려왔다.

"네, 네가 웬일이냐? 기 몰골은 또 뭐고?"

휘는 자신의 눈을 의심하여 물었다.

"도, 돌아왔습네다."

"돌아오다니? 기게 뭔 말이네?"

그러나 수덕의 말은 듣지 않아도 알 만했다. 복장이며 얼굴이 말이 아니었기 때문이었다.

"두치 기 자 때문에, 기 자가 내 말을 안 듣는 통에 참패하고……"

그러자 휘가 수덕의 말을 가로막았다.

"됐다. 여서 할 얘기가 아니니 들어가댜. 들어가서 마녀 하댜."

휘는 다짜고짜 두치에게 모든 책임을 떠넘기려는 수덕의 태도가 마음에 안 들어 먼저 집으로 들어가 버렸다. 꼴도 보기 싫은 사촌동생을 더이상 보고 싶지 않았다.

"내래 형님의 명대로, 모든 권한을 기 자에게 뒀는데 기 잔 오히려 기걸 이용해서 내 말은 들으려고도 않고, 제멋대로 군사들을 부리더니 결국 적의 속임수에 당해 뜯기게 됐습네다."

수덕은 방에 들어서기가 무섭게 두치를 탓하며, 자신의 결백을 주장하기 시작했다.

"기래서? 두친 지끔 어딨네?"

거짓임이 분명한 수덕의 말이 듣기 싫어 두치의 행방부터 물었다.

"기, 기건 달……. 하도 경황없이 뜯기느라 기걸 신경쓸 틈도 없었습네다."

"아무리 경황이 없기로서니, 이케 말땅히 살아돌아오믄서 휘하 장군이 어케 됐는디도 몰라? 기게 말이 되네?"

"기, 기건…… 기 잔 전선들을 이끌고 나갔고 내래 군영을 디키고 있었는데 워낙 예상티 못한 불시 공격을 당한디라 정신없이 도망틸 수밖에 없었습네다. 기래서 두치 기 잘 보디도 못하고 온 겁네다."

"기랬갔디. 오로디 혼차 살기 위해 발버둥 텼을 테니 딴 사람을 살필 겨를이 있을 리 없었갔디."

"예?"

수덕이 정곡을 찔렸는지 멍한 눈으로 휘를 올려다봤다.

"패장은 말이 없는 법이라 했다. 모든 책임을 자신이 뎌야 하므로 입을 다물라는 뜻이다. 기런데 넌 패전의 모든 책임을 부하 장수에게 돌리며 미꾸락디텨럼 빠뎌나갈래고 하니 누가 너의 말을 믿어듀며 들어듀갔느냐? 여인네도 자신의 달못에 대해선 입을 다물거늘 남자가 돼서, 무장이 돼서 시정잡배보다도 입을 가벼이 나불대니 어띠 네 말을 듣갔느냐?"

"서, 성님! 어케 기런 말을……."

"시끄럽다. 지끔 넌 사촌성을 탖아온 거이냐, 대모달을 탖아온 거이냐? 전황을 보고할래고 왔으믄, 낭도 정벌대장으로 왔으믄, 당연히 대모달을 탖아온 게 아니더냐? 기런데 어띠 성님이란 소릴 입 밖에 낸단 말이냐?"

"해도, 해도 너무 하십네. 듁다 겨우 살아돌아온 사촌아우에게 어띠 이러실 수 있단 말입네까? 아예 칼을 물고 자결하라고 하시디요. 아니, 중죄인을 어띠 이 방에 들였습네까? 지끔이라도 내뙇으시디요."

그래놓고 벌떡 일어서더니 밖으로 나가버렸다. 생각 같아서는 쫓아가서 단칼에 목을 베 버리고 싶었으나 부들부들 떨리는 손을 꽉 쥐며 참았다. 치죄는 다음에 해도 늦지 않을 것이고, 이번 기회에 군문이 어떤 곳인지를 똑똑히 보여주고 말리라 다짐했다. 전장에서 죽지 못한 걸 통탄하게 만들어야 정신을 차릴 것 같았기에 참은 것이었다.

다음날 아침, 평소보다 일찍 입궁했다. 수덕이 놈이 입궁하여 태후를 알현할 게 뻔했다. 또한 모든 책임을 두치에게 전가하며, 두치를 그런 자리에 앉힌 자신을 물어뜯을 게 분명했기에 태후를 알현하는 자리에 동석해야 할 것 같았기 때문이었다.

하여 입궁한 후 군부로 가지 않고 곧장 태후전으로 갔다. 태후를 알현한다면 아침 일찍 알현할 것이었다. 어제 자신에게 당했다고 여길 테니 밤잠도 제대로 자지 못했을 것이고, 그 분을 삭이지 못했을 테니 아침 일찍 태후를 알현해 억울함을 토로하려 할 것이었다.

태후전에 당도하여 궁인에게 물으니 아직 수덕이 오지 않았단다. 하여 태후전 앞을 서성이고 있자니 아니나 다를까, 바쁜 걸음으로 놈이 태후전에 들어섰다.

"서둘러 오는 품이 억울한 일이라도 있나 본데?"

휘가 나서며 시비조로 말을 걸자 놈이 휘를 노려보며 쏘아붙였다.

"남이야 태후께 문안을 여쭙든 말든 뭔 상관이슈? 전장에서 살아 돌아왔으니 문안 드리는 게 당연하다."

"기래? 기럼 마팀 달 됐다. 나도 지끔 태훌 알현할래던 탐이었는데. 기럼 사촌끼리 나란히 문후 여쭙디 뭐."

그 말에 놈이 허옇게 눈을 흘기더니 먼저 태후전으로 들어섰다.

"태후마마, 이 못난 오래빌 벌해 듀십시오."

수덕은 문후도 여쭙지 않고 절을 하며 통곡을 했다. 영문을 알 리 없는 태후가 휘를 쳐다보며 물었다.

"오라버니, 이 시각에 이 무슨 일입네까?"

"길쎄 말입네다. 전장에서 겨우 살아 돌아왔는데 누구도 반기디 않자 억울한 모양입네다."

"예? 기 무슨 말씀입네까?"

"본인이 앞에 있으니 태후마마께서 직접 들어보시디요. 소장한텐 제대로 말도 안 하고 화만 내니 기 영문을 모르갔습네."

"기건 또 무슨 말씀입네까? 오라버니께 활 낸다니 기게 뭔 말이고 반기디 않는다는 말은 뭔 말입네까? 알아듣게 말씀 좀 해보시라요."

그러자 놈이 고개를 들더니 비장한 목소리로 지껄였다.

"태후마마, 이 오래비 전장에서 듁디 못한 게 한스러워 태후마마를 뵙고 난 후 이 댜리에서 듁을래고 탖아왔습네다."

"기 무슨 말을 기케 섬뜩하게 하네? 기래 듁을 데가 없어서리 여기, 태후마마 침소에서 듁갔다는 거네?"

가만히 있을 수가 없어 휘가 끼어들었다. 그냥 놔두어서는 안 될 것 같았다.

"사촌 간에 다툼이 있었기만요. 기래 얘기나 들어봅세다."

그러자 놈이 울며불며, 이제 휘에게 했던 말들을 주워섬기기 시작했다. 모든 책임은 두치에게 떠넘기고 자신은 겨우 목숨만 부지하고 왔다고. 그래서 위로라도 받을 생각에 대모달인 사촌형을 찾아갔더니 두치 편만 들며 자신의 얘기엔 귀도 기울이지 않더라고 억울하고 분통해서 밤새 한잠도 못 자고 이렇게 일찍 찾아왔노라고.

휘 같으면 알겠으니 그만 하라고 말렸을 텐데도 태후는 어루고 달래며 수덕의 말을 끝까지 들어주었다. 그래서였을까? 놈이 의미심장한 말로 길고 긴 얘기를 매듭지었다.

"이례 다신 태후마마뿐 아니라 중실씨에게 누가 되디 않게 하갔습네다."

그러더니 먼저 나가 버렸다. 그러자 태후가 언짢은 목소리로 말했다.

"아팀 일딕 꼭 이케 해야 하갔습네까? 오라버니 손으로도 해결할 수 있디 않습네까?"

"태후마마, 기룽기는 한데 더이상 어리광을 부리게 놔둬선 안 될 것 같아 기런 거입네다. 마마께서도 이미 짐작하셨갔디만, 모든 책임을 남에게 전가하는 것도 모댜라 오히려 피해자인 양 하는 태돌 바꾸디 않는 한 우리에게 짐만 될 것이기에 마마께서 직접 보시라 기런 겁네다. 기러니 이 기회에 적절한 조칠 취해야 할 것 같습네다."

"적절한 조치라믄?"

"길쎄요. 기까디는 생각해보디 않았디만 군문에서 내보내야 할 것 같습네다. 더이상 뒀다간 군령이 서디 않을 것 같고, 우리 가문에 먹틸을 할 것 같아서 말입네다."

"기렇다고 무작정 내틸 수는 없디 않습네까?"

"기래서…… 이번 낭도 정벌 실패의 책임을 물어 정리하는 게 어떨까 생각하는 중입네다."

"기건 오라버니가 알아서 하시믄 되갔고…… 역적 영의 무린 어띠 하실 생각입네까? 괜히 긁어 부스럼 만든 건 아니갔디요?"

"기게…… 이러믄 어뜧갔습네까? 일단…… 이번 낭도 정벌 실패의 책임을 물어 소장을 근신시켜 듀십시오. 기러믄 수덕이 일도 해결하기 한탐 수월할 거이고, 기동안 수를 탗아보갔습네다."

"기럼 기러기로 하시디요. 보름을 듈 테니 기동안 해결해 보시라요. 왕껜 이 누이가 청해 놓갔습네다."

"예, 알갔습네다."

그렇게 해서 수덕의 문제는 일단락 됐지만 정벌군 대장에 누굴 앉힐까가 걱정이었다. 두치가 살아있다면 그가 적격인데 아직 연락이 없는 것으로 보아 전사한 것 같았다.

그렇게 골머리를 앓는 중에 두치가 살아있다니 머리가 맑아지는 건 당연했고, 당장 찾아 나서지 않을 수 없었고, 사잇섬에서 전선을 건조하고 있다는 말을 듣자마자 달려온 것이었다.

생각했던 대로 두치는 영을 용납할 수 없다고 했다. 번번이 실패만 안겨주는 역적 영을 없애는 걸 제 인생 최대의 과제로 생각하고 있다고.

그런 두치를 보고 있자니 고양이가 떠올랐다. 잡으려고 잡으려고 발버둥 쳐도 잡지 못하자 포기하기보다 누워 뒹굴며 꼭 잡고 말리라고 의지를 다지지 않는가? 그리고 마침내 뛰어올라 자신이 원하는 걸 잡고서야 돌아서지 않는가? 참패를 당하고서도 다시 사잇섬에서 전선을 건조하고 군사들을 치료하는 한편 성한 군사들을 훈련시키는 두치의 행동만 봐도 알 수 있지만 말로 되새기자 더욱 믿음이 갔다.

"이번엔 모든 걸 자네에게 맡길 테니 한 번 해보라. 디난번엔 내 래 약졸 디키기 못했디만 이번엔 꼭 디킬 테니낀 해달라."

휘는 술기운을 빌어 두치에게 부탁했다. 아니, 빌었다. 휘 입장에서 두치에게 부탁한다는 건 무릎을 꿇고 비는 것이나 다름없으니까. 그만큼 휘는 절박했다. 역적 영을 없애지 않고선 단 하루도 편하지 않을 것이었다.

처음엔 단순히 태후와 중실씨의 정적일 수밖에 없는 영을 없앨 계획이었다. 그런데 영을 없앨 생각에 주상을 들쑤신 결과 부메랑이 되어 돌아왔다. 이젠 주상이 안달하기 시작한 것이었다. 세 번이나 영의 제거에 실패했음을 알릴 때도 주상은 인상을 찌푸리며 마뜩찮은 표정을 지었었다. 그런데 이번 네 번째도 실패했음을 알릴 때는 지금까지와는 전혀 다른 모습을 보였다.

"대모달이 천거한, 대모달의 종형젤 보냈고 전함 서른 턱에 정규군 삼천이나 보냈는데도 실패했다니? 기럼 누굴 보내야 하고 멧 명이나 보내야 역적 영을 처단할 수 있단 말입네까? 국경을 방어하는 병력까디 동원해야 하는 겁네까? 명말 기케 해야 한다믄 지끔이라도 동원령을 내리갔습네다. 도뎌히 이해가 안 되고, 단 하루도 다릴 뻗고 자딜 못하갔습네다."

주상은 짜증을 내는 정도가 아니라 역정을 냈다. 그러면서 한 마디를 덧붙였다.

"자신 없으믄 물러서시라요. 국경을 방어하는 장술 불러서라도 짐이 직접 해결할 테니낀."

그 말을 듣는 순간 휘는 가슴이 철렁 내려앉는 정도가 아니라 등골이 오싹하며 식은땀이 좌악 흘렀다. 국경을 방어하는 장수란 자신들 중실씨와 껄끄러운 관계에 있거나 미래에 껄끄러울 소지가 있는 자들로, 제거하기는 곤란하고 곁에 두기엔 불안하여 귀양 보내듯 국경지역으로 내쫓은 자들이 아닌가. 만약 그들이 다시 도성으로 돌아와 군권을 갖게 되면 휘나 중실씨의 앞날을 참혹할 수밖에 없었다. 어쩌면 중실씨가 공중분해 될 수도 있었다. 지금 당장이야 그런 일이 일어나지 않을지라도 가까운 장래에 일어날 수 있었다. 그러니 역적 영을 처단하는 일은 이제 태후와 휘, 그리고 중실씨의 운명과 직결되어 있었다. 그걸 태후도 분명하게 인식하고 있기에 전권을 휘에게 주는 한편, 수덕의 처리까지 맡기지 않았던가.

그런데 휘가 아무리 머리를 짜내도 두치만한 인물이 없었다. 자신에 대한 충성심도 충성심이지만, 역적 영 처단에 그만큼 적극적으로 나설 인물은 없었고, 더군다나 영 처단 후의 상황을 고려해도 그만한 인물은 없었다. 영을 처단하는 공을 세웠다 해도 두치는 잠재적인 정적이 되지는 않을 것이었기 때문이었다. 출신도, 가문도, 세력도 미천한 그는 잠재적 정적일 가능성이 적었다. 그래서 사잇섬에 있더란 보고를 받는 즉시 달려온 것이었다.

술기운을 빈 휘의 부탁에 두치는 한동안 조용히 휘를 바라보았다. 휘의 마음을 읽는 것 같았다. 평소 같으면 감히 상상조차 할 수 없는 일이었다. 말을 듣는 즉시 무릎을 꿇으며 감사하다고, 은혜를 잊지 않겠다고 다짐에 다짐을 했을 것이었다. 그런데 대답도 없이 휘를 살피고 있으니 열이 뻗치는 정도가 아니라 당장 칼을 들어 베어 버리고 싶을 정도였다. 그러나 휘는 참는 수밖에 없었다. 참아야 했다. 백 년 초석을 다지는 일을 한 순간의 감정으로 무너뜨릴 수는 없었다.

"기게……"

드디어 두치가 입을 뗐다. 휘의 마음을 다 읽은 모양이었다. 해서 허두만 꺼내놓고 말을 다듬는 것 같았다.

"대모달께선 소인을 기게밖에 안 보셨습네까? 소인이 기별도 하디 않은 태 전선 건조며 군사들 치료와 훈련에 전념하는 걸 보시고서도 꼭 입으로 다짐을 받고 싶습네까? 소인은 말씀 드리디 않아도 다 말씀 드린 것으로 알고 이 댜리에 앉은 거인데, 대모달께선 말로 확인코자 하시니 소인은 드릴 말씀이 없습네다."

"뭐?"

휘는 놀라지 않을 수 없었다. 자신의 생각이 엇나간 정도가 아니라 고기를 잡은 줄 모르고 있다가 손에 잡은 고기를 놓칠 수 있는 순간이었다.

휘는 급히 두치의 마음을 다잡을 말을 찾았으나 아무 말도 떠오르지 않았다. 둔기로 뒤통수를 맞은 것처럼 멍했다. 그러나 무슨 말이든 해야 했다. 두치가 손에서 완전히 빠져나가기 전에 손바닥이라도 오므려둬야 할 것 같았다. 그러고 있는데 두치가 말을 이었다.

"술댜리에서, 술기운을 빌어 다딤하고 사귀는 일이야 남자들 세계에서 흔한 일이라 흉볼 것도 없디만…… 대모달과 소인은 이미 연전에 하디 않았습네까? 소인의 이름까디 디어듀시믄서."

두치가 술김에 한 방에서 잤던 날을 들먹이며 새삼스레 무슨 다짐이냐고 나오자 휘는 안도의 한숨을 쉴 수 있었다. 이 고지식한 자는 아직도 그날 다짐을 가슴에 새겨둔 채 서운한 것, 못마땅한 것, 불만인 것들을 밀어내고 있었으니 고지식한 정도가 아니라 바보스럽다고 해야 할 것 같았다.

"기렇디. 기때 하긴 했디만 오늘은 다르디 않은가. 기땐 사병이라 개인 무사였디만 이번엔 공식적인, 나라에서 인정하는 정벌군 대장이 아닌가. 기러니 기때완 달라도 한탐 다르디. 기러니 기에 맞는 약속과 다딤이 있어야 하디 않갔나. 그리고 디난번텨럼 한 방에서, 아니 오늘은 한 이불에서 댜야디."

휘가 장황하게 얘기하자 씨익 썩은 웃음을 흘리며 두치가 받았다.

"안기래도 기별도 없이 불쑥 오셔서 듀무실 곳이 여뿐이고, 잠자리도 하나뿐이라 동침(?)할 수밖에 없어 기럴래고 했습네다. 소인이 양행 구할래고 했는데 대모달께서 먼뎌 말씀하시니 소인도 한 시름 놓갔습네다."

"기런 걸 이심전심이라 하는 게 아닌가? 역시 자네와 난 말 없어도 통하는 사람들인 모냥이네."

그렇게 해서 옷도 벗지 않은 채 한 이불을 덮고 잤고, 아침에 깨어 두치 휘하의 부하들을 만났고, 부상병들이며 훈련받는 병사들을 돌아보았다. 그리고 해전에 도성으로 돌아가기 위해 길을 나섰으니 말들의 뜀박질도 경쾌하게 느껴졌고, 폐를 찌르는 냉기마저도 봄 공기보다도 그윽하게 느껴질 수밖에.

'기래, 성대하게 최대한 성대하게 해둔다. 주상을 알현시킴은 물론 주상에게 직접 대장검을 받게 해둔다. 기래야 딴생각을 아니 품고 역적 영을 제거한 후에 처리하기도 쉽다. 바본 바보로 다룰 때가 가당 편한 거니긴 바보로 다뤄둔다. 집에 키우는 개한테 칼과 관복을 둘 순 없다.'

휘는 자신의 뽑은 인물 중의 으뜸은 두치였음을, 그를 뽑은 건 그야말로 신의 한 수였음을 다시 느끼며 가볍게 도성으로 말을 몰았다.

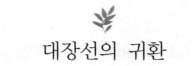

대장선의 귀환

37

광건과 광석이 돌아왔다. 아니, 원양 선단이 돌아왔다.

기미년(己未年. 59년) 4월 초사흘에 몽돌포를 떠났던 다섯 척이 1년간의 대항해를 마치고 돌아왔다. 1년이란 긴 시간을 돌고 돌아 마침내 돌아왔다. 경신년(庚申年. 60년) 4월 열하루의 일이었다.

선단이 돌아오는 걸 맨 처음 발견한 사람은 역시 낭두봉 관측소에서 사주경계를 맡고 있던 경계병이었다. 물마루에 배가 나타나자 예의 주시하다 돛대에 노란색 깃발이 나부끼는 걸 보고 상관에게 보고했고, 상관은 지휘계통을 밟아 상부에, 상부는 다시 중앙장군 석권에게, 석권은 다시 병택에게 보고했다.

석권의 보고를 받은 병택이 석권과 함께 낭두봉에 올라 다섯 척에 나부끼는 깃발을 확인한 후 석권에게 말했다. 좀처럼 흥분하지 않는 병택마저 매우 흥분된 목소리로.

"중앙장군, 호위선을 발진시키시라요. 난 바로 궁으로 달려가 주군들께 알리갔으니.”

“옛! 군사.”

석권도 흥분된 목소리로 받더니 바로 움직였고, 병택은 급히 말에 오르더니 내리막길을 미끄러지듯 달렸다. 그리고 고량부와 함께 낭두봉 관측소로 달려왔다. 최초 발견 시부터 고량부가 관측소에서 서로 얼싸안고 감격의 환호성을 지른 것은 채 한 식경도 지나지 않아서였다. 그만큼 태자도군의 보고 체계는 잘 갖춰져 있었다. 모국인 낙랑의 자명고각을 본받아 병택이 통신 및 보고 체계를 확립한 덕이었다.

“오고 있구만 기래, 오고 있어. 무사히 돌아오고 있어.”

영은 눈에 가득 기쁨의 눈물을 담은 채 소리를 질렀고, 영 주위에 있던 사람들은 축하, 감축의 인사를 건넸다. 너나 할 것 없이 감격하여 손을 잡기도 했고, 얼싸안기도 했고, 껑충껑충 뛰기도 했다.

그럴 즈음, 중앙군 진영에서도 북소리가 울려 퍼지기 시작했다.

둥! 둥! 둥! 둥! 둥! …… 둥! 둥! 둥! 둥! 둥!

북소리는 다섯 번씩 반복적으로 울렸다. 그와 함께 낭두봉 꼭대기엔 삼족오 깃발이 내걸렸다.

그리고 잠시 후. 북소리와 삼족오 깃발을 본 백성들이 낭두봉으로 오르기 시작했다. 어디에서 뭘 하고 있었는지 모르지만 하던 일을 멈추고 낭두봉으로 몰려들었다.

빈손인 사람들도 있었지만 손에 연장을 든 사람도 있었고, 혼자인 사람도 있었지만 여럿이 함께 오는 사람들도 있었다. 심지어는 숟가락을 든 채 달려온 사람들도 있었다. 때 이른 점심을 먹고 있었거나 뒤늦은 아점을 먹다 말고 달려온 모양이었다.

잠시 잠깐 새에 낭두봉은 사람들로 뒤덮였다. 배를 확인한 사람들은 감탄에 감탄을 연발하기도 했고, 소리를 지르기도 했고, 서로 얼싸안기도 했고, 손을 맞잡은 채 껑충껑충 뛰기도 했다. 조금 전 고량부가 하는 걸 보기라도 한 듯 같은 모습으로 선단의 귀환을 축하했고 기뻐했다. 마치 자신이 대항해를 마치고 돌아온 사람인 양 들뜬 목소리로 떠벌이는 사람도 있었다. 그렇게 초여름 한낮 낭두봉은 사람들과 사람들의 목소리, 얘기로 뒤덮이고 있었다.

　일찍 온 사람들은 관측소 목책이 있는 통제구역 앞에서, 그보다 조금 늦게 온 사람은 8부 능선에서, 그보다 더 늦은 사람들은 7부 능선에서 기쁨을 나눴다. 누가 제재하거나 통제한 것도 아닌데 온 순서대로, 빈자리를 찾아 자신의 자리에서 기쁨을 나눴다. 가끔은 목마를 탄 아이들도 있었다. 사람들 틈에 끼여 배를 보지 못해 안달을 하자 그 부모나 주변 사람들이 목마를 태워준 것이었다. 그러니 그들의 목소리가 제일 늦게 들릴 것은 너무나 당연했다.

　그런데 그들, 목마를 탄 아이 중 하나가 만세를 외쳤다. 목마를 타게 된 게 기뻐서 그랬는지, 안 보이던 배가 보이자 그랬는지는 모르겠지만 녀석이 엉덩이를 들썩이며 만세를 연발했다. 그러기를 잠시. 어느 순간 녀석 주위에 있던 사람들이 하나둘 만세를 부르기 시작하더니 잠시 후 모두가 만세를 부르기 시작했다. 그냥 만세를 외치는 게 아니라 팔까지 뻗어올리며 만세를 불렀다.

　고량부 만세!

　태자도 만세!

　누가 선창자로 나섰는지 알 수 없었지만 선창자의 선창에 맞춰 일제히 만세를 불렀다. 낭두봉은 삽시간에 만세소리로 뒤덮였고.

그 소리는 선단을 호위하러 가는 호위선을 거쳐 태자도로 돌아오는 선단을 지나 한바다 멀리까지 퍼져나가고 있었다. 태자도에서 시작된 지진인 양 동심원을 그리며 끝도 없이 멀리멀리 밀려 나가고 있었다.

몽돌포는 사람들로 꽉 찼다. 낭두봉에 모였던 사람들이 몽돌포로 다 몰려들었는지 아니, 그보다 더 많은 사람들이 모였는지 몽돌포는 그야말로 북새통이었다.

포구뿐만 아니라 포구 주위의 공터며 몽돌해안, 길이란 길까지 사람들로 꽉 차 있었다. 태자도 사람은 다 모인 것 같았다. 그에 따라 포구 주변의 주막이며 상가는 모처럼만에 대목을 맞고 있었다. 사람이 모이는 곳이 곧 장이라고, 장바닥만큼이나 시끌벅적하고 흥청이고 있었다. 침략군이 돌아간 후 처음 맞는 경사에 태자도 백성들은 한껏 들떠있는 것 같았다. 흥분된 가슴을 누를 수 없는지 사람들은 잠시도 가만히 있질 못했다.

그렇게 한 시진쯤 지나자 드디어 배가 포구에 들어섰다. 대장선을 호위하러 나섰던 호위선이었다. 그 뒤를 따라 대장선과 나머지 네 척이 포구 안으로 들어서자 포구는 요동치기 시작했다. 배를 보기 위해 포구로 몰려들기 시작한 것. 그러나 사람들이 갈 수 있는 곳은 포구 초입까지였다. 포구 입구에서 병사들이 사람들을 막고 있었기 때문이었다. 물양장엔 고량부를 비롯하여 병택, 구명석, 철근, 바우와 석규, 그리고 대항해에 동행한 뱃사람들과 호위병사들의 가족 외에는 들어가지 못하게 통제하고 있었다.

더이상 가까이 가지 못하자 사람들은 고개를 빼기도 하고, 까치발을 들기도 하고, 펄쩍펄쩍 뛰기도 하면서 대항해를 무사히 마친 사람들과 그들을 맞이하는 사람들을 보기 위해 애를 썼다. 포구를 감시하기 위해 나무로 쌓아올린 망루에도 사람들이 가득 올라가 있었고, 몇몇 사내들이며 아이들은 포구 주변 초가지붕에 올라 포구에서 벌어지는 일을 지켜보고 있기도 했다.

닻을 내리고 배를 접안시켜 밧줄을 던져 배를 고정시키려는 순간이었다. 배에서 펄쩍 뛰어내리는 이가 있었다. 광석이었다.

"주군! 다녀왔습네다."

광석이 크게 소리를 지르더니 고량부가 있는 곳으로 뛰기 시작했다.

"주군! 소신도 왔습네다."

광석보다 한두 발 늦게 광건도 배에서 뛰어내리더니 광석을 따라 뛰었다. 그 모습을 본 영이 건석 형제를 향해 소리를 질렀다.

"왔구만, 기래. 왔어."

영이 소리치자 광석이 바로 받았다.

"예, 왔습네다. 영주까디 갔다가 무사히 돌아왔습네다."

광석의 함박웃음과 고함이 몽돌포를 다 덮는 듯했다. 그렇게 몽돌포를 뒤흔들며 뛰는가 싶더니 영 앞에 이르러서는 엎어지는 듯 무릎을 꿇어 절을 했다. 뒤따라온 광건도 동생과 같은 행동을 했고.

"주군! 임무 마티고 무사히 돌아왔습네다. 기간 평안하셨습네까?"

광석이 절을 한 후 소리치며 고개를 숙이자 광건도 절을 한 다음 고개를 숙였다.

"기래요, 기래. 어서 일나시라요. 얼굴이래 봐야 우리 대장들이 맞는디 확인도 하고 기간 어케 디냈는디도 살피디요."

영이 몸을 낮춰 두 사람의 손을 잡더니 일으켜 세웠다.

"어디 봅세다. ……큰대장은 얼굴이 돔 상한 거 같고, 닥은대장은 혈색만 돟고 얼굴이 빈딜거리는 게 닥은대장이 성을 못살게 굴었기만요. 먹을 거도 많이 문뎌(훔쳐) 먹었고."

"주군, 어띠 기런 말씀을 하십네까? 실루(정말) 섭섭합네다. 형은 쓸데없는 걱정하고 별 거에 다 참견하느라 마른 거이디, 먹을 걸 문뎌(훔쳐) 먹다니요. 농이라도 기런 말씀하디 마십시오."

"뎌, 뎌런…… 주군께 기 뭔 말이네? 기렇게 꼭 성을……."

"뎌 거 보시라요. 데렇게 별 거 아닌 일에 난릴 티고, 농도 모르고 상황 판단이래 못해서 데렇게 날뛰니 살인들 어케 붙어있갔습네까? 제가 살이라도 저런 사람에게선 도망티갔습네다."

"뎌, 뎌 놈이……. 내 데럴 둘 알고 영주에 내버리고 올라 했는데, 정말 죄송합네다."

"기럼 뱃길은 누가 알래듀고, 장산 누가 하고? 내래 없으믄 뱃길을 몰라서 돌아오디 못했을 거이고, 내가 나서디 않았다믄 빈 배로 왔을 거믄서."

"뎌, 뎌……. 입을 뗳어버래야디 원. …… 돔 땔 가리믄서 입을 놀려라."

형제가 영 앞에서 티격거리는 걸 가만히 지켜보던 인섭이 세 사람 사이를 끼어들며 말했다.

"형님! 여전히 티격대고, 여전히 닥은대장이래 이기는 게 별 문제 없이 달 갔다온 모양입네다."

"기러게 말이네. 혹시나 했더니 역시구만. 인저 가세. 두 사람을 목빠디게 기다리고 있는 사람들이 많으니 빨리 인사 나누고 빠디세. 나머디 애긴 궁에서 하기로 하고."

영의 말에 무범과 인섭, 병택, 구명석, 철근, 바우와 석규가 차례로 건석 형제와 인사를 나눴다. 그리고 영을 따라다니며 대항해에 나섰던 사공들이며 호위무사들을 일일이 격려했다. 개별 만남의 시간은 짧았지만 인원이 많다 보니 인사 시간은 길었다. 그러나 목숨을 걸고 일 년 동안 대항해를 마치고 돌아온 사람들에게 겉인사만 할 수는 없었기에 격식을 갖춰 인사를 나누다 보니 시간이 길어질 수밖에 없었다.

길지만 짧고, 짧지만 긴 인사를 마치고 궁으로 돌아가는 사람들에게서 떨어져 나온 구비가 광석에게 다가가더니 귀에 대고 낮게 속삭였다.

"댝은대장, 오랜만에 각시 봤다고 대낮부터 얼릴 생각 말고 곧장 궁으로 오게. 우리 중에 각시 차고 사는 사람들이 없어서 기다려주디 않을 기야. 기러니 딴 생각 말고 곧장 오게."

구비가 짓궂게 속삭이자 광석이 발딱했다.

"거 뭔 말을……?"

"기러니 늦디 말고 오란 말일세. 내 말 알갔나? 늦어디믄 기러는 둘 알 테니깐 내 말 명심하게."

그러더니 손을 흔들며 고량부 일행을 뒤쫓아갔다.

"명이 박사래 뭐라 기러든?"

자기 몰래 은밀한 얘기라도 나눈 줄 아는지 광건이 광석에게 묻자 광석이 소리쳤다.

"성은 궁으로 데려오디 말래. 나한테만 얘기 듣갔다고. 성한테 들어봤자 들으나마나라고."

구비에게서 당한 놀림을 형한테 되갚아준 광석이 광건을 밀쳐두고 가족들에게 달려가면서 소리를 질렀다.

"아이고, 우리 조카들 잘 있었네? 작은아바디 보고 싶었디? 기래서 우리 조카들 줄래고 잔뜩 가디고 왔디."

광석이 허리춤에 찼던 걸 풀어내며 가족들에게로 달렸다.

39

대항해 주역들을 위로하고 격려한 고량부는 바로 궁으로 돌아가지 않고 환영 나온 백성들을 만났다. 전쟁이 시작된 이후 백성들을 만날 기회가 없었고, 전쟁으로 찌든 백성들을 위무할 필요도 있었고, 모처럼만에 축하하고 기쁨을 함께 나눌 일도 있었기 때문이었다.

고량부와 관리들이 백성들에게 다가가자 백성들이 일제히 부복했다. 범포가 살아생전 들인 버릇이었다. 멀리 있을 때는 괜찮지만 가까이에선 무릎을 꿇고 엎드림은 물론 고개도 들지 말라고 했던 것이었다. 특히 손에 아무 것도 들지 말 것이며, 들고 있던 것도 다 내려놓으라고 했었다. 영의 안전을 확보하기 위한 조치가 어느새 태자도의 관습이 되었던 것.

"이럻습네다, 이럻어요. 모두 일나시라요. 얼굴 볼래고 기럽네다. 모두 일나시라요."

영이 안타까운 목소리로 말했지만 고개를 들거나 일어서는 사람이 없었다. 한결같이 엎드린 채 미동도 하지 않았다. 백성들의 행동을 보다 못한 영이 뒤따르던 권룡과 대운을 돌아보며 눈짓을 했다. 그러자 권룡이 목소리를 높여 외쳤다.

"일나시라요. 전하들께서 뵙고자 하시니 손에 든 것들만 내려놓고 일나시라요."

권룡의 외침에 백성들이 쭈뼛쭈뼛 고개를 들기 시작했다. 그것도 고량부와 멀리 떨어져 있는 사람들이었지 고량부 일행 가까이에 있는 사람들은 그냥 그 자세를 유지하고 있었다. 그러자 이번에는 대운이 나섰다.

"전하들 가까이 있는 사람들도 괜치않으니 모두 일나시라요. 전하들께서 기다리디 않습네까? 모두들 일나시라요."

대운의 외침에도 일행 가까이 있는 백성들은 좀처럼 고개를 들거나 일어서지 않았다. 엎드린 채 서로 눈치만 보고 있었다.

"범포 장군이래 사람들을 얼마나 닦달했으믄…… 자, 인저 모두 일나시라요. 오늘 대장선이 돌아오는 걸 보러 왔디만 우리래 얼굴도 볼래고 온 거 아닙네까? 기러니 인저 일나서 마음껏 보시라요. 지끔 안 보믄 또 언제 보갔습네까? 이럴 때 슬컨 봐야디요."

무범이 울골에서의 일이 떠올랐는지, 안타깝게 소리치자 그제서야 하나둘 얼굴을 들기 시작했다. 그러나 일어서는 사람은 없었다.

"이럻습네다. 모두 일나시라요. 안 일나믄 기냥 가갔습네다."

영이 다시 목소리를 높이자 그때야 하나둘 일어나기 시작했다. 그러나 허리를 펴는 사람은 없었다.

"기거 탐! 앞으로 이런 딧하디 말게 하시라요. 백성들과 멀리 있

는 사람이 뭔 일을 하며, 자신들과 멀리 떨어져 있는 사람을 백성들
인들 어찌 섬기갔습네까? 기러니 멀어디디 않게 가까이 다가오게
하시라요."

영이 누구에게랄 것 없이 짜증 섞인 목소리로 내뱉자 뒤따르던
사람들이 모두 고개를 숙였다. 그와 동시에 권룡이 다시 백성들을
향해 목소리를 높였다.

"모두들 허릴 펴고 주군들을 맞으시라요. 텃때주군의 명입네다.
앞으로도 쭈우욱 기리 하시고."

그 말에야 백성들이 허리를 펴기 시작했다. 그리고 마침내 고량
부가 백성들을 만날 수 있었다.

"이케 강건하게 버텨주어 고맙습네."

"조꼼만 더 힘을 내주시라요. 고생 끝에 낙이라고 했으니 동은
날이 올 겁네다."

"오래오래 사시라요. 기래야 동은 날도 보디요. 나이 든 분이 많
아야 마을에 화를 막는다는 말도 있디 않습네까? 오래오래 이 섬을
디켜듀시라요."

"어린애가 있어야 내일이 있디요. 잘 키우시라요. 기래야 이 섬이
더 든든해디디요."

"전쟁 중인 남편 뒷바라지하느라 힘들디요. 쫴꼼만 탐으시라요.
곧 동은 날이 있을 겁네다."

영은 위로와 위안, 희망의 말들을 전했다. 진심과 간절함을 전하
려 했다. 그런 행동은 영만이 아니었다. 무범과 인섭도 영과 함께
백성들을 만나며 비슷한 말로 백성들을 위무했다. 병택, 구명석, 철
근, 바우와 석규도 마찬가지였다. 그들도 고량부를 뒤따르며 백성

들을 따뜻하게 어루만졌고 다독였다. 일행의 그런 행동에 백성들은
황송해했고, 고두감읍했고, 삶의 의지를 다졌고, 버틸 힘을 충전하
는 것 같았다.

대장선의 귀환을 계기로 태자도는 또 다른 힘을 비축하고 있었다.

40

"긴데, 마석 장군하고 범포 장군이래 왜 안 보입네까? 우리가 돌
아왔는데 왜 코빼기도 안 보입네까? 순찰을 갔나? 아니믄…… 또
어디서 투닥거리는 거 아닙네까?"

역시 마석과 범포를 찾은 사람은 광석이었다. 아무래도 두 사람
이 보이지 않는 게 이상하다 싶은 모양이었다.

그 말에 회의실 모여 있던 사람들의 얼굴이 한 순간에 굳어졌다.
안 그래도 대장선 귀환 소식에 그 걱정을 했었기 때문이었다.

"기나저나 대장들이 돌아오믄 두 장군에 대해 물을 긴데……."

몽돌포에서 대장선의 귀환을 기다리던 인섭이 걱정스러운지 조
심스럽게 운을 뗐다.

"나도 기게 걱정인데……. 어뗘갔네, 있는 대로 말해야디."

"기래도…… 묻기 전엔 말하디 않는 게 똫을 듯합네다. 똫은 날
괜히 기분 상할 필욘 없을 테니끼 말입네다. 물으믄 어뗠 수 없이
대답해야갔디만 먼녀 말할 필요까던 없을 것 같습네다."

인섭의 말에 무범도 동조했다.

"나도 작은아(동생)와 같은 생각입네다. 말할 때 말하더라도 오

늘은 기냥 넘기는 게 동을 것 같습네다."

그러자 영이 고개를 끄덕이더니 조용히 말했다.

"으음……. 기래, 기러문 기러디. 모두들 우리 말 알아들었갔디요? 물어보믄 어떨 수 없디만 맨저 말하딘 않기로. 알갔디요? 물으믄 내가 대답하디요."

그렇게 입을 다물기로 했는데 광석이 묻자 난감할 수밖에. 그것도 회의실에 들어서자마자 물으니 더욱 난감했다. 그렇지만 대답안 할 수는 없었기에, 영이 말하기로 돼 있었으니, 영이 입을 열어야했다. 그러나 입이 무거워 안 떨어지는지 영이 머뭇거리며 얼른 대답하지 못하자 이번엔 광건이 나섰다.

"무슨 일이라도 있는 겁네까?"

광건이 질문을 하면서 바라본 사람은 영이 아니었다. 광석은 구명석을 향해 묻고 있었다. 셋 중에 한 사람이 대답해 달라는 뜻이었다. 광건의 물음에도 셋이 입을 다물고 있자 이번에는 눈길을 돌려반대편에 서 있는 바우와 석규에게 고개를 돌리려는데 광석이 바우와 석규에게 소리를 질렀다.

"우리가 없는 사이에 뭔 일이 있었던 거네? 기러고 너들이 왜여기 있네? 마석과 범포 장군이래 둑었네? 기래서 너들이 기 자릴차지한 거네? 말해보라, 날래."

"기, 기게……."

바우가 흠칫 놀란 듯 몸을 움츠리며 머뭇거리자 광석이 쏘아붙였다.

"맞구만 기래. 내 짐작이 맞았어. 몽돌포 귀신인 범포 장군이래안 보이길래 이상하다 싶었고, 둘이 여기 있는 것도 다 이상했는데맞구만 기래. 잘못된 게 분명해."

그러더니 자리에 펄썩 주저앉더니 넋두리를 시작했다.

"기 노무 영감탱이 영주까디 무사히 갔다오믄 술 주갔다고, 잘 익은 술 맘껏 마시게 해듈 테니 무사히만 다녀오라고 해놓고 먼처 가버렸단 말이네? 이 비좁은 섬에 갇혀 있디 말고 바달 누비며 해상 왕국을 세워보댜고 해놓고 정녕 먼처 가버렸단 말이네?"

광석의 넋두리를 듣던 광건이 광석을 제지하며 말했다.

"가만 있어 보라. 자초지종을 듣고 난 후에 울어도 늦디 않으니긴 사실부터 확인해 봐야디. ……첫때주군이래 대답해 주시라요. 마석 장군과 범포 장군이래 실루 돌아가셨습네까?"

광건이 이번에는 영을 뚫어지게 쳐다보며 따지듯 물었다. 그러자 영이 한숨을 푸욱 쉬며 대답했다.

"기래, 기렇게 됐네. 태자도와 태자도 백성들을 살리시고 전사하셨디. 입버릇처럼 말씀하시던 대로 한날한시에 돌아가셨디."

영의 대답에 광건마저도 제자리에 풀썩 주저앉더니 목놓아 울기 시작했다. 두 형제의 눈물바람은 회의실에 모든 사람들의 눈물샘을 자극하고도 남았고.

두 형제들 역시 범포와의 일화를 주로 주워섬겼다. 대항해는 범포의 작품이고, 준비과정에서 범포의 역할이 얼마나 중요했는지를 늘어놓았다. 또한 대항해에 성공해서 무사히 귀환하면 코가 삐뚤어지게 술을 주겠다는 약속까지 했었다고 했다. 두 형제가 영주까지 갔다오면, 늘그막에 배를 타고 못 가본 곳이나 실컷 구경하러 다니고 싶다고 했었는데 어찌 그럴 수 있느냐고, 어떻게 허망하게 가버릴 수 있느냐고 울부짖었다.

"기래 이 영감탱이래 어디 묻었습네가? 무덤이라도 파서 따져봐야 할 거 아닙네까?"

광석이 울음 섞인 목소리로 묻자 옆에 섰던 석권이 조용히 대답했다.

"자네들 선친, 을지광 대로 바로 아래 모셨네. 두 분이 살아생전 입버릇처럼 얘기했던 바로 기 곳에. 기러니 파내든 자네들이 들어가든 가서 따져보게. 기 분들도 할 말이 한둘이 아닐 테니깐."

"약속도 안 디키는 영감탱일 왜 우리 아바디 아래 묻어. 당장 파가라고 해야디. 우리 아바디래 편히 쉬는데 방해만 되디 도움 될게 하나 없는 영감탱일 왜 거기 묻느냐고!"

광석은 눈물로 소리 지르면서도 마석과 범포를 을지광과 한 자리에 매장한 걸 다행이라고 생각하는 눈치였다. 그나마 그건 잘 됐다고, 잘했다고 안심하고 치하하는 반어였던 것이다.

"그래, 두 분은 어케 돌아가신 겁네까? 태자도와 태자도 백성들을 살래놓고 돌아가셨단 말은 또 뭐고?"

울만큼 울었는지, 그제서야 정신이 드는지, 울음을 그치고 한참 동안 숨을 고른 광건이 누구에게랄 것 없이 물었다. 그러자 명이가 말재주꾼답게 사실과 추리, 대운과 권룡의 증언을 종합하여 식량 보급선을 띄울 때부터 전사 시점까지를 먼저 얘기한 후에 장례 과정이며 장례 후 태자궁 옆에 사당을 지어 모신 것까지 풀어놓았다.

"살아서도 매일 투닥거리더니 듁어서도 투닥거리고 있갔구만. 질리디도 않고 물리디도 않는가? 나 같으믄 듁은 눈으로도 보기 싫갔는데."

광석이 말을 마치더니 자리에서 일어섰다. 그러자 광건이 놀라며 물었다.

"어디 가네? 뭐 할래는 거네?"

"아바디 드릴래고 위례성에서 제일 비싸고 좋은 술 사왔는데 아바딘 멧 잔 못 마시갔네. 이럴 둘 알았으믄 더 사올 긴데. 기 영감탱이들이 술을 둠 좋아해야디. 늦기 전에 드래 버려야디 안 기랬다간, 범포 기 영감탱이 고함에 우리 아바디래 귀가 아파서 못 견딜 게 아니네."

"기, 기래 잘 했다. 자식 덕에 패양 간다고, 나도 같이 가자. 아바디래 볼래믄 형제가 같이 가야디."

의기투합한 형제가 회의실을 빠져나가자 남은 사람들이 길게 한숨을 내쉬었다.

"여긴 이데 조용하갔디만 묘소 주위가 시끄럽갔구만."

구비가 그만하길 다행이다 싶은지 중얼거렸다. 그 목소리를 못 들은 사람은 없었으나 누구 하나 대꾸하거나 들은 체하는 사람은 없었다.

사람 장사

41

　"군사래 혹시 기상도 장군이라고 아십네까?"

　광건이 조심스레 물었다. 그러자 옆에 앉았던 광석이 형의 옆구리를 툭 쳤다. 형제의 행동이 이상하다 싶었지만 병택은 가만히 있었다. 기씨인 걸 보니 일가인 것 같기는 했지만 한 번도 들어본 적이 없는 이름이었고, 말하려는 사람과 말리는 사람이 갈등한다면 조용히 기다리는 게 낫겠다 싶었기 때문이었다. 그러기를 잠시, 광석이 뭔가를 생각하는 듯하더니 뜬금없이 툭 던졌다.

　"얘길 듣고 싶으믄 술 세 동이만 내슈. 기 전엔 입도 뻥끗 하디 않을 테니 기리 아슈."

　그러자 이번에는 광건이 광석의 옆구리를 찔렀다. 광석의 무례를 제지하려는 것 같았다.

　"아, 왜 이러슈? 공째로 얘기 안 하기로 했디 않수? 기래놓고 왜 이러는 거유?"

"아, 아무리 기래도 기렇디, 기 장군에게 받은 도움이 얼만데 기걸 팔 생각을 하네? 기 장군이래 신신당불 발세 잊었네? 인간의 탈을 쓰고 기러믄 안 돼디."

"거 성은 톰 가만히 있으라. 가만히 있기만 하믄 밥도 나오고 술도 나오고 떡도 나올 긴데 왜 방해하고 기러네?"

"아무리 기래도 기렇디, 이건 아니디."

"기럼 성이 얘기하슈. 성이 얘기하믄 여깄는 사람들 잘도 들어주갔다. 설령 들어준다 해도 무슨 재미가 있갔소? 얘기란 건 기 내용보다 말하는 사람의 능력에 의해 결정되는 거요. 조리 있는 말솜씨는 기본이고…… 거기에 입담과 재담 즉, 양념을 섞어야 맛이 나디 성 같은 사람이 말하믄 밍밍, 슴슴해서 뭔 재미가 있갔소? 기러니 재담꾼이 필요한 거고, 기래서 삯을 주든 밥이나 술을 내는 거디. 거 영주 도사공 맨주먹 하는 거 못 봤수? 나 기때 이미 맘먹었수. 이레부터 절대 공짜로 얘기하디 않갔다고. 기래도 군사껜 깎아서 세 동이디 안 기러믄 열 동일 부를 생각이었수."

역시 말쟁이답게 광석이 받아쳤다. 그러자 광건도 대꾸할 말이 없는지, 맞다고 생각하는지 머슥하게 입을 다물었다.

형제들의 입씨름을 보고 있자니 병택은 기상도란 인물이 궁금했다. 광석이 술 열 동이를 요구할 생각이었다면 보통 인물은 아닐 것 같았다. 계산 빠르고 정확하기가 태자도에서 따를 자가 없지 않은가. 그러니 그의 얘기는 술 열 동이 값어치가 있을 것이고, 어떤 형태로든 값을 치르지 않고서는 광석이 입을 열지 않을 것 같았다. 광석의 말마따나, 광건의 얘기를 들어봤자 별 재미가 없을 것이었다. 그렇지만 섣불리 그의 요구를 수용해서도 안 될 것이었다. 한 번 말려들면 빠져나가기 힘들 것이기에 일단 지켜보는 게 좋을 것 같았다. 또한 병택이 나서지 않아도 광건이 병택을 대신하여 동생 광석을 말리고 있으니 둘이 타협점을 찾을 것이었다. 그래서 기다려보고 있는데 첫째주군이 나섰다.

"술 세 동일 내가 낼 테니 말해보기요. 군사와 관련된 얘기믄 나도 듣고 싶으니낀. 기러고 대항해 성공을 자축하는 자린데 기깟 술 세 동일 못 내갔슈? 내가 내디."

그러자 병택에게로 향했던 눈길을 거두더니, 반짝이는 눈빛으로 첫째주군을 쳐다보며 광석이 말했다. 이미 술맛을 본 듯 입까지 다시며.

"기럼 지끔 술을 들여듀시라요. 맹숭맹숭 맨정신에 무슨 얘길 하며, 술 없는 자리에서 기런 말이 뭔 재미가 있갔습네까?"

그러자 광건이 급히 동생을 말리며 나섰다.

"너 지끔 뭐하네? 텃때주군하고 흥정하는 거네?"

"흥정해야디, 기럼? 장사틴 상대가 누가 됐든 흥정을 하는 거 아니네? 기러니 말리디 말라. 술이 안 나오믄 나도 얘기 안 할 생각이니낀."

광석의 입장은 확고해 보였다. 술을 내지 않으면 입을 열지 않겠다는 뜻을 분명히 했다. 영주 뱃사공 맨주먹에게 무슨 일을 당했고 뭘 배우고 깨달았는지 모르지만 대가 없는 공짜 얘기는 하지 않겠다고 했다.

"알갔네. 덕분에 우리도 공술 얻어먹디 뭐. 술 세 동일 들이게 하게. 댝은대장 말마따나 술 없이 무슨 말을 하고, 듣갔나?"

그렇게 해서 술과 안주가 들어오자 광석이 먼저 병택에게 물었다.

"기상도 장군이라믄 모를 테니…… 초복이 군관은 아시갔습네까? 초복에 태어났다고 이름을 초복이라 했다 했습네."

그러나 초복이란 이름이 언뜻 떠오르지 않았다. 하여 물었다.

"달 생각 안 나는데…… 날 달 안다고 하던가?"

"달 아는 정도가 아니라, 생명의 은인이라 했습니다. 하여 성도 군사를 따라 기씨라 칭하고 있노라고 했습네. 군사완 궁궐 옥사에서 처음 만났다고, 오즘을 갈기며 모욕했던 게 인연이 되어 군사 수하로 들어갔다고."

광석의 얘기를 듣다보니 떠오르는 사람이 하나 있었다.

"기럼 고향이 국경지대라던가? 고구려와의 접경지대?"

"예, 맞습네다. 입기현이라 했습네. 군사께 글도 배웠고, 군사댁에도 자주 드나들었다고 했습네."

한 군관이 떠올랐다. 누명을 쓰고 옥에 갇혔을 때 자신을 살렸었던, 아니 살게 자극을 줬었던 군관이었다. 그러나 이름도 얼굴도 가물거렸다. 그런 사람을 만났었는지, 그런 일이 있었는지조차 가물거렸다. 오로지 무범 왕자를 살릴 생각에 모든 걸 다 버리고 떠난 고국과 고국에 대한 기억이 남아 있을 리 없었다. 어쩌면 일부러 지우려 한 게 아니라 너무 충격적이고 너무 치욕적이라 지워져 버렸는지도 몰랐다. 살기 위해서는 지워야 하고 잊어야 하기에 자신도 모르는 사이에 지워졌는지도 모르고. 그러니 그 군관이 기억날 리 없었다.

또한 그 군관은 살아있을 리 없었다. 그가 도성을 떠난 직후에 고구려군이 쳐들어왔고, 자명고각이 작동되지 않아 무조건 항복을 했으니 그가 살아 있을 수가 없었다. 그 성정에 무조건적 항복 소식을 듣고 가만히 있지 않았을 것이었다. 그도 고구려군에게 죽었을 것이었다.

"아사(글쎄)……. 한 군관이 떠오르긴 하네만 기 군관이래 살아 있을 리 없어서리……."

병택이 머릿속에 떠오르는 한 인물을 지워내며 대답했다. 그러자 광석이 소매에서 비단주머니 하나를 꺼내 병택 앞에 내밀었다.

"기게 뭔가?"

"열어보시믄 알 거라고 했습네."

병택은 광석이 내민 주머니를 열어보았다.

주머니 속에는 눈에 익은 게 들어있었다. 궁궐 출입패牌였다. 지금은 쓸모없는 폐품에 불과하지만 한때는 낙랑 궁궐을 드나들기 위해서는 꼭 휴대해야 했던 귀물이었다. 또한 주머니 속에는 또 다른 귀물도 들어있었으니 자그마한 금덩이였다. 금은 일반인이 쉽게 가질 수 있는 물건이 아니었기에 이 또한 귀물이라 할 수 있었다. 그런 귀물들이 주머니 속에 들어있으니 병택은 놀라지 않을 수 없었다.

"이, 이건 출입패하고 금덩이가 아닙네까?"

"예. 기걸 군사께 보여드리믄 기상도 장군, 아니 초복이 군관을 기억하실 거라 했습네. 위독하신 오마닐 보러 고향으로 떠날 때 군사께서 초복이 군관에게 주었던 것이라 했습네. 군사께서 돌아가셨다고 여겨 군사를 기억하기 위해 지금껏 몸에 지니고 다닌다고."

광석의 말을 듣노라니 까마득히 잊은 줄 알았던, 잊어버리고 있었던 한 인물이 어렴풋이 되살아나기 시작했다. 떠올리기조차 싫었던, 떠오를 때마다 딴생각으로 황급히 지워버렸던 고국 낙랑에 그렇게 사람이, 자신과 자신을 아는 사람이 살았었다는 사실이 믿기지 않았다. 어느 날 꾸었던 꿈이라고 생각했었는데 꿈이 아니라 현실이었다니 믿기지 않았다. 아니, 또 다른 꿈을 꾸는 것 같았다. 그런데 그게 꿈이 아니라 현실이라는 게 더 충격적이었다.

"군사를 처음 만난 거이 궁궐 감옥이라 했습네다. 기때 기 장군이 래 옥지길 하고 있었다고."

술잔을 비우며 광석이 얘기를 시작하자 병택은 연거푸 술잔을 비웠다. 광석의 말마따나 맹숭맹숭한 맨정신으로는 듣기 어려웠다. 그건 병택만이 아닌지 조용히 듣고 있는 줄 알았던 무범 왕자도 거푸 술잔을 기울이고 있었다. 정작 술을 내리던 광석은 술을 자제하고 있었고, 술이 당기는 건 듣는 사람들인지 조용히 광석의 얘기를 들으며 연거푸 잔을 비우고 있었다. 광석이 술을 내리고 졸랐던 건 자신이 마시기 위해서가 아니라 듣는 사람들을 위한 배려였음이 분명해지고 있었다.

병택과 초복의 괴이한 인연에 이어, 궁으로 자리를 옮기고 둘이 함께 생활하던 때를 지나, 초복이 어머니 병문안을 위해 고향에 갔다가 낙랑국 멸망에 대한 얘기로 접어들고 있을 즈음이었다. 조용히 광석의 말에 귀 기울이고 있던 무범 왕자가 광석의 말을 막았다.

"닥은대장, 기 얘긴 쫴곰 있다 들읍세다. 소피래 마려워서 잠시 칙간에 갔다 올 테니 쫴곰 기다려 듀구래."

말을 마친 무범 왕자가 광석에게 동의를 구하더니 밖으로 나갔다. 병택은 무범 왕자가 밖으로 나가는 모습을 조용히 지켜보았다. 무범 왕자가 밖으로 나간 이유를 알 것 같았기 때문이었다. 이야기를 시작한 게 얼마 되지 않았으니 벌써 오줌이 마려울 리는 없었다. 오줌은 핑계일 뿐 끓어오르는 감정을 식히기 위해, 주체할 수 없는 슬픔을 누르기 위해, 솟아오르는 눈물을 감추기 위해 자리를 피했을 것이었다. 한 번도 들어본 적 없는 자신의 부모와 누님에 대한 얘기였고, 망해버린 조국에 대한 얘기였고, 의붓아버지 병택에 대한 얘기였으니 감정을 다스리기 힘들었을 게 분명했다. 그걸 짐작하지 못할 리 없는 광석이 따라 나가봐야 하지 않겠냐고 눈짓했으나 병택은 고개를 모른 채했다. 지금은 혼자만의 시간을 갖게 하는 게 좋을 것 같았다.

"자, 이저(이제) 속을 비웠으니 하던 얘길 마저 하구래. 속이 꽉 차서 혼났습네다."

무범 왕자는 생각보다 빨리 돌아왔다. 남에게 들키지 않기 위해 감정 정리를 빨리 했는지, 광석의 뒷얘기가 궁금했는지 알 수 없지만 감정을 얼마간 덜어낸 건 확실해 보였다. 그걸 속을 비웠다는 말로 돌려 표시하고 있는 것 같았다. 아니, 어쩌면 당신이 나간 이유를 모두 알고 있을 거라 생각하고 그 말로 상대를 안심시키는지도 몰랐다.

"기상도 장군은, 아니 초복인 도성으로 돌아갈 수가 없었답네다. 어머니 초상을 추고(치르고) 도성으로 돌아갈래고 했는데 나라가 망해 버렸으니끼니. 기것도 싸움다운 싸움 한 번 못해보고 무조건 항복해 버렸으니낀. 기건 누구나 다 아는 사실이고. 기케 갈 곳을 잃은 초복인 국경지대인 고향에 머물면서 상황을 지켜보기로 했는데, 때마침 매국노들을 눈앞에서 보게 됐답네다."

광석이 멈췄던 이야기를 이어나갔다. 한 번 들었을 뿐인 이야기를 자신이 직접 겪기라도 한 듯, 현장에서 처음부터 끝까지 지켜보기라도 한 듯 생생하면서도 맛깔나게 풀어나갔다. 광석의 말마따나 어떤 얘기냐가 중요한 게 아니라 누가 어떻게 얘기하느냐가 중요한지 듣는 사람들을 들었다 났다 하면서 잠시도 딴생각을 하지 못하게 했다. 술잔마저도 조심스럽게 들고 내리게.

매국노들을 살해하고 도망자가 되어 바닷가로 갈 수밖에 없었던 상황, 바닷가에서 지금의 아내와 아들을 만난 얘기, 뗏목을 만들어 백제로 탈출할 때의 고생담, 힘들게 백제에 정착하고 수군 방어사가 되어 백제 수군을 지휘하는 현재 상황까지 풀어놓았다. 그러더니 초복이, 아니 기상도 장군으로부터 받은 도움까지 낱낱이 전했다.

"기런데 기상도 장군께 받은 도움은 거기서 끝이 아닙네다. 갈 때보다 올 때 더 많은 도움을 받았으니낀."

광석은 거기서 잠시 말을 멈추더니 술을 한 잔 마셨다. 목이 타는 모양이었다. 그러나 그 술잔은 목이 타서 마시는 게 아닌 모양이었다. 나중에 안 사실이지만, 그건 기상도 장군에 대한 뜨거운 그리움 내지는 감사를 표현하는 몸짓이었다. 술잔을 높이 들어 건배 자세를 취한 것도 그 때문이었다. 백제에서 병택을 염려하고 있을 기상도 장군과 건배했던 것. 아니, 기상도 장군을 축원했던 것이었다.

42

상도 방어사가 목이 빠져라 광석네를 기다리고 있었다.

강화도에 도착했을 때 이미 상도 방어사가 기다리고 있음을 들어서 알고 있었지만, 월곶에 도착해보니 광석네가 생각했던 것 이상이었다. 바다에 나간 동생들의 무사귀환을 기다리는 정도가 아니라 전쟁터에 나간 자식들의 무사귀환을 기다리는 사람처럼 전전긍긍하고 있음을 알게 되었다.

"잘못 됐는 줄 알고, 그냥 가버린 줄 알고 얼마나 노심초사했는지 압니까?"

월곶에 도착하여 광석네가 배에서 내리자마자 지난번 안면을 튼 군관이 기다리고 있다가 상도 방어사의 기다림 소식부터 전했다.

"거짓말이 아니라 서른 번도 넘게 물었을 겁니다. 날만 좀 맑았다 하면 소식을 묻곤 했으니까 말입니다. 강화도에선 그런 소리 안 하던가요?"

"대충은 들었디만 기 정돈 뒬 몰랐습네다. 기케나 기다랬습네까?"

"말도 마세요. 전쟁터에 나간 자식들도 그 정도까지 기다리진 않을 겁니다. 노심초사 정도가 아니라 불안 초조, 전전긍긍이라 해야 맞을 정도였으니까요. 아무튼 잘 오셨습니다. 저까지 좌불안석이었고…… 제가 무슨 잘못이라도 저지른 것 같았는데, 이제 한시름 놓게 됐군요. 어서 가시지요."

군관은 안도의 한숨까지 길게 뿜어내며 어서 가자고 재촉했다. 그의 행동에서 상도 방어사의 마음을 얼마간 읽을 수 있을 정도였다.

그러나…… 상도 방어사를 막상 만나보니 군관의 얘기와는 달랐다. 다른 정도가 아니라 정반대였다고 해야 맞을 정도였다.

상도 방어사는 광건과 광석이 돌아왔노라고, 태자도로 돌아가기 전에 들렀노라고 해도 별다른 반응을 보이지 않았다. 덤덤하다 못해 약간은 귀찮은 듯한 표정으로 두 사람을 맞았다. 밖에 나와 기다리거나 하던 일을 접은 채 두 사람을 맞이하기 위해 기다리고 있지도 않았다. 무슨 바쁜 용무라도 있는지 잠시 기다리라고 하고선 한참 후에야 두 사람이 기다리는 방으로 건너왔다.

"그래, 영주까진 잘 다녀왔는가? 별곤 없었고?"

처음 묻는 말도 건조하면서도 사무적이었다.

"예. 별고 없이 잘 다녀왔습네다."

방어사의 말이 건조하면서도 사무적이었기에 광석도 그에 맞게 대답했다. 형 광건은 그런 상황이 다소 혼란스러운지 어리둥절한 표정이었다. 왜 안 그렇겠는가. 혼란스러운 건 광석도 다르지 않았다. 들은 말과는 정반대인 방어사의 태도가 낯설고 혼란스러웠다. 방어사가 낯설게 느껴졌고 속이 편치 않은 사람처럼 느껴졌다. 두 사람이 찾아온 걸 거북스러워하는 느낌마저 들게 했다. 광석이 짧게 대답한 것도 그 때문이었다. 반기지도 않고 달갑게 생각하지 않은 사람에게 반색하거나 너스레를 떨 이유가 없었다. 말이란 오가는 것이라, 상대방의 말과 대꾸에 따라 가는 말이 결정되는 게 아니던가. 그러니 그에 맞게 대답할 수밖에.

그런 광석의 태도와 대답이 마음에 걸렸는지 잠시 말을 아낀 방어사가 다시 물었다.

"그래, 여기선 언제쯤 떠날 생각인가?"

그 말에 광석은 방어사를 처다보지 않을 수 없었다. 길고 긴 항해를 마치고 방금 입항한 광석네에게 물을 말이 아니었기 때문이었다. 그 말은 여기 머물 생각은 하지 말고 하루라도 빨리 떠나란 말이나 다름없었고, 귀찮게 하지 말라는 뜻이 아닌가. 그 말뜻을 모를

리 없는 광건도 놀라는 표정으로 광석을 쳐다보았다. 그러자 광석이 좀 있어 보자는 뜻으로 눈짓을 하며 대답했다.

"길쎄요. 영주서 가디고 온 뱃짐이나 처분하고 쌀만 실으믄 바뤼(곧바로) 떠날 생각입네다."

방어사의 속마음을 얼마간 읽었다 싶자 광석은 바뤼란 단어에 힘을 주며 대답했다. 우리가 부담스러우면 떠나줄 테니 걱정 말라는 뜻을 담아. 그러자 방어사가 혼잣말처럼 낮게 중얼거렸다.

"그렇게만 할 수 있다면 뭔 걱정을 하겠나. 거 참……."

그러더니 쓰게 입을 다셨다.

"……?"

광석과 광건을 다시 서로를 쳐다보지 않을 수 없었다.

두 형제가 영문을 몰라 서로 눈치만 보고 있다는 걸 모르지 않을 텐데도 방어사는 한동안 입을 다문 채 앉아 있었다. 무슨 말을 할 것 같고, 해야 할 것 같은데도 말을 아끼는 게 무슨 말 못할 일이 있는 것 같았다.

그러기를 잠시. 밖에서 방어사를 찾는 목소리가 들렸다. 목소리로 보아 조금 전 자신들을 여기까지 안내했던, 방어사가 목 빠지게 기다렸다는 말을 전해준 그 군관인 것 같았다. 그 목소리에 방어사가 급히 방을 나갔다. 그리고 방 밖에서 낮게 말을 주고받기 시작했다. 무슨 말을 하고 있는지 명확하지 않았지만 목소리로 판단하건대 결코 좋은 일은 아닌 것 같았다. 그들의 목소리에는 걱정과 아쉬움이 담겨 있었기 때문이었다.

그러나 방안에 앉아있는 광건과 광석은 아무 말도 행동도 할 수 없었다. 긴장감 때문이었다. 자신들을 목 빠지게 기다렸다는 군관의 말과 방어사의 태도가 정반대인 것도 이상했고 두 사람의 행동은 더욱 납득하기 힘들었다. 전혀 예상치 못했던 일이 벌어지고 있는 것 같았고, 이런 상황에서 섣부른 말과 행동은 상황을 악화시킬 뿐이기에 조용히 기다리는 수밖에 없었다.

의구심과 불안감을 견디며 앉아 있노라니 방어사가 마침내 방으로 들어왔다. 문이 열리자 궁금증을 견디지 못한 광석은 방으로 들어서는 방어사의 얼굴을 재빠르게 살폈다. 이럴 때일수록 상대의 마음을 읽는 게 중요했기에 찰나의 순간도 놓쳐선 안 될 것 같았다.

방어사의 얼굴은 말이 아니었다. 찌푸리거나 일그러트리지는 않았지만 수심기가 가득했고 낯빛도 어두웠다. 어쩌면 불만스러운 상황 때문에 곤혹스러운 낯이었다. 그런 광석의 판단이 그릇되지 않았음을 증명이라도 하듯 자리에 풀썩 앉더니 광건과 광석을 멀건히 쳐다보았다. 무슨 말이든 하고 싶은데 차마 입이 떨어지지 않는 눈치였다. 그러나 그 시간은 그리 길지 않았다.

"영주 갔다 오느라 태자도 소식을 못 들었겠구만."

방어사가 묻는 것도 아니고 혼잣말도 아닌, 애매한 말로 입을 열었다. 어쩌면 입을 열기 전에 상대에게 마음의 준비를 하라는 뜻으로 던진 말인지도 몰랐다.

"결론부터 얘기하자면…… 자네들은, 지금 태자도로 갈 수 없네."

"예?"

청천벽력 같은 소리에 둘은 소리를 질렀다. 방어사의 말은 둘을 감금시키겠다는 말로 들렸기 때문이었다. 무슨 일이 있었는지, 무슨 오해가 있는지, 뭐가 꼬였는지는 모르지만 갑자기 감금시키겠다니 이해할 수가 없었다. 그러나 마냥 놀라고 있을 수만은 없었기에 재빨리 정신을 수습한 광석이 물었다.

"기게 무슨 말씀입네까? 지끔 우릴 가두갔다는 말입네까?"

그러자 광석만큼이나 놀라며 방어사가 대답했다.

"가두다니? 당치 않네. 내가 자네들을 왜? 태자도로 갈 수 없다는 말은…… 태자도가 위험하기 때문이네."

"위험하다니요? 기게 무슨 말씀입네까? 죠꼼 알아듣게 말씀해 듀시라요."

이번엔 형이 나섰다.

"그것이…… 태자돈 지금 고구려와 전쟁 중이라네."

"예?"

다시 형제가 동시에 소리를 지르자 방어사는 말없이 고개를 끄덕였다. 자신이 말이 사실이라는 뜻인지, 놀랄 만도 하다는 뜻인지, 둘의 마음을 이해한다는 뜻인지는 분명치 않았지만 힘겹게 고개를 움직였다. 어쩌면 그 모두를 함축한 고갯짓인지도 몰랐다.

가슴이 내려앉은 정도가 아니라 숨이 턱 막혔고 온몸에서 힘이 다 빠져나가버린 것 같았다. 머리마저 순간적으로 텅 비어버린 것 같았다. 살아 숨 쉬고 있는 것마저도 믿기지 않을 정도였다.

그러나 정신줄을 놓을 수는 없었기에 잦아드는 숨을 억지로 쉬며, 이를 악물며 정신을 가다듬으려 했다. 그리고 얼마간 정신이 되돌아오자 물었다.

"기게 참말입네까? 기럼 태자돈, 우리 주군들이며 백성들은 어케 됐습네까?"

"그건 나도 잘 모르겠네. 오늘도 여기저기 알아봤는데 별다른 소식은 듣지 못했네. 조금 전 군관이 찾아왔던 것도 그 때문이라네.

새로운 상황이 있는지 알아보라 했더니 별다른 상황이 없다고."

"기럼 지끔 어떤 상황입네까? 아시는 대로 말씀 조끔 해주시라요."

형이 재빠르게 부탁을 했다.

"글쎄…… 여기 있는 내가 알면 얼마나 알겠는가? 그렇지만 태자도가 밀리는 것 같지는 않네. 자네들이 걱정하는 분들도 무사하신 것 같고. 다만…… 여기서 듣는 소식이란 한참 전의 상황이고 그 내용 또한 제한적이라 그게 걱정이지. 들리는 말로는 고구려군이 태자도군에게 밀려 태자도 옆에 있는 섬으로 들어가 겨울을 나고 있다는데…… 겨울이라 바람과 추위, 날씨 때문에 소강국면인 것 같네."

"기럼 양식은요? 전쟁 중이라믄, 적군이 인근 섬에 죽티고 있다믄, 양식이 제일 큰 걱정인데 기에 대한 얘긴 없었습네까?"

이번에도 광석보다 형이 한 발 앞서 물었다.

"그런 거야 알 수가 없지. 또 그런 건 기밀사항이라 밖으로 새나올 리도 없고."

"그러갔디요. 그런 말이 새나올 리가 없디요. 기렇디만, 양식이 부족해서 앨 먹고 있을 겁네. 예년에도 지금쯤이믄 양식이 떨어져 산동이나 요동, 조선반도에서 구해다 먹었는데 전쟁 중이라믄 기거야 불 보듯 뻔하디요."

광석의 말에 방어사가 바로 받았다.

"그래, 그렇다고 봐야지. 섬의 취약점이 바로 그거니까. 그래서 그에 대한 대빌 얼마 전부터 좀 해두었네. 자네들이 오기만을 애타게 기다렸던 것도 그 때문이고."

"기럼 쌀을 구해뒀단 말씀입네까?"

광석이 재빠르게 묻자 방어사는 말없이 고개를 끄덕였다. 하여 광석은 앉았던 자리를 박차고 일어나 황급히 방어사를 향해 절을 올렸다. 형도 광석과 거의 동시에 절을 한 건 물론이고.

"이거 왜 이러나? 자네들이 부탁해서 구해둔 건데. 태자도로 들어갈 땐 쌀을 싣고 갈 테니 좀 구해달라고 하지 않았나? 그래놓고 왜 이러나? 일어나게, 어서 일어나게나."

방어사가 일어나라고 재촉했지만 광석은 일어날 수가 없었다. 벌써 감동, 감격의 눈물이 흐르고 있었다. 그건 형도 마찬가진지 숙인 고개를 들지 않았다.

43

"기케 기상도 장군은 우릴 위해, 우리에게 은혜라도 입은 사람텨럼, 죄라도 지은 사람텨럼 손발을 걷어붙이고 도와준 거이 다 병택 군사의 은덕이니 병택 군사께 감사를 안 드릴 수 없디요. 고맙습네다, 실루(정말로) 고맙습네다. 병택 군사가 안 계셨다믄 어띠 우리가 무사히 돌아올 수 있고, 오늘이 있을 수 있었갔습네까? 기러니 병택 군사께 감사를 천 번 만 번 드려도 지나치지 않을 겁네다."

말을 마친 광석 대장이 자리에서 일어서더니 병택 군사에게 고개를 숙이며 인사를 했다. 병택 군사는 그러는 광석 대장의 말이 쑥스러운지 손을 내젓다가 광석 대장이 일어서서 인사를 하자 마주 일어서서 인사를 받았다. 그러자 인섭이 기회를 놓치지 않고 일어서서 병택 군사의 은덕을 칭송하며 건배 제의를 했고, 모두 다 병택 군사에게 감사의 마음을 전하며 술잔을 비웠다.

건배로 떠들썩했던 분위기가 가라앉자 좌중은 다시 광석 대장을 쳐다보았다. 이제 뒷얘기를 시작하라는 무언의 압력이었다. 그러자 광석 대장이 좌중을 훑어보는가 싶더니 찬물을 끼얹는 소리를 했다.

"오늘은 이 정도로 마티는 게 어떻갔습네까? 남조지(나머지) 얘기 내일 해드리기로 하고……."

광석 대장은 거기서 일단락을 지으려는 모양이었다. 그러나 무범은 그럴 수가 없었다. 광석 대장의 이야기를 더 듣고 싶었다.

기상도 방어사로부터 어떤 도움을 받았으며 출입패와 금덩이의 내력도 듣고 싶었다. 아니, 낙랑인의 이야기를 듣고 싶었다. 거의 한 달 가까이 기상도 방어사와 함께 살았고, 그의 도움을 받았다면 그 얘기 속에는 낙랑인의 체취가 분명 묻어있을 것이고 낙랑인의 심성도 녹아 흐르고 있을 것이었다. 그걸 듣지 않고 자리를 마무리하는 건 다 낚아올린 고기를 놓치는 것이나 다름없었다. 그러니 어떻게든 뒷얘기를 들어야 했다. 멸망해버린 조국 낙랑, 그리고 세상에서 사라져버린 줄 알았던 낙랑인의 삶과 체취를 느끼고 싶었다. 전에 없던 일이었다. 조국 낙랑은 부끄러움 그 자체였고, 잊어야 할 대상일 뿐이었다. 그런데 부끄러움이 아니라 뿌듯함으로, 잊어야 할 대상이 아니라 잊어서는 안 될 그 무엇으로 다가서고 있었다. 무범은 자신의 피 속에 간직되어 있을 낙랑인의 체온을 느끼고 싶었고 체취를 맡고 싶었다. 그건 의붓아버지인 병택 군사에게서 수도 없이 들었고, 직접 겪기도 했던 장인 범석의 마음결과 체취, 체온과 같을 것이었다. 하여 광석을 보며 말했다.

"말을 왜 하다 마는 겁메? 말을 시작했으믄 끝을 맺어야디."

무범이 광석 대장에게 따지듯 던지자 무범의 개입을 이미 예상하고 있었던지 광석 대장이 엷게 웃었다. 그러면 그렇지 하는 웃음이었다. 어쩌면 무범을 애달게 하기 위해 부러 그랬는지도 몰랐다.

"먼 길 갔다 오느라 피곤도 하고, 저녁때가 되어 식구들이 기다리고 있을 것 같아서리……. 남조지(나머지) 얘긴 내일 듣는 게 어뜨캤습네까?"

광석 대장이 의뭉스럽게 좌중을 향해 물었다. 그러나 그건 물음이 아니라 선포나 다름없었다. 긴 항해 때문에 피곤하다는데, 일년 만에 돌아와 식구들과 저녁을 함께 먹겠다는데 막을 사람이 없을 것이기 때문이었다. 그러나 광석 대장이 그런 핑계로 자리를 정리하려는 이유는 따로 있는 것 같았다. 무범이 따지듯 얘길 꺼냈을 때 무범을 향해 지은 웃음 때문이었다. 광석 대장은 지금 뒷얘기를 감춰둠으로써 궁금증을 자극하기 위해 부러 그러는 것 같았다. 그러니 광석이 이야기를 끊지 않고 이어갈 수 있게 할 계책이 필요했다. 그러지 않고서는 광석 대장이 입을 열지 않을 것이고, 이 자리는 그의 의도대로 파장이 날 것이었다.

무범은 잠시 궁리를 해봤다. 밀어붙일 수는 없었다. 좌중의 묵인 내지는 동조가 없는 한 그 방법은 통하지 않을 것이었다. 그러나 좌중이 동조해준다면 광석 대장도 물러설 수밖에 없을 것이다. 그러니 광석 대장의 의도대로 끌려가고 있는 청중들의 마음을 떨어트리면 될 것 같았다. 청중들도 광석 대장의 뒷얘기가 듣고 싶을 테니 그 마음을 이용하면 될 것 같았다. 청중들을 제 마음대로 쥐락펴락하려는 광석 대장에겐 그 방법밖에 없을 것 같았다.

"기래, 몸도 피곤하고 가족들이 기다린다니 어떠갔네? 기렇디만 얘기도 얼마 안 남은 것 같고, 저녁때도 이른 거 같으니…… 얘길 마차버리는 게 어뜩캈네? 내일은 이 자리에 참석하디 못할 사람도 있을 거이고, 쇠뿔도 단김에 빼라 했으니긴 기러는 거이 동티 않갔 네?"

광석 대장에게 말하는 척하고 있었지만 청중들의 마음을 움직여 볼 생각으로 말을 던졌다. 내일 못 들을 사람에는 석권 장군과 바우 · 석규 장군도 포함되어 있었다. 오늘은 대장선이 돌아온 날이라 자리를 비우고 있지만 내일부터는 제자리를 지켜야 하기에 빠질 수밖에 없었다. 그러니 세 사람 중에 한 사람이 반응을 보일 것이었다. 그런 무범의 예상이 빗나가지 않았음을 증명이라도 하듯 냉큼 무범의 말을 받는 사람이 있었다.

"기래, 기렇게 하시구래. 둘때주군이래 궁금해하시고 우리들도 궁금한 건 마찬가지니 마뎌 해버리슈. 이거이 원, 뒷간에 갔다가 밑 안 닦은 것 같아 안 돼갔수."

광석 대장과 의형제를 맺은 바우 장군이 무범의 말을 지지하고 나섰다. 광석 대장과 거리감이 없었기에, 기상도 방어사 얘기를 궁금해하는 무범이 안쓰러워 광석 대장을 재촉한 것이었다.

바우 장군의 말에 광석 대장이 눈총을 쏘았다. 네 놈이 뭔데 나서느냐는, 국으로 가만히 있으라는 경고였다. 그러는데 바우 장군의 뒤를 바치는 사람이 있었다.

"바우 성 말이 딱이유. 칼을 뽑았으믄 무라도 썰어야 하고, 옷을 벗었으믄 멱은 못 감아도 등목이라도 해야디 하다 마는 식이 어딨 수?"

석규 장군이었다. 벌테란 옛 이름에 걸맞게 광석 대장을 나무라고 나섰다. 술도 한 잔 걸쳤겠다, 아직까지는 궁의 예법도 잘 모르는 상태라 평소 주고받던 식으로 받아쳤다.

순간, 광석 대장의 얼굴이 굳어지는 것 같았다. 무범이 말은 능글맞고 음흉스럽게 받아넘기더니 두 사람의 말엔 화가 뻗치는 듯싶었다. 그도 그럴 것이 다른 사람도 아니고 호형호제하는 사람들이 앞장서서 나서니 난처할 것이고, 개뿔도 모르는 것들이 나서서 산통을 깬다 싶자 화도 났을 것이었다.

"거 개뿔도 모르문서 가만히 있으라. 얘기란 건 감칠맛이 있어야 하는 기야. 기냥 있는 얘기 없는 얘기 다 해버리믄 기게 무슨 자미가 있갔네? 여자도 줄락 말락 해야 끌리고, 얘기도 재미 있갔다 싶을 때 끊어야 맛이 있는 기야. 기러니 함부로 나대디 말라."

광석 대장이 드디어 속마음을 드러냈다. 재미를 위해 얘기를 끊었다는 말이었다. 상대를 애달게 하여 감칠맛(?)을 배가시키려는 전략이었다고. 그러나 광석 대장의 그 말을 쉽게 이해할 리 없는 석규 장군이 가만히 있을 리 없었다.

"기럼 지끔 주군들과 군사까디 모셔놓고 얘기장사를 하갔다는 겁네까? 술 세 동이믄 됐디 뭐가 더 필요하다고? 이거이 배 타고 일년 갔다오더니 실루 장사꾼이 다 됐기만 기래."

"뭐? 뭐이 어드래?"

그렇게 시작된 광석 대장과 바우·석규 장군의 입씨름에서 결국 광석 대장이 졌다. 장삿속을 앞세운 광석 대장과 주군들에 대한 대의명분의 기치를 내건 바우·석규 장군의 입씨름은 승패가 이미 결정된 것이나 다름없었다. 더군다나 공간적·상황적 이점을 이용한 바우·석규 장군의 무차별 공격에 제아무리 꾀보에다 입씨름에 능한 광석 대장이라 할지라도 당해낼 수가 없었던 것이었다.

"저 간나들 때문이 아니라, 거제기(뜸) 들인 후에 얘길 할래던 탬이었는데…… 저 간나들이……."

입씨름에 진 광석 대장이 미뤄두려 했던 말머리를 잡기 시작했다.

무범은 속으로 한숨을 길게 쉬었다. 주변의 힘을 이용하여 닫혀버릴 뻔한 광석 대장의 입을 다시 열게 했으니 안도의 한숨이 안 나올 수 없었다. 그러나 자리가 자리인 만큼 밖으로 드러낼 수는 없었기에 안으로 쉴 수밖에 없었다. 이이제이以夷制夷의 승리였고, 사람의 입은 쇠도 녹인다더니 그 말이 맞는 것 같았다.

44

태자도로 돌아갈 수 없어, 월곶에 발이 묶이자 상도는 배에 실려 있는 선적물부터 처리하라고 했다. 뱃길이 언제 열릴지 모르지만 뱃길만 열리면 즉각 배를 띄워야 하니 만반의 준비를 해두라고. 그러기 위해서는 영주에서 싣고온 물품들 먼저 처분해야 하지 않겠냐고. 그 말에 광건과 광석은 알겠다고 했다. 태자도로 가자면 영주에서 싣고온 물건들을 파는 게 우선이었고, 그 다음이 쌀 선적이니 상도의 말을 순순히 따르는 듯했다.

"난 자릴 오래 비울 수 없어 지금 미추홀로 돌아가야 하니 땔 놓치지 말고 하루라도 빨리 팔아서 돈사게나. 장사야 나보다 더 잘 알겠지만, 장산 여기서 하는 것보다 위례성으로 가는 게 나을 테니 그 방법도 찾아보고."

상도는 그 말을 끝으로 입을 닫았다. 남의 일에 너무 깊숙이 간여해서는 안 된다고 생각한 모양이었다. 아니, 모든 결정은 두 형제가 의논해서 하라는 뜻인 것 같았다.

상도와 헤어진 두 형제는 맨주먹과 위례성에 들어갔던 전례에 따라 위례성을 오가는 배를 찾아 나섰다.

첫 번째로 들른 곳은 월곶포 앞의 주막이었다. 광건은 포구를 직접 돌아보자고 했지만 광석이 우겨서 주막으로 찾아간 것. 그리고 역시 광석의 판단이 맞았는지 거기서 운반선 사공들을 만날 수 있었다. 사공들은 위례성에서 싣고온 짐을 이제야 다 폈는지 늦은 점심을 먹고 있었다.

"위례성으로 갈 밸 찾는데 기런 배가 있갔수?"

상도와 이미 점심을 먹은 광석이 탁배기를 주문하며 주모에게 물었다.

"싣고 갈 물건이 얼마나 되는데요?"

서른은 훨씬 넘은, 그러나 아직까지는 젊은 날의 미모가 남아있는 주모가 되물었다.

"큰 배 한 턱이믄 될 거유. 있갔수?"

"있다마다요. 마침 저 사공들이 짐을 다 푸고 위례성으로 가는 손님을 기다리고 있는데 잠깐만 기다려 보세요."

주모가 종종걸음으로 국밥을 먹고 있는 옆 평상으로 가더니 흥정을 하는 모양이었다. 아무래도 운임을 절충하는 모양. 시키지도 않았는데 운임을 흥정하는 게 제법 거간질에 익은 주모 같았다. 웃는 얼굴을 보이는 게 아양을 떠는 것도 같았고. 그렇게 한동안 말을 주고받기도 하고 술도 쳐주는가 싶더니 주모가 웃으며 돌아왔다.

"오늘 여기서 재워주는 조건으로, 한 척에 열 냥 하기로 했는데 괜찮지요?"

주모가 해사하게 웃으며 물었다. 열 냥이라면 거의 반 가격이었다. 그러니 주모가 말하는 오늘밤 주막에서 묵는 조건이라는 말은 거짓이 아닌 것 같았다.

"고맙수. 주막을 바로 찾았기만 기래. 거간 값으로다가 내가 두 냥 내갔소."

"정말이에요? 고맙습니다."

주모는 기뻐서 활짝 웃는데 비해 옆에 앉은 광건은 광석 옆구리를 찔렀다. 그러나 광석은 그러는 형을 무시하며 주모와 식은소리 몇 마디를 더 나눴다.

주모가 오랜만에 배포 큰 사람을 만났다며 치맛자락에 봄바람을 가득 안고 떠나자 광건이 동생을 닦아세웠다.

"미텼네? 주모래 저 쪽에서도 구전을 탱겼을 거인데 우리가 뭣하러 군돈질해? 기것도 두 냥이나?"

"거 모르믄 둄 가만이나 있으라. 디난번 맨주먹도 스무 냥썩 달라는 걸 개와(겨우) 열야들 냥썩 줬디 않네. 그러니 열 냥 주기로 했으니 반값에 밸 빌린 거이고, 주모한테 두 냥 줘도 여쑷 냥이나 남디 않네? 기러고…… 기런 거 아끼다고 우리 거 될 거 같네? 천만에. 어디서 잃어도 잃어버리고 말디. 기럴 바엔 주모한테 인심 쓰는 게 낫디. 두고 보라. 꼭 기걸 바라는 건 아니디만, 탁배기에 안주가 달라질 걸. 기러고 저런 사람들을 많이 알고 사기두는 거이 바로 장사야. 사람 장사. 장사란 게 뭐네? 사람과 사람이 거래하는 일, 곌국 사람 장사 아니네?"

광석의 항변에 광건이 입은 다물기는 했지만 여전히 마음에 안 드는 모양이었다. 헛돈 쓴다고 생각하는 모양이었다.

"나도 성 마음 알아. 나도 얼마 전까디만 해도 성과 같은 생각을 했으니낀. 성이나 나나 다를 게 뭐 있간? 제우 입에 풀칠이나 하믄서 살아왔디. 아니, 죽디 못해 살았디. 긴데, 긴데 말이디…… 얼마 전에 위례성 거상 구인회를 보믄서 알게 됐디. 작은 장사친 물건 장살 하디만 거상은 사람 장살 한다는 걸. 기러고 생각해보니깐 큰 장산 물건 장사가 아니고 사람 장사더라고. 우리가 백제 땅에서 이 케 펜안히 장살 할 수 있는 건 기상도 방어사 때문이고, 기건 또 병택 군사가 사람 장살 잘 했기 때문이 아니네? 기러고 우리 주군들은 또 어뚱고? 가딘 게 없을디 모르디만 사람은 있디 않네? 기게 기 어떤 재산보다 큰 재산 아니갔네? 기래서 나도 사람 장살 할 생각을 한 기야. 기 시작을 우리 가티 가난하고 못난 사람들부터 하기로 한 거이고."

광석이 장황하게 얘기했으나 광건은 묵묵히 들었다. 아니, 묵묵히 듣는 게 아니라 놀란 표정으로 광석을 흘끔거리기도 했다. 광건의 눈에 광석이 다시보이는 것 같았다.

그러고 있자니 주모가 술상을 들고 왔다. 푸짐한 술상이었다. 이 번에도 광석의 예상이 맞았던 것이었다. 탁배기 한 병을 시켰을 뿐인데 푸짐한 안주까지 딸려 나왔던 것.

"구전 깎을려고 게거품 무는 쫌팽이들은 많이 봤지만 거상처럼 구전 먼저 챙기는 사람은 오랜만이오. 내 비록 주막에서 밥과 술을 팔지만 공돈 먹지는 않는다우. 이거 잡숩고 일 마치면 저녁에 오슈.

봉놋방 내드릴 테니. 돈이 많다고 거상이유? 돈 쓸 줄 알아야 거상
이지."

그러더니 광석의 잔에 술까지 다소곳이 따라놓고 갔다.

주모의 도움과 호의로 월곶을 떠난 형제는 다음날 해넘이 시간에
위례성 앞 나루에 도착했다. 뱃짐은 살 사람을 찾은 후에 내리기로
하고 지난번 맨주먹과 함께 갔던 주막을 찾았다.

"이게 누구요? 닭백숙 상인 아니요?"

주모를 찾자 주모가 반색하며 달려왔다. 단 한 번 잠시 들렀을
뿐인데, 그것도 일 년 가까이 시간이 흘렀는데도 광석네를 기억하
고 있었다. 첫인상이 강렬했던 모양이었다.

"잘 지냈수? 어디 보자, 지난번보다 얼굴이 폈던 게 장사가 괜찮
은 모양이유?"

"어머 그래요? 거상 기다린다고 목 빠진 건 안 보이세요?"

"날 왜?"

"닭백숙 때문이지요. 거상 때문에 닭백숙 장사가 대박 났어요."

"나 때문이라니?"

"사실 닭백숙 값이 만만치 않잖아요. 그런데 거상이 먹고 나서
제값 톡톡히 할 뿐 아니라 기력 충전에 최고라고 자랑해준 덕에
닭백숙을 찾는 사람들이 많아졌고, 근동에 소문이 나서 이젠 닭백
숙을 전문으로 하고 있지요. 그러니 거상을 기다릴 수밖에요."

"없는 소리 한 것도 아닌데 뭘?"

"그래도 어디 그래요? 말 한 마디가 말 천 마리보다 힘이 있고
발 없는 말이 천리를 간다고, 거상의 말 한 마디가 그 역할을 한

셈이지요. 그러니 안 기다릴 수 있겠어요?"

"기거 다행이구래. 기나데나 우리한테 줄 닭은 있갔디?"

"그러믄요. 위례성을 다 뒤지더라도 구해다 바쳐야지요. 그것도 공짜로."

"공짜? 에이, 난 싫수. 공으로 먹으믄 맛도 없고, 공으로 먹었다간 체하기 십상이유. 기러니 제값 받으슈. 기 대신 우리가 싣고온 물건 살 사람이나 소개해주슈."

"그러고 말고요. 이번엔 뭘 싣고 오셨는데요?"

"저 멀리 바다 건너 영주까디 가서 싣고온 기물이니께 소문 내디는 말고. 괜한 소문 나믄 헛침 생키는 놈이 있을디 모르니깐."

"알겠어요. 닭백숙 대령한 후에 알아볼 테니 천천히 잡수고 계세요."

여기 주모도 월곶 주모만큼이나 치맛자락에 봄기운을 가득 담고 사라졌다.

"보슈. 어디 내 말이 틀린가? 장사란 곌국 사람 장사란 말이 맞디요?"

광석의 말에 광건은 말없이 고개를 끄덕였다. 그러더니 동생 광석의 얼굴을 빤히 쳐다보았다.

"기렇다고 기런 존경스러운 눈으로 보딘 마슈. 어제도 말했디만, 훌륭한 사람들이 내 주위에 많아서리 다 배운 거니깐. 기러니 기 분들께나 고마와 하슈."

그 말에 광건은 조용히 고개를 끄덕였다.

45

오랜만에, 실루 오랜만에 닭백숙으로 고기추분(단백질 보충)을
하고 있으려니 상인들이 집적거리기 시작했다.

"싣고 온 물화가 뭐요? 나와 거래하지 않겠소? 값은 잘 쳐드리리
다."

맨 먼저 접근한 사람은 허리춤에 전대를 찬 40대였는데, 생긴 거
나 꼬질꼬질한 입성이 거간이라기보다 도매물을 떼다 소매를 주로
하는 소매꾼인 것 같았다. 하여 광석은 조용히 돌려보냈다.

"성 안 거상 구씨에게 주문받고 가져온 물건이우. 담에 주문받지
않은 물건 가디고 왔을 때나 한 번 봅세다."

그러자 소매꾼이 순순히 물러났다. 광석이 구인회를 들먹인 이유
는 주모를 기다려볼 생각 때문이었다. 자기 때문에 닭백숙 장사가
대박 났고 가지고 온 물건이 뭔지를 아는 만큼 그에 걸맞는 상인을
달고 올 것이라 믿었다. 그래서 주모가 돌아오기 전엔 거래할 마음
이 없었다. 그렇다고 상인을 함부로 대할 수는 없었기에, 언제든
거래를 틀 수 있는 잠재적 고객이었기에 구인회를 팔아 떨어낸 것
이었다. 성 안이든 성 밖이든 구인회를 모르는 상인은 없을 것이고,
구인회란 이름만으로도 자신들의 위상을 짐작할 것이기에 잔머리
를 굴렸던 것이었다.

두 번째 찾아온 사람은 나이를 짐작하기 어려운 상인이었다. 어
찌 보면 중늙은이 같은데 또 어찌 보면 30대 중반쯤으로 보이는
혈색이 좋고 동안인 상인이었다. 비단옷에 몸치장으로 보아 행세깨
나 하는 사람으로 보였다. 상인이라기보다 고위관직에 있는 사람

같았다. 말투나 속을 감추고 은근히 상대를 떠보는 화법이 아니었다면 그 신분을 짐작하기 어려운 인물이었다.

"나와 거래하면 위례성 안팎에서 최고값을 받을 거요. 그리고 앞으로도 최고가로 거래할 수 있고 어떻소? 나와 거래를 터보지 않겠소?"

은근히 상대를 유혹하는 말투에서 그도 물건 장사를 할 사람이지 사람 장사를 할 사람 같지는 않았다. 어쩌면 거상 밑에서 상인들이나 물품을 관리하는 행수인지도 몰랐다. 상대에 대해 알려하기보다 실고온 물건을 탐하는 태도가 여느 장사치와 달라 보이지 않았다. 그러나 광석은 사람 장사를 하고 싶었기에 그를 밀어낼 수밖에 없었다.

"성안 거상 구씨의 주문을 받고 실어온 물화라 이번엔 거래하기 힘들갔습네."

상대를 떨어낼 생각에 광석이 말했다.

"내가 셈을 더해주면 될 거 아니요? 결국 장사란 이문을 쫓는 일. 그러니 이 기회에 나와 거래를 트는 게 어떻겠소?"

"거상이 눈디는 모르갔디만 주문품을 중간에 넘겨줄 수 없습네다. 장사는 곌국 신용을 사고파는 거인데 이문을 위해 신의를 팔아버릴 순 없습네다."

상대가 좀더 치근대면 상도의에 대해 얘기하고 이름이라도 따질 생각이었는데 상대가 말을 알아듣고 조용히 물러났다. 더 얘기해봤자 통하지 않을 것 같고 좋은 소리 못 듣겠다 싶었는지 인사도 없이 가버렸다. 멀어져가는 그를 보며 그의 옷이며 치장이 아깝다는 생각이 들었다. 아니, 그런 구린 속을 가지고 있기에 옷과 치장으로 구린

내를 감추고 있는지도 모른다는 생각이 들었다고 하는 게 맞을 것이었다. 역시 그도 물건 장사지 사람 장사는 아니었던 게 확실했다.

그 후에도 몇 사람이 더 찾아왔었다. 그들도 한결같이 광석네 물건만 탐할 뿐이었다. 하여 더이상 사람을 만나봐야 의미가 없을 것 같아 바람이라도 쐴 생각으로 주막을 나서려는데 주모가 한 사람을 데리고 왔다.

"처음 뵙겠습니다. 성 안 거상 구인회 밑에서 성 밖 나루 일을 하는 사람입니다. 거상께선 지금 급한 용무로 출타 중이라 제가 대신 왔는데, 영주에서 물화를 싣고 온 사람이 있거든 모시라고 해서 왔습니다. 제가 계속 포구에 머물 순 없어서 주막에 미리 부탁을 해뒀구요. 그러니 저와 잠시 같이 가시죠."

상대가 거상 구씨의 명을 받았다며 반색을 하자 광석은 얼떨떨했다.

"실루 거상 구씨의 명을 받았습네까?"

광석이 묻자 상대가 대답했다.

"예. 분명 영주에서 물화를 싣고 오는 형제가 있을 테니 정중히 모시라 했습니다. 은공을 갚아야 할 일이 있다면서."

"은공이라니 말도 안 됩네다. 왜루(오히려) 우리가 은헬 입었디요. 기래서…… 다시 은헬 입디 않을래고 연락하디도 찾아뵙디도 않은 거인데. 이거 탐…… 어케 해야 할디 감이 서딜 않습네다."

"자세한 내막은 모르겠지만…… 귀빈들이니 잘 모시라 한 만큼 저와 함께 가시지요. 결국 장사란 신용과 신의를 사고파는 것이고, 사람을 사귀는 일 아닙니까? 거상께서 늘 강조하시는 말이기도 하구요."

상대의 말을 듣던 광건이 놀랐는지, 믿기지 않는지 광석을 보며 말했다.

"역시 장산 사람 장사가 최고구나야. 뭐하고 섰네? 날래 가야디."

그러더니 광석의 어깨를 툭 치며 한 마디를 보탰다.

"인저 널 믿기루 했어. 아니, 믿을 테니낀 맘껏 해보라."

광석은 거상 구인회란 인물의 깊이를 짐작할 수 없어서, 형의 돌변이 낯설어서, 멍했다.

46

"구인회 거상이나 기상도 방어사에게 신셀 안 딜래고 했는데, 멀리 돌아갈래고 했는데 더 가까이 다가간 꼴이 돼버렸디 뭡네까? 곌국 위례성이 두 사람 손바닥 안이었던 거디요."

광석 대장이 쑥스럽게 웃으며 술잔을 들었다. 그러자 철근이 술을 따라주었다.

"아, 예. 철근 박사께서 술을 주시는 걸 보니 제 얘기가 마음에 드는가 봅네다."

"예. 기렇습네다. 마음에 드는 정도가 아니라 헤어나딜 못하갔고, 너무나 존경스럽습네다."

"과찬이십네다. 아무튼 자밌게 들어주셔서 고맙습네다."

"원 별말씀을…… 여기에 앉아서도 위례성 구경을 다 한 것 같고, 위례성 사람들을 다 만난 것 같아 너무나 고맙습네다."

철근의 말은 진심이었다. 광석 대장의 얘기에는 너무나 많은 정보를 담고 있었고, 풍경이 있었고, 삶의 모습이 담겨 있었다. 그런데 정작 철근의 마음을 잡아끄는 건 다른 것이었다. 인간 관계의 중요성을 담고 있었기에 더 끌렸다. 그걸 광석 대장은 '사람 장사'라 표현하고 있었지만, 마음을 얻는 자가 모든 걸 얻는 것임을 역설하고 있었다. 장사든, 전쟁이든, 치세든 먼저 사람을 얻어야 하고 신의를 바탕으로 그걸 지켜나가야 함을 행동으로 보여주고 있었기 때문이었다.

그것을 첫째주군과 병택 군사, 기상도 방어사와 구인회 거상에게서 배웠다니 그 학습능력도 놀라웠다. 누가 가르친 것도 아닌데 꿰뚫어 알았다니. 머리가 남다른 건 진즉에 알고 있었지만 그런 능력까지 갖추고 있으니 부러운 인재였다. 바닷장사를 통해 태자도 생계를 책임질 만했고 태자도 경제를 관리할 만한 인재임이 분명했다. 그런 인재를 한눈에 알아보고 아들로 삼은 을지광 대로나 바닷장사뿐만 아니라 항해와 건조술까지 맡긴 첫째주군이야말로 혜안을 가진 분들이라 할 수 있었다.

만약 벌테(아니지, 이젠 석규로 이름을 바꿨으니 석규라 불러야겠지.)와 광석이 진즉에 인섭 왕자 곁에 있었으면 어찌 됐을까? 석규의 호기심, 충성심, 과단성과 광석 대장의 두뇌, 혜안이 결합됐다면 하얼빈에서의 삶은 달라지지 않았을까? 둘이 기질이나 성격도 많이 닮았으니 상승효과는 엄청 났을 것 같았다. 역사엔 가정이 있을 수 없고, 가정해서도 안 된다지만 못내 아쉬운 것은 어쩔 수가 없었다.

"구인회 거상이 보낸 사람을 따라가니 디난번에 들렀던 적이 있는 구인회 거상네 집이었디요. 기러고 사랑에 들어 얼마 없어 구 거상이 헐레벌떡 뛰어왔고."

광석 대장의 이야기는 그 후로도 계속 이어졌다. 저녁 타령도 가족들과의 식사 약속도 다 핑계였는지 이야기에만 열을 올렸다.

　구인회 거상의 도움으로 영주에서 싣고간 물건을 즉석에서 넘긴 이야기, 구 거상과 거나한 술자리 얘기가 이어졌다. 그리고 월곶으로 돌아가니 기 방어사가 기다리고 있더란 얘기에 기 방어사 댁에서 기거했던 얘기를 펼쳐놓기도 했다. 그리고 기 방어사가 둘을 자신의 집으로 불러 숙식을 같이 했던 건 병택 군사 댁에 머물면서 느꼈던 인간적인 따뜻함을 갚기 위한 행동이었음도 밝혔다. 자신들이 기 방어사 댁에 머물 수 있었고 따뜻한 대접을 받은 것도 다 병택 군사가 뿌려놓은 은혜의 씨앗 때문이라는 말도 빠트리지 않고 전했다.

　광석 대장의 얘기를 들으며 철근은 가끔 병택 군사를 쳐다보지 않을 수 없었다. 한 사람의 힘이, 한 사람이 베푼 은혜가 얼마나 큰 힘이 되고 큰 힘을 발휘하는지 놀라지 않을 수 없었기 때문이었다. 그러나 병택 군사는 별다른 표정을 짓지 않았다. 자신과는 아무 상관도 없는 외계여행담外界旅行談을 듣는 사람처럼 덤덤하게 들을 뿐이었다. 궁금한 게 있을 때마다 질문하는 다른 사람들과는 너무나 대조적으로 어떤 질문도 하지 않았다.

　철근은 그런 병택 군사의 마음을 알 것 같았다. 은인자중隱忍自重, 드러내지 않는 가운데 몸가짐을 신중히 함으로써 스스로를 지키려는 것이었다. 병택 군사는 둘째주군과 함께 첫째주군에게 얹혀사는 입장이라 더욱 그런 자세를 견지하고 있을 것이었다. 그건 인섭 왕자나 자신도 마찬가지였다. 무의식까지 지배하는 일종의 부담감 내지는 부채의식일 것이었다.

그런데 둘째주군과 병택 군사, 인섭 왕자와 자신과는 다른 점이 있었다. 바로 모국이었다. 뜻하지 않은 멸망으로 인해 낙랑 유민들은 나라에 대한 강한 애착과 낙랑인이란 강한 자부심을 가지고 있었다. 그러나 부여는 그 반대였다. 아직도 북방에는 부여와 동부여가 있었지만 서로 대치하며 반목하고 있어서 결속력도 약했고 부여인이란 자부심이 없었다. 오히려 부여인이라는 걸 부끄러워 할 정도였다. 더군다나 두 부여는 인섭 왕자나 자신과는 아무런 관련이 없을 뿐 아니라 오히려 있음으로 해서 부담이 되고 있었다. 없음으로 해서 힘이 되고, 있음으로 해서 부담이 되는 역설. 있으나 마나한 것보다 아예 없는 게 나은 게 어디 한둘이던가. 나라도 마찬가지인 모양이었다. 하여 멸망한 낙랑보다 건재해있는 부여는 두 사람에게 악조건이 될 수밖에 없었다.

"박사래 뭘 기리 골똘히 생각하십네까?"

광석 대장이 오줌이 마렵다며 잠시 얘기를 중단하자고 하자 모두들 오줌을 누려고 밖으로 나왔을 때였다. 석규가 철근에게 다가오더니 조용히 물었다.

"내래 뭘?"

"얘기 듣는 내내 심각하게 뭘 생각하는 것 같아서 말입네."

철근이 병택 군사를 살폈듯이 석규는 철근을 살폈는지 철근의 마음을 짐작하는 모양이었다.

"생각할 게 뭐 있갔나? 병택 군사가 존경스럽고 부러워서 기랬디."

"소장도 군사가 위대해 보였고, 기런 군사를 더욱 위대하게 만드는 기 방어사도 대단한 인물이다 싶었습네. 그렇디만 너무 부러워하던 마시라요. 군사에게 방어사가 있다믄 박사에겐 소장과 망치 성이 있디 않습네까? 멀리 있는 방어사보다 곁에 있는 우리가 낫디 않갔습네까? 기건 인섭 왕자, 셋때주군도 마탄가디고. 기러니 걱뎡 마시라요. 가까이서 두 분을 늘 디키고 모실 테니낀."

석규의 말을 듣는 순간 철근은 부끄러움과 미안함이 확 밀려들었다. 가까이에 있고 자신이 가지고 있는 것에 대해서는 너무나 당연히 여겼고, 멀리 있고 남이 가지고 있는 것만 귀하게 여기며 부러워했음을 깨달았기 때문이었다.

"기래, 고맙네. 자네와 망치가 곁에 있어 늘 든든하고 힘을 내고 있네. 기건 나보다 셋때주군이 더할 거이고. 알고 있디?"

철근은 미안함을, 부끄러움을, 앞으로는 그렇게 여기며 살겠다는 뜻을 그 말에 담아 전했다.

"기럼은요. 기걸 모르고 못 느낀다믄 어띠 여기서 살 수 있갔습네까? 무관심으로 관심을 보이고, 말하디 않음으로써 말하는 걸 너무나 달 알고 있습네다. 드러내디 않는 관심과 말씀 말입네다. 기건 망치 성도 마찬가질 거구요."

석규의 말에 눈물이 핑 돌았고, 석규가 다시금 보였다. 산골에 묻혀 사는 무지렁이도, 하얼빈과 두물머리가 좁다고 설쳐대던 천둥벌거숭이도 아닌 태자도의 간성干城이 된 장군 석규가 보였기 때문이었다.

47

"이거 병택 장군께 좀 전해주게."

작별인사 자리에서 상도가 건석 형제 앞에 비단주머니 하나를 내밀었다.

"기게 뭡네까?"

광석이 상도가 내미는 주머니를 바라보며 물었다.

"내가 살아있고, 초복이라는 사실을 알리는 징표세. 병택 장군께 드리면 알 걸세."

"기래도 뭔갈 알아야……."

"정 궁금하면 열어보게."

"기렇다고, 궁금하다고 함부루 열어볼 순 없디요. 기냥 가져다 드리믄 됩네까?"

"그러면 더 고맙고. 내가 지금껏 품어왔던 병택 장군이라 할까? 아무튼 그런 물건이자 징표라 생각하면 될 걸세. 잘 보관했다가 꼭 전해드리게."

"알갔습네. 제 품에 품었다가 따끈한 상태로 전하갔습네."

"그래, 고맙네. 그리고…… 더이상 쫓기지도, 도망치지도 말고 태자돌 굳건히 지켜 한 곳에 정착하기를 기원한다고도 전해주게. 연치도 있으신데 한 곳에 정착해야 하기 않겠나. 난 이곳에 정착해서 잘 살고 있더라고도 전해주고. 자네들을 만나 장군의 삶을 알고 난 후 마음이 편칠 않네. 그러니 꼭 한 곳에서 정착해서 사시란다고 전해주게."

"예, 걱덩 마십시오. 꼭 기케 전하갔습네."

광석이 다짐을 했다.

"그리고 이건…… 아무도 몰래 우리 왕자께 전해주시게. 내가 이 곳에 정착한 후 언젠가 나라를 되찾는 일에 쓸려고 모아둔 걸세. 이걸 왕자께 가져다 드리면 그에 걸맞게 쓰실 거네. 그러니 이것도 부탁함세."

자그마한 손궤였다. 광석이 아무 것도 묻지 않는 게 그 안에 든 게 무엇인지 짐작하는 모양이었다.

"자, 이제 헤어지세. 먼 길 조심히, 또 조심히 가고 혹…… 문제가 생기거든 아무 생각하지 말고 바로 돌아오고."

"예. 방어사께서 여기 계신데 뭘 망설이고 머뭇거리갔습네까? 인 제 여긴 우리 고향인데요."

이번에는 광건이 받았다. 친근감을 느끼는지 농담이라곤 모르는 샌님이 농담을 자연스레 던졌다.

"그래, 그런 마음 가져줘서 고맙네. 자네 말마따나 이젠 여기가 자네들 고향 아닌가. 그러니 언제라도 오고 싶으면 오게. 포구는 늘 열어두고 있을 테니."

"기렇다고 아무한테나 열어주딘 마시라요. 필요하믄 우리가 헤엄 을 쳐서라도 들어올 테니낀."

"허허허. 그래, 그 말이 명답일세."

상도가 광석을 바라보며 밝게 웃으며 어깨까지 토닥였다. 아주 가까워 보였다. 그럴 정도로 20여 일 동안 이들에게는 참으로 많은 일이 있었다.

뜻하지 않게, 피하려다 만난 구인회에게 자신들의 물화를 통째

넘긴 건석 형제는 다음날로 월곶으로 돌아왔다. 인회가 잡았으나 건석 형제는 정중히 양해를 구했다. 자세한 얘기는 하지 않았지만 월곶에서 해야 할 일이 있다고. 태자도로 돌아갈 수 없지만 마음만은 그 어느 때보다 바빴다. 먼저 자신들의 뱃짐을 인회가 보낸 수송선에 옮겨 실어야 했다.

노루 가죽이며 멧돼지 가죽 등 가죽류와 말린 전복, 소라, 미역, 톳 등 해산물도 구분해서 실어줘야 했다. 둘이 섞이면 가죽에 냄새가 밸 뿐 아니라 마구잡이로 실었다간 말린 해산물도 상할 수가 있었다. 해산물은 대나무로 만든 구덕(바구니)이며 차롱(채롱)에 담았고, 가죽류는 멕사리(멱사리), 멩탱이(망태기), 가맹이(가마니)에 담았지만 선적할 때 입회했던 두 사람이 있어야 할 것 같았다. 짐이야 사공들과 하역 인부들이 하겠지만 두 사람이 지켜보는 게 좋을 듯했다. 그게 번번이 신세를 지는 인회에 대한 보답이자 신용을 쌓는 일이라 생각했기에 소홀히 할 수도, 남에게 맡길 수도 없었다. 특히 패(조개, 전복, 소라 껍데기)는 잘못 다뤘다간 부서지거나 금이 갈 수 있었다. 그리 되면 가치는 반감되거나 폐품이 될 수도 있는 만큼 무엇보다 조심해야 했다.

하루 반나절 만에 위례성으로 짐을 부친 건석 형제는 바로 상도를 찾아갔다.

"벌써 물활 처분한 건 아니겠고, 무슨 부탁할 거라도 있나?"

사택이 아닌 관아官衙로 건석 형제가 찾아가자 상도는 놀란 얼굴로 물었다.

"부탁할 게 있는 건 맞디만 뱃짐은 다 팔아시요."

"뭐? 벌써? 어떻게?"

"기까딧 거 뭐…… 한둘이 덤벼야디요. 영주에서 온 귀물이라 하자 하도 상인들이 덤벼들어 혼났시요. 기래서 배에서 내리기도 전에 다 팔았시요."

광석이 호기롭게 둘러댔다. 옆에서 그 모습을 지켜보던 광건이 낮게 코웃음을 칠 정도였다. 그러나 광석이 하도 호기를 보이자 광건의 코웃음은 보이지 않는지 상도가 급히 물었다.

"참말인가? 그렇게나 상인들이 들끓던가?"

"기렇다마다요. 혼났다고……."

광석이 더 나가려 하자 광건이 동생 팔을 잡아당겼다.

"구만하라. 방어사께서 놀라디 않네."

광건이 동생을 누른 다음 차분히, 그러나 동생 광석의 말에 깜박속아 넘은 방어사가 우스운지 입가에 웃음을 머금은 채 말했다.

"뜻하디 않게, 실루 우연찮게 구 거상을 만났고 구 거상께서 그자리에서 우리 뱃짐을 전취로(전부) 인수해줘서리 이케 일쯔가니 온 겁네다."

그 말에 상도가 광석을 잠시 째려봤다. 광석에게 우롱당한 게 분한 모양이었다. 그러나 그 눈길은 오래 가지 않았다. 곧 너털웃음을 터트리며 목소리를 높였다.

"허허허! 날 갖고 노는 걸 보니 좀한 놈을 쌈 싸먹겠구만 그래. 허허허!"

상도는 잠시 웃더니 손에 들고 있던 지휘봉으로 광석의 어깨를 툭 쳤다. 그러자 광석이 어깨뼈라도 부러진 것처럼 엄살을 부리다가 곧 파안대소했다. 상도를 놀려먹은 게 통쾌한 건지 뱃짐을 다 처분한 게 기분 좋은 건지는 알 수 없지만 기분 좋은 웃음인 건 분명했다.

그게 시작이었다, 상도와 건석 형제 사이에 존재했던 벽이 허물어지기 시작한 것은. 그 후 세 사람 사이에 격이 없어지기 시작했으니까.

광건이 광석을 누른 후 며칠 동안 있었던 일을 얘기하고 나서 상도에게 감사의 인사를 올렸다.

"어드랬든 이번에도 방어사 덕을 톡톡히 봤습네다. 뭐라 감사의 말씀을 드려야 하고 이 은헬 어케 갚아야 할디……."

그러자 상도가 기다렸다는 듯이 받았다.

"내 덕이랄 게 뭐 있나. 다 병택 장군과 구 거상 덕이지. 아니지. 여기 있는 광석 대장 덕이지. 광석 대장이 미리 주모들을 사겨두지 않았다면 그렇게 쉽게 구 거상을 만나지 못했을 테니 모두 광석 대장 덕이 아닌가? 안 그런가, 광석 대장?"

상도가 다소 비꼬는 듯한 목소리로 물었으나 광석은 바로 받아쳤다.

"기럼요. 기렇고 말고요. 역사 방어사라 기런디 상황 판단이래 동베(아주) 빨르십네다구래."

광석이 익살스럽게 대답하고선 혼자 웃자 두 사람도 따라 웃었다. 광석의 언행은 그렇게 사람과 사람 사이의 거리감을 좁히는 역할을 하고 있었다.

마음을 튼 세 사람은 급격히 가까워졌다. 나이로는 상도가 건석 형제의 아버지뻘이었으나 격 없이 지냈다. 때론 삼촌 조카처럼, 때론 형제처럼, 또 때론 친구처럼. 망년지우忘年之友라고, 나이를 잊은 친구가 있다던데 셋의 관계가 그래 보였다.

셋이 한 집에서 살기로 결정할 때 그런 관계가 더욱 잘 드러났다.

백제에 머무르는 동안 한 집에 사는 게 어떻겠냐고 제안을 한 건 역시 상도였다.

"마땅히 잘 곳도 없고, 배에서 자는 것도 하루 이틀이지 언제 떠날지도 모르는데 가기 전까지 우리 집에서 같이 사는 게 어떻겠나?"

상도의 제안에 둘은 망설였다. 상도가 같이 살자는 이유를 모르지는 않지만 부담스러운 건지, 염치가 없어 그러는 건지 선뜻 결정을 내릴 수가 없는가 보았다. 한 집에 같이 살다 병택으로 맺은 인연에 금이라도 내어 병택에게 누를 끼칠까 걱정하는지도 몰랐다. 어쩌면 자신들이 노력하여 맺은 인연이 아니라 병택으로 인해 맺어진 백제와의 끈이 끊길까 걱정하는 것 같기도 했다. 상도와 거리감이 생길수록 인회와도 멀어질 것이고 백제와도 그만큼 멀어질 것이었다. 그리 되면 바닷장사로 태자도를 먹여 살리고 일으켜 세우겠다는 두 형제의 당찬 포부도 꺾일 수 있으니 쉽게 결정하지 못하는 것 같았다. 경원이라고, 공경하기에 너무 가까이 다가가지 말고, 가까운 사이일수록 일정한 거리를 두라 하지 않았던가. 너무 가까이 다가서면 결점과 약점이 보일 수 있고, 그게 사람 사이를 멀게 할 수도 있었다.

그러나 망설임의 시간은 그리 길지 않았다. 광석이 결정을 내렸다.

"기럽세. 까딧거 신세 지는 김에 쫴꼼 더 지지 뭐. 기러고 방어사래 가까운 벋도 없어서리 우릴 의지하고픈 모냥인데 우리가 잠시 어깨 돔 빌려주디 뭐."

광석이 피식 웃으며 가볍게 대답했으나 광건은 달랐다. 광석의 말은 들은 체도 하지 않고 뭔가를 더 생각하는 눈치였다. 그러자 광석이 재빠르게 덧붙였다.

"아, 사람 장사라 하디 않았네. 언제까디 병택 군사만 팔아먹을 순 없으니 이 기회에 병택 군사 그늘에서 벗어나 보디 뭐. 이런 일일수록 간단히 생각해야디 깊이 생각할수록 답이 없어디는 기야. 기러고 방어사래 기러려던 생각 없이 같이 살자고 했간? 다 생각이 있어 기럴 거니낀 믿어봐야디."

광석은 앞에 상도가 있다는 사실조차 잊어버렸는지, 무시하는 건지, 아니면 들으라고 그러는 건지 모르지만 아무 거리낌 없이 뱉어냈다. 웅큼하게 속에 뭘 감추고 있는 것보다 다 드러내 상대를 편하게 해주는 게 도리라 생각하는 것 같았다.

"기래, 기러기로 하디. 너 말대로 벌이 없어 외루운 방어살 위해 우리 어깰 빌려주기로."

광건도 광석처럼 방긋 웃으며 대답했다. 그러자 상도가 끼어들었다.

"아주 사람 앞에 놓고 바볼 만드는구만. 없던 일로 할 테니깐 따라오지 말라. 나, 원, 참!"

상도가 화가 난 듯 핑 몸을 돌리더니 잰걸음으로 도망치기 시작했다. 그러자 광석이 그 뒤를 쫓아가며 소리를 질렀다.

"길도 모르는 우릴 팽개티고 도망질하는 법이 어딨습니까? 내래 당장 관가로 가서 고발하고 말갔시요. 길도 모르는 사람 유기했다고. 기러고…… 병택 군사한테도 다 말해서리 사람도 아니라고, 상종도 못할 위인이었다고 고자질(고갈질)할 듈 알라요."

광석이 입에 웃음을 한가득 문 채 소리를 질렀으나 상도는 들은 체도 않고 달아났다. 그러나 상도의 입에도 웃음이 한가득 물려있을 것 같았다.

상도는 생각보다 많은 사람들과 교류하고 있었고 그 층도 두터웠
다. 군문에 있는 사람들은 물론이려니와 학자, 기술자, 상인, 농민
등 월곶, 위례에 모르는 사람이 없을 정도였다. 고국도 아니고 고향
도 아닌 곳에 그렇게 많은 사람들과 교류하고 신망을 얻고 있다는
사실에 놀라지 않을 수 없었다. 그러나 그 이유를 아는 데는 그리
오랜 시간이 걸리지 않았다. 늘 손해를 보며 덕을 베풀고 있었기
때문이었다. 광석이 말하는 '사람 장사'를 제대로 하고 있었다.

상도와 한 집에서 살게 된 건석 형제는 여러 사람과 만나 안면을
트게 되었다. 태자도란 외딴 섬에서 왔다고 얕보기도 하고 뱃사공
이라 업신여길 만도 한데 전혀 그러지 않았다. 상도가 중간자 역할
을 잘 하기 때문이기도 했지만, 상도가 굳이 말하지 않아도 상도의
인간성과 판단, 혜안을 믿기에 거리감을 두지 않았고 정중하게 대
하는 것 같았다.

20여 일 동안 건석 형제가 만난 사람은 20년을 사귀어도 다 사귈
수 없을 만큼 많았다. 그러다 보니 술자리도 자주 했다. 남녀의 역사
는 이부자리에서 이루어지고 남자의 역사는 술자리에서 이루어진
다고, 술이 매개체 역할을 톡톡히 했다. 그러던 중 특별한 사람도
만났다. '쇠쟁이'였다.

"오늘은 쇠쟁이를 한 번 만나보게. 무기를 만드는 일이나 쇠를
구해오는 일은 나라에서 관리하고 있어 조심스럽긴 하지만 고구려
와 전쟁 중이라면 병장기가 뭣보다 필요할 테니 이번 항차에 좀
구해가게나."

수군을 통제하고 수도 위례성을 방어하는 방어사로서 위험천만한 일이었지만 태자도를 위해서, 생명의 은인인 병택 군사를 위해서 위험을 무릅쓰고 있는 것 같았다.

상도가 붙여준 길잡이를 따라 월곶포구에서 10여 리나 떨어진 산으로 가서 쇠쟁이를 만났고 어렵게 무기를 구할 수 있었다. 그믐까지 배 한 척에 실을 만큼 월곶포구로 실어오기로 한 것.

쇠쟁이를 만나고 와서 건석 형제는 상도에게 셈을 치렀다. 쌀값으로도 부족할 만큼 요구하자 건석 형제는 이번 항차에서 벌어들인 돈을 전부 상도에게 넘겼다. 그리고 남는 돈은 이제 자주 월곶에 들릴 테니 그때 달라고 했다.

다음날부터 포구 옆 창고에 쌓아둔 쌀을 선적하기 시작했다. 그믐까지 무기를 싣고 오기로 했으니 그 전에 쌀을 실어두기로 했다. 무기만 배에 실으면 언제든 출항할 수 있게 만반의 준비를 해놓기로 한 것.

4월 초, 출항 준비를 모두 마치고 하루하루 포구에서 초조하게 기다리고 있으려니 상도가 헐레벌떡 포구로 뛰어오며 소리쳤다.

"돌아갔네, 돌아갔어!"

"……?"

상도의 고함소리에 놀란 건석 형제는 상도를 쳐다보지 않을 수 없었다. 밑도 끝도 없는 돌아갔다는 말을 이해할 수 없었기 때문이었다.

"고구려군이 돌아갔데. 전쟁이 끝났데."

"예?"

건석 형제는 자신의 귀를 의심하는지 서로의 얼굴을 쳐다보았다.

포구에서 배가 들어오면 빠짐없이 찾아가 고구려 소식을 물었었는데, 아직까지 전쟁이 끝났다는 말을 들은 적이 없는데, 전쟁이 끝났다니 믿기지 않는 모양이었다.

"뭘 하고 섰나? 빨리 밸 띄워야지. 이제 돌아가야지."

상도가 뛰어오면서 계속 소리를 질렀으나 건석 형제는 멍하니 뛰어오는 상도를 바라볼 뿐이었다. 너무나 극적이고, 너무나 충격적인 소식은 사람을 순간적으로 바보로 만드는 모양이었다.

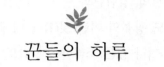

꾼들의 하루

48

　광석의 여행담은 계속되었다. 태자궁에는 매일 이야기판이 벌어
졌다.

　이야기판이 벌어질 때마다 듣는 사람들은 그에 합당한 값을 치뤄
야 했다. 돈을 요구하지는 않았지만 공짜로, 광석은 그걸 '맨입에'라
고 했지만, 절대 공짜로는 입을 열지 않았다. 주로 술과 안주를 요구
했고 얘기에 따라 술과 안주의 종류와 양도 달랐다. 또 가끔은 누굴
데려와서 같이 듣게 하라고 듣는 사람을 지정하기도 했고, 배 수리
에 필요한 물품들을 요구하기도 했고, 배 수리에 필요한 인원을 동
원해달라고도 했다. 자신의 요구를 들어주지 않으면 입을 열지 않
았고. 고량부 앞에서도 예외는 아니었고.

　궁에서만 그러는 게 아니라, 들리는 말로는 포구나 마을에서도
마찬가지인 모양이었다. 거기서도 술과 안주를 요구했지만 공짜 밥
을 얻어먹기도 했고, 배 수리에 필요하니 손을 보태라고 한다고 했

다. 한 마디로 자신의 경험담과 들은 얘기를 팔아먹고 있었다.

그러나 그 누구도 광석의 이런 짓(?)에 대해 욕하는 사람은 없었다. 싫은 내색을 하거나 싫은 소리하는 사람도 없었다. 그 값에 걸맞는 얘기를 펼쳐놨기 때문에 의당히 얘기값을 지불해야 한다고 생각했다. 어디까지가 사실이고 어디까지가 꾸며낸 얘긴지, 어디까지가 자신이 겪은 일이고 어디까지가 들은 얘긴지 알 수 없게 버무려놓은 얘기는 듣는 사람들을 혼란스럽게 하기보다 빠져들게 했다. 모든 걸 사실이고 실제 겪은 일처럼 느끼게 했다. 그만큼 그의 말재간은 빼어났고 버무리는 능력도 가히 천의무봉이었다. 또한 이야기에 물이 한창 올랐거나 가장 흥미진진할 때쯤 이야기를 끊어버림으로써 듣는 사람들의 애를 녹이기도 했다.

"아이고, 입이 말라서 안 되갔다. 어? 발세(벌써) 술이 떨어졌네. 술이 부족해서 오늘은 이만 해야갔다."

"아이고…… 오종보(방광) 터지갔다. 오종을 누워야 얘길 하든 일을 하든 하디, 이러다 오줌소태 걸리갔다."

"아이고, 배 고틴다고 한 메틸 무리했더니 팔다리 어깨허리 안 아픈 데가 없네. 일꾼들을 빌리든디 해야디 힘들어서 못 하갔네."

이런 식으로 술을 더 내라고도 했고, 필요한 걸 달라고도 했고, 일꾼들을 빌리기도 했다. 그가 얘기를 끊는 건 뭘 요구하기 위한 행동인 줄 뻔히 알면서도 사람들은 그의 요구를 들어줄 수밖에 없었다. 뒷얘기가 궁금했고, 거기서부터가 진짜 중요한 얘기라 안 듣고는 못 버렸기 때문이었다. 그런 일이 잦다보니 으레 그러려니 싶은지, 얘기값을 더 내야 할 것 같다고 여기는지, 사람들은 그의 요구를 바로 들어주었다. 그리고 추가 얘기값을 낸 날은 그만큼 재미있는 얘기를 들을 수 있었으니 광석이 추가 얘기값을 요구하기를 은근히 기다리기까지 했다.

광석은 얘기만 재미있게 하는 게 아니라 흉내도 잘 냈다. 표정, 몸짓, 말투가 상황과 인물에 따라 달라져 그의 얘기를 듣노라면 그 사람의 얼굴이나 생김뿐만 아니라 어떤 상황인지까지 눈앞에 훤히 그려졌다. 외적 상황만이 아니었다. 인물의 내적 상황에다 능쳐놓았던 말까지 들려주니 듣는 맛은 더했다. 또한 사람과 사물의 생김새나 주변 상황까지도 맛깔나게 그려냄으로써 사람들을 끌어당겼다. 한 마디로 그는 타고난 이야기꾼이었다. 같은 일이고 사건인데도 그의 입을 통하면 새로운 일이나 사건처럼 느끼게 하는 재주를 가지고 있었다. 심지어는 들었던 얘기를 다시 들어도 처음 듣는 것처럼 새롭게 느껴질 정도였다. 그러니 그의 얘기에 끌리고 빠져들 수밖에.

한 달이나 계속됐지만 그의 얘기는 마르지 않았다. 노루 때렸던 막대기 삼 년 우려먹는다고, 1년 겪은 일을 3년 정도는 우려먹을 심산인 모양이었다.

위례성의 화려한 모습, 백제 여인들의 나긋나긋한 말투며 유혹의 몸짓, 밤의 도시다운 면모며 유흥가의 모습, 입에 착 달라붙는 술맛, 그리고 위례성을 끼고 흐르는 한수의 아름다운 풍광이며 한수를 끼고 농사하는 사람들의 풍족한 삶 등을 늘어놓음으로써 백제에 대한 동경을 불러일으켰다. 또한 백제에서 얻어들었음직한 다양한 이야기들을 자신이 직접 겪은 것처럼 얘기함으로써 듣는 사람들이 침을 삼키게 했고, 귀를 뜨겁게 했다.

반도를 따라 흩어져 있는 섬에 대한 얘기도 제법 했다. 여왕이 다스린다는 여왕섬과 한 뱃사공이 겪은 이야기를 맛깔나게 풀어놓았고, 영주로 가는 도중 들렀던 섬에 대한 얘기들도 들려주었다. 섬마다 각기 다른 모습을 하고 있지만 한결같이 바다를 삶의 터전으로 삼아 살고 있고, 섬마다 각각 다른 전설과 이야기가 있음도 전해주었다.

또한 논농사를 주로 하며 풍족한 삶을 누리고 있는 삼한의 생활상이며 철을 생산하고 주조하는 얘기를 전하여 이목을 집중시키기도 했다. 그렇지만 삼한에 대해서는 많은 얘기를 하지 않는 것으로 보아 많은 곳을 들러보지는 못한 모양이었다.

가보지도 않았을 바다 남쪽 섬나라와 대륙에 대한 얘기도 늘어놓았다. 영주에서 들었음직한 이 이야기들은 특히 신비로움을 자아냈는데, 세상에 그런 곳도 있을까 싶었다.

사시사철 여름뿐인 나라가 있다니 믿어지지 않았다. 어떻게 그런 나라가 있을 수 있고, 무슨 복을 타고났기에 한 해에 농사를 세 번, 네 번씩이나 지을 수 있는지 부러우면서도 시샘이 날 정도였다. 정말 그런 곳이 있다면 그런 곳에서 살고픈 마음을 갖게 했다. 그곳 사람들의 이야기는 땅의 이야기가 아니라 하늘의 이야기처럼 들렸고, 이 세상이 아닌 딴 세상 얘기 같았다.

그러나 광석은 영주와 영주에서의 삶 이야기를 가장 많이 했다. 척박한 땅이긴 하지만 해산물이 많고, 바다 한가운데 있어 배를 타고 안 가는 데 없이 다니며 장사를 하는 영주 사람들의 삶을 얘기했다. 그리고 그 사람들로부터 들은 이야기를 자신이 직접 경험하기라도 한 듯 얘기함으로써 사람들을 흥분시켰다.

가도 가도 끝이 없이 이어지는 바다와 그 바다를 삶의 터전으로 삼아 살아가는 영주 사람들의 이야기는 섬사람인 태자도 사람들을 자극하기에 충분했고, 고량부뿐만 아니라 궁 사람들에게도 많은 생각을 갖게 했다. 바다 한가운데 떠 있으면서 바다와 대륙을 두루 다니며 온갖 재물들을 모으는 영주는 정말로 불노초가 있는 섬일지도 모른다는 환상까지 심어주었다. 특히 섬 한가운데 우뚝 솟아있는 솥 모양의 영주산엔 전설 속의 백록이 살고, 영주를 만든 여신의 아들들이 산다는 얘기는 그 어떤 이야기보다 환상을 심어주기 충분했다.

광석의 이야기는 오랜만에 풍년이 든 보리농사와 함께 태자도를 풍족한 곳으로 만들고 있었다.

49

태자도가 광석의 얘기에 빠져있는 동안 광석의 얘기에 관심을 보이지 않는 사람이 있었다. 망치였다.

가끔씩 사람들이 와서, 특히 석규가 그랬지만, 광석에게서 들은 이야기를 전하곤 했으나 망치는 관심이 없었다. 아니, 광석의 이야기에 빠져 있을 시간이 없었다고 해야 맞을지도 몰랐다.

망치는 풀무질과 담금질에 여념이 없었다. 광건 형제가 싣고 온 쇠붙이를 녹여 병장기를 만드는 일도 만만치 않았고, 싣고 온 병장기들도 벼리고 갈지 않으면 쓸 수 없는 원재료 정도밖에 안 됐기 때문이었다. 그러니 이야기에 팔려 귀중한 시간을 허비할 수가 없었다. 비록 고구려군이 돌아갔다 해도 또 다시 쳐들어올 것이고,

이번엔 지난번보다 한층 보강하고 올 게 뻔했기에 그에 대한 대비를 단단히 해둬야 할 것 같았다.

"할 일이 생기니껜 심이 나는 모양이유?"

혼자 힘으로 벅차겠다 싶어 석규에게 병사들 중 다부진 놈들을 좀 차출해 달라고 하자 석규가 빙긋 웃으며 말했다.

"기래. 이제사 쪼꼼 살아 있는 것 같다. 맨날 이 빠디고 부러딘 칼만 손보다 보니 살았는디 듁었는디 모르갔더니 이제사 살아 있는 것 같다."

망치의 이 말은 진심이었다. 태자도로 들어온 후 그는 죽은 듯이 살고 있었다. 인섭 왕자와 철근 박사의 명을 받들기 위해서였다. 비검술秘劍術을 숨기고 대장장이로만 살라고 했기 때문이었다. 망치는 그 명에 따라 단순한 대장장이로만 살아왔다. 낭두봉 동쪽 기슭에 대장간을 지어 고장 나고 부러진 병장기만 고치고 손보며 있는 듯 없는 듯 살아왔다. 대장간에 박혀 좀해선 밖으로 나가지도 않았다. 그런데 이제 쇠를 녹이고, 담금질하고, 뜨임질에 망치질까지 하게 됐으니 신이 나지 않을 수 없었다. 그동안 잠자던 근육들이 깨어나는 것 같았고, 늘어졌던 신경들이 제자리를 찾는 것 같았다.

태자도로 들어와서 얼마 안 되어 인섭 왕자가 물었었다.

"무범 왕자껜 보철이란 호위무사가 있고, 기 자도 대장장이 출신이라는데 장군도 인저 태자의 호위무사가 되어 태잘 지키는 거이 어떻갔소?"

"기 말은 인저 왕자 곁을 떠나란 말입네까?"

망치가 서운한 목소리로 물었다. 그러자 왕자가 급히 망치의 말을 막으며 말했다.

"기 말이 아니라 이곳 주인이 태자니 태자에게 가는 게 옳지 않을까 싶어서……."

"기 말이 기 말 아닙네까? 왕자 곁을 떠나 태자의 호위무사가 되믄 태자 사람이디 왕자 사람이 아니디 않습네까?"

"기런 말이 아니라 여기선 호위무사가 크게 필요할 것 같디도 않고 망치 장군이래 여기 박혀 있는 것도 안쓰럽고."

"다시 칼을 잡지 않으면 않았디 왕자를 버리고 다른 사람을 위해 칼을 잡을 순 없습네다. 기게 여기 주인인 태자라 해도 마찬가집네다. 기러니 명을 거두어 쥬십시오."

망치가 강하게 거부하자 철근 박사가 나섰다.

"장군은 어띠 생각할디 모르디만, 왕자께선 망치 장군이 재줄 썩히는 게 안타까워 저러는 거이니 잘 생각해 보라요. 내가 장군의 비검술을 몰랐을 때야 단순한 대장장이로 대했지만 그런 비기祕技를 어케 썩힐 수 있갔소?"

철근 박사가 안타깝게 말했지만 망치의 입에선 다른 대답이 나올 수 없었다.

"충신은 두 임금을 섬기지 않고 무사는 칼의 방향을 바꾸디 않는다고 했습네다. 무사가 되어 칼의 방향을 바꿀 바에야 그 칼로 자신을 찌르는 게 무사의 도리에 합당할 것입네다."

망치의 의지가 너무나 굳세다는 걸 확인한 인섭 왕자가 한 발 물러섰다.

"기렇다믄 좋음메. 내 명이 있기 전엔 결코 비기를 보이디 말고 대장장이로만, 쇠나 다루며 사시구래. 때가 되믄, 기런 날이 오디 말기를 바라디만, 기런 날이 오믄 부를 테니낀."

"예. 존명 받들어 한 치도 어긋남 없이 살갔습네."

망치의 대답에 철근 박사도 한 마디 덧붙였다.

"갈마산 산중에 있을 때보다 더 외롭고 괴롭고 힘들 걸세. 기래도 참을 수 있갔나? 벌테래 군문에 들어 승차하고 요직을 맡아도 버틸 수 있갔나?"

"기건 걱명 마시라요. 원래 대장장이가 군문에 들어선들 무슨 공을 세울 거며, 공을 세워 남들 위에 선들 무슨 광영이 있갔습네까? 소인은 대장장이로 살다 왕자께서 부르시믄 목숨을 내걸고 달려가는 게 최고의 영예입네다. 기러니 소인 걱정은 안 하셔도 됩네. 이케 보잘 것 없는 소인을 이케 크게 생각해 주시는 것만도 감읍할 따름입네다."

그렇게 해서 있는 듯 없는 듯, 쓸모없는 사람으로 산에 박혀 살아 왔는데 자신의 본업을 되찾게 됐으니 신이 나지 않을 수 없었다. 하여 광건 대장 형제가 백제에서 쇠붙이와 병장기를 싣고 왔다는 소리를 듣자마자 포구로 달려갔던 것이었다.

"망치래 어딨습네까? 망칠 찾아 예까디 왔는데 망치래 어딨습네까?"

석규가 보낸 병사들을 다독이며 병장기 제작에 땀을 흘리고 있으려니 어떤 시러배 아들놈인지 모르지만 망치를 찾았다.

"거 누네? 어떤 망나니가 망칠 찾는 거네?"

대장간 안에서 담금질을 하던 망치가 망치를 내던지며 물었다. 감히 망치네 대장간에 와서 망치를 찾다니 죽으려고 환장하지 않고선 있을 수 없는 일이었다. 대장간 주인 이름이 망치인 걸 알고 일

부러 시비를 붙고 있는 것이었다. 그러니 망치 입에서 고운 소리가
나올 리 없었다.

화가 난 망치가 주먹까지 불끈 쥐며 밖으로 나왔다. 그런데 상대
가 보이지 않았다. 어두운 곳에서 밝은 곳으로 나서자 눈이 부셨고,
상대가 칼날로 햇빛을 반사시켜 망치의 눈을 가렸기 때문이었다.
하여 망치는 팔을 들어 햇빛을 가리며 소리쳤다.

"어떤 시러배잡놈이 장난질 티는 거네? 듁고 싶어서 환장했디
여가 어딘데 이 미친 짓을 하는 거네?"

그러자 햇빛을 거두며 상대가 황급히 사과를 했다.

"어쿠야, 내래 칼날을 본다는 게 기만 반사되는 걸 깜빡 했시요.
용서하시라요. 긴데…… 내래 망칠 빌리러 왔는데, 칼날이 제대로
서디 않아서리 칼날을 째끔 세울까 해서리 망칠 빌리러 왔는데, 망
치 째끔 빌려줄 수 있갔소?"

상대는 사과를 빙자한 채 시비를 걸고 있었다. 칼날을 자신이 직
접 세우겠다는 것도 그렇지만, 망치를 빌리기 위해 대장간까지 왔
다는 것도 그렇고, 망치란 단어를 연거푸 들먹이는 게 망치를 놀리
는 게 분명했다.

"이런 가이새끼가……."

앞이 잘 보이지 않아 소리치며 달려들려는 찰나였다. 앞에 선 이
의 하얀 이가 보이는가 싶더니 콧등에 커다란 점이 보였다. 그 점은
무범 왕자, 아니 이젠 둘째주군이지, 아무튼 그 분을 호위하는 호위
무사임을 말해주고 있었다. 그런 사람이 둘째주군도 없어 혼자 왔
다는 것도 이상했지만, 대장간 주인 이름이 망치란 사실을 뻔히 알
면서 망치란 단어를 함부로 들먹이는 것도 그렇고, 일부러 햇빛을

반사시켜 망치의 눈을 간질인 것도 이해할 수 없기는 마찬가지였다. 그렇지만 상대가 누군지를 알았으니 황급히 말을 바꾸는 수밖에 없었다.

"이게 누구십네까? 호위장護衛將께서 예까디 어떤 일이십네까?"

망치는 허리를 굽히며 인사를 했다. 그러는 망치의 행동은 본 체만 체하더니 점벡이가 망치의 속을 다시 긁어댔다.

"망칠 빌려 칼 쪼끔 손볼래고 했는데 마침 인간 망치가 있으니 인간 망치에게 맡기야갔네구래."

점벡이가 말을 마치는가 싶더니 손에 들고 있던 칼을, 칼집도 없는 맨칼을 휙 망치에게 집어던졌다. 그러자 망치는 생각할 겨를도 없이, 무의식 중에 몸을 날려 칼이 땅바닥에 떨어지기 직전에 손잡이를 잡았다. 그리고 칼을 앞으로 뻗는 공격 자세를 취하고 말았다.

"역시…… 내 눈이 틀리지 않았구만구래. 내 눈이 틀리디 않았어."

점벡이는 흡족한 목소리로 소리를 지르더니 망치를 보며 지껄였다.

"대장장이 출신인 내가 망치로 굳은 살과 칼로 굳은 살을 구분 못할 리 있갔소? 기러니 인저 나하고 같이 가서 주군들을 모십시다. 주군들이 무탈해야 태자도도 굳건해딜 것 아닙네까?"

점벡이 말에 망치는 다시 고개를 숙이며 물었다.

"기 무슨 말씀을 하시는 건디……?"

"기렇다고 당장 가잔 소린 아닙네다. 풀무질, 담금질, 뜨임질, 망치질까디 마티고, 병장기들을 다 멩근 후에 가잔 소립네다."

점벡이가 신소리를 지껄여 댔으나 망치는 못 들은 체하며 그냥 고개를 숙이고 있었다. 그러자 점벡이가 그럴 줄 알았다는 듯 마침

내 준비하고 있던 뒷말을 던졌다.

"기럴래고 주군들께 하락받고 왔습네다. 병장기 다 멩글 때까진 대장간에서 대장장이로 살갔다고. 돌아갈 땐 새 호위장까디 모시고 가갔다고. 셋때주군께서도 허락하셨구요."

"기, 기게 참말입네까? 셋때주군께서 허락하셨다는 말씀 말입네다."

"기렇다 마다요. 기 자리엔 철근 박사까디 배석해 있었습네다."

그 말을 듣자 망치는 천천히 고개를 들었다. 셋째주군에 철근 박사까지 허락했다면, 고량부와 대신들 다 있는 자리에서 결정을 내렸다면 따르는 수밖에 없었다. 이제 더이상 버티는 것도 도리가 아닐 듯했다.

점벡이의 말을 듣고 보니 조금 전 점벡이가 한 행동들이 이해가 됐다. 점벡이의 조금 전 행동은 친근함의 표시이자 마음을 터놓는 몸짓일 것이었다. 자신과 너무나 닮은 사람이라고, 자신보다 더하면 더했지 결코 덜하진 않을 것이란 석규의 말도 떠올랐다. 점벡이의 말과 행동은 호위장으로 온 게 아니라 일개 대장장이로, 망치를 돕기 위해 왔노라는 선포나 다름없지 않은가.

보철이 팔을 걷어붙이고 나서자 일은 생각보다 빨리 진척되기 시작했다. 말이 필요 없을 만큼, 망치가 말하기 전에 보철이 눈치껏 일을 처리해 주었고 중간자로서 역할도 무난히 수행해 주었기 때문이었다. 한 마디로 망치가 겪어야 할 일들을 자신이 대신 받아내고 있었다. 그런 중에도 특유의 말솜씨와 재치로 대장간 분위기를 바꿔놓았으니 대장간을 대장간이 아니라 떡메를 치는 잔칫집 같은 분위기로 바꿔놓기 시작했다. 그렇다고 일을 대충하거나 할 일을 미루지는 않았다.

입과 몸은 가볍고도 빨리 놀렸지만 일은 꼼꼼하면서도 매무시 있게 했다. 망치가 됐다 싶은 것까지 다시 손을 보고, 단 한 치의 흠도 용납하지 않았다. 말이나 행동으로 봐선 설렁설렁 하는 정도가 아니라 뒤죽박죽 엉망으로 할 것 같은데 대장장이로서 일만큼은 야무지고 똑소리나게 했다.

그에 따라 망치는 편했지만 보철 밑에서 일을 배워야 하는 병사들은 곤혹스러울 수밖에 없었다. 아직 대장간 일이 익숙지 않은 사람들이라 보철의 말을 제대로 알아듣지 못했고, 보철의 요구나 지적사항을 보철이 원하는 만큼 할 수가 없었으니 말이다.

"도저히 같이 일 못하갔습네다. 우리가 대장장이도 아니고 석규 장군의 명을 받아 도우러 온 거인데, 보철 호위장이래 우릴 대장장이 다루듯 하니 어케 견딜 수 있갔습네까? 우릴 다시 군영으로 보내 주시라요."

볼멘소리와 불만이 끊이지 않았다. 그러나 보철을 성토하거나 욕하지는 않았다. 그가 호위장이어서가 아니라, 사람을 다루는 방법을 알고 있었기 때문이었다.

일할 때는 깐깐 꼼꼼했지만 일에서 손만 뗐다 하면 위아래 없이 어울리며 흉허물 없는 친구처럼 형제처럼 지내려 했기 때문이었다. 만약 병사들이 정말로 못 견디겠다면 석규가 찾아왔을 때 애로사항이라든지 불만을 토로했어야 했다. 석규가 대장간 일을 배워 보라고 보냈으니 말이다. 그러나 석규나 보철에게는 그런 말을 한 마디도 하지 않았다.

정말 못 견디겠으면 언제든 군영으로 돌아갈 수도 있었다. 그래도 뭐라 할 사람은 없었다. 애초 석규가 병사들을 여기로 보낼 때 지원을 받아 보냈었고, 언제든 돌아올 수 있다고 했으니까. 그러나 그런 사람은 하나도 없었다. 그러니 그들이 망치에게 그러저런 얘기를 하는 것은 불만의 표시라기보다 일종의 응석이라 할 수 있었다. 망치와 일할 때 망치가 대해 주던 대로 해 달라는, 단순한 보조자로 일하게 해 달라는 요구에 지나지 않았다. 그러니 망치는 한 귀로는 듣고 한 귀로는 흘려버릴 수밖에 없었다.

사실 망치라 해도 지금쯤은 보철만큼이나 병사들을 호되게 다루었을 것이고 그보다 더 혹독하게 다루고 있을 터였다. 처음엔 쇠나 불에 대해서 아무 것도 모르는 사람들이라 살살 다룰 수밖에 없었다. 너무 몰아붙였다간 사고가 날 것이고 사고가 났다 하면 대형사고로 이어질 것이기에 어린애 다루듯 살살 다뤘지만 지금은 달랐다.

쇠와 불에 대해 얼마간 알게 됐고, 자신들이 하는 일이 어떤 일인지도 알고 있었다. 조금만 방심해도 대형사고가 날 수 있고 아주 미미한 걸 놓치거나 무시하는 순간 한 병사의 목숨을 좌우할 수 있다는 걸 알고 있었다.

병장기가 온전하지 못하고선 결코 싸움에서 이길 수 없다는 걸 누구보다 잘 알고 있었다. 보철이 시도 때도 없이 강조하는 '우리가 한 사람의 목숨을 결정지을 수 있고 전쟁의 승패를 가를 수 있다.' 는 걸 알고 있으니 말이다. 그런 의식을 심어준 것도 바로 보철이었다. 망치였다면 감히 생각할 수도 없는, 단순히 불 다루고 쇠 다루는 방법이나 전수해줬을 텐데 보철은 과정 하나하나를 꼼꼼히 설명해 주었고, 그 과정의 중요성과 잘못됐을 때 어떤 결과가 파생되는지를 상세히 알려주었다. 단순히 대장간 보조자가 아닌 대장장이로 키우고 있었다. 자신이 가지고 있는 기술과 경험을 오롯이 전수해 주고 있었다. 군사들은 그걸 부담스러워 했고, 그걸 받아들이지 못해 불만인 것이었다.

"호위장, 너무 몰아붙이는 거 아닌디 모르갔네."

"성님, 기딴 소리 하디 마시라요. 안 기래도 기런 소리가 나오길 기다리고 있을 긴데 기 소리가 나왔다 하믄 와르르 무너지고 맙네다. 기러니 모른 턱하시라요. 나와 성님이 궁으로 들어가 버리믄 대장간은 누가 디키갔습네까? 쟈이(쟤)들이 디켜야디요. 기러기 위해 내가 온 거이 아닙네까? 두고 보시라요. 한 달만 몰아붙이믄 얼마간 적응할 테니깐. 성님도 처음부터 둏아서 이 딧했습네까?"

보철의 말에 어린 시절 아버지에게 호되게 당했던 일이 떠올랐고, 참고 참았던 눈물이 생각났고, 손과 몸에서 흐르던 진물과 피가 다시 솟아오르는 것 같았다.

"속성인 만큼 힘들기야 하갔디만 석규 장군이래 만만한 군사들을 보냈갔습네까? 다 버틸 만하고 버티갔다 싶은 놈들만 골라서 보냈을 겁네. 기러니 석규 장군이래 믿어보자우요."

그렇게 몰아붙이고, 다독이고, 쓰다듬으며 달포쯤 지나자 서서히 볼멘소리가 줄어들기 시작했다. 그쯤 되자 보철의 말도 달라졌다.

"저 간난 군영으로 돌려보내 버려야디 도저히 데리고 있을 수가 없습네다. 데리고 있어 봐야 도움도 안 돼고."

그때마다 병사들은 잘못했다고, 잘 하겠다고 사정을 했고 다짐을 했다. 달포 새에 대장장이가 다 되어 있었던 것이었다.

그렇게 낭두봉 골짜기에는 쇠 두드리는 소리보다 사람 두드리는 소리가 크게 났고, 일도 빠르게 진척되고 있었다. 이제 바야흐로 마지막 공정만 익히면 진짜 대장장이가 될 만했다. 그러나 마지막 공정이야말로 가장 힘들고도 오랜 시간이 걸리는 일이 아니던가.

승패의 향방

50

중실휘로부터 낭도 정벌대장을 언질 받은 두치는 전선 건조에 박차를 가했다.

태자도를 공격하여 역적 영 일당을 쓸어버리기 위해서는 무엇보다 전선이 있어야 했기 때문이었다. 지난번 패배를 교훈 삼아 이번에는 중소형선 70척을 건조하기로 했다.

100명 정도를 태울 수 있는 대형 전선은 지난번에 건조한 50척이 남아 있었기에 새로 건조할 필요가 없었다. 대형 전선 대신 이번에는 새로운 작전을 구사하기 위해 중소형 전선을 건조하기로 했다. 30명 정도를 태워 소규모 작전을 수행할 중형 전선, 10여 명을 태우고 기습 침투할 때 사용할 소형 전선 각각 40척과 30척을 건조하기로 한 것.

지난번 전선 건조 총책을 맡았던 도편수와 도목수를 찾아냈다. 서안평을 근거지로 활동 중인 사람들이라 찾아내는 데는 어려움이 없었다. 그렇지만 그들은 다른 배를 건조하고 있었다. 황해를 누비고 다닐 상선들이었다.

요동과 산동으로 물화를 실어 나르는 데는 육로보다 해로를 이용하는 게 효과적이었기에 상선들을 대량 건조하고 있었다. 수송비를 현저히 줄일 수 있고, 한꺼번에 많은 물량을 실어 나를 수 있었기에 해상무역으로 눈을 돌린 것이었다. 고구려와 백제가 남하하여 요동과 조선반도에 자리 잡은 이후 나타난 현상이었다. 국내외 정세가 안정됨에 따라 상인들은 돈을 벌기 위해 다양한 방법을 모색하고 있었으니 가장 각광받는 게 바로 해상무역이었다. 바다를 끼고 있지 않은 부여까지도 강을 이용하여 해상무역에 뛰어듦으로써 해상무역은 대세가 되어 있었다. 해상무역을 얼마만큼 활성화하느냐에 따라 국운이 결정된다고 봐도 무방할 정도였다. 이렇듯 해상무역이 활발해짐에 따라 상선의 수요가 급격히 늘고 있었고 그에 따라 도편수나 도목수들은 몸이 열 개라도 모자랄 판이었다.

"아무리 빨라도 석 달 전에는 힘들갔습네다."

도목수를 찾아가니 난색을 표했다. 이미 건조 중인 범선을 완성하기 전까지는 힘들다는 것이었다. 짐을 싣기 위한 배여서 그런지 지난번 건조했던 전선들보다도 훨씬 큰 배를 만들고 있었다.

"하루 빨리 전선을 건조해야 하니 사정 쪼끔만 봐주게."

두치는 사정하는 수밖에 없었다. 이미 다른 일을 하는 사람을 강제로 끌고 갈 수는 없었기 때문이었다. 지난번처럼 나라에서 강제 동원령을 내려준다면 바로 징용할 수 있겠지만 지금은 그럴 상황이 아닌 만큼 도목수를 달래야 했다.

"공짜 노역도 아니고, 나라에서 하는 일이라 도와드리고 싶디만 선주가 허락하딜 않을 거입네다."

"기건 내가 알아서 할 테니낀 어케든 도와달라."

"선주만 허락한다믄 기케 하갔습네다."

어렵사리 도목수의 승낙을 받았으나 선주는 일언지하에 거부했다. 이번 상선 건조는 자신의 사활이 걸린 일이라 했다. 제아무리 나라를 위하는 일이라도 해도 자신이 고용한 도목수를 데려갈 수 없다고.

하는 수 없이 상황을 대모달에게 알렸다. 자신이 정식적으로 정벌군대장으로 임명만 받았다면 징발권을 발동하겠는데, 아직 왕으로부터 정식임명을 받지 못한 상황이라 대모달의 힘을 빌리기로 했던 것.

왕명으로 서안평 일대에 징발권이 발동되었다. 도목수, 도편수뿐만 아니라 목수, 편수, 잡일꾼까지 징발하게 된 것.

징발권이 발동되자 도목수와 도편수가 도망치거나 숨어 버릴까 봐 제일 먼저 군영으로 끌고 왔다. 그리고 둘의 의견을 들어 목수와 편수들을 징발해왔다. 그렇게 전선 건조에 필요한 인원을 모으는 데만도 한 달이 소요되고 말았다. 마음은 급한데 일은 더디 진행되고 있었다. 하여 두치는 또 다른 방법을 쓸 수밖에 없었다.

전선 건조에 직접 참여할 기술자들이 모였다 싶자 두치는 그간 생각해오던 말을 꺼냈다.

"징발령에 따라 징발해오긴 했다만 난 너들 같은 기술잘 공으로 부려먹딘 않을 거이다. 잡일을 하는 사람들은 그냥 부린다 해도 너들에게는 급료를 지급하고 처우도 개선할 거이다."

두치는 편수와 목수들의 처우를 개선함으로써 공기工期를 줄이고, 전선의 안정성도 확보할 계획임을 밝혔다. 대모달의 전폭적인 지원금이 도착했고 지난번 쓰다 남은 자금도 제법 있어 그 정도는 감당할 수 있을 것 같았다.

또한 소형 전선은 일반 목수나 사공들도 만들 수 있다기에 그들에게 따로 맡겨 공기를 줄일 방안도 제시하였다. 배가 튼튼하지 않고서는 그 어떤 작전도 원만히 수행할 수 없고, 튼튼한 배를 만들려면 배를 건조하는 편수와 목수들의 사기를 앙양하고 진작시킬 필요가 있었기 때문이었다. 거기에 그치지 않고 두치는 하나를 더 내걸었다.

"기쁜만 아니라 지난번처럼 주막을 빌려 놓을 테니, 도목수·도편수만이 아니라 이번 전선 건조에 참여하는 편수·목수들은 모든 걸 주막에서 해결하믄 될 거이다."

두치의 말에 잔뜩 가라앉았던 건조장이 들썩이기 시작했다. 환호성을 지르는 정도가 아니라 얼싸안고 펄쩍펄쩍 뛰기도 했고, 자신이 잘못 듣지나 않았는지 옆사람에게 묻기도 했다. 그렇게 전선 건조에 참여할 사람들의 마음을 얼마간 잡을 수 있었다. 다 대모달의 전폭적인 지지와 지원이 있었기에 가능한 일이었다.

군사훈련은 동훈을 부장으로 임명하여 시키게 했다. 전선 건조와는 상관없이, 대모달로부터 정벌군대장으로 지명 받은 다음날부터 실시했다. 훈련에서의 땀방울은 실전에서 핏방울이란 생각을 해왔기 때문에 잠시도 훈련을 멈출 수가 없었다.

기왕에 편성되었던 낭도정벌군 중에 훈련 가능한 인원들을 위주로 훈련을 실시하다, 징발령이 내리자 서안평 주변의 젊은이들을

모아 훈련을 시키기 시작했다. 서안평 주변의 젊은이들은 바다에
익숙하여 하륙작전 및 침투작전에 꼭 필요했기에 취해진 조치였다.
수영을 잘하는 병사들을 뽑아 소규모 침투훈련을 따로 시키기도
했다.

두치가 동훈을 부장 겸 훈련대장으로 임명한 것은 개인적인 친분
때문만은 아니었다. 정식군관 출신으로 많은 훈련을 받아봤고, 훈
련을 시켜본 경험이 있어 맡긴 것이었다. 전투의 승패는 결국 전투
에 참여한 병사 개개인의 능력과 지휘관의 통솔능력에 의해 가려지
는 만큼 다양한 훈련을 강도 높게 실시했다. 짧은 시간에 정병을
육성하기 위해서는 강도 높은, 실전에 준하는 훈련밖에 없었기에
모든 권한을 동훈에게 일임했다.

두치는 훈련에 필요한 모든 것을 동훈의 뜻대로 해줌은 물론, 동
훈이 요구하는 것들을 두 말 없이 즉각 처리해줌으로써 힘을 실어
주었다. 책임을 주면서 권한을 주지 않는다면 힘이 나지 않을 것이
고, 허수아비에 지나지 않을 것이기에 직책과 함께 책임과 권한도
함께 넘겨준 것이었다. 동훈의 병법에 대한 조예, 빠른 머리 회전,
강직함을 지난번 정벌전征伐戰에서 이미 확인했기에 그에게 모든
걸 맡기기로 했다.

그러던 어느 날이었다. 동훈이 다 저녁이 되어 막사를 찾아왔다.
병사가 아닌 민간인 셋을 데리고.

"대장, 낭도에 잠입시킬 첩자들을 뽑아 왔습네."

"첩자라니요? 어케 낭도엘 잠입시킨단 말입네까?"

첩자의 필요성에 대해선 그 누구보다 절실히 느끼던 두치였다.
권룡과 대운 그 배신자들만 배신하지 않았다면, 이중첩자가 되어

거짓정보만 흘리지 않았다면, 그들이 보낸 정보의 진위만 판단했더라면, 그리 무참히 당하지는 않았을 것이었다. 지난 정벌전에서 참패한 것도 따지고 보면 첩보전의 패배에 있었다. 그런 만큼 같은 전철을 밟지 않으려면 믿을 수 있는 첩자를 낭도에 잠입시키는 게 급선무였다. 특히 2차 정벌전을 준비하고 있는 지금이야말로 낭도의 상황을 파악하기 위해 첩자를 파견해야 할 때였다.

그런데 낭도에 첩자를 보내는 일이 쉽지 않았다. 평상시에도 역적 일당은 낭도에 출입하는 배들을 철저히 통제하고 있었고, 정벌전이 있고 나서는 유민들의 유입도 제한하고 있었다. 하여 혼자 고민하고 있었는데 그걸 눈치챘는지 동훈이 첩자들을 데리고 왔으니 두치가 놀랄 수밖에.

"이 셋은 각기 다른 일을 수행할 자들로 모두 낭도와 관련이 있거나 있었던 자들입네다."

"기게 무슨 말입네까? 쫴꼼 자세히 말씀해 보시라요."

"예, 알갔습네다. 설명해드리갔습네다."

그러더니 동훈이 세 사람에 대한 얘기를 시작했다.

참패를 당한 동훈도 참패의 원인을 첩보전의 실패 내지는 패배로 보고 낭도에서 돌아오자마자 첩자로 파견할 인물들을 찾기 시작했단다. 그러나 쉽지 않았더란다. 낭도와 끈이 있어야 하고 낭도에 대해 잘 알면서도 믿을 수 있는 사람을 찾기가 쉽지 않았기 때문이었다. 그렇지만 낭도 공격에 앞서 반드시 선행되어야 할 일이라 생각했기에 첩자로 적합한 인물들을 멈추지 않고 찾았단다. 그리고 한 달여 만에 세 사람을 찾아냈고.

동훈의 설명을 들으며 첩자로 발탁된 세 사람의 특징을 살펴보니 셋 다 비슷한 사람들이었다. 키나 나이도 비슷했고 입고 있는 옷도 비슷하여 특징적인 면모를 찾기 어려웠지만 설명을 듣다 보니 다른 점이 있었다.

첫째 사공이라 한 사내는 곰보였다. 심하지는 않았지만 콧등과 볼에 곰보자국이 남아 있었다. 역적 영이 낭도에 들기 전부터 낭도를 오가며 뱃짐을 실어 날랐었는데 역적 일당이 낭도에 들어간 이후엔 유민들을 주로 실어 나른 자라 했다. 두치가 낭도에 들어갈 때 타고 갔던 뱃사공인가 하여 살펴보니 그 자는 아닌 것 같았다. 곰보란 특징을 가지고 있었다면 두치의 기억에도 남아 있을 터인데 기억이 없었다.

둘째 병사라 한 자는 병사라기보다 막노동꾼처럼 생겼는데, 해적 범포 밑에서 해적질을 했던 전직 해적이라 했다. 지금도 낭도엔 해적질을 같이 했던 놈들이 많아 가장 많은 정보를 캐낼 수 있는 자라 했다.

그리고 마지막으로 농사꾼이라 하는 자는 키가 작고 뼈대가 굵지 않은 게 농사나 제대로 지을 수 있을까 싶게 약골로 보였다. 그러나 낭도에 살다가 역적 일당이 낭도에 들어가기 직전 낭도에서 빠져나온 자로 낭도엔 아직도 일가붙이들이 살고 있다고 했다. 또한 그는 생김과는 다르게 눈빛만은 예사롭지 않은 게 첩자로 활용할 만한 가치가 있어 보였다.

듣고 보니 셋 다 낭도와 일정한 끈을 가지고 있고, 직업도 각기 달라 잘만 활용하면 다양한 정보를 얻을 수 있을 뿐 아니라 정보의 진위 판단에도 도움이 될 것 같았다.

"듣고 보니 괜티안아 보입네다. 기케 하기로 합세다."

두치는 흔쾌히 허락했다. 두치가 부장 동훈을 전적으로 믿고 있음을 첩자들에게 보여주고 싶었고, 자신들을 믿고 있음을 보여주고 싶었고, 또한 통 크고 결단력이 있음을 보여주고 싶었기 때문이었다. 그에 멈추지 않고 두치는 즉석에서 금덩이 세 개를 꺼내 나눠주기까지 했다.

"뒷정리도 해두었갔디요?"

첩자들이 나가자 두치가 동훈에게 물었다.

"예. 만약을 대비해 가족들을 볼모로 잡아두었고, 세 사람이 낭도에서 보름에 한 번씩 비밀리에 접선하여 서로가 서로를 감시하게 했습네다. 기래야 역도들한테 쉽게 넘어가디 않을 거이고, 배신을 한다 해도 빨리 알아챌 수 있을 테니 말입네다."

"달 하셨습네다. 기러고 이미 낭도에 잠입해 있는 첩자들과도 접선하라고 하는 게 좋디 않갔습네까?"

"예. 기것도 이미 조치해 놨습네다. 만약 그들이 배신한 거 같거든 하루라도 빨리 처리하라고도 해놨구요."

"아, 기래요? 역시 부장은 내 마음을 누구보다 잘 읽는 것 같고, 나와 뜻도 잘 맞는 거 같습네다. 그래서 이번 정벌도 잘 될 거 같고 말입네다."

"잘 돼야갔디요. 잘 될 겁네다. 너께(지난번)처럼 맥없이 당하딘 않을 거이고 당해서도 안 되니 말입네다."

"기래야디요. 기러기 위해 우리가 이 고생하는 게 아닙네까?"

"예, 맞습네다. 이번에야말로 역적의 무리를 쳐없애야디요."

"예. 기렇게 합세다. 앓던 이도 빠졌고 대모달께서도 전적으로 지원해 주시는데 그에 대한 보답도 해드려야디요. 기런데 탐……."

두치는 얘기 도중 퍼뜩 스치는 생각이 있어 잠시 말을 멈췄다. 잠시잠깐 퍼뜩 스쳐지나간 생각이었는데 점점 구체적인 형체를 갖추기 시작했다. 그래서 잠시 생각을 정리한 후 말했다.

"너께(지난번에) 우리 군영에 적의 첩자가 있을까 하여 색출작전을 펼쳤었는데 기 후론 기런 일을 한 적이 없었디요?"

"예. 기때 이후론 한 번도 기런 일은 없었습네다. 긴데, 왜 기러십네까? 뭔가 집히는 거라도 있습네까?"

"기게 아니라…… 기땐 너무 급박하게 색출하다 보니 놓친 게 있디 않을까 싶어 기럽네다. 또한 이번 작전엔 너께처럼 중앙에서 파견된 군사들도 있디만 이곳에서 차출한 병력도 있는 만큼 첩자들이 끼어들 소지가 충분하고 하니 계속 관심을 기울여야 할 거 같아서 말입네다. 적은 늘 내부에 있고 내부의 적을 색출하여 처단하지 못하면 제 아무리 강한 군대라 할지라도 그 힘을 발휘하기 어려우니 지속적인 관심을 가져야 하디 않을까 해서 말입네다."

"예. 무슨 말씀인디 잘 알갔습네다. 소장 늘 관심을 가지고 살펴갔습네다."

"기래요. 꼭 기래주시기 바랍네다."

역시 동훈과는 죽이 잘 맞는지 쿵하면 짝했고, 척하면 착했다.

51

아침에 전령을 보냈더니 날이 어둡기도 전에 두치가 달려왔다. 아직 임명일이 사흘이나 남았는데 전령과 큰 시간차 없이 도착한 것이 전갈을 몹시도 기다렸던 모양이었다.

"소인 두치 대모달을 뵙습네다."

두치가 예전과 다름없이 절을 하며 자신의 도착을 알렸다.

"기래 왔구만. 상게(아직) 사흘이나 남았는데 어케 이리 아진에 (일찌감치) 왔는가? 그리 급하던가?"

휘가 빙긋 웃으며 물었다. 너무 일찍 왔다고 책망하는 게 아니라 반가움의 표현임을 알려주기 위해서. 그러나 두치는 휘의 얼굴도 보지 않은 채 고개를 조아리며 대답했다.

"기게 아니라 대왕을 알현했던 적이 없어서리…… 어케 하고 가야 하고 어케 하는디 알 수가 없어서…… 궁의 법도에 어긋나면 대모달께 누가 될까 싶어 달레온 거입네다."

그런 두치를 보고 있자니 다시금 마음이 놓였다. 정식 장군으로 승차했고, 이제 낭도 정벌군 대장직을 맡게 됐는데도 자신을 소인이라 칭하는 것도 그랬고, 휘의 농담마저도 진담으로 받아들여 자세히 보고하는 자세도 그렇고, 휘에게 누가 될까 염려하여 소식을 듣자마자 달려온 것도 그랬다. 이런 점들을 감안할 때 두치가 낭도 정벌에 성공한다 해도 휘의 위협대상은 못 될 것이고 자신의 공적을 믿고 설쳐대지도 않을 게 분명했다. 조용히 휘 뒤에 있으면서 휘의 명령에 따르는 충견으로 족할 인물이었다. 하여 전선 건조며 병사들의 훈련은 어찌 해두고 이리 일찍 왔느냐고 따지려던 휘는 말을 바꿨다.

"기래, 달 했고 달 왔네. 궁에 들어가 대왕을 알현하는데 준비를 제대로 안 하고 갈 수야 없디. 기러고 언제 다시 이런 기회가 있갔나. 기러니 제대로, 그 누구도 함부로 볼 수 없게 하고 가야디."

휘의 말에 두치는 방바닥에 머리를 찧을 듯이 고개를 조아렸다. 역시 사람 보는 눈과 길들이는 능력만큼은 자신을 따를 사람이 없을 거라 여기며 휘는 흡족하게 웃을 수 있었다.

이틀 동안 만반의 준비를 마친 두치를 데리고 입궁했다. 새로 장만한 장군 갑옷을 입히고 번쩍거리는 투구를 옆구리에 차게 하여 궁에 들자 모두들 두치를 보며 눈을 비볐다. 체격이나 풍채야 궁에 있을 때 이미 눈에 띌 정도여서 휘가 발탁했었던 만큼 나무랄 데가 없었다. 그런 두치에게 장군복을 입혔으니 새롭게 보일 수밖에. 옷이 날개가 아니라 그 사람을 만드는 만큼 두치의 걸음걸이마저 바뀌어 있었다. 그 어떤 장군보다 의젓하고 위풍당당했다.

애초 휘는 정전 앞에서 군사들을 도열시킨 가운데 임명식을 거행할 계획이었다. 낭도 정벌에 참여하는 군사들을 도열시키지는 못하더라도 궁에 있는 군사들이나 병부 군사들을 동원할 생각이었다. 두치의 체면을 세워주고 싶었다. 그리 해두면, 휘를 위해서라면 목숨도 아깝지 않게 여길 것이었기 때문이었다. 그러나 그 생각을 바꿔야 했다.

두치의 위상을 세워주는 것도 좋지만 두치의 존재감을 너무 부각시키는 건 삼가는 게 좋을 것 같았다. 낭도 정벌 후 뒤처리에 애를 먹을 수 있었다. 또한 역적 영이 아직도 건재해 있다는 사실과 1차 낭도 정벌에 실패한 사실을 모르는 사람들에게까지 알릴 필요가 없었다. 그래서 지난번 낭도 정벌군 대장을 임명할 때도 하지 않았던 일을 굳이 할 필요가 없을 것 같았다. 하여 정전에서 조용히 임명식을 가질 생각을 굳힌 후, 그 마음을 들키지 않기 위해 입궁하기 전에 두치에게 귀띔을 해줬다.

"생각 같아선 정전 앞에서 군사들을 모아놓고 성대하게 임명식을 거행하고 싶은데, 1차 정벌 실패 후 대왕의 심기가 불편해 기케 하지는 못하고 정전에서 조용히 하기로 했으니 기케 알고 너무 서운해 하던 말게."

"이럷습네다. 대왕을 알현하고 대왕께 직접 임명장을 받는 것만으로도 황송할 따름입네다. 대모달께서 얼마나 신경 쓰셨는지 달 알고 있으니 기에 대해선 염려마시라요."

"기래. 기렇게 이해해준다믄 도려 내가 고맙디."

휘는 고개를 숙여 인사하는 두치의 어깨를 토닥여주며 흡족하게 웃었다.

"짐이 역적 영 때문에 잠을 편히 자디 못하고 있소. 기러니 정벌대장은 무슨 일이 있더라도 이번엔 역적 영을 처단하여 짐의 잠자리를 편케 해주시우."

임명장과 지휘검을 하사한 왕이 두치에게 말하자 두치가 바로 받았다.

"옛! 소장 왕명을 받들어 반드시 역적을 처단할 것이며 역적을 처단하지 않고선 돌아오디 않갔습네다."

"기래요. 제발 기케만 해달라요. 키케만 해준다믄 내래 무슨 근심이 있갔소."

"옛! 목숨을 바쳐 왕명을 수행하갔습네다."

두치는 어린 왕이 두려워하는 게 안쓰러운지 눈에 눈물을 가득 담은 채 다짐을 했다. 그러자 휘가 한 마디를 덧붙였다.

"두치 대장이래 기 어떤 장군보다 역적 영 처단에 앞장서 왔고 능력 또한 탁월하니 대왕께서는 인저 아무 걱정하디 마시고 고침안 면하십시오. 두치 장군이래 이번엔 어떤 일이 있더라도 역적 영의 목을 가져다 바칠 것이옵네다."

"기래요. 짐이 대모달을 믿디 않으면 기 누굴 믿갔습네까? 기러고 역적 영을 처단한다믄 기거이 다 대모달의 공이지 누 공이갔습네까?"

"망극하옵네다, 폐하!"

휘는 고개를 숙이며 웃음을 흘리지 않을 수 없었다. 이제 두치의 칼을 빌어 영만 처단한다면 탄탄대로를 걸을 것인데 어찌 웃지 않을 수 있겠는가.

52

태자도의 여름은 보리 타작소리로 뜨겁게 달궈지고 있었다.

도리깨를 내리칠 때마다 여문 보리알갱이들이 튀어오르고 그 알갱이만큼이나 굵은 땀방울들이 굴러 떨어졌다. 검게 그을린 건 장정들의 얼굴만이 아니었다. 아낙들의 손이며 목덜미도 잘 익은 오디처럼 검게 물들어 있었다. 그러나 도리깨를 내리치는 장정들의 얼굴이나 알곡을 골라내는 아낙들의 얼굴에는 함박웃음이 피어나고 있었다. 풍년이란 그렇게 보리타작 마당에서 피어오르는 하얀 웃음일지도 몰랐다.

타작마당을 바라보던 석규는 자신도 모르게 길게 한숨을 내쉬고 말았다. 풍년이 들었으니 농사꾼들처럼 기뻐해야 하는데 알 수 없는 불안감이 자꾸만 밀려들었다. 왜 그런지 이 풍요가 마지막 은총인 것 같았고 불길한 전조인 것만 같아 가슴이 무거우면서도 답답했다. 불운을 지고 살아야 하는 사람에게 행운이란 또 다른 불행의 전조이자 더 큰 불행의 시작이 아니던가. 짧은 기쁨, 긴 슬픔과 아픔은 그런 사람들에게 공통적으로 나타나는 현상이 아니던가.

고량부나 자신을 포함한 신하들, 태자도 백성들도 결코 행운을 타고나지도 행운을 누릴 만한 사람들이 아닌 것 같았다. 불운만을 지고 사는 사람들이었기에 이곳까지 쓸려온 게 아닌가. 하여 풍년이란 소리가 듣기 싫었고 풍요로워 보이는 모습이 도리어 슬퍼 보였다. 촛불이 꺼지기 직전에 밝은 빛을 내듯 보리 풍년이 마지막 행운인 것 같았다. 그건 며칠 전에 있었던 작전회의 결과를 알고 있었기 때문에 느끼는 감정인지도 몰랐다.

"지난번에 건조해둔 대형 전선 50척은 그대로 둔 채 중형 전선 40척, 소형 전선 30척을 새로 건조하고 있답네다. 전선 건조뿐만 아니라 병력도 대거 충원했는데 서안평 주변에 거주 중인 현지인들을 대거 징발했다고 합네다. 이 징발 인원들은 바다에 익숙할뿐더러 배를 다루는 능력도 가지고 있고, 헤엄도 잘 치는 사람들이라 합네다. 특히 헤엄에 능숙한 인원들을 선발하여 별도의 훈련을 시키고 있다는 정보도 입수되었습네다."

병택 군사의 보고에 놀라지 않는 사람이 없었다. 지난번 참패를 교훈 삼아, 태자도군이 구사했던 양동작전 내지는 동시다발적 공격을 실시하여 태자도를 쑥대밭으로 만들겠다는 의지를 읽을 수 있었기 때문이었다. 지난번은 태자도군을 얕봤는지, 제대로 파악하지 못했는지, 단순하면서도 정형화된 공격만을 했었다. 답답할 만큼 같은 공격법으로 태자도군의 사기만 돋우었었다. 그러다 예상 못한 기습작전과 양동작전으로 완전히 무너져 도망치지 않았던가. 그런데 이제 전법을 바꿔 공격의 다양화, 다변화를 꾀하고 있다니 걱정스럽지 않을 수 없었다.

"기래 이번 공격을 지휘하는 자가 누구랍네까?"

"예. 두치란 잔데 너께(지난번) 공격에도 참여했던 자라 합네다."

"뭐라구요? 두치라고 했습네까? 두치가 분명하답네까?"

첫째주군이 자리를 박차고 일어설 듯이 소리치는 게 아무래도 아는 자인 모양이었다.

"기, 기 자가 어케?"

첫째주군이 입술을 부르르 떨었다. 그러나 자리가 자리인 만큼 그 이상의 반응은 자제하는 듯했다. 작전회의엔 처음 참석하는 석규라 그 내용을 모르겠지만 악연이 있는 것만은 분명해 보였다.

"자세한 건 모르갔디만 두치란 자가 대장직을 맡은 걸 보믄 중실씨 내부나 궁 안엔 변화가 있는 것 같습네. 수덕이란 잔 너께(지난번) 참패의 책임을 지고 물러선 듯 보이구요."

그렇게 적정 보고가 끝난 후 적의 공격에 대비한 작전 계획을 세우기 시작했다. 작전 계획은 병택 군사와 석권 장군이 주도했지만 다른 사람들도 적극적으로 의견을 개진했다. 그러나 바우와 석규는 말을 아꼈다. 아니 참았다. 마석과 범포 장군의 뜻하지 않은 전사로 얼결에 장군직을 맡아, 처음 작전회의에 참가하는 놈들이라 나서지 않는 게 좋을 듯했기 때문이었다. 그런데 더이상 입을 봉하고 있을 수가 없었으니, 백성들 피란에 대한 그 어떤 언급도 없었기 때문이었다.

적군이 하륙 계획을 세우고 있다면 하륙에 대비하여 백성들을 피란시킬 계획을 세워야 할 것 같았다. 백성들을 침략군으로부터 안전한 곳으로 피신시켜야 싸움다운 싸움을 할 수 있기 때문이었다. 특히 어린애, 노인, 여자들을 보호할 대책이 필요해 보였다. 그런데 그에 대한 얘기가 전혀 없으니 답답했다. 그들이 침략군에 붙잡히게 되면 십중팔구는 목숨을 잃을 것이고, 산다 해도 노예나 노비가 되어 죽음보다 더 비참한 삶을 살 수밖에 없었다. 그러니 그들을 안전하게 피신시킬 대책을 마땅히 세워야 할 것 같았다. 그게 우선되지 않고서는 그 어떤 방어책도 의미가 없을 것 같았다. 하여 참다못한 석규가 나섰다.

"소장 석규가 한 말씀 올리갔습네다. 주제 넘은 참견일디도 모르고 외람된 말씀일디도 모르디만 백성들의 피란 계획을 세워야 하디 않갔습네까?"

석규의 예상치 못한 발언에 모두들 석규를 쳐다보았다. 지금 뭔 소리하는 거냐고 질책하는 눈길이었다. 특히 석권 장군이 퍼렇게 노한 눈빛을 쏘았다. 그러더니 석규의 말을 바로 받아쳤다.

"석규 장군, 지끔 우린 태자돌 방어하기 위해, 태자돌 지키기 위해 머릴 맞대고 있는 거이디 태자돌 버리자는 게 아닙네다. 기러니 논점에서 벗어난 얘긴 쪼끔 삼가 주시라요."

석권 장군이 매섭게 몰아붙였다. 그러나 석권 장군의 반응이 어떻든 쉽게 물러설 수는 없었다. 석권 장군뿐만 아니라 다른 사람들의 반응을 예상하지 못했던 게 아니었다. 이미 예상했으면서도 거론한 일이었다. 그러니 중도에 그만 둘 수는 없었다. 더군다나 다른 사람들과는 달리, 석규의 말에 첫째주군이 움찔하는 것 같았기에 더욱 힘이 났다. 하여 조심스럽게, 최대한 정중한 태도로 말을 이어나갔다.

"석권 장군 말씀은 천만 번 지당하신 말씀입네다. 길티만 만약을 대비해두디 않으믄, 백성들을 잃게 된다믄 백방이 무효가 될 수 있는 만큼 그에 대한 대책도 세워두는 게 좋지 않을까 하여 감히 말씀드리는 겁네다."

생각 같아선 지금 이 자리에서 당장 논의하자고, 그게 선행돼야 하지 않겠냐고 말하고 싶었으나 그 말은 꾹 눌러둔 채 여기서 말을 끊었다. 그러자 석권 장군이 다소 누그러진 목소리로 대꾸했다.

"기거는 다음에도 충분히 논의할 수 있는 만큼 오늘은……."

그렇게 피란건은 미뤄 두고 다음 사안으로 넘어가려는데 석권 장군의 말을 가로막는 사람이 있었다.

"담깐만, 석권 장군 담깐만 기다리시라요."

그러자 이번에는 모든 시선이 첫째주군 쪽으로 모아졌다. 그걸 의식했는지 첫째주군은 헛기침까지 하며 목을 가다듬더니 비로소 입을 열었다.

"이런 얘길 하는 게 맞는디 모르갔디만 석규 장군이 거론한 백성들 피란 계획을 맨츰(먼저) 세워야 할 거 같습네다."

그까지 말해놓고 첫째주군은 잠시 말을 끊었다. 생각을 정리하는 건지 감정을 수습하는 건지는 분명치 않았으나 말하기가 무척 괴롭고 힘든 것만은 분명해 보였다. 말을 멈춘 첫째주군이 천장을 쳐다봤기 때문이었다. 그 동작이 무슨 동작인지 짐작 못할 사람은 없었다.

"언젠가 회의석상에서 얘기했다시피 백성이 없는데 어케 나라가 존재하며 백성을 최우선하디 않는 군주를 어띠 군주라 할 수 있갔습네까? 물고기에겐 물이 곧 생명이듯 군주에게 백성도 마찬가지디요. 백성이 없는 군주가 어띠 존재할 수 있갔시오. 지끔 우린 최우선적으로 백성들을 구할 방안을 강구해야 하는데 오로지 적을 방어하고 퇴치할 생각만 하고 있었던 겁네다. 기러니 석규 장군이 거론한 백성들을 살필 방도부터 찾아야 할 겁네다. 기게 피란 대책이 됐든, 이주 대책이 됐든, 아니믄 탈출 작전이 됐든 간에 기 계획부터 세운 후에 적 퇴치 문제를 논의하는 거이 순서에 맞을 거 같습네다. 군사의 보고를 들어보니 기 대책이 무엇보다 필요할 것 같고 말입네다."

첫째주군이 직접 얘기하지는 않았지만, 첫째주군도 이제 적군의 하륙을 기정사실화하고 있었다. 그렇지 않았다면 석권 장군의 말을 끊고 나서는 일은 하지 않았을 것이었다. 또한 백성들 피란 대책부터 세우자고 하지도 않았을 것이고.

첫째주군이 이야기를 마치자 회의실은 얼어붙고 말았다. 모든 것이 얼어붙어 회의실에 모여 있는 모든 사람들의 숨결마저 얼어붙은 것 같았다. 누가 숨이라도 크게 쉬었다간 순식간에 모든 게 산산조각 나버릴 것만 같았다. 투명한 얼음 속에 꼼짝없이 갇혀 있는 느낌이었다. 그러나 그 시간은 그리 길지 않았다. 그 얼음벽을 깨트리며 나서는 사람이 있었기 때문이었다.

"나도 성님과 같은 생각입네다."

얼음벽을 깨트린 사람은 둘째주군이었다.

"이 태자도에 우리 삼형제가 존재하는 것은 백성들을 살피고 살리기 위해서지 군림하기 위해서가 아니라 생각합네다. 기러니 마땅히 백성들을 살리기 위한 방책을 맨춤(먼저) 마련한 후에 적과 싸울 계획을 세워야 할 거이라 생각합네다. 인섭이 넌 어케 생각하네?"

둘째주군의 물음에 셋째주군이 기다렸다는 듯이 받았다.

"더 말해 뭐하갔습네까? 백성이 우선이디 백성보다 우선할 게 뭐 있갔습네까? 두 성님 뜻에 전적으로 동의하고 이 자리에서 그 방안을 찾는 게 맞을 것 같습네다."

고량부 삼형제가 한 마음 한 뜻으로 나오자 더이상 머뭇거릴 일이 아니었다. 모든 논의를 중단하고 백성들을 살릴, 피란시킬 구체적인 방안이 논의되었다.

난상토론 끝에 결론이 도출되었고 그 다음날부터 당장 시행에 들어갔다. 그러나 백성들에겐 아직 비밀로 하고 있어 백성들이 알리가 없었다. 그래서 풍년을 만끽하며 타작노래를 흥겹게 부르고 있었고. 그러나 이러저런 상황을 알고 있는 석규에게 백성들의 타작노래는 태풍 전야의 고요처럼 느껴져 눈과 귀가 시릴 수밖에 없었다.

53

"대장, 드뎌 찾았습네다."

저녁을 먹고 막사에 앉아 첩보전을 어떻게 펼쳐 나갈 것인가를 궁리하고 있었다. 1차전 패배엔 여러 가지 이유가 있었지만 결정적인 패인은 첩보전에서 패했기 때문이라는 생각을 지울 수 없었기에, 또다시 당할 수는 없었기에, 이번엔 어떻게든 역도들을 소탕해야 했기에, 첩보전에서 이겨야 했기에, 그에 대해 신경을 쓰지 않을 수 없었다. 특히 군영에 적의 첩자가 잠입해 있다면 반드시 색출해내야 했다. 그 방안을 생각하고 있자니 부장 동훈이 격앙된 목소리를 앞세워 막사로 들어왔다.

"……?"

좀 해선 보이지 않는, 흥분한 동훈의 모습을 보며 두치는 동훈을 빤히 쳐다보았다. 뭘 찾았다는 말인지는 모르지만 동훈의 태도로 보아 예삿일은 아닐 것 같았다.

"첩자, 우리 군영에 잠입한 적의 간자를 찾아냈습네다."

"뭐, 뭐라고요? 기게 참말입네까?"

두치는 자신의 목소리가 너무 높은 것 같아 잠시 주위를 살핀 훈 동훈에게 재차 물었다.

"어케 된 겁네까? 기걸 어케……?"

두치의 반응을 이미 예상하고 있었던 듯, 동훈이 두치를 향해 다가오며, 환하게 웃으며 말을 시작했다.

"한 마디로 운이 좋았다고 할 수 있습네다. 무론 영내를 철저히 살피라는 대장의 명이 있었기에 가능한 일이긴 했디만 말입네다."

동훈은 바쁜 와중에도 두치의 명이 있었기에 가능했다고 두치에 대한 치사致謝를 잊지 않고 한 후, 일의 전말을 풀어놓기 시작했다.

영내 감시를 철저히 하라는 두치의 명을 받은 동훈은 여러 가지 생각 끝에, 전선 건조에 참여하는 인원들과 병사들이 만나는 것을 예의 주시했다. 낭도와 선이 닿아 있다면, 낭도와 연락을 취한다면 배를 이용하지 않고선 불가능할 것이고 배를 이용한다면 소형선을 이용할 가능성이 높았기에 소형 전선 건조에 투입된 인원을 집중 감시하게 했다. 그러나 쉽게 드러나지 않았다. 목숨을 건 첩자 활동이 쉽게 눈에 띌 리 없었다. 그렇지만 끈기를 가지고 지켜본 결과 대여섯 명이 용의선상에 올랐다.

일단 범위가 좁혀지자 용의자들에게 감시를 붙였다. 5월에 접어들자 소형 전선 건조가 얼마간 마무리되고 있었고, 중형 전선도 마무리 작업을 시작했다. 이제 곧 출정할 수 있게 된 것이었다. 그러니 첩자가 움직인다면 바로 지금이 최적기란 생각이 들었다. 여기 상황을 적에게 알려야 할 때가 바로 지금일 것이기 때문이었다. 하여 용의자에 대한 감시를 더 강화했다. 아예 감시자들을 전선 마무리 작업장에 투입시켜 용의자들과 함께 생활하게 했다.

그런데 작업장에 투입된 감시자들의 고초가 이만저만이 아니었다. 배 건조에 대해선 까막눈이라 일을 제대로 할 수 없으니 일꾼들로부터 욕먹는 건 예사였고 어떤 땐 매를 맞기도 했다. 심지어는 작업장에서 쫓겨나기까지 했다. 한 마디로 같은 무리에게 쫓기는 힘없는 꺼병이 신세였다. 그렇지만 동훈의 특명을 받고 간 만큼 참고 견디는 수밖에 없었기에 묵묵히 견뎌나갔다. 결코 오래 있게 하지는 않겠다는 동훈의 약속을 철석같이 믿고.

그런데……

감시자 중에 한 놈이 딴생각을 한 게 발단이었다. 일꾼들의 등쌀을 견디다 못한 한 놈이 얄량한 머리를 쓴 것이었다.

하루라도 빨리 일꾼들에게서 벗어나고픈 마음에, 자신이 마치 적군이 잠입시킨 첩자인 것처럼 말을 흘린 것이었다. 어딜 다녀와야 하는데 배 한 척 구할 수 없겠냐고 은근히 말을 흘린 것. 감시하고 있는 놈이 첩자가 맞다면 어떻게든 접근해 올 것이라 생각하고. 일이 잘못되어 만약 잡혀간다 해도 자신은 동훈이 파견한 감시자인 만큼 안전할 것이라 생각하고. 한 마디로 어처구니없는, 자신의 직분을 망각한 경거망동의 극치였다. 그런데 일이 풀릴려고 그랬는지, 그 감시병의 계산이 맞았는지, 하늘이 도왔는지 모르지만 용의자가 접근해온 것이었다.

"기딴 소리 함부루 했다간 목이 열 개라도 온전치 못할 테니 주뎅이 다물라."

작업을 마치고 숙소로 돌아가려는데 용의자가 감시자에게 접근해 오더니 주의를 줬다. 그러더니 재빠르게 물었다.

"한 번도 못 봤는데 새로 온 거네? 접선 장손 알고 있갔디?"

접선 장소를 알 리 없는 감시자는 대답할 수가 없었다. 하여 입을 다물려다 순간적으로 떠오르는 게 있어 재빠르게 물었다.

"여기서 어케 빠져나가야 할디 기게 걱정입네다. 해서 이번엔……."

"뭔 소리네? 샐루(새로) 왔으믄 얼굴들을 익혀야디. 서루 모르고서야, 손발이 안 맞아서야 뭔 일을 하갔다고?"

"기럼 어카는 게 좋갔시요?"

"낼 일이 끝나믄 숙소로 가디 말고 날 따라 오라. 기러믄 접선 장소로 갈 수 있을 거이니."

"예, 알갔습네다. 기케 하디요."

그렇게 약속을 한 감시병은 숙소에서 빠져나와 동훈에게 알렸고, 접선 장소에 군사들을 매복시켰다가 오늘 첩자 일당을 일망타진했다는 것이었다. 그리고 그들이 적군 첩자임을 확인하자마자 달려왔노라고.

"허, 거 탐……. 기 병살 칭찬해야 할디 벌을 내려야 할디 판단이 안 서는구만기래. 쉐 뒷발로 질 잡아도 어느 정도래야디."

헛웃음이 자꾸만 새어나왔다. 그 감시라는 놈은 짱짱한 행운을 타고난 놈이 분명해 보였기 때문이었다. 다른 사람, 특히 자신 같았으면 그만 못한 일에도 일이 꼬여 고초를 겪었을 텐데, 어쩌면 목숨마저 위태로웠을 텐데, 그놈은 오히려 전화위복이 됐으니 운이 짱짱하다 못해 넘치는 놈이란 생각이 들었고 한편 부럽기도 했다.

"기거이 다 대장 복이 아니갔습네까? 이만 못한 일로도 큰 곤욕을 치르고 풍비박산 나기도 하는데 전화위복이 됐으니 이번 낭도 정벌엔 천운이 따르는 것 같습네다."

동훈도 두치와 비슷한 생각을 하는지 천운까지 들먹였다.

"기래 내 복이 없으믄 부하 복이라도 있어야 이번 일을 해나가디요. 기 감시병이래 내 복을 불러들이는 거 같으니까니 내 곁으로 불러야갔수다."

"예, 알갔습네다. 전령으로 부르갔습네다."

"기래, 기래주시구래. 그리고 잡힌 첩자들을 잘 구실러서리 우리가 써먹을 수 있게 해보시구요."

"예, 알갔습네다. 안 기래도 그놈들을 달 이용한다믄 너께(지난번) 당한 걸 앙갚음을 할 수 있을 것 같아 구실리고 있는 중입네다."

"기래요. 내 마음과 다르디 않고, 내 마음을 미리 읽고 한 치도 어긋남 없이 일을 처리해주니 내 할 일이 없어지는구래."

"이렇습네다. 소장이 할 일을 할 뿐인데요."

동훈이 두치를 보며 모처럼 환히 웃었다. 좀처럼 감정을 잘 드러내지 않은 그가 감정을 숨김없이 드러내는 걸 보니 무척이나 기쁜 모양이었다. 하기야 앓던 이 뽑은 정도가 아니라 튼튼한 새 이를 박은 셈이니 기쁘지 않을 수 없을 것이었다.

그리하여 두치는 이중첩자를 둘이나 얻어 태자도를 치게 됐으니, 우연찮은 사건 하나가 태자도의 운명을 바꿔놨으니, 세상 일이란 참으로 알다가도 모를 일이었다.

<6권 끝. 7권에서 계속>

| 지은이 소개 |

이성준李成俊
제주 조천朝天 출생

2000년 시집 『억새의 노래』 출간
2006년 시집 『못난 아비의 노래』 출간
2010년 시집 『나를 위한 연가』 출간
2010년 『이청준과 임권택의 황홀한 만남』 출간
2010년 『이야기로 풀어가는 우리 시조』 출간
2011년 『읽기만 하면 기억되는 고사성어 365(상)』 출간
2011년 『글쓰기의 이해와 활용』 출간
2012년 창작본풀이 『설문대할마님, 어떵 옵데가』 출간
2012년 소설집 『달의 시간을 찾아서』 출간
2013년 시집 『발길 머무는 곳 그곳이 세상이고 하늘이거니』 출간
2013년 『통섭의 자리에 서서』 출간
2015년 장편소설 『탐라, 노을 속에 지다 1·2』 출간
2018년 장편소설 『해녀, 어머니의 또 다른 이름 1·2』 출간
2021년 대하소설 『탐라의 여명 1·2』 순차적 출간
2022년 대하소설 『탐라의 여명 3·4』 동시 출간
2023년 대하소설 『탐라의 여명 5·6』 동시 출간

탐라의 여명 6

초판 인쇄 2023년 12월 18일
초판 발행 2023년 12월 30일

지 은 이 | 이성준
펴 낸 이 | 하운근
펴 낸 곳 | 學古房

주　　소 | 경기도 고양시 덕양구 통일로 140 삼송테크노밸리 A동 B224
전　　화 | (02)353-9908 편집부(02)356-9903
팩　　스 | (02)6959-8234
홈페이지 | http://hakgobang.co.kr/
전자우편 | hakgobang@naver.com, hakgobang@chol.com
등록번호 | 제311-1994-000001호

ISBN 979-11-6995-477-8 04810
　　　979-11-6586-128-5 (세트)

값 : 24,000원